KB185151

담덕 10

광개토태왕

광개토태왕 담덕 10

초판 1쇄 발행 | 2025년 2월 20일

지은이 엄광용
발행인 한명선

책임편집 김수경
제작총괄 박미실
디자인 모리스

주소 서울시 종로구 평창길 329(우편번호 03003)
문의전화 02-394-1037(편집) 02-394-1047(마케팅)
팩스 02-394-1029
전자우편 saeum2go@hanmail.net
블로그 blog.naver.com/saeumpub
페이스북 facebook.com/saeumbooks
인스타그램 instagram.com/saeumbooks

발행처 (주)새움출판사
출판등록 1998년 8월 28일(제10-1633호)

ISBN 979-11-7080-064-4
ISBN 979-11-90473-88-0 04810(세트)

새움

차례

제10권 태왕의 꿈

추모 위령제

1

초여름 이른 새벽, 어디선가 딱따구리 소리가 들려오고 있었다. 그 새는 뾰족한 부리를 쪼아 나무 구멍을 파서 둥지를 만들기 때문에 '탁목조(啄木鳥)' 또는 '목탁조'라고도 불렸다. 구멍을 뚫을 때 흡사 목탁 두드리는 소리처럼 들려 그런 별칭이 붙었는지도 몰랐다.

똑 또르르륵, 또르륵 톡!

태왕 담덕은 늦은 밤까지 뻐꾸기 소리 때문에 잠을 이루지 못해 뒤척였다. 그의 생각은 꿈과 현실 사이에서 오락가락하고 있었다. 그만큼 고민이 깊다는 증거였다. 그러다 언뜻 꿈속으로 빠져들었던 것 같은데, 문득 나무 파는 딱따구리가 다시 그의 잠을 설치게 했다.

"허헛, 참! 목탁 소린 줄 알고 깨어났구먼. 실로 이상한 꿈이 아닌가?"

잠깐 선잠이 든 사이, 담덕은 꿈에 무명선사를 본 듯했다. 그가 태자 시절 무술을 배우던 부여 땅의 호수가 내려다보이는 산언덕 동굴, 거기서 면벽 수도를 하던 사부의 뒷모습이 선연하게 떠올랐다. 앞모습이 아니라 확실하게 사부라고 확정할 수는 없었으나, 그 동굴과 뒷모습에서 느껴지는 분위기가 그랬다. 그가 처음 동굴에 올라가 면벽 수도하는 사부를 보았을 때의 그 모습 그대로 꿈속에서도 현실처럼 느껴지던 순간이었다. 너무 반가워 사부를 향해 막 다가서려 할 때, 목탁 두드리는 소리가 들려왔다. 이번에는 그 모습이 가사를 걸친 노승 석정의 뒤태를 닮은 듯도 했다. 목탁 소리에 깜짝 놀라 번쩍 눈을 뜨니 벌써 맑은 공기에 어둠이 씻기는 새벽녘이었고, 궁궐 후원 어디선가 딱따구리의 나무 구멍을 파는 소리가 들려오고 있었다.

담덕은 사부 무명선사와 노승 석정의 얼굴을 동시에 떠올리며 간밤의 꿈이 너무 명료한 데 놀랐다. 어쩌다 두 사람이 한 모습으로 동화되어 나타났는지 모를 일이었다. 그것도 뒷모습만 언뜻 비쳤다가 안개처럼 홀연히 시야에서 사라졌다.

어쩌면 요동성의 석정 대사 소식을 들으려고 꿈속에서 그런 예시를 해주었는지도 몰랐다. 바로 그날 오후 서녘으로 해가 설핏해질 무렵, 때마침 요동성으로 2만의 군사를 이끌고 갔던 왕당군 대장군 우적이 국내성에 입성하여 담덕에게 회군 보고를 올렸다. 대방 전투에서 왜국과 백제 연합군을 물리친 직후 요동성으로 파발을 보내 이젠 안심하고 회군해도 좋다는 서찰을 전한 바 있었다.

“이번엔 후연군의 움직임이 전혀 감지되지 않았습니다. 요서 각지에 보낸 세작들의 보고에 의하면 왕당군 2만이 출동했다는 걸 알고, 요동성 공격은 언감생심 꿈도 못 꾸고 용성 방어에만 주력하고 있다 들었습니다.”

단도직입적으로 털어놓은 우적의 보고가 그러하였다.

“천만다행이군요. 지난 숙군성 전투에 농락당한 모용희가 그 성격으로 봐서 반드시 보복을 꿈꾸고 있었을 터인데……. 그래서 대장군께 원정군을 이끌고 요동으로 가도록 했던 것이지요.”

담덕은 요동성이 안전하다는 보고를 받고 나서도 좀처럼 어두운 표정이 밝아지지 않았다.

“후연과 전쟁이 벌어지면 뭉친 근육이라도 좀 풀고 오려고 했는데, 헛걸음을 치고 보니 유비의 비육지탄(髀肉之嘆) 일화를 떠올리게 되더군요. 왕당군을 이끄는 대장군으로서 부끄럽기 그지없습니다.”

“대장군께서 적과 싸우지 않고 그저 왕당군과 함께 있었던 것만으로도 그 공이 매우 크다고 생각합니다. 지난번 신라에 왜국 연합군이 쳐들어왔을 때 왕당군 훈련을 시키며 외적의 침투를 사전에 막은 일도 그렇지만, 이번 대방 전투 때 대장군께선 왕당군을 이끌고 요동으로 진군하여 후연이 함부로 준동치 못하도록 했으니, 그보다 큰 전공이 어디 있겠습니까? 『손자병법』에도 나오듯이 싸우지 않고 이기는 것, 그것이 피아간에 피 흘리지 않고 쟁취하는 가장 바람직한 전투라고 생각합니다."

"이번에 폐하께서 파발을 통해 명하신 대로 요동성에 왕당군 1만을 남겨두고 왔습니다. 그러니 앞으로 요동성에 대해서는 크게 염려하지 않으셔도 될 것이옵니다."

우적은 담덕의 전략을 잘 이해하고 있었다. 그래도 두 번씩이나 실전에 나가는 대장군의 자리를 태대형 추수에게 빼앗겼다는 생각이 들자, 다른 한편으로는 못내 서운한 마음을 지울 길이 없었다.

사실 우적 자신도 태왕이 싸우지 않고 적을 이긴 공이 크다고 말은 하지만 그 속내의 깊은 뜻을 잘 알고 있었다. 두 번 다 실제 전투에 참여시키지 않은 데 대한 미안함을 그런 식으로 표현한 것이었다.

왜군과의 두 차례 전투 모두 담덕은 태대형 추수를 대장군으로 삼았다. 우적은 명색이 태왕 직할 부대인 왕당군을 이끄는 대장군이었으므로 외적을 무찌르는 전장에 나가 진두지휘하는 것이 마땅하였다. 그러나 나이가 많은 노장이라서 태왕이 실전에 참여시키지 않는 것처럼 생각되었기에 그는 서운함을 안으로 삭일 수밖에 없었다. 그나마 2년 전 숙군성 전투 때 대장군이 되어 고구려군을 이끈 것으로 자족해야만 하였다.

잠시 우적이 그런 생각에 잠겨 있을 때 담덕의 목소리가 들렸다.

"석정 대사는 잘 계시는지요?"

"네, 폐하! 지난번 후연군에게 끌려갔던 신성과 남소성 백성들을 숙군성 전투 때 적지에서 구해온 이후, 석정 대사께서는 더욱 열심히 기도를 올리고 계십니다. 스님은 태왕 폐하의 백성을 사랑하는 마음이 지극함을 아시고, 그것이 바로 '성왕의 도'라고 하셨사옵니다. 그러나 다른 한편으로 오래전 전연의 모용황에게 끌려갔던 5만의 고구려 백성이 용성에서 성곽 보수에 동원되고 노예로 팔려 갖은 고생을 하다 죽은 영혼들을 생각하고, 오매불망 지극정성으로 불공을 드리고 계십니다. 아침저녁으로 요동성 산 중턱 7중목탑에서 석정 대사의 목탁 두드리는 소리가, 마치 딱따구리가 나무 구멍 파는 소리처럼 들려오곤 했습니다. 그것을 석정 대사는 고구려 백성들의 원혼을 달래기 위한 위령제라고 하였사옵니다."

우적은 처음 요동성 소식을 전할 때부터 담덕의 표정이 밝아지지 않는 것을 보고 언뜻 이상한 느낌이 들기도 했다. 그래서 노승 석정에 대하여 좀 과장을 해서 말해보았다.

“허허, 헛! 대장군에게서 석정 대사 이야기를 들으려고 간밤에 그런 꿈을 꾼 모양입니다. 딱따구리가 나무 구멍을 파는 소리를 대장군에게서 듣다니요? 새벽녘에 바로 딱따구리 소리를 듣고 꿈에서 깨어났습니다.”

담덕은 입으로 그렇게 웃었지만, 여전히 그 어두운 표정은 가시지 않았다. 간밤에 꿈속에서 본 무명선사의 얼굴이 다시금 그의 뇌리에 떠올랐다.

“어떤 꿈을 꾸셨는데 그러십니까?”

“무명선사의 꿈을 꾸었습니다.”

담덕은 꿈 이야기를 들려주면서, 내친김에 우적에게 대방 전투 때 포로가 된 해평과 해광 부자가 끔찍한 최후를 맞게 된 내력을 비감한 심정으로 털어놓았다.

“아아! 해평과 해광이……!”

우적은 전혀 예기치 못했던 이야기에 그저 벌어진 입을 다물지 못했다.

“그 부자가 모두 책성에 있을 때 우적 대장군을 무술 사부로 모시지 않았습니까? 해서, 그 자리에 대장군이 계셨더라면 두 사람의 목숨을 살릴 수도 있었을 터인데……. 사부 앞에서 감히 자결하려는 마음은 먹지 못했을 것 아니겠습니까?”

담덕은 안타까운 마음에 목소리가 목울대에 걸려 사뭇 갈라져서 나왔다.

"감히 폐하의 안전에서 그런 짓을 저질렀다면, 사부 앞이라 한들 그 성질을 죽이겠습니까? 그 못돼먹은 두 놈을 제자로 둔 소장의 죄가 크옵니다. 통촉하여 주시옵소서!"

우적이 고개를 푹 숙이더니 이마를 탁자에 찧었다.

"그건 우적 대장군의 허물이 아닙니다. 이 몸이 군주로서 덕이 부족해 혈족을 죽게 만들고 말았습니다. 해평과 해광은 무명선사의 아들과 손자가 아닙니까? 사부님께 큰 죄를 지었으니, 장차 이를 어찌하면 좋겠습니까? 그래서 대장군이 요동에서 돌아오기만을 기다리고 있었습니다."

담덕은 손을 들어 자신의 가슴을 쳤다.

"폐하! 그렇지 않사옵니다. 폐하께옵선 해평과 해광 부자를 덕으로 감싸 안으려고 했습니다. 하지만 '자업자득'이라고 그 두 놈이 반역의 죄를 지었으니, 그런 벌을 받아 마땅하다고 생각하옵니다. 괘씸한 놈들! 만약 소장이 그 앞에 있었다면, 제 칼로 두 놈의 목을 쳤을 것입니다."

우적은 부르르 몸을 떨었다.

"그렇지 않습니다. 하늘에서 무명선사께서 내려다보고 계십니다. 어찌 그런 말씀을……."

"하늘에서 내려다보고 계셨다면 사부님께서도 두 놈의 목을 쳐서 국내성 앞에 높이 걸어놓으라고 하셨을 것이옵니다. 흐으, 허윽!"

우적은 무명선사의 모습이 눈앞에 어른거리자 울컥, 하는 심정에 쏟아지는 울음을 참지 못했다.

편전에는 한동안 무거운 침묵이 흘렀다. 담덕 또한 비감한 심정을 안으로 삼키며 우적이 울음을 멈출 때까지 기다리고 있었다.

"그동안 참 많이 고민했습니다. 어찌 이리 참담한 일이 다 있단 말입니까? 저승에 가서 무슨 낯으로 무명선사를 뵐 수 있겠습니까? 무주고혼이 되어 떠돌고 있을 해평과 해광의 영혼을 대체 어떻게 달래주면 좋단 말입니까?"

담덕이 더 이상 참지 못하고 긴 침묵을 깬 것인데, 그 말을 실제 입 밖으로 내뱉고 보니 요령부득이 아닐 수 없었다. 우적에게 계속해서 던지는 그 말이 아무리 생각해도 해법을 찾을 길 없는 공허한 질문 같았다.

"폐하, 진정하시옵소서. 해평과 해광의 일은 이미 지나간 해 그림자에 지나지 않습니다. 지는 해가 있으면 뜨는 해가 있사옵니다. 앞으로 수없이 새로운 해가 떠오를 것이옵니다. 고구려의 앞날을 생각해서 마음을 다잡으셔야 하옵니다."

우적이 그 순간 단지 할 수 있는 말은 그런 허공 잡는 소리밖에 없었다.

"아니오. 그것이 아닙니다. 간밤의 꿈에 무명선사가 나타난 것은 비명에 간 아들과 손자의 소식을 들었기 때문일 것입니다. 꿈속에 무명선사와 석정 대사의 뒷모습이 겹치면서 목탁 두드리는 소리에 잠을 깨었습니다. 요동성에서 석정 대사가 고구려 백성들의 원혼을 달래기 위해 매일 아침저녁으로 위령제를 지낸다고 하지 않았습니까? 대장군으로부터 그 말을 듣는 순간, 무명선사와 그 아들·손자 3대를 위한 위령제를 지내야겠다고 생각했습니다."

담덕은 굳은 의지를 내보이기 위해 두 주먹을 불끈 쥐었다.

"폐하의 상심이 크심을 알겠습니다. 위령제를 지내서 마음이 편해지신다면 그렇게 해야겠지요."

"그게 아니지요. 이 몸이 편하자고 하는 것을 어찌 위령제라 하겠습니까? 무주고혼이 된 영혼들이 극락왕생하도록 정성을 들여 기도를 올려야 하지 않겠습니까? 아무래도 무명선사의 영혼이 아직까지 부여 땅의 그 동굴 언저리에서 맴돌고 있는 것 같습니다. 해서, 이 몸이 직접 그 동굴을 찾아가 무명선사와 그 아들·손자 3대의 영혼을 달래주는 위령제를 올리고자 합니다."

"네에? 폐하께서 부여 땅에 직접 가시겠다구요? 혹여 이 기회에 군사를 이끌고 부여를 공략하러 가겠다는 건 아니시겠지요? 왜국과 대방 전투를 한 뒤끝이라 아직 부여 공략은 시기상조란 생각이 드옵니다만……."

우적은 갑작스러운 담덕의 위령제 이야기에 놀라지 않을 수 없었다. 더더구나 그 속내가 부여 공략에 있다면 좀 더 긴 시일을 두고 긴밀한 전략을 짜고 철저하게 준비를 갖추어야만 하였다. 군사들에게 충분한 휴식을 줄 필요가 있었기 때문이다.

"군사가 아닌 소금 상단으로 위장해서 기십 명만 대동하고 갈 것입니다."

"그, 그건 더욱 안 됩니다. 위험합니다."

우적은 고개를 좌우로 흔들었다.

"대장군께도 사부가 되시는 무명선사를 만나러 가는 일입니다. 만약에 모를 후연의 준동에 대비하여 대장군은 왕당군 훈련에 심혈을 기울이십시오. 이 몸은 호위무사들을 소금 상단 장정들로 꾸며 곧 부여 땅으로 가겠습니다."

담덕의 의지는 굳건했다.

"그러면 지금 감옥에 갇혀 있는 호위무사 마동도 데리고 가실 것입니까?"

"그건 안 되지요. 마동은 해광을 바닷물에 빠뜨려 죽인 자입니다. 어찌 그런 자를 위령제에 참여시킬 수 있겠습니까?"

"그래도 호위무사로 마동만큼 믿음직한 인물이 없습니다. 해광은 마동이 죽인 것이 아니라 제 스스로 무덤을 판 것입니다. 4년 전 폐하께서 아량을 베풀어 왜국으로 돌려보냈는데, 그 은덕도 모르고 그놈은 왜군의 길잡이가 되어 대방으로 침투하지 않았습니까? 그 죄값을 받은 것이지, 마동이 죽였다고 볼 수는 없습니다."

우적은 태왕 담덕을 통해 그 사실을 알았지만, 마동이 해광을 죽인 것은 매우 잘한 일이라고 생각했다.

"마동의 이름을 더 이상 입에 올리지 마십시오. 참살하려던 것을 수빈이가 울고불고 말리는 바람에 목숨만 살려준 것입니다."

담덕은 마동을 생각할 때마다 괘씸하다는 생각이 들었다.

"감히 태왕 폐하의 명을 어긴 것은 죽어 마땅한 일이라 생각됩니다. 그러나 오래도록 마동은 폐하의 곁을 지켰고, 전장에 나가서도 큰 공훈을 많이 세웠습니다. 죄를 용서해주심이 마땅한 줄 아옵니다."

"더 이상 마동 얘기는 하지 맙시다. 오늘은 물러가시고, 내일 다시 위령제 문제를 논의하십시다."

담덕은 우적의 입에서 마동의 이야기가 나오자 고삼 뿌리를 씹은 듯 입맛이 썼다. 더 이상 대화를 이어갈 기분이 아니었다.

"폐하, 국내성에 도착하자마자 대신들로부터 들은 얘기가 있습니다. 마동의 부친이 관직을 사퇴했다고 하는데, 사실입니까?"

우적은 이제 태왕에게 따지고 드는 듯한 태도로 나왔다. 해평과 해광 부자의 사건으로 인해 추수와 마동 부자가 태왕 곁을 떠나는 것은 좌시하고 넘어갈 일이 아니라고 생각했다.

"허헛, 참! 실은 그 일로 해서 대장군에게 협조를 구하려고 회군하시기를 학수고대하던 참이었습니다. 마동이 감옥에 갇힌 후, 추수 태대형께서 죄인 아들을 두었으면 그 아비도 허물이 크므로 자리에서 물러나는 것이 마땅하다며 고집을 세우고 있습니다. 아직 사퇴를 받아들인 것은 아닙니다. 허락을 안 해주자 그다음 날부터 조회에도 참석하지 않고, 아예 국내성의 거처를 압록강변에 있는 마동의 사저로 옮겼습니다. 손주나 돌보면서 할아버지로 살아가겠다지 뭡니까? 대체 이 일을 어찌하면 좋겠습니까?"

마동으로 인하여 잠시 격앙되었던 담덕의 목소리는, 어느 사이 태대형 추수의 문제에 당면하자 착 가라앉았다.

"실로 큰 문제로군요."

우적도 추수와 마동 부자의 일은 매우 난감하게 생각되었으나, 뾰족한 해결 방안이 떠오르지 않았다.

"대장군께서 태대형을 만나봐주세요. 어떻게 해서든 잘 설득해 내일이라도 당장 입궐해 같이 머리를 맞대고 부여 땅으로 위령제를 지내러 가는 일을 논의해보도록 하십시다. 부탁입니다."

담덕은 그것으로 우적과의 대화를 끝냈다. 그는 추수와 마동 부자 생각만 해도 머리가 아팠다. 그래서 손으로 머리를 감싸면서 우적이 편전에서 나가는 뒷모습을 멀뚱한 시선으로 바라보고 있었다.

2

초여름으로 접어들면서 압록강 들판 가득 보리들이 진초록의 물결을 이루었다. 강물에서 올라오는 물고기의 비릿한 냄새와 어우러져, 바람결에 묻어오는 자연의 향기는 떫은 듯 아린 뒷맛을 남겼다. 아직 봄에서 여름으로 가는 길목의 계절은 그렇게 먼저 후각을 자극하면서 은은하면서도 옅은 미각의 맛을 느끼게 하였다.

왕당군 훈련장을 벗어난 우적의 말은 보리밭 사이를 가로질러 압록강 상설 시장 한 귀퉁이에 자리한 마동의 사저로 달려가고 있었다. 그 집은 마동의 아내 석사비가 신라의 근오지현에 살다가 아들을 안고 국내성으로 찾아왔을 때 태왕 담덕이 하명재 대인에게 부탁하여 마련해준 것이었다.

때마침 저택 마당에서 추수는 손자를 데리고 망중한을 즐기고 있다가 우적을 맞았다. 몸은 편안한 것 같으나 머리는 여느 때보다 복잡하여, 겉으로는 여유로운 척하지만 속은 죄인처럼 무거운 쇳덩이를 매달고 있는 것 같아 얼굴까지 수척해져 있었다.

"대장군이 요동성에서 돌아오셨다는 얘긴 들었습니다."

추수가 말에서 내리는 우적에게 다가서며 말했다.

"오오, 이 아이가 마동의 아들이로군! 외탁을 한 모양입니다. 허허, 아주 잘생겼구나."

우적이 추수의 팔에 안긴 아이를 신기한 듯 바라보았다. 머리털은 검은데, 이목구비가 남달라 보였다. 마동보다 석사비 쪽을 많이 닮은 듯 이국적으로 보였다.

그때 마침 부엌에서 마동의 아내 석사비가 나오며 우적에게 다소곳이 허리를 숙였다. 그리고 이내 시아버지에게서 아이를 받아 안았다.

"마루로 오르시지요."

추수는 사랑채 마루로 우적을 안내하였다.

초여름 날씨라 방보다는 마루가 시원하고 좋았다. 마루에 앉아서 보니 담장 너머로 한가롭게 뜬 흰 구름이 학의 날갯짓 모양으로 흘러가고 있었다. 흰옷을 입은 추수 또한 눈 하나를 잃어 가죽 안대로 가려서 그렇지 넓은 옷소매가 학의 그것을 닮은 느낌이었다.

그러고 보니 우적이 추수의 사복 입은 모습을 한 번이라도 본 적이 있는지 의문이 갈 정도였다. 궁궐에서 관복 차림이거나 전장에 나갈 때 갑옷을 입은 모습만 보아서 그런 느낌이 든 것인지도 몰랐다.

"태대형의 사복 입은 모습이 저 하늘의 구름 같구려. 마치 저

구름이 날갯짓하는 학처럼 보이지 않소이까?"

우적은 방금 본 하늘의 구름을 가리켰다.

"허허, 헛! 대장군께서 무슨 말씀 하시려고 그렇게 운을 떼십니까?"

추수가 문득 긴장한 눈빛으로 우적을 쳐다보았다. 어제 요동에서 돌아온 것으로 아는데, 바로 다음날 자신을 찾아온 것을 보면 짐작하건대 태왕의 명을 받고 왔을 터였다.

"저 하늘에 나는 학 구름이 한가롭지 않습니까?"

"학 구름이라? 제가 보기에는 꽁지 빠진 두루미 같습니다만……."

추수도 쓸쓸한 눈으로 자신의 처지를 그런 두루미로 생각하며 흰 구름이 흐르는 하늘에 눈길을 주었다.

이렇게 추수와 우적이 서로 견제와 탐색을 하는 듯한 말을 주고받는 사이, 석사비가 다과상을 가져왔다. 그 곁에는 어미의 치마를 붙들고 선 아이가 조막손으로 다과 하나를 문 채 입으로 빨고 있었다.

"귀한 분이 오셨는데, 갑자기 차릴 것이 변변치 않아서……."

석사비는 상을 마루 위에 놓고 다소곳이 고개를 숙인 후 물러갔다.

다과상에는 다식을 비롯한 다과 종류와 감주가 올라와 있었다.

"아니, 이건 다식이 아닙니까?"

우적은 마당에서 석사비와 아들이 손잡고 걸어가는 뒷모습을 바라보았다. 이제 서너 살은 됨직한 아이는 아장아장 걷고 있었다.

"실은 어젯밤이 마동의 모친 기일이었습니다. 아들이 없다고 그냥 지나칠 수는 없어 시늉으로나마 몇 가지 음식을 마련해 상에 올렸지요."

추수의 말에 우적은 문득 놀란 얼굴을 감추지 못했다.

"마동 장군의 모친이라……?"

우적도 마동이 추수의 양아들이라는 것은 알았지만, 그 자세한 내막까지는 모르고 있었다.

"허허, 헛! 마동에게 친모가 있었지요. 얘기하자면 사연이 긴데……."

추수는 본의 아니게 마동의 모친에 얽힌 이야기를 우적에게 털어놓을 수밖에 없었다. 오랜 옛날 고국원왕의 호위무사가 되어 평양성에서 고구려와 백제가 전투를 할 때, 적의 화살에 맞아 왼쪽 눈을 실명하고 절벽에서 강가의 모래사장으로 떨어져 구사일생으로 살아난 이야기를 한달음에 엮어 들려주었다. 당시 그의 생명을 살려준 어부를 통해 고국원왕이 전사했다는 말을 듣고 자결하려던 순간 아기를 안고 강물로 뛰어드는 여인을 발견하고 달려갔고, 그때 아기 생명은 건졌으나 모친은 미처 구하지 못해 결국 저세상으로 보낸 사연이 실타래처럼 풀려나왔다.

지금 마동의 참담한 처지를 생각하니, 추수로선 참으로 회한이 깊었다.

"그런 기막힌 사연이 있었군요?"

"제가 산동의 해룡부를 지휘할 때는 마동과 떨어져 있어 제사를 올리지 못했지요. 그러나 국내성에 같이 있으면서부터 얼추 날짜를 꼽아 보아 기일을 잡아 제사를 지내고 있습니다. 제가 자살하려던 날 마동 어미가 죽었고, 아기를 살린 덕분에 제가 살아났지요. 그러니 그때 저는 새롭게 태어난 것이나 다름없지요. 제사는 죽기 하루 전날을 잡아 지내니 어제가 마동 어미의 기일이고, 오늘은 제가 새로운 생명을 얻은 날이기도 합니다."

추수는 잠시 옛 생각에 잠겼다가 돌아와 쓸쓸하게 웃으며 우적에게 감주를 권했다.

"어, 허허허허! 오늘이 태대형께는 아주 특별한 날이로군요? 내가 잘 왔다 싶습니다. 태왕 폐하의 명을 받고 왔으니, 지금 당장 궁궐로 가십시다."

"네에, 태왕 폐하께옵서? 오늘, 지금 바로 말입니까?"

추수는 예상 못한 바는 아니지만, 우적의 말을 듣는 순간 마음속이 복잡미묘해졌다.

"태왕 폐하께 들으셨겠지만, 저는 죄인의 몸입니다. 아들이 준엄한 폐하의 명을 어겼으므로, 그런 못난 아들을 둔 아비가 어찌 고개 들어 하늘을 쳐다볼 수 있겠습니까?"

추수는 그러면서 한성 전투 때 마동이 사로잡은 백제왕 아신을 자신이 화살로 쏴 죽이려던 장면을 언뜻 떠올렸다. 그때 마동은 태왕의 명이 떨어지기 전에는 죽일 수 없다며 아신의 앞을 가로막고 말렸었다.

'그러던 마동이 이번에는 감히 태왕의 명을 어기고 해광을 죽였다. 이 무슨 운명의 장난이란 말인가?'

추수는 이렇게 마음속으로 되뇌며 한숨을 길게 내쉬었다.

"태대형께선 아무 죄도 없습니다. 장차 고구려의 미래는 저 하늘처럼 높고 푸르를 것이며, 태왕 폐하는 지상의 모든 생명이 우러러보는 저 해와 같습니다. 태대형께서는 어찌 이 맑고 좋은 날 한숨을 쉬십니까?"

우적의 목소리에선 진중하면서 굳은 결의가 느껴졌다. 그 말은 함부로 거부할 수 없게 만드는 어떤 마력 같은 흡인력을 갖고 있었다. 태왕의 명을 전하는 것이어서 더욱 그렇게 느껴졌는지도 몰랐다.

"제 자식이긴 하지만, 마동은 죽어 마땅한 죄를 저질렀습니다. 태왕 폐하의 하해와 같은 은혜를 입어 그나마 목숨을 건질 수 있었지만, 그 무거운 죄를 아비인 제가 절반은 지고 가야 하질 않겠습니까? 그러하니, 대장군께서도 그렇게 알아주셨으면 합니다."

추수는 애써 굳건한 의지를 보여주기 위해 말을 끝내면서 입을 한일자로 다물었다.

"지금 태왕 폐하께선 무명선사와 해평·해광 3대에 걸친 직계 혈족의 위령제를 계획하고 계십니다. 소금 대상으로 가짜 상단을 꾸려서 부여 땅으로 직접 가시겠다는 것입니다. 오래전 무명선사께서 '무명검법'을 연구하던 그 산속 동굴에 가서 추모 위령제를 지내겠다고 하시는데, 이는 위험을 자초하는 일이 아니겠습니까? 어제 그것은 안 될 일이라고 거듭 말씀을 드렸지만, 태왕 폐하의 결심은 요지부동이었습니다. 위령제 계획을 포기하도록 문무 대신들을 대표하여 충언을 드리실 분은 오직 태대형밖에 없습니다. 그래서 이렇게 허위허위 달려온 것입니다."

우적의 말은 추수에게도 충격으로 다가왔다. 그도 그럴 것이, 아들 마동이 해광을 죽인 사건에서 비롯된 태왕의 결심이 추모 위령제 계획으로 연결되는 결과를 가져왔기 때문이다.

"허어, 참! 추모 위령제는 이해가 갑니다만, 그것을 굳이 적성국인 부여 땅까지 가서 지낼 필요가 있을까요?"

추수는 자신도 모르는 사이 고개를 좌우로 흔들었다.

"그러게나 말입니다. 그러나 태왕 폐하의 결심은 확고하십니다."

우적은 고민에 쌓인 추수의 얼굴을 직시했다. 그리고 상대의 입에서 어떤 말이 나올지 기다렸다.

잠시 침묵이 흐른 후 추수가 일어섰다.

"궁궐로 가십시다."

추수의 결단을 듣고 우적도 벌떡 일어섰다.

곧바로 추수는 마구간으로 가서 말을 끌고 마당으로 나왔다. 그는 훌쩍 말에 올라탔다.

"이렇게 가시게요?"

우적은 흰옷 차림의 추수를 보며 의아한 눈빛을 던졌다.

"저는 관직을 내려놓았으니, 관복을 입을 입장이 못 됩니다. 이젠 무관 말직도 아니고 서민입니다. 이 복장이 이상해 보이십니까?"

추수는 껄껄 웃으며, 우적에게 어서 말에 오르라고 손짓했다.

두 사람은 곧 말을 타고 국내성을 향해 달렸다.

궁궐 편전에선 태왕 담덕이 두 사람을 기다리고 있었다.

"태대형께선 어찌 그런 복장으로 오셨습니까?"

담덕이 먼저 추수에게 물었다.

"폐하! 저는 태대형도 아니고 서민이며, 죄인의 아비이기도 합니다. 죄인의 아비 역시 아들을 잘 가르치지 못했으므로 반은 죄인이니, 어찌 관복을 차려입을 수 있겠습니까?"

추수가 태왕 앞에 고개를 길게 늘여 꺾었다. 그것을 대하는 담덕의 눈길이 참담해 보였다. 적어도 우적의 눈에는 그렇게 비쳤다.

"그건 아니지요. 스스로 사의를 표명해도 재가가 떨어지기 전까지지는 엄연히 태대형이십니다. 어찌 그리 고집을 피우십니까?"

담덕의 목소리는 낮았지만, 준엄하게 꾸짖는 투가 느껴졌다.

"폐하! 오래전 일이지만 한성 전투 때의 기억이 새롭습니다. 아들 마동이 백제왕 아신을 사로잡았을 때 제가 활로 쏘아 그 자리에서 죽이려고 했습니다. 그때 아들이 아신의 앞을 가로막으며 태왕 폐하의 명이 떨어지기 전에는 적국의 왕을 죽일 수 없다고 소리치더군요. 그때 아들의 판단이 옳다고 생각되어 겨누었던 활을 거두었습니다. 그런데 이번에는 아들 녀석이 오만해져 감히 태왕 폐하의 명을 어기고 해광을 제멋대로 처분해버렸사옵니다. 즉시 참살해야 할 죄인데, 폐하께서 너그러이 아들을 용서해주셨사옵니다. 그 점 아비 된 자로서 하해와 같은 은혜에 보답할 길이 없사옵니다. 하여, 아들의 죄를 반은 이 아비가 받아야겠다는 결심을 하고 사의를 표한 것이니 헤량하여 주시길 바라옵니다."

추수는 고개도 들지 못한 채 허리까지 꺾었다. 탁자가 아니었다면 오체투지의 자세라고 할 정도로 엎어져 그는 울고 있었다.

잠시 침묵이 흘렀다. 담덕도 그저 어깨를 들썩이는 추수의 등을 내려다볼 뿐, 한일자로 다문 입을 언제까지고 열지 않을 것 같은 분위기였다.

"태대형! 태왕 폐하의 말씀이 맞습니다. 폐하의 윤허가 떨어지지 않았으니, 엄연히 지금 태대형 관직이 유지되고 있는 것입니다. 정신을 가다듬고 우리 고구려 최고 수장으로서 문무 대신들을 대신하여 폐하께 주청을 드릴 것이 있지 않습니까?"

우적이 침묵을 깨며 목소리에 날을 세웠다. 추수보다 나이로 볼 때 십 년은 연상이었으므로, 그의 말은 아래 사람에게 훈계하는 듯한 느낌이 들었다. 그는 태왕 직속의 왕당군을 이끄는 대장군이지만, 그것은 고구려 관직과는 별도로 원로 예우를 하는 직책임을 문무 대신들 모두가 알고 있었다.

"폐하, 그렇지 않아도 우적 대장군이 요동에서 돌아오시길 학수고대하고 있었사옵니다. 오래전부터 태대형 보직은 마땅히 우적 대장군이 맡아야 하는 자리인 줄로 알고 있었사옵니다."

추수가 고개를 들고 담덕을 바라보았다.

"태대형, 왜 이러십니까? 대장군께 들어서 아시겠지만, 조만간 부여 땅으로 무명선사 위령제를 지내러 가야 합니다. 태대형께서 국내성을 지키며 국정을 살펴주시고, 대장군께서 만약에 모를 외적의 침략에 대비하여 왕당군을 이끌어주셔야만 이 몸이 안심하고 갈 수 있습니다. 어떤 중요한 일로 군주가 외유할 때 정치와 군사 두 분야가 특히 중요한데, 두 분이 그것을 맡아 주셔야 하지 않겠습니까?"

담덕은 부여 땅에 가서 위령제를 지내려는 것이 확고한 의지임을 밝혔다.

"폐하! 부여 땅까지 가서 위령제를 지낸다는 것은 천부당만부당한 말씀이옵니다. 차제에 군사를 내어 부여를 공략하신다면 모르되, 소금 대상으로 위장해 소수의 인원을 끌고 원행을 하신다는 것은 섶을 지고 불 속으로 뛰어드는 일이나 다름없사옵니다. 태대형께서도 그렇게 생각하지 않습니까?"

우적이 추수에게 원군이 되어달라는 간절한 눈빛을 보냈다.

"태왕 폐하! 역시 제 아들놈의 잘못으로 폐하의 심기를 어지럽게 해드려서 송구하기 그지없습니다. 추모 위령제라 들었습니다. 추모하는데 반드시 특정 장소에 가서 해야 할 이유는 없다고 생각하옵니다. 국내성도 좋고, 압록강도 좋겠지요. 굳이 장소를 따지자면 배를 타고 나가 해광이 희생된 압록강과 바다가 만나는 그곳에 가서 위령제를 지내도 될 것이옵니다."

추수도 태왕의 말은 물론, 그 얼굴에 나타난 굳건한 의지를 보고 놀라움을 감추지 못했다. 자신이 태대형에서 물러나는 것보다 더 시급한 것이 부여 땅까지 가서 위령제를 지내겠다는 태왕의 결심을 되돌릴 수 있게 하는 일이었다.

"지금 무명선사의 원혼이 부여 땅 그 동굴을 떠나지 않고 있습니다. 사부님께서 단군왕검처럼 산신이 되셨다면 어찌 그 아들과 손자가 비명에 갔겠습니까? 사부님의 영혼이 동굴 근처에서 무주고혼으로 떠돌고 있는 겁니다. 왜 석정 대사께서 요동의 7중목탑에서 요서 땅을 바라보며 5만여 고구려 유민들의 원혼을 달래주기 위해 매일 조석으로 기도를 드리고 있겠습니까? 무명선사의 원혼이 떠도는 그 동굴에 가서 추모 위령제를 지내면, 하늘나라로 가실 때 아들과 손자의 영혼까지 데리고 가지 않겠습니까?"

담덕이 두 사람을 번갈아 쳐다보며 동의를 구했다.

"폐하, 좀 더 시간을 두고 문무 대신들 전체가 모인 조회에서 위령제 논의를 해보는 것은 어떠하올는지요?"

우적은 시간이 지나면 태왕의 심기도 어느 정도 가라앉아 고집을 꺾을 수도 있지 않을까 생각했다.

"아니 될 말씀입니다. 내부의 적이 없다고 볼 수 없습니다. 공론화하지 않고 주변의 몇 사람만 알 정도로 진행해야 부여 땅에까지 소문이 새나가지 않을 것입니다."

담덕은 이미 자신의 고집을 꺾을 생각이 전혀 없어 보였다.

"그렇다면, 호위무사로는 누구를 데려가실 생각이십니까? 가장 믿음직한 호위무사는 지금 감옥에 갇혀 있습니다."

우적은 이 기회에 담덕이 마동의 죄를 용서해주길 바라는 마음이 앞섰다.

"대장군께선 마동을 출감시켜 데리고 가라는 것 같은데, 그 것은 아니 될 말씀입니다. 손자를 죽인 자를 어찌 무명선사께 데리고 가겠습니까? 마동만 호위무사가 아닙니다. 그자 이외에도 날랜 호위무사들은 얼마든지 있습니다. 동굴 지리에 밝은 수빈이도 있지 않습니까? 호위무사 20여 명, 그리고 추동자와 그의 수하에 있는 흑부상 장정들 20여 명 등 총 40여 명으로 꾸려 출발할 생각입니다."

담덕은 이미 추모 위령제를 위해 소금 상단으로 위장할 인원 구성까지 마쳐놓은 상태였다. 애초 30명 정도로 생각했는데 10명을 더 늘린 것은, 그만큼 부여행이 위험성 큰 일이라는 것을 알고 있는 까닭이었다.

결국 우적과 추수는 태왕의 고집을 꺾지 못한 채 편전에서 물러나고 말았다.

3

태왕 담덕이 소규모의 병력을 이끌고 무명선사 3대의 위령제를 지내기 위해 부여로 떠난다고 하자, 그 소문을 듣고 태후와 왕후가 함께 편전으로 달려왔다.

"태자 시절과 태왕 시절의 출행은 다른 법인데, 그 위험한 곳에는 군이 왜 가려는 것이오? 전에 태자 시절에도 부여의 병사들에게 쫓긴 적이 있다고 하지 않았소? 그들 중에 혹 태왕의 얼굴을 아는 자가 있다면 큰일이 아닙니까?"

태후 하 씨는 담덕의 결심을 돌리고 싶었다.

"염려 놓으십시오. 소금 상단으로 꾸미면 안전하게 다녀올 수 있습니다."

담덕은 이미 결심이 서 있었으므로, 태후의 말에도 고집을 꺾지 않았다.

"폐하! 제가 부모님과 함께 고구려로 올 때 같이 온 집사가 있습니다. 지금도 여전히 부모님 집에서 집사 노릇을 하고 있으니, 군이 가시겠다면 그 사람을 길잡이로 삼는 것이 어떨는지요? 그 사람은 부여 땅의 길을 훤히 꿰뚫고 있을 것이옵니다."

왕후 아 씨는 태후의 말에도 아랑곳하지 않는 태왕의 결기를 보자, 말리려던 생각을 바꾸어 차선책을 제시하였다.

"왕후께서 염려해주는 것이 고맙기는 하나, 여기저기 소문을 내서 좋을 일이 없습니다. 그 소문이 궐 밖으로 새나가 부여의 세작들 귀에 들어가게 되면 더 위험에 처할 수 있습니다. 이번 부여 원행은 철저한 비밀 속에 진행되어야 하기에 최소 인원을 상단으로 위장해 가고자 하는 것입니다. 그리 아세요."

담덕의 의지는 굳건했다. 그의 깊고 강렬한 눈빛이 더 이상 재고의 여지가 없음을 말해주고 있었다.

"태왕이 궁궐을 비우면 이제 누가 나라 정사를 주재하겠습니까? 마동의 일로 태대형도 관직을 내려놓고 사가로 갔다 들었는데……."

태후는 그래도 다시 한번 부여 원행 결심을 되돌리고 싶은 마음이었다.

"왕자 거련이 있지 않습니까? 열한 살이면 아직 어리니, 당분간 태후께서 수렴청정을 해주세요. 일찍이 태조대왕이 일곱 살의 나이에 왕위에 올랐을 때 모친인 부여태후께서 수렴청정을 한 일이 있습니다. 그렇지 않아도 어머님께 그런 부탁을 하려고 막 태후전으로 가려던 참이었습니다. 부여 원행은 한 달 이상 걸리지 않을 것입니다."

담덕은 곧 원행 준비를 서둘러야 한다면서 일어섰다. 그는 태후와 왕후가 편전에서 물러가기를 기다려 흑부상 단장 추동자를 불러들였다.

태왕 담덕의 부여 원행 준비는 일사천리로 진행되었다. 비밀리에 진행하는 일은 질질 끌어서 좋을 리 없다고 생각해, 일단 출행을 서둘렀다.

한편 소금 상단으로 꾸민 담덕 일행이 국내성을 떠나고 나서 태후 하 씨는 마음을 놓을 수가 없었다.

왕자 거련이 편전 앞에 자리를 차지하고 앉았고, 태후 하 씨가 드리워진 발 뒤에서 문무대신들의 조회를 받았다. 수렴청정

첫날, 왕당군 대장군 우적이 문득 나섰다.

"태후 전하! 아무래도 태왕 폐하가 걱정되어 소신은 이대로 가만히 있을 수가 없사옵니다. 부여 땅 무명선사가 계시던 동굴은 소신이 잘 압니다. 저 비려 땅 처려근지로 있는 선재 장군과 오래도록 그 동굴에서 무명선사의 무술을 전수받았습니다. 지금 당장 비려 땅의 염수로 파발을 보내, 선재 장군으로 하여금 소금 상단을 꾸려 부여 땅 바로 그 동굴로 오라고 해야겠습니다. 소신 역시 왕당군의 날랜 군사들을 상단으로 위장시켜 부여 땅에 가려고 합니다. 태왕 폐하의 안전을 위해서는 잠시도 머뭇거릴 여유가 없사옵니다."

우적은 밤새워 벼르고 벼르던 결심을 태후에게 털어놓았다.

"우적 대장군까지 부여 땅으로 가시면 이 국내성은 누가 지킨단 말입니까?"

태후는 난감한 표정을 지우지 못했다.

"추수 태대형이 있는데, 사저에 머물면서 조회에도 참석하지 않으니 실로 큰일입니다."

우적도 못내 안타까운 마음을 그런 식으로 표현했다.

"마동이 감옥에 갇혔으니, 아비된 입장에서 능히 그럴 만하다고 생각해요. 하지만 지금 그런 것을 따질 때가 아니지 않습니까? 대장군이 부여 땅으로 떠나시겠다면 당연히 추수 태대형을 국내성으로 불러들여 국정을 살피도록 해야 합니다. 대장군께서 앞장을 서세요. 나와 같이 가서 태대형을 설득해봅시다."

태후는 오래 고민하는 성격이 아니었다. 매사를 시원시원하게 결정하고, 일단 마음이 정해지면 곧바로 실행에 옮겨야 직성이 풀렸다.

곧 태후는 궁궐 밖을 행차할 때 이용하는 왕실용 수레에 올랐고, 우적은 말을 타고 앞에서 길을 안내했다. 호위무사들까지 10여 명이 말을 타고 수레를 호위하며 압록강 둔덕길을 달렸다.

마동의 사저에 태후 일행이 도착하자, 마당에서 어정거리던 추수는 깜짝 놀라지 않을 수 없었다. 수레 위의 홍개를 보고 그것이 곧 태후의 행차임을 알아차렸기 때문이다. 붉은 비단으로 덮개를 씌운 홍개는 아무나 사용할 수 없고, 태후나 왕후가 외부 행차 시에 햇볕을 가리는 의장용으로서 왕실 권위를 상징하는 것이었다.

문간으로 달려나간 추수는 수레를 향해 깊이 허리를 꺾었다.

"태후 전하께옵서 이런 누옥을 찾아주시다니, 황감하옵니다."

마당에서 어린 아들과 손잡고 놀던 석사비도 시아버지 곁으로 달려와 예의를 갖추었다.

문밖에 수레가 멈추자, 곧 태후가 시녀들의 부축을 받으며 땅으로 내려섰다. 뒤따라온 왕당군 대장군 우적도 말에서 내려 태후 일행을 따라 집 안으로 들어섰다.

"그동안 적조했는데, 태대형을 이렇게 뵙는군요."

태후 하 씨의 말에 추수는 갑작스러운 사태를 어찌 수습해야 할지 몰라 당황한 모습을 감추지 못했다.

"태후 전하! 누추하지만 안으로 드시지요."

석사비가 눈치 빠르게 태후를 대청으로 안내했다. 대청이라고 해봤자, 안방과 건넌방을 연결해놓은 마루에 불과할 뿐이었다. 그리 넓지 않고 꾸민 것도 없어 소박해 보이긴 하나, 귀인을 응접하기엔 다소 초라하게 느껴질 수밖에 없었다.

"소문으로 들었습니다만, 마동 장군의 부인과 아들이로군요! 늦게나마 태대형께서 며느리와 손주를 보아 참으로 다행입니다. 손주가 아주 잘생겼구먼그래."

태후는 석사비의 손을 꼭 잡고 있는 어린아이를 바라보다 가볍게 웃는 얼굴로 추수를 향해 눈길을 돌렸다.

"그렇게 봐주시니, 그저 황송할 따름이옵니다."

추수는 손으로 대청을 가리키며 마루로 오르기를 청했다. 그 역시 어찌 태후를 대접해야 할지 몰라 어정쩡한 태도를 취할 수밖에 없었다.

"태후 전하! 갑자기 준비한 것도 없고, 뭐 다과라도……."

아직도 당황해 어찌할 줄 모르는 석사비가 머뭇거렸다.

"아닐세. 그보다 어서 방에 들어가 태대형께서 입으실 관복을 준비하시게."

집 안팎을 한 바퀴 휘 돌아본 태후가 말했다.

"네에? 관복을 말이옵니까?"

"시부께서 곧 입궐하실 것이니, 그리 준비하시게."

태후의 말은 간략했지만, 그 누구도 거스를 수 없을 만큼 단호하고 근엄한 데가 있었다.

당사자인 추수 자신도 태후의 그 강압적인 말에서 거부하지 못할 어떤 위엄을 느낄 수 있었다. 어쩔 수 없다고 판단한 그는 며느리를 향해 가만히 고개를 주억거렸다.

"잠시 마루에 올라 기다리시지요."

추수가 태후에게 청했다.

"마루는 그렇고, 기다리는 동안 마당이나 둘러보지요. 어머, 담장 밑에 촉규화(蜀葵花, 접시꽃)가 활짝 피었구먼!"

태후는 붉게 핀 촉규화를 보고 그쪽으로 걸음을 옮겼다. 담장을 따라 대여섯 포기의 꼿꼿하게 올라간 줄기에서 접시처럼 생긴 꽃들이 활짝 피어 우아한 자태를 드러내고 있었다.

그런 태후의 뒷모습을 보다가, 추수는 며느리와 함께 사랑채로 향했다. 그곳이 추수의 생활 공간이었기 때문이다.

"저 꽃을 보니, 곧 단오 명절이 머지 않았군요."

태후는 천천히 담장 곁으로 다가가 촉규화 곁에 섰다. 그러자 울긋불긋한 촉규화의 활짝 핀 꽃들을 배경으로 한 그 모습이 한결 더 우아하면서 고귀한 신분을 강조해주는 듯했다.

우적은 태후의 그런 모습을 보면서 묘한 생각에 잠겼다. 얼마 전 자신이 추수를 만나 태왕의 명을 전하며 궁궐로 가자고 했을 때는 입고 있던 흰옷 그대로 가겠다며 고집을 피우더니, 이번에는 태후의 명 한마디에 그대로 순순히 응해 관복으로 갈아입으러 사랑채로 들어간 것이었다.

그러한 기묘한 느낌은 우적만 가지고 있는 것이 아니었다. 당사자인 추수도 태왕보다 태후의 명을 더 거절할 수 없게 만드는 그 미묘한 마음의 작용을 도무지 이해하기 어려웠다. 사랑방에서 며느리 석사비가 관복을 내주고 나가자, 그는 옷을 갈아입으면서 먼저 단도부터 챙겼다. 그것은 오래전부터 그가 옷을 갈아입을 때마다 버릇처럼 돼버린 습관이었다.

추수는 단도를 속옷 안주머니에 챙기다 말고 문득 칼자루에 새겨진 용무늬와 삼태극을 바라보았다. 오랜 옛날 고국원왕의 호위무사가 되어 평양성 전투에 출전할 당시 왕자비였던 지금의 태후가 그에게 준 귀물(貴物)이었다. 행운을 가져다주는 상징과도 같은, 바로 그것이었다. 태왕과 그 사이는 군신 관계였지만, 태후와는 그것에 더하여 마음속에만 간직하고 있는 끈끈한 그 무엇이 존재했다. 그 끈끈함이란 하가촌 무술도장에서 을두미 사부를 모시고 두 사람이 사범으로 장정들에게 무술을 지도하던 시절부터 이어진 '사랑'이란 질긴 숙명이었다. 이제는 군신 관계로 도무지 이루어질 수 없는 사이가 되었지만, 무릇 사랑이란 그런 비사(秘事)로만 간직해야 하는 경우도 있기 마련이었다.

추수는 부지런히 관복을 챙겨 입고 사랑방을 나섰다. 결혼 전 태후의 이름인 '하연화'가 그의 입속에서 되뇌어지고 있었다. 그런 가운데, 다른 한편으로는 태후가 자신을 찾아 어려운 행차를 한 것이 눈물겹도록 고맙게 여겨지기도 했다.

"참, 수레에 싣고 온 비단을 내려 마루로 옮겨라."

이렇게 태후가 시녀들에게 명령을 내릴 때, 관복 차림의 추수가 막 사랑방 마루를 내려서고 있다가 그 말을 들었다.

"아니, 태후 전하! 웬 비단이옵니까?"

추수가 놀라 물었다.

"일전에 마동 장군의 내자와 아들이 신라에서 왔다고 했을 때 아무것도 선물을 하지 못했어요. 자태가 고우니, 이 비단으로 옷을 해 입으면 더욱 아름답겠군! 오 그리고, 아들 이름은 어떻게 되나요?"

태후는 추수를 보지 않고, 석사비와 어린아이에게만 눈길을 준 채 말했다.

"태왕 폐하께옵서 지어주셨지요. 할아버지와 아버지의 이름자를 하나씩 따서 '수동(手童)'이라고요."

석사비가 대답했다.

"오, 수동? 좋은 이름이군. 예전에 고국원대왕을 모시던 호위무사 중 요동의 모용부에서 우리 고구려로 귀화한 동수(冬壽)라는 장군이 있었지요. 지금 수곡성 성주 동관의 부친이시지요. 한자는 다르지만 동수 장군과 앞뒤가 바뀐 이름 아닌가? 수동이도 이다음에 커서 우리 거련 왕자의 호위무사가 되면 좋겠구먼!"

태후는 수동이의 손을 한번 잡아본 후 곧 수레를 타고 궁궐로 향했다. 호위무사들이 수레의 앞뒤를 경호하였고, 그 뒤를 우적과 추수가 말을 타고 따라붙었다.

궁궐로 돌아온 태후 하 씨는 편전에서 우적과 추수를 마주하고 앉았다. 태왕이 외유 중이므로, 태후가 대신하여 그 자리에 앉아 대신들과 정사를 논하곤 하였다.

태후는 이미 추수가 태대형 자리로 다시 돌아온 것으로 알고, 부여 땅으로 무명선사 위령제를 지내기 위해 떠난 태왕 담덕의 일에 대해 입을 열었다.

"한시가 급합니다. 우적 대장군께선 태왕의 안전을 도모하기 위한 어떤 전략을 갖고 계신지 말씀해보세요."

"네, 태후 전하! 소장은 태왕 폐하보다 일찍이 무명선사로부터 무술을 배웠으므로, 그 동굴 인근의 지리에 밝습니다. 지금 비려의 처려근지 선재 역시 소장과 함께 그곳에서 무명선사의 무술 지도를 받았습니다. 염수의 소금 대상 우신 대인의 딸이자 선재의 아내가 된 소진 역시 그렇습니다. 그리고 태왕과 함께 간 여성 호위무사 수빈이는 갓난아기 때부터 그곳에서 날다람쥐나 산토끼처럼 온 산을 훑고 다녔으므로, 누구보다 특히 주변 지리에 밝습니다. 동굴 주변이며, 그 아래 내려다보이는 호수 인근까지 모르는 곳이 없을 정도입니다. 그 점이 조금은 안심이 되지만, 태왕 폐하가 이끌고 간 40여 명의 무사들로는 안전을 도모하기가 어렵습니다. 위령제를 지내기 위해 무명선사 제자들 중 태왕 폐하와 수빈이만 그곳으로 갔는데, 이번 기회에 소장과 선재 부부 모두 참여하는 것이 옳다고 생각됩니다. 그러나 이것은 다만 명분일 뿐이고, 사실은 태왕 폐하의 안전을 도모하기 위해 후발대를 소금 대상으로 꾸며 출발시키자는 것입니다. 태후 전하의 명이 떨어지면 곧 염수로 파발을 보내 선재 부부와 무술에 뛰어난 장정들을 소금 대상으로 꾸며 부여 땅으로 가도록 할 것입니다. 소장 또한 왕당군에서 무사들을 가려 뽑아 역시 상단으로 위장해 부여 땅으로 달려갈 생각입니다."

"우적 대장군의 말씀에 대해 태대형께선 어떻게 생각하십니까?"

태후가 추수를 직시하며 물었다. 그 눈빛이 매우 날카로웠다.

"죄인이 감 놔라 배 놔라 할 입장은 못 됩니다만, 우적 대장군의 말씀이 백번 옳다고 생각합니다."

추수가 고개를 숙였다. 태후의 눈길을 마주 바라보기가 어려웠던 것이다.

"죄인이라니요? 이제 태대형께선 고구려 최고 관료로서 태왕 부재시 전권을 가지고 정사를 책임져야 하는 막중한 임무를 맡고 있습니다. 다시는 죄인이라는 말을 입에 올리지 마세요. 시쳇말로 감 놔라 배 놔라 해도 됩니다. 하세요. 그 말이 정도에 어긋나지 않는다면, 어느 사안이 되었든지 이 몸도 태대형의 판단에 기꺼이 따르겠어요."

"태후 전하! 황공하옵니다."

추수는 찔끔, 하고 눈물이 솟을 정도로 태후의 말에 감동하였다. 그 말은 든든한 병풍처럼 뒤에서 밀어주는 강력한 힘을 갖고 있었다.

"우리 세 사람의 의견이 일치하니, 우적 대장군께선 계획하신 일을 시급히 진행하도록 하세요. 우적 대장군이 국내성을 떠나게 되면 여기 태대형께서 왕당군 지휘까지 맡게 될 겁니다. 그 사이 만약에 외적이 쳐들어온다면 왕당군의 군사 지휘권을 갖고 있어야 군사를 출동시킬 수 있지 않겠습니까? 왕당군 제장들에게도 그 점에 대해 반드시 숙지시켜주세요."

"네, 당연히 그리해야지요."

태후의 말에 우적이 머리를 조아렸다.

우적은 속으로 감탄해 마지않았다. 태후의 정치 감각이나 판단 능력은 현실 상황을 제대로 꿰뚫어보고 있었으며, 또한 신속하고 정확하여 누구도 비집고 들어갈 틈이 없어 보였다. 태왕의 기질이 모친인 태후에게서 나왔다는 것을 새삼 깨닫게 되는 순간이었다.

궁궐에서 나온 우적은 곧바로 비려 땅의 선재에게 보내는 파발을 띄우고, 자신도 왕당군에서 무술에 뛰어난 군사들을 가려 뽑아 부여 땅으로 떠날 준비를 서둘렀다. 그는 왕당군 소속의 세 부대 중 태왕이 특히 왕자 시절부터 지휘한 태극군에서 몸이 날랜 무사들을 선발하였다.

"대장군! 소장도 가겠습니다."

이렇게 나온 것은 말갈군 대장 두치였다.

"그대는 아니 되네. 혹시 모를 백제군의 준동을 대비해 개마고원 및 동해 일대의 말갈군과 긴밀한 연락 관계를 유지해 언제 어느 때라도 출동할 수 있도록 해야만 하네."

"그러면 대장군! 소장을 보내주십시오."

흑부군 대장 어연극도 나섰다.

"장군 역시 아니 될 일. 나를 대신하여 일단 유사시 왕당군의 총지휘는 태대형이 맡게 되겠지만, 장군은 흑부군의 수장으로 후연의 준동에 철저히 대비해야 할 것이야."

우적은 두 장군의 충의를 알겠지만, 당장 외적의 침공에 대비하는 것이 중요하므로 그렇게 물리쳤다.

부여로 떠날 특공대 1백여 명을 가려 뽑아 곧 출동을 하려고 할 때, 국내성에서 말을 타고 달려온 두 사람이 있었다. 그들은 다름 아닌 왕후 아 씨의 부친 아진비와 그의 집사 유수였다.

"아니, 두 분께서 어찌 이곳까지?"

우적은 전혀 뜻밖의 일이라 놀라움을 금치 못했고, 다른 한편으로는 두 사람 모두 그동안 적조했던 터여서 반갑기 그지없기도 했다.

고구려에서 왕족이나 귀족에게 주는 '고추가'란 명예직을 갖고 있는 아진비는, 명색이 태왕의 장인이었지만 권력을 탐하지 않고 국내성에서 멀리 떨어진 처가의 고향 압록곡에서 초야에 묻혀 조용히 살고 있었다. 그러므로 우적으로서도 실로 오랜만에 보게 된 것이었다.

"왕후 전하께서 급하게 불러 국내성에 들렀다가 이곳으로 달려온 것입니다. 대장군께서 곧 부여 땅으로 출동하신다고 들었습니다만."

아진비는 딸인 왕후 아 씨에게 저간의 사정을 다 듣고 온 모양이었다.

"그렇게 됐습니다만……."

우적으로선 왕당군 특공대가 부여로 출동하는 것을 비밀로 해두고 싶었기 때문에, 비록 믿음이 가는 아진비지만 떨떠름한 기분이 들었다.

"방금 국내성에서 왕후 전하뿐만 아니라 태후 전하까지 함께 뵙고 오는 길입니다. 부여 사정이라면 제가 가장 잘 압니다. 그곳의 지리는 물론 사출도 수장들의 갈등에서부터, 동부여 내부 사정뿐만 아니라 북부여 등 주변 세력과의 관계까지 두루 꿰고 있습니다. 동부여니, 북부여니 하는 것은 아주 오래전 일이고 지금은 그저 부여로 통합니다. 그러나 정치 주체가 엄연히 다르므로 같은 부여 세력이라 하더라도 우리 고구려와의 친연관계는 큰 차이가 있습니다. 동부여는 우리 고구려와 적대관계이지만, 북부여는 태왕 지배하에 있는 거수국이라 할 수 있습니다. 지금 북부여의 수장은 모두루(牟頭婁)인데, 우리 고구려의 고국원대왕 때 그의 조부인 염모(冉牟)가 모용선비(前燕)의 침공 때 많은 은혜를 입었다 들었습니다. 그때부터 고구려는 염모에게 대형(大兄)의 직급을 내려 북부여를 다스리도록 했는데, 동부여도 같은 부여 세력이므로 끊이지 않고 친연관계를 유지해오고 있습니다. 또한 염모의 손자 모두루는 태왕 폐하가 등극한 직후에 수사(守事)로 임명되어 북부여 지역을 관장하는 고구려의 정식 관료가 되었습니다. 마침 제 호위무사 겸 집사로 있는 이 사람이 예전부터 북부여의 수장 모두루와 친분이 두터운 사이입니다. 만약 태왕 폐하가 동부여 군사들에게 추격당하는 위급에 처하게 되면 송화강을 건너는 것은 매우 위험하므로, 북부여 쪽으로 우회하여 모두루에게 도움을 청하는 것이 좋을 것입니다. 대장군, 우리 두 사람을 북부여로 보내주시면 모두루를 설득해 동부여 군대와의 일전도 불사하는 전략을 짜놓겠습니다."

아진비의 말엔 강한 설득력이 있었다.

우적은 전날 태왕의 명을 받고 동부여로 가서 장차 왕후가 될 아미령 낭자를 탈출시킬 때의 기억을 떠올렸다. 그때도 아진비의 지혜에 힘입어 송화강을 건너지 않고 북부여 쪽으로 우회하여 안전하게 고구려로 돌아올 수 있었던 것이다.

"일리 있는 얘깁니다."

"한시가 급하니, 허락해주시면 지금이라도 출발하겠습니다."

이렇게 말한 것은 아진비의 집사 유수였다.

"그렇게 하시오. 우리는 직선거리로 송화강 쪽을 향해 달려가야 하니, 방향이 많이 다르겠군!"

우적은 유수를 바라보며 고개를 주억거렸다.

"네, 반드시 모두루를 설득시켜 동부여 군사들의 추격에 대비토록 하겠습니다."

유수는 말을 마친 후 아진비와 함께 다시 말에 올랐다.

"아, 그리고 참! 비려의 처려근지 선재가 염수에서 동부여로 달려올 것이오. 혹시 북부여를 지날 때 만나게 되면 우리의 작전을 잘 설명해주시오. 고추가 어른과는 처남매부지간이 아니시오?"

우적이 아진비의 등을 바라보며 말했다.

"네, 알겠습니다. 대장군의 건투를 빕니다."

아진비가 뒤를 돌아보며 말한 뒤 발을 굴러 말에 박차를 가했다. 그 바로 뒤를 그의 집사 유수가 따라붙었다.

4

소금 상단으로 위장한 담덕 일행은 고구려 북쪽 경계를 넘어, 마침내 부여 땅으로 들어섰다. 10여 명씩 세 무리로 나누어 행동했는데, 각 조에 전령을 두어 서로 소통하면서 이동하였다. 위장 상단을 꾸렸으므로 부여 사람들에게 의심받지 않기 위하여 가는 도중 소금을 파는 상행위도 하였다. 산속 깊은 마을에는 소금 행상들이 자주 드나들 수 없었다. 그래서 소금 상단이 지나간다는 소문이 들리면 떼로 몰려나와 가구마다 적어도 1년 이상 쓸 수 있는 양을 구하는 것이었다. 그렇게 소금 거래를 하다 보니 노정이 길어지고, 그 일정도 자연 지체될 수밖에 없었다.

그러나 최대한 기간을 단축하여 위령제를 지내고 귀성해야 하므로, 발 빠른 추동자가 선두에서 길을 재촉했다. 겉모습은 소금 상단이라 말이 끄는 수레에 짐을 가득 싣고, 개중에는 등에 짐을 짊어진 장정들도 있었다. 수레에는 소금가마가 잔뜩 실려 있는 것처럼 보였으나, 그 깊숙한 곳에는 병장기들이 숨겨져 있었다.

담덕과 수빈을 비롯한 호위무사들은 중간에 위치하여 멀찌감치 떨어진 앞뒤의 무리들과 수시로 연락을 취하면서 움직였다. 앞의 상단 무리들이 선봉대로 적의 동태를 살피면서 전진한다면, 뒤의 상단 무리들은 후방을 경계하며 따라붙었다.

대부대를 이끌고 가는 것이 아니므로 담덕은 매우 조심스러웠다. 국내성을 떠날 때 태후와 왕후 모두 나서서 부여행 결단을 멈춰달라고 간청하던 것이 그에겐 적지 않은 마음의 부담이 되기도 하였다. 앞뒤로 상단 장정들이 철저하게 경계하고 좌우로 중앙의 호위무사들이 경호하며 이동했지만, 말을 탄 군대만큼 진군 속도를 높일 수는 없었다. 짐을 실은 수레만 말들이 끌고 상단은 모두 도보로 이동했으므로 담덕 혼자서 말을 탈 수도 없었다. 유독 혼자 말을 타고 간다면 동부여 사람들에게 이상하게 보일 가능성이 높아, 아예 애마인 백마를 궁궐에 두고 나선 마당이었다. 그러나 아무리 소금 상단으로 위장했다 하더라도 어디선가 수상쩍게 보는 눈이 있을지도 모르기 때문에 한시도 마음 놓을 수 없었다.

태왕 담덕 일행이 동부여 관내 깊은 곳에 자리한 목적지까지 가려면 송화강을 건너야만 하였다. 멀리 북서쪽으로 우회하는 길도 있었으나 너무 시일이 오래 걸리므로 직선거리로 가려면 송화강을 도강하는 길밖에 없었다. 그것도 두 번씩이나 건너야 하므로 상단을 이끌고 가는 뱃길은 번거로움이 많았다.

송화강은 태백산(백두산) 천지에서 발원하여 북서쪽으로 흐르면서 각 방향에서 흘러드는 지류들을 받아들여 수량을 늘려 나갔다. 그 유장한 흐름은 점차 수심이 깊어지고 폭이 확장되고 지형에 따라 자연스러운 굴곡을 만들면서 용틀임 같은 흐름을 지속했다. 도중에 북동쪽으로 물길을 바꾸어 흐르다가 북쪽에서 남동쪽으로 내려오는 흑룡강(黑龍江, 아무르강)과 합류하였다.

고구려 동부인 책성을 지나 산악지대를 거치면 송화강 중류와 만나게 되어 있었다. 그러나 담덕 일행은 소문을 내지 않기 위해 책성을 지나쳐 곧바로 송화강 상류에 이르렀다. 태백산에서 발원한 물줄기이므로 상류 지역은 하천의 폭이 좁고 수심이 깊지 않아 건너기에 수월하였다. 그러나 다시 서북쪽으로 가던 물줄기가 급선회하여 동쪽으로 방향을 틀면서 너른 들판을 가로지르게 되자, 두 번째 만나게 되는 강은 그 폭이 제법 넓어 배를 이용하지 않으면 도강하기 어려웠다. 직선거리로 노정을 줄여야 하므로 같은 강을 두 번 건너는 무리수를 두지 않으면 안 되었다.

담덕 일행이 송화강 상류 지역인 휘발하(輝發河)에서 배를 타고 건너게 될 때는 저녁 무렵이었다. 휘발하는 유하(柳河)·일통하(一通河)·이통하·삼통하가 동북쪽으로 흘러 합류하는데, 그 수심이 깊고 강폭이 넓어 배를 타고 건너야만 했다. 마주 보이는 강 가까이엔 높은 산봉우리 두 개가 우뚝하게 서 있었는데, 그 산을 쌍봉낙타 등을 닮았다 해서 낙타산(駱駝山)이라고 불렀다.

마침 서산 능선에서 턱걸이하고 있는 해는 잉걸불 속의 구리동전처럼 벌겋게 달구어져 있어, 그 아래 산자락을 타고 주르르 미끄러질 듯 위태로워 보이기까지 했다. 강물 속에 비친 산도 불콰하게 취해 물구나무를 서고 있었다. 노을이 물과 만나면서 만들어낸 그 형상은 배를 탄 사람들까지 취하도록 만들었다. 얼굴빛들이 모두 그랬다.

"자, 이 강만 건너면 주막이 있다. 거기서 하룻밤을 지낸 뒤 산을 넘어야 할 것 같구나."

담덕은 수하들을 둘러보았다. 마치 대행수가 소금 대상 장정들에게 하는 말투였다. 그러나 어딘지 모르게 점잖으면서도 격식을 갖춘 품위가 느껴져, 그 말과 행동이 실제 장사꾼 같지 않고 매우 어설퍼 보였다. 오래도록 시정잡배들과 어울리며 거래를 터서 그 습관이 몸에 밴 행수들 흉내를 내기는 결코 쉬운 일이 아니었다.

"이 배에는 우리 상단 식구들밖에 없으니 그렇지만, 될 수 있으면 말을 삼가도록 하십시오. 장사꾼들은 눈치가 빨라서 자칫 의심을 살 수 있기에 하는 말씀입니다."

노를 젓는 사공들 눈치를 보며 추동자가 옆에 앉은 담덕에게 귓속말로 속삭였다. 담덕은 말없이 고개를 끄덕였다. 추동자가 보기에도 이상하게 느껴질 정도라면 그 지역 사람들에게도 역시 그렇게 보일 가능성이 컸다. 이미 일행은 고구려 국경을 넘어서 동부여의 중심부로 들어서고 있었다.

"자, 다들 짐들을 잘 챙겨 배에서 내릴 준비를 하자. 산이 높아 곧 어두워질 수 있다. 서둘러 주막부터 찾아들어야 한다. 정신들 차리지 않고 뭣들 하느냐?"

추동자가 소금 상단으로 꾸민 장정들을 향해 소리쳤다.

송화강 북변 나루터 인근에는 어부와 상인들을 상대로 하는 주막촌이 형성되어 있었다. 강을 건너면 바로 큰 산이 가로막고 있었다. 고개를 넘으려면 오르내리는 데 한나절 남짓 걸리므로, 해가 서쪽 산 능선에서 턱걸이할 무렵이면 누구나 무리하지 않고 숙소를 잡아 쉬어가게 마련이었다. 산이 높고 골짜기가 깊어 산적들이 언제 나타나 짐을 가로챌지 모르기 때문에, 상단들은 여러 패가 한 무리를 이루어 고개를 넘곤 하였다. 소규모 상단의 경우 다른 상단들이 강을 건너오길 기다리기 위해 사나흘씩 주막 봉놋방 신세를 질 때도 있었다. 주막의 방들이 텅텅 비어 있어도 행수가 아닌 일반 장정들은 헛돈을 아끼려고 여러 명이 함께 뒹굴며 자는 싸구려 봉놋방을 사용하였다.

배에서 내린 담덕 일행은 세 군데 주막으로 나누어 숙소를 잡았다. 서로 다른 상단인 것처럼 보이기 위해서도 그렇고, 40여 명이 한꺼번에 들어갈 수 있는 주막을 잡기도 어려웠기 때문이다. 각기 방을 잡은 주막에서 저녁밥을 먹는데, 주로 추동자가 숙소들을 돌면서 정보도 전달하고 술추렴도 곁들였다. 행상들은 낮에 쌓인 피로를 풀기 위해 저녁 술자리를 갖곤 하는데, 국밥을 안주 삼아 막걸리를 마시면 배도 부르고 기분도 흥감해져 자연 시끌벅적해지기 마련이었다. 초여름이라 주막의 마당에는 많은 평상이 펼쳐져 있었고, 거기 둘러앉은 상단 장정들은 술을 마시는 가운데 큰 소리로 떠들고 때로는 욕지거리도 다반사로 하며 온갖 객기를 부렸다. 장사꾼들의 노는 가락이 그러했는데, 그것은 오랜 노정의 고단함을 푸는 일종의 심신 달래기 방식이라고 할 수 있었다. 주모는 신바람이 나서 요란하게 엉덩이를 흔들며 술과 안주를 소반에 받쳐 들고 평상 사이를 오가느라 가랑이 사이에 불이 날 지경이었다.

그러나 담덕 일행이 앉은 평상은 다른 상단 장정들 쪽보다 조용한 편이었다. 그도 그럴 것이 행수 차림이지만 담덕은 엄연히 태왕이므로, 같은 평상을 차지하고 앉은 장정들로서는 매우 조심스러울 수밖에 없었다. 남장을 한 여성 호위무사 수빈을 위시하여 주로 호위무사들이 행상 차림을 갖추었는데, 그래서 더욱 그들은 주변 경계 임무를 게을리하지 않기 위해 대체로 술도 삼가는 편이었다. 다만 다른 주막에 짐을 푼 추동자가 담덕이 있는 평상에 와서 제법 장사꾼다운 몸짓으로 조금 시끄럽게 떠들어, 그나마 상단 같은 분위기가 어우러지는 듯 싶었다.

"행수님!"

추동자는 담덕 곁에 와서 큰 소리로 이렇게 불러놓고, 다른 평상을 살피다가 작은 소리로 다시 말했다.

"저기, 저, 폐하!"

"행수라고 부르게."

담덕이 조용히 속삭였다.

"아, 예! 이제 사나흘 후면 목적지에 도착할 것 같습니다. 가다가 들르게 되는 장터 마당이 많지 않으니, 미리 제수 음식을 준비해야 하지 않을까요?"

추동자는 한껏 목소리를 낮추었다. 그런데 그의 입에서는 술 냄새가 푹푹 풍겼다. 다른 주막의 동료 상단 장정들과 마신 술이 조금 과했던 것이다.

"그리하시게. 장정들에게 너무 술을 많이 마시지 말도록 이르게."

"예! 그러하온데, 내일 이 앞의 큰 산을 넘으면 거기서부터 부여의 마가부 관할이옵니다. 여긴 우가부와 마가부의 경계 지역으로, 각 부에서 나온 어부들이나 나루터를 관리하는 정장들이 대체로 섞여 있다고 하옵니다. 이미 오래전 마가부 수장인 대가는 죽고, 그 아들 견성이 대를 이었다는 얘기를 들었습니다. 하니 나루터 관리 중엔 견성의 수족들도 있겠지요."

"견성이라? 어디서 들은 얘긴가?"

담덕의 눈빛이 날카롭게 빛났다. 그는 '견성'이란 이름을 기억하고 있었다. 마가부의 견성이라면 오래전 우가부 대사자 아진비의 저택을 침범했던 검은 복면 무리의 우두머리가 틀림없었다.

"견성을 아십니까?"

"으음, 알 만한 자일세."

담덕은 왕후 아미령이 처녀였던 시절, 남몰래 흠모하였던 자가 견성이라는 걸 잘 알고 있었다. 마가부에서 청혼을 했는데 아미령의 아버지인 우가부 대사자 아진비가 반대를 하자, 견성은 졸개들을 동원해 그 딸을 납치하려고까지 했던 것이다. 그때 태자였던 담덕이 소문으로만 듣던 무명선사를 찾아가다 그 납치 현장을 목격하고 아미령을 구해준 것이 인연이 되어, 태왕이 된 후 왕후로 맞이하였다. 그러고 보면 태왕에게 있어서 견성은 한때 아미령을 사이에 둔 연적 관계라고 할 수도 있었다.

"시생의 상단에 속한 흑부상 중 하나가 주로 부여의 마가부

관할 장터를 돌며 정보를 수집하고 있습니다. 그 장정이 마가부 지리를 잘 알아 이번 원행에 특별히 참여시켰사옵니다."

"흐음, 알았네. 매사에 신중을 기하도록 하게. 그 장정에게도 입을 조심하라 이르고……."

담덕은 분위기상 긴 이야기할 처지가 못 되므로 추동자를 숙소로 돌려보냈다.

그런데 쥐도 새도 모르게 추동자의 뒤통수를 노리는 눈길이 있었다. 그가 묵고 있는 주막에서부터 뒤를 밟아온 자인데, 술에 취해 비틀거리며 소피를 보는 척 바쁘게 뒷간을 오가면서 담덕 일행의 평상 주위를 맴도는 걸 아무도 눈치채지 못했다.

추동자가 숙소로 정한 주막으로 돌아왔을 때도 장정들은 한창 막걸리를 마시고 있었다. 그 곁의 평상에서도 다른 상단 무리 중 취흥에 겨워 노랫가락까지 흥얼거리는 자들까지 있었다.

"자리 좀 끼어 앉겠네."

추동자의 뒤를 쫓던 자가 옆 평상의 술자리로 엉덩이를 비비고 들어앉았다.

"어엇? 정장(亭長) 나리!"

장정 하나가 사내의 얼굴을 보고 아는 체를 했다. 큰 나루터마다 전망 좋은 곳에 정자(亭子)가 있었는데, 그 우두머리를 정장이라고 불렀다. 그는 부여의 마가부에서 임명한 관리로, 나루터를 드나드는 행상들 가운데서 수상한 자들을 색출하거나 그곳에서 주워들은 온갖 정보를 관에 보고하는 임무를 맡고 있었다. 그래서 나루터를 자주 이용하는 행상들을 정보통으로 이용하기 때문에 그 얼굴을 잘 기억하고 있었다.

"쉿!"

정장이 오른손 검지를 입으로 가져가며 바로 뒤 평상 쪽에 귀를 곤두세웠다. 어린 시절에 그는 부여 땅을 전전하며 엿장수를 하던 추동자의 얼굴을 알고 있었다. 키가 큰 데다 물구나무서서 가위질하고 엿을 파는 등 기이한 짓거리를 잘해서, 특히 기억하기 쉬웠다. 그러나 추동자 쪽에서는 그를 알아보기 어려웠다. 어린 시절 모습은 사라지고 이미 성인이 된 관계로, 얼굴이나 행색이 많이 달라져 있었던 것이다.

"여보게. 고개 너머 마가부 장터에 가면 제수 음식을 장만해야 하네. 비싸고 귀한 것들로 준비해야 하니, 좋은 물건이 나오는 장터 쪽으로 행로를 잡도록 하게나."

추동자는 부여 땅 지리를 잘 아는 장정에게 애써 소리 죽여 말했다. 그래도 술에 취한 목소리라 옆 평상에서도 귀만 잘 기울이면 들릴 정도였다.

"예, 염려 마십시오. 두어 군데 큰 장터가 있으니, 곶감이며 전이며 떡 등을 구할 수 있을 것입니다. 이제 여름 초입이라 제철 과일을 구할 수 없는 게 아쉽지만요."

이렇게 말하는 장정의 목소리가 너무 컸다. 그는 이미 술이 얼큰하게 달아올라 있었다.

"쉬잇! 조용, 조용히 말하게나. 누가 들을까 무섭네."

추동자가 사방의 평상을 살피며 눈을 깜박여 주의하라는 신호를 주었다. 그러나 바로 뒤의 평상에 등을 돌리고 앉은 정장은 들을 걸 다 들은 뒤였다.

'흐음, 내 눈은 못 속이지. 저들이 배에서 내릴 때부터 의심스러운 것이 한두 가지 아니었어. 행상 차림이지만 뭔가 달라. 말투부터 행실이 도무지 장사꾼 같지 않단 말이야.'

정장은 마음속으로 되뇌면서 바로 옆에서 아는 체를 하던 자가 따라주는 막걸리를 기분 좋게 들이켰다.

태왕 담덕 일행이 송화강 줄기의 북편 객주에서 하룻밤을 자고 나서 일찌감치 산을 넘어 어느 장터로 들어섰을 때였다. 멀리서 그들의 뒤를 쫓는 세 명의 수상한 자들이 있었다. 바로 송화강 나루터를 지키던 정장과 그의 수하들이었다.

장터 마당에선 한창 단오 축제가 열리고 있었다. 농지에 씨를 뿌리고 난 다음 한창 곡식이 자라는 여름의 초입인 5월 5일, 그날은 고구려에서 가을걷이를 끝낸 10월 동맹 축제와 함께 설과 추석 다음으로 중요하게 여기는 명절이었다. 그 단오 축제가 동부여 땅에서도 거창하게 열리고 있었다.

"무명선사께서 엿장수를 하며 부여 땅을 두루 섭렵할 당시, 시생은 그 뒤를 따라다니며 수발을 든 적이 있사옵니다. 그때 그분께서는 추모대왕의 발자취를 찾아다니셨습니다. 그러다가 엿장수를 하면서 모은 고철을 금산 출신이라는 야철장에게 갖다 주고 보검을 만들어달라고 했습니다. 보검이 완성되자, 그분께서는 부여 땅에서 종적을 감추셨습니다. 그 이후 시생은 그분이 남기고 간 엿판을 메고 세상을 두루 돌아다녔지요."

추동자의 말을 들으며 담덕은 수레의 소금 짐 속에 숨겨둔 보검을 떠올리지 않을 수 없었다. 사부 무명선사가 그에게 '무명검법' 비급과 함께 하사한 바로 그 보검일 것이었다. 야철장 김슬갑의 이야기에 의하면 그의 부친이 그 보검을 만들었다고 하였다.

이때 태왕 담덕의 머리가 비상하게 돌아갔다. 추동자의 말대로 무명선사가 남 모르게 추모대왕의 발자취를 추적했다면, 산 중턱에 호수가 있는 그 깊은 산속의 동굴이야말로 전설이 서려 있는 장소일 수 있다는 생각이 퍼뜩 뇌리를 스쳤던 것이다. 무명선사도 확신하기 어려워 말을 삼갔는지 모르지만, 아마도 그곳이 바로 추모대왕이 무술을 익히던 곳이었을 것이다.

고구려 건국신화에서 보면 동부여의 금와왕은 장자 대소를 포함해 일곱 왕자를 두었는데, 당시 그들은 자주 사냥을 나갔다. 이때 명색이 양아들인 추모도 동참케 하였는데, 그가 활을 잘 쏘므로 화살을 적게 주었으나 일곱 왕자보다 더 많은 짐승을 잡았다고 했다. 이때 금와왕의 왕자들은 몰래 졸개들에게 명하여 추모를 죽이려고 했으나, 그는 워낙 무술이 뛰어나 살아남을 수 있었다.

아마도 금와왕이 즐겨 사냥을 하던 곳이 어린 시절 추모가 무술을 연마하던 곳일지도 몰랐다. 그리고 그곳은 바로 무명선사가 고구려 무술인 '무명검법'을 연구하던 바로 그 호수와 동굴이 있는 산이었을 것이다.

담덕은 그동안 수십 번에 걸쳐 무명검법의 비급을 독파하였다. 책을 보지 않고도 줄줄이 욀 정도였다. 그렇게 열심히 비급을 보았는데도, 무명선사가 무명검법을 연구한 곳이 추모왕의 무술 연마 장소라고는 생각해본 적이 없었다.

그런데 지금 부여 땅에 와서 추동자와 대화하는 도중 담덕에게 그러한 사실이 확연한 깨달음으로 다가왔다. 갑자기 마음이 바빠졌다. 어서 빨리 그곳으로 달려가고 싶은 마음이 앞섰다. 그곳에 가서 비록 눈으로는 확인할 수 없는 영혼의 그림자지만, 심안으로나마 추모왕과 무명선사의 훈향(薰香)을 접할 수 있을 것만 같았다.

"제사 음식을 다 구했으면 어서 빨리 가도록 합시다."

담덕은 서둘렀다. 그의 기억 속에서 깊은 산속의 호수와 동굴이 아련하게 떠올랐다. 비가 내린 뒤 산안개가 걷히면서 드러나는 진초록의 산야처럼, 그 기억은 명료하게 무명선사에게 무술을 배우던 그 시절로 그를 데려다주었다.

5

"뭐라? 그게 대체 무슨 소리냐?"

마가부의 대가 견성은 송화강 정장이 가져온 소식에 버럭 소리부터 질렀다.

"행색은 소금 대상이라고 하나 수상한 자들이 틀림없습니다. 추모왕 어쩌고 하는 걸 보면 고구려 세력 중 하나일 것입니다."

"그 수상한 소금 대상들이 장터 마당에서 제사 음식을 마련했다고 하면, 이는 필시 고구려 세력 중 하나일 것이다. 그들의 행색이 소금 대상 같은데, 수상하다니? 그게 뭔 소린가? 그들의 차림새를 보고 느낀 대로 낱낱이 보고하라."

견성의 눈이 날카롭게 빛났다.

"행수라는 자의 면모가 어딘지 소금 행상 같지 않았습니다. 그 말투나 행동거지가 고구려 귀족 같았습니다."

"고구려 귀족이라? 그들은 과연 제사 음식을 장만해 어디로 가려는 것일까?"

견성은 뭔가 짚이는 바가 있어 자신도 모르는 사이에 자꾸만 의문 투의 말을 던졌다. 정장에게 하는 소리가 아니라 자기 자신에게 묻고 있는 것이었다.

"그들이 주고받던 말 가운데 무술이니 보검이니 따위를 흘려들었는데, 어떤 장소에 가서 제사를 지내려는 모양입니다."

정장은 방금 견성의 입에서 뱉어진 말이 자신에게 묻고 있는 것으로 알았다.

"그대는 그자들이 어디로 가고 있는지 아는가?"

"졸개 두 명을 붙여두고, 수시로 저와 연락을 취하는 방도를 마련해놓았습니다. 가까운 역참을 통해 소식이 전달될 것입니다."

"졸개들에게 연락해서 계속해서 그들의 뒤를 쫓도록 하라. 절대로 놓쳐서는 안 되고, 그들이 눈치를 채게 해서도 안 된다. 이번 일만 잘되면 그대와 졸개들에게 큰 상을 내리리라."

견성은 정장에게서 '무술'과 '보검'이라는 말을 듣는 순간, 소금 대상으로 위장한 그들의 정체를 확연하게 깨달을 수 있었다.

정장과 계속 긴밀한 연락을 취할 수 있도록 조처한 후, 견성은 곧바로 마가부의 군사들 중 무술이 뛰어난 자들을 가려 뽑았다. 그 수가 기백을 헤아렸다. 군사들의 움직임이 알려지면 곤란하므로 소수정예 부대를 출동시키기로 한 것이었다.

하루 한나절이 지나서 정장은 역참을 통해 들어온 졸개들의 정보를 견성에게 보고했다.

"산 중턱에 호수가 있고, 그 위에 동굴이 있는 깊은 산속으로 그들이 잠입하였습니다. 소금 대상이 인가도 없는 깊은 산속으로 들어간 것을 보면 아무래도 수상한 무리임에 틀림이 없습니다.”

정장의 보고는 견성의 예상을 벗어나지 않았다.

‘담덕의 무리가 틀림없다.’

견성은 마음속으로 이렇게 되뇌었다. 그는 예의 수상쩍은 소금 대상의 무리가 담덕 일행이라 단정했다.

오래전 견성은 우가부 대사자 아진비의 저택을 급습하여 담덕이 지니고 있는 비급을 탈취하려고 했던 적이 있었다. 그때 자신이 남몰래 흠모하던 아미령 낭자까지 납치하려고 했으나, 담덕이 거느린 무리의 무술이 워낙 뛰어나 실패하고 말았다. 그로부터 몇 년 후에는, 그때 역시 소금 대상으로 위장한 고구려 무사들이 부여 땅으로 잠입해 아미령을 납치해 갔다. 당시 아진비 가족이 고구려로 망명했지만, 부여의 입장에서 볼 때는 납치와 다를 바가 없었다.

견성은 당시의 기억을 떠올리고는 자신도 모르는 사이에 이를 부드득, 갈아붙였다. 그는 반강제로 납치해 아내로 삼으려고까지 했던 아미령이 고구려로 가서 왕후가 되었다는 소식을 접하고 어금니가 아프도록 치욕을 되씹었던 기억을 새삼 떠올렸다.

마침내 담덕 일행을 뒤쫓던 정장의 졸개들이 견성과 그의 군사들을 안내해 호수가 있는 산속 인근까지 다다를 수 있었다. 호수 근처의 숲속에서 밤을 지새운 후, 때마침 이른 새벽의 안개가 짙게 낀 틈을 타서 군사들을 이동시켜 동굴을 완전히 포위했다. 소리 나지 않게 담비처럼 산비탈을 기어 마침내 동굴 바로 밑까지 접근했다.

호수에서 피어오른 안개가 산허리를 맴돌다가 아침 해가 떠오르자 씻은 듯이 사라졌다. 마침 그 무렵, 담덕 일행은 흰옷 차림으로 동굴 앞에서 무명선사 3대의 추모 위령제를 지내기 위해 제사상을 차려놓았다. 동굴 속은 어두웠으나 석벽 곳곳에 구멍을 파놓은 고콜에 관솔불을 붙여 밖에서도 내부를 훤히 들여다볼 수 있도록 했다.

곧 추모 위령제가 시작되었다. 담덕이 먼저 절을 올리려고 허리를 굽힐 때였다.

"쳐라! 한 놈도 살려 보내지 말라!"

견성의 공격 명령과 함께 부여 군사들이 일제히 함성을 지르며 동굴 앞 너른 마당을 향해 달려들었다. 산비탈을 타고 올라온 그들은 위령제를 지내는 담덕 일행을 향해 일제히 창을 던지고 칼을 휘둘렀다.

"아앗! 적이닷!"

흰옷 입은 담덕의 호위무사들이 누가 먼저랄 것 없이 소리치며 무기를 빼들었다. 그들은 흰옷 안에 갑옷을 입고, 허리나 등에 칼을 숨겨놓고 있었다.

부여군의 창이 날아들 때 담덕은 허리를 굽혀 절을 하던 차였으므로 용케도 그것을 피할 수 있었다. 그러나 그 옆에서 술을 따르던 여성 호위무사 수빈은 무방비 상태에서 적을 맞을 수밖에 없었다.

"아앗! 위험하닷!"

이렇게 소리친 것은 담덕이었다. 그 소리와 함께 그는 수빈을 감싸면서 제사상 옆으로 엎어졌다.

바로 그 순간, 강한 쇳소리를 내며 날아온 창이 담덕의 등에 꽂히고 말았다. 둘러선 호위무사들이 미처 손쓸 사이도 없이 날아든 창은, 손잡이가 그리 길지 않아 근접 거리에서 던지기에 적합한 무기였다.

뒤늦게 창칼을 빼든 호위무사들이 동부여군을 상대하는 사이, 담덕은 제사상 바로 옆에 엎어진 수빈을 일으켜 세워 잽싸게 동굴 안으로 몸을 숨겼다.

바로 그때 담덕의 등에 창이 꽂힌 것을 발견한 추동자가 동굴 안으로 달려오며 소리쳤다.

"태왕 폐하께서 다치셨다!"

그때서야 수빈은 담덕의 등에 자루 짧은 창이 꽂혀 있는 것을 발견하였다.

"아아, 폐하!"

수빈은 곧 담덕의 등에 꽂힌 창을 뽑아내려고 자루를 움켜쥐었다.

"수빈아, 너는 괜찮은 것이냐?"

담덕은 거칠게 숨을 몰아쉬면서도 수빈의 몸을 걱정했다. 다행히도 수빈은 크게 다친 곳이 없는 모양이었다.

"비키시오. 내가 창을 뽑으리다. 그보다 적들이 동굴로 들어오지 못하도록 철저히 막으시오."

추동자가 수빈을 밀치고 달려들었다.

수빈은 창 자루를 잡은 채 어찌할 줄 모르다가 그제야 정신을 차리고 칼을 빼들었다.

"추 단장님, 동굴 안쪽으로 들어가면 관솔을 장작처럼 쌓아놓은 곳이 있습니다. 그 나무들을 치우면 굴이 나오니, 일단 폐하를 모시고 그쪽으로 피하세요. 굴을 찾아 아래로 내려가다 보면 저 아래 호수의 물이 떨어지는 폭포수 안쪽 동굴과 통하게 돼 있어요. 폐하를 업고 관솔불을 들고 퇴로를 찾아보세요."

수빈은 동굴 입구로 나서며 추동자를 향해 소리쳤다.

"알았소. 적의 추격부터 막아주시오."

추동자는 일단 담덕의 등에 꽂힌 창부터 뽑아냈다. 가까이에서 날아온 창이라 깊이 살을 파고들어 좀처럼 잘 뽑히지 않았다.

담덕은 이를 악물었다. 추동자가 창을 뽑는 동안 신음 한 번 내지 않았지만, 생살을 도려내는 듯한 아픔은 인내심의 한계를 느끼게 하였다.

미늘처럼 날카로운 창을 뽑아내자 피가 분출했는데, 그로 인해 추동자의 얼굴이 피범벅이 되었다. 그는 자신의 옷자락을 찢어 피가 솟구치는 태왕의 상처 부위를 막았다. 등에서 가슴으로 천을 둘둘 말아 단단히 동여맸지만, 천을 흠뻑 적시며 배어나오는 핏물을 당장 멈추게 할 수는 없었다.

"폐하! 시생의 등에 업히십시오."

추동자는 자신의 등을 들이대며 담덕을 향해 소리쳤다.

담덕의 귀에는 그 소리가 아득하게 느껴졌다. 멀리서 들려오는 메아리처럼 동굴 안을 우웅우웅, 울렸다.

담덕을 등에 업은 추동자는 곧 석벽의 고콜에 꽂힌 관솔불을 들고 동굴 안쪽으로 들어갔다. 과연 수빈의 말처럼 관솔로 된 장작더미를 들어내자, 정말 굴이 연결되어 있었다. 굴의 입구는 허리를 깊이 숙여야 들어갈 수 있을 정도였는데, 안으로 들어서자 광장처럼 넓은 공간이 나왔다. 굴을 따라 아래로 내려갈수록 크고 작은 공간이 연속적으로 나왔고, 간혹 물웅덩이와 마주치기도 하였다. 수심을 몰랐으나 헤엄을 쳐서라도 건너가야만 저쪽 굴의 통로를 찾을 수 있을 것이었다. 걷다가 물이 깊어지면 헤엄을 치고, 다시 광장 같은 곳으로 나와 숨을 돌렸다.

"태왕 폐하!"

다시 물웅덩이를 지나 넓은 광장에 이르렀을 때, 추동자는 등에 업힌 담덕을 일단 내려놓았다. 물속을 헤치고 나왔으므로 두 사람의 온몸은 젖어 있었다. 캄캄한 동굴 속에서 불은 생명과 같았으므로, 관솔불이 꺼지지 않도록 특히 조심하였다.

관솔불에 비친 담덕은 의식을 잃어 얼굴이 하얗게 질려 있었다. 물에 흠뻑 젖은 옷에도 핏물이 흥건하게 배어 있었다. 지혈이 되지 않은 상태에서 너무 피를 많이 흘렸으므로, 추동자는 더럭 겁이 났다.

그때 방금 지나온 동굴 저쪽에서 관솔불 하나가 비쳤다. 추동자는 바짝 긴장했다. 그렇다고 불을 끌 수는 없었다. 그는 일단 담덕을 안전한 곳으로 옮겨놓고 물가로 나섰다.

"누구냐?"

"추 단장님! 거기 태왕 폐하와 함께 계시는 거죠?"

동굴의 공간을 우웅우웅, 울리면서 들려온 것은 여성 호위무사 수빈의 목소리 같았다.

잠시 후 물웅덩이를 헤엄쳐서 건너온 수빈의 얼굴은 온통 피투성이가 되어 있었다.

"적들은 어찌 되었소?"

추동자는 추격해올지도 모를 동부여 군사들이 걱정되었다.

"동굴 앞에서 호위무사들이 막고 있으나 기백을 헤아리는 적이라 장담할 수가 없습니다."

"적이 여기까지 추격해올까 두려워서 물어본 것이오."

"일단 안심해도 됩니다. 동굴 앞에서 호위무사들이 결사적으로 항전하고 있으니까요. 그런데 태왕 폐하는?"

수빈은 동굴 속을 두리번거렸다.

"이쪽으로 오세요."

추동자는 태왕 담덕이 누워 있는 구석진 곳으로 안내했다.

"태왕 폐하! 정신이 드십니까?"

수빈은 꼼짝도 하지 않고 반석 위에 누워 있는 담덕에게로 다가가 물었다. 아무런 대답이 없었다.

"너무 피를 많이 흘려 혼수상태입니다. 빨리 동굴을 벗어나 응급조치를 취해야 하는데 큰일입니다. 여기서 동굴의 출구까지는 얼마나 걸리겠습니까?"

추동자가 수빈의 옆으로 다가와 담덕 앞에 무릎을 꿇으며 물었다.

"폐하! 태왕 폐하!"

수빈은 꼼짝도 하지 않는 담덕의 가슴 위에 손을 얹고 마구 흔들었다. 가슴에 온기가 느껴져 살아 있는 생명이지, 거의 움직임이 없는 것으로 봐서는 나무토막과 다를 바 없었다.

그러자 수빈은 절망한 표정으로 흐느껴 울었다. 어깨까지 들먹이며 몸부림을 쳤다.

"이럴 때가 아닙니다. 어서 빨리 이곳을 빠져나가야 합니다."

추동자가 수빈을 부추겨 일으키려고 했다.

"폐하가 저 때문에 이렇게 되었습니다. 대체 이를 어찌하면 좋겠습니까?"

수빈은 사내처럼 엉엉 소리를 내어 울었다. 동굴 속이라 그 소리가 웅웅거려 메아리가 다시 메아리를 받아 오래도록 여운을 남겼다.

"정신차리세요. 빨리 동굴을 벗어나 지혈부터 해야 합니다."

추동자가 수빈을 재촉했다.

그때서야 수빈도 제정신으로 돌아와, 추동자가 다시 담덕을 등에 업는 것을 도와주었다.

동굴은 좁은 통로를 지나면 다시 물웅덩이와 광장 같은 반석을 만나고, 다시 좁아져 물길이 폭포수처럼 쏟아지는 절벽에 이르기도 했다. 절벽을 내려갈 때는 수빈이 먼저 어느만큼 내려가 담덕을 업은 추동자의 몸을 받쳐주면서 어렵게 장애물을 넘었다. 만약 수빈이 없었다면 추동자 혼자서 담덕을 업고 폭포수가 쏟아지는 절벽을 내려오기가 불가능했을 것이다.

마침내 담덕을 업은 추동자는 동굴의 출구로 빠져나올 수 있었다. 앞에서 길을 안내한 수빈의 말처럼, 과연 동굴을 벗어나자 눈앞에 폭포수가 쏟아져내리고 있었다. 폭포수에서 튕겨 나온 물방울들이 사방으로 튀어 동굴 입구까지 물기가 흥건했다.

일단 추동자는 물기 적은 반석의 구석 자리에 담덕의 몸을 눕혔다. 다행스럽게도 폭포수의 물줄기가 주렴처럼 가려주어

밖에서는 그 안에 동굴이 있는지조차 모를 정도였다.

"여기서 태왕 폐하를 보호해주시오. 나는 밖으로 나가 지혈제를 구해오겠소."

추동자가 담덕을 내려놓자마자 수빈에게 말했다.

"지혈제를 어디서 구하려구요?"

수빈이 자신의 옷을 찢어 피가 배어나오는 담덕의 등을 다시 압박해 조여 매면서 물었다.

"이 근방에 오이풀이 있을지 모르겠습니다. 예전에 엿장수 노릇을 하며 귀동냥으로 들은 풍월입니다. 잎사귀를 비비면 오이 냄새가 난다 해서 오이풀이라고 하는데, 그 뿌리를 짓이겨 상처 부위에 바르면 지혈 효과가 있다고 합니다."

추동자는 급한 나머지 말을 끝내기도 전에 폭포수 옆으로 동굴을 빠져나갔다.

6

동굴 앞에서 담덕의 호위무사들과 동부여 군사들 간에 벌어진 싸움은 피를 튀기는 일대 혈전이었다. 적들이 동굴 쪽으로 접근하지 못하도록 호위무사들은 철저히 막았고, 견성이 가려 뽑은 동부여 군사들의 무술 실력 역시 만만치 않아 한동안 팽팽한 접전이 이어졌다. 동굴 앞마당은 피아를 구분하기 어려울 정도의 난투극이 펼쳐졌는데, 호위무사들이 아무리 적을 베어 넘겨도 끊임없이 올라오는 동부여 군사들을 방어하기에는 역부족이었다. 담덕이 피신할 수 있는 시간을 벌기 위해 동굴 입구를 철저히 막았으나, 결국 호위무사들은 하나둘씩 동부여 군사들의 창칼을 맞고 쓰러졌다.

담덕의 호위무사들이 전멸해 싸움이 일단락되었을 때, 건성은 뒤미처 동굴 앞마당으로 올라왔다. 그는 휘하 군사들에게 외쳤다.

"고구려왕 담덕을 찾아라!"

건성의 명령에 동부여 군사들은 호위무사들의 시체를 일일이 확인했다. 그러나 그 속에서는 담덕의 자취를 찾을 길이 없었다. 얼굴은 모르지만 일일이 시체를 뒤져 옷을 입은 차림새, 몸속에 지닌 귀중품 등을 살펴보았으나 딱히 고구려왕이라 할 만한 증거를 발견하지는 못했다.

그런데 동굴 속으로 들어간 동부여 군사 하나가 소리쳤다.

"장작이 무너진 곳에 굴이 뚫려 있습니다. 아무래도 이곳으로 도망친 것 같습니다."

건성이 동굴로 들어가보고 나서 발을 동동 굴렀다.

"아아, 담덕의 명이 길구나. 막힌 동굴인 줄 알았는데 뚫려 있다니. 대체 이 동굴이 어디로 연결되어 있단 말인가?"

이렇게 건성이 탄식하고 있을 때였다.

갑자기 동굴 밖이 시끄러워졌다. 동굴 앞마당 한쪽 비탈에서 비명과 함성이 뒤섞여 들려오고 있었다. 곧 동굴 앞마당을 장악했던 동부여 군사들의 한쪽 귀퉁이가 무너지기 시작했다. 바로 그 아래 산비탈에서 올라오는 무리들이 창칼을 휘두르며 달려든 까닭이었다. 그들은 바로 우적이 이끌고 온 1백여 고구려 무사들이었다.

"아앗! 뒤에도 적이 있다!"

동굴 앞마당에 있던 동부여 군사 중 누군가가 날카로운 소리로 외쳤다.

우적의 무사들은 거침이 없었다. 마치 싸리 빗자루로 마당을 쓸 듯, 동굴 앞에 몰려 있는 동부여 군사들을 창칼로 마구 찌르고 베어넘겼다. 마당 한 귀퉁이가 무너지자, 나머지 방향에서도 동부여 군사들은 잔뜩 겁을 집어먹은 채 도망치기에 바빴다.

견성도 사태의 급박함을 알아차렸다. 워낙 고구려 무사들이 거칠게 밀어붙이자, 그 뒤에 얼마나 많은 병력이 따라붙고 있는지 도무지 감을 잡기가 어려웠다.

"일단 후퇴하라!"

이와 같은 견성의 명령은 동부여 군사들을 더욱 혼란케 하였다. 마치 하늘에서 내려온 천군처럼 갑자기 들이닥친 고구려 무사들의 창칼이 두렵기도 했지만, 다 이겨놓은 싸움이라고 생각하며 여유를 부리던 그들은 대체 어디로 도망쳐야 할지 몰라 갈팡질팡할 수밖에 없었다. 그들은 집중폭우에 계곡물이 쓸리듯, 각자 제 발길 닿는 대로 산비탈을 굴러내려가기에 바빴다.

우적은 휘하 무사들에게 동굴 앞마당에 널브러진 시체들을 꼼꼼히 살피게 하였다. 그는 동굴 속으로 들어가 아직도 석벽 곳곳의 고콜에 걸려 불타고 있는 관솔불 중 하나를 들고 사방을 두루 살펴보았다. 동굴 안쪽에 쌓아놓은 관솔로 된 나무들이 흩어져 있었다.

막아놓았던 구멍을 발견하자, 우적은 태왕 담덕이 그 동굴을 통해 탈출했다고 판단했다. 수빈이 피신처로 안내했다면 그럴 가능성이 매우 높았다. 그 역시 동굴이 땅속으로 이어져 호수 밑의 폭포수 안쪽에 출구가 나 있다는 사실을 알고 있었다.

불행 중 다행이라 생각했지만, 우적은 다시 동굴 밖으로 나와 앞마당의 시체들을 확인하고 있는 무사들에게 소리쳤다.

"태왕 폐하는 살아 계시다. 호수 아래 폭포수가 있는 곳을 향해 달려가라!"

이렇게 소리치면서도 우적은 혹시 동굴 앞마당에 널브러져 있는 시체들 중에 태왕이 있을까 봐 겁을 먹었다. 그러나 명령이 떨어지기 무섭게 산비탈을 달려내려가는 무사들이 있을 뿐, 달리 보고하는 자가 없는 것으로 보아 다소 안심해도 좋을 듯 싶었다. 그들은 왕당군 무사들로, 특히 태극군에서 가려 뽑았으므로 태왕의 얼굴을 잘 알고 있었다.

우적과 무사들이 폭포수에 도착할 때까지 견성이 지휘하는 동부여 군사들의 반격은 없었다. 이상한 일이었다. 분명 산 아래로 내려간 것 같은데 종적이 묘연했다.

그러나 우적은 그런 계산을 할 시간적 여유가 없었다. 적의 기습 공격을 받고 나서 태왕 담덕이 어찌 되었는지, 그것이 가장 염려스러울 뿐이었다. 동굴 속의 지리를 잘 알고 있는 수빈이 곁에서 보좌하고 있다면 필시 폭포수 안쪽의 반석 같은 공간 어디엔가 숨어 있을 것이었다.

폭포수 떨어지는 소리가 요란한 데다 물방울이 사방으로 튀어 일으키는 물안개 때문에, 그 안쪽의 인기척은 전혀 느껴지지 않았다. 그렇다고 함부로 폭포수 안쪽으로 뛰어들 수도 없는 것이, 그곳에 수빈과 일부 호위무사들이 태왕을 보좌하고 있다면 피아 구분이 어려워 공격받을 위험성이 높기 때문이었다.

"수빈아! 안에 수빈이 있는가?"

우적은 폭포수 안을 향해 소리쳤다. 그러나 세차게 떨어지는 폭포수 소리에 묻혀 그 안에까지 목소리가 제대로 전달될지 의문이었다.

한편 폭포수 안의 동굴 입구 한쪽 너럭바위 근처에서 담덕은 수빈의 무릎에 가슴을 올려놓은 자세로 엎드려 있었다. 등에 창을 맞아 상처가 심했으므로 바로 누울 수가 없었던 것이다. 추동자가 약초를 구하러 간 사이에도 상처의 피가 멈추지 않아 옷을 입은 수빈의 무릎까지 흥건해질 정도였다.

동작이 빠른 추동자는 곧 오이풀을 구해왔고, 동굴로 들어설 때 그의 가슴에는 한 아름이나 되는 억새가 안겨 있었다. 그 억새를 너럭바위에 깔고 담덕을 그 위에 엎드려 있게 한 뒤에야, 수빈은 저려서 마비된 듯한 무릎을 겨우 움직일 수 있었다.

바로 그때 폭포수 밖에서 인기척이 들려왔다. 크게 뭐라고 소리치는 것 같았으나, 폭포수 소리가 더 커서 누구의 목소리인지 제대로 알아들을 수 없었다.

수빈은 그것이 인기척이라면 필시 동부여 군사들이 추격해 왔을지 모른다고 판단했다. 추동자가 오이풀을 짓이겨 담덕의 상처 부위에 붙일 때, 수빈은 폭포수 안쪽에서 칼을 들고 만약에 들이닥칠지 모를 적들을 막기 위해 공격 자세를 취했다.

"수빈아, 거기 있는 것이냐?"

밖에서 들려오는 목소리는 동굴 속이 웅웅거릴 정도여서, 수빈은 그 목소리의 주인공이 우적인 줄 전혀 예상치 못했다.

그때 누군가 동굴을 휘장처럼 가리고 있는 폭포수 사이로 뛰어드는 기척이 느껴졌다. 수빈은 소리 나는 쪽에 대고 외쳤다.

"이놈들! 동굴에 발을 들여놓는 자는 단 한 놈도 살아남지 못할 것이다."

검은 그림자를 본 순간 수빈은 팔을 뻗었는데, 그 동작은 빠르고 칼끝은 예리했다.

그때 동굴로 들어선 우적은 반사적으로 수빈의 칼을 쳐냈다. 그 순간 칼과 칼이 부딪쳐 쨍그렁, 소리가 들렸다.

"이얍!"

"아앗!"

우적과 수빈의 목소리가 거의 동시에 들렸다.

칼을 떨어뜨린 것은 수빈이었다. 우적이 기습적으로 공격하는 상대의 무기를 막을 때 순간적으로 온몸의 기를 칼끝에 모았던 것이다. 그것은 공격하는 자가 누구든 우선 자신의 생명을 지키기 위한 보호본능에서 비롯된 실로 신기에 가까운 무술이었다.

"수빈아! 나다."

"앗, 사범님이 어찌 여기에?"

우적의 목소리를 들은 수빈은 떨어뜨린 칼을 들어올리며 오래전에 무명선사에게 무술을 배울 때 쓰던 호칭을 사용했다. 자신도 모르는 사이 저절로 그렇게 되었다.

"태왕 폐하는 안전하시냐?"

우적은 다급한 것부터 물었다.

"등에 적의 창을 맞아 큰 상처를 입으셨습니다. 추 단장이 지금 약초를 구해다 지혈을 하고 있는 중입니다."

수빈은 동굴 입구에선 보이지 않는, 그 안쪽의 귀퉁이로 우적을 안내했다.

"태왕 폐하!"

우적은 급히 달려가 무릎을 꿇고 담덕의 상태부터 살폈다. 추동자의 무릎 위에 엎어져 있는 담덕은 꼼짝도 하지 않았다. 천만다행인 것은 등의 상처에서 뿜어져 나오던 피는 멎은 상태였다. 지혈에 좋다는 오이풀의 효과가 증명된 셈이었다.

추동자는 자신의 바짓자락을 찢어 담덕의 상처 부위를 등에서 가슴으로 둘둘 말아 단단히 묶고 있었다.

"대장군께서 어찌 이곳까지……."

추동자는 이마에 맺힌 땀을 훔치며 우적을 바라보았다.

"아무래도 걱정이 되어 곧바로 태극군 중 1백여 무사를 가려 뽑아 뒤를 쫓아온 것인데, 한발 늦고 말았구먼. 이러고 있을 때가 아닐세. 동부여 군사들이 언제 추격해올지 모르니 어서 빨리 이곳을 벗어나야 하네."

우적의 말이 끝나기 무섭게 추동자는 담덕을 업기 위해 등을 들이댔다. 재빨리 수빈이 거들었다.

곧 우적이 앞장서고, 수빈이 추동자의 등에 업힌 담덕을 호위하며 동굴을 벗어나 폭포수 밖으로 나섰다. 폭포수 인근에 숨어, 만약에 모를 동부여 군사들의 공격에 대비해 귀를 곤두세우고 있던 고구려 무사들이 그들의 뒤를 따랐다.

동굴 앞마당 전투에서 동부여 군사들과 싸우면서 희생된

자들이 있었으므로, 남은 무사들은 팔십여 명 남짓했다. 우적은 무사들을 두 패로 나누어 절반은 담덕을 호위케 하고, 절반은 조금 떨어진 거리에서 그 뒤를 따르며 동부여 군사들의 추격에 대비토록 했다.

"일단 송화강을 돌아 서북쪽의 북부여 가는 길로 우회하라. 이미 강을 건너는 나루터마다 동부여 군사들이 배치돼 있을 것이다. 국내성을 떠날 때 내가 염수에 파발마를 보내 선재로 하여금 소금상단 무사들을 동원해 이쪽으로 오라고 했으니, 도중에 만나 그들의 도움을 받을 수 있을 것이다."

우적은 이렇게 수빈에게 선발대를 이끌고 어서 떠나게 한 뒤, 자신은 동부여 군사들의 추격에 대비한 후발대 무사들을 지휘하기로 했다.

선발대 무사들과 함께 산을 다 내려온 추동자와 수빈은 일단 마을에서 말과 수레부터 구하기로 했다. 다행히 비상금으로 가져온 금붙이를 주고 말과 수레를 쉽게 구할 수 있었다.

담덕을 태운 수레는 곧 서북 방향으로 달렸다. 그러나 상처가 염려되어 속력을 낼 수 없었다. 빨리 달리면 수레가 너무 흔들려 환자의 상태가 악화될 위험이 있기 때문이었다. 또한 달리는 수레 곁에서 무사들이 집중적으로 호위를 해야 하므로, 도보의 속도보다 빨라서도 안 되었다. 그러니 마음은 급한데 속도를 낼 수 없어 그저 속만 태울 수밖에 없었다. 수레를 끄는 말은 추동자가 몰았으며, 그 안에는 동승한 수빈이 곁에서 담덕을 간호해주었다.

7

마가부의 견성은 우적의 무사들이 고구려 대군인 줄 알고 겁부터 집어먹고 휘하 군사들에게 퇴각 명령부터 내린 것을 크게 후회하였다. 나중에 세작들의 보고를 받고 나서야 1백여 무리밖에 안 된다는 것을 알고, 그는 적들을 물리치기 위해 기병 2백여 기와 보병을 합쳐 1천여 군사를 동원시켰다.

견성은 고구려 무사들이 수레에 탄 담덕을 호위하며 서북쪽으로 도주하였다는 정보를 접하고 보병을 뒤따르게 한 후, 기병들을 앞세워 전속력으로 질주하였다. 마가부에서 서북쪽은 북부여 지역인데, 그 경계를 넘어서면 더 이상 추격이 어려워질 수 있었다.

당시까지도 부여는 북부여와 동부여로 나누어져 있었는데, 서로 군주가 다르긴 하지만 같은 부족이라 여겨 선린 관계를 유지하고 있었다. 문물을 교환하는 대상들이 자유롭게 오가면서 교류의 물꼬를 트고 있긴 했으나, 엄연히 국경이 그어져 있어 군사의 이동만큼은 철저하게 규제하는 것을 원칙으로 여겼다. 그도 그럴 것이 동부여의 경우 사출도(四出道), 즉 마가(馬

加)·우가(牛加)·저가(猪加)·구가(狗加) 등이 도성을 중심으로 동서남북 사방에 걸쳐 지역 방위를 하고 있었다. 이들 지역은 각기 경계가 나누어져 있었고, 수장인 대가(大加)의 권한이 엄격하여 긴급한 상황이 아니고는 군사적으로 함부로 서로의 경계를 넘나들지 않는 편이었다. 그러므로 나라 군주가 엄격히 다른 동부여와 북부여의 관계는 더욱 그러할 수밖에 없었다. 더구나 역사적으로 볼 때 북부여는 고구려와 가까운 데다 태왕 담덕이 그 대가를 수시로 임명하여 아예 거수국으로 만들어놓았기 때문에, 동부여 군사들이 경계를 넘지 못하게 할 것이었다.

"북부여 경계를 넘기 전에 적들을 퇴치해야만 한다. 뒤처지는 자는 이 칼이 용서치 않을 것이다. 전속력으로 질주하라."

견성은 말머리를 앞세워 달리며 칼을 높이 치켜들고 외쳤다.

한편 담덕을 태운 수레는 밭과 밭 사이에 흐르는 작은 개천을 건너고 있었다. 수레와 함께 전방의 호위무사들이 개천을 건너 둑 너머로 모습을 감춘 직후, 뒤따라오며 후방을 경계하던 우적은 방금 지나온 언덕 저쪽 너머로부터 피어오르는 흙먼지를 목격했다. 말 울음소리와 왁자지껄한 외침이 추격해오는 동부여의 기병들임에 틀림없었다.

"이 언덕에 납작 엎드려 적들을 기다리다 사정거리가 되면 일제히 화살을 쏴라. 적들이 절대 이 개천 둑의 방어선을 넘게 해서는 안 된다. 사생결단으로 적과 싸워야 한다."

우적은 휘하의 무사들을 향해 소리쳤다.

뿌연 먼지가 일어나며 동부여 기병들이 언덕 가까이 추격해 오자, 고구려 무사들은 일제히 몸을 곧추세우며 화살을 날렸다. 맨 앞에 달려오던 부여 기병들 10여 명이 화살을 맞고 말에서 굴러떨어졌다.

동부여 기병들은 주춤주춤 말을 세웠다. 언덕 아래 숨어 있는 고구려 무사들의 활 솜씨가 백발백중의 실력을 보여주었기 때문이다.

"뭣들 하느냐? 어서 추격해 저놈들을 도륙하지 않고!"

견성이 주춤거리는 동부여 기병들을 향해 소리쳤다.

이때를 틈타 우적도 무사들을 향해 공격 명령을 내렸다.

"달려들어 적의 말들을 빼앗아라! 말을 타고 이리저리 치달으며 적들을 가차없이 도륙해서, 절대로 이 둑을 넘어가지 못하도록 하라! 나는 이곳에서 죽을 각오를 했다. 적들이 수십 배, 수백 배 많더라도 겁먹지 말라. 너희들은 일당백의 고구려 무사들이다."

우적은 바로 이 언덕을 베고 누울 작정을 하고 있었다. 적들이 개천을 건너 담덕이 탄 수레를 추격하게 되는 것을 절대 용납할 수 없었던 것이다.

적들이 우왕좌왕하는 사이 우적이 먼저 언덕을 뛰어넘었다.

휘하의 무사들도 일제히 그의 뒤를 따라 동부여 기병들을 향해 달려나갔다.

먼저 동부여 기병의 말을 가로채 그 위에 올라탄 것은 우적이었다. 비록 노장이지만, 그 날래기는 성깔 사나운 호랑이 같았다. 말에 오르자마자 적진을 뚫고 들어가며 칼을 휘두르는데, 동부여 기병들은 말 위에서 거꾸로 땅에 처박히는 자가 부지기수였다. 그를 따라 다른 고구려 무사들도 동부여 기병들이 땅에 떨어지면서 주인 없이 떠돌게 된 말을 잡아 타고 적진 깊숙이 돌진해 들어갔다.

"고구려의 무명검을 받아라!"

우적이 칼을 휘두를 때마다 공기 가르는 소리와 함께 적의 목이 떨어져 몸은 몸대로 머리는 머리대로 땅바닥으로 나뒹굴었다. 오른손에 쥔 칼로 적의 목을 베고 왼손으로는 채찍을 휘둘러 말머리를 돌려세우면서, 이리 치고 저리 닫는 동작이 전광석화 같았다. 그의 칼바람은 신들린 무당의 칼춤을 방불케 하였다.

실로 우적도 오랜만에 칼을 마음껏 휘둘러보는 것이었다. 왕당군을 이끌고 전쟁에 나가서도 대장군으로 전투 장면을 관전하는 입장에 놓여 있었는데, 이번에는 적진을 뚫고 들어가 사부 무명선사가 전수해준 무명검법의 진수를 제대로 보여주고 있었다.

"허어? 저게 미쳐 날뛰는 무당인가, 귀신인가?"

마가부 수장 견성도 그저 놀라워 입을 딱 벌린 채 우적의 칼춤을 바라보고 있었다.

"네놈이 대장인 모양이구나!"

어느 사이 견성 가까이 온 우적이 소리쳤다.

"어엇!"

견성은 얼떨결에 우적의 칼을 받아치며 말머리를 돌려 도망치기 시작했다.

"네 이놈! 게 섰지 못할까?"

우적은 견성의 뒤를 바짝 쫓았다.

"뭣들 하느냐? 저 적장부터 포위하라! 저놈만 잡으면 나머지 놈들도 항복할 것이다."

견성이 동부여 기병들을 향해 소리쳤다.

그러자 동부여의 기병 몇몇이 위험에 처한 견성을 구하기 위해 우적에게로 달려들며 창칼을 휘둘렀다.

우적의 칼은 단 한 번도 헛손질을 하는 법이 없었다. 번쩍, 햇빛이 공중에서 튀는가 싶으면 적의 목이 달아나거나 팔이 잘렸다. 한 번 칼날이 지나가는데 두 명의 기병이 쓰러지기도 했다.

이처럼 우적이 목숨을 내놓고 치열하게 싸우는 것은, 그 사이 담덕 일행이 더 멀리 퇴각할 수 있는 시간을 최대한 벌기 위해서였다. 그는 어느 사이 옷은 물론 얼굴까지도 적군의 피로 물들어 야차와 다름없는 몰골이 되어 있었다. 그를 따르던 고구려 무사들도 그런 모습을 보고 더욱 분발하여 각자 일당백의 무술을 여지없이 보여주었다.

그러나 얼마 지나지 않아 대부대를 이룬 동부여의 보병들이 들이닥쳤다. 중과부적이었다. 아무리 일당백의 무술을 지닌 고구려 무사들이라 하지만, 떼거리로 덤벼드는 적 앞에서는 뾰족한 대책이 서지 않았다.

결국 우적과 고구려 무사들은 동부여 보병들에게 열 겹, 스무 겹으로 둘러싸여 옴치고 뛸 수 없는 지경에 이르렀다. 허리와 어깨, 팔다리 모두 적의 창칼에 찔리고 베이어 모두들 성한 곳이 없었다.

"자, 다 같이 장렬하게 죽자!"

우적은 거의 움직일 수조차 없는 지경에 이르자 칼을 들어 스스로 목줄을 끊었다. 고구려 무사들도 저마다 대장군을 따라 자결하였다.

"흐음, 적장이지만 대단하지 않은가?"

요리조리 우적의 칼끝을 피해 다니던 견성이 동부여 보병들에게 포위된 적들을 보고 달려와 내뱉은 말이었다. 그를 더욱 놀라게 한 것은 성난 호랑이처럼 날래게 싸우던 자가 적어도 환갑은 지났을 법한 노장이라는 데 있었다.

"적의 시체들을 어찌 처리할까요?"

졸개 중의 하나가 견성에게 물었다.

그때서야 견성은 제정신으로 돌아왔다.

"시체들은 까마귀밥이 되든 썩어 문드러지든 가만 놔두거라. 그보다 어서 빨리 나머지 적들을 추격해야지 뭘 꾸물대고들 있느냐? 적들은 두 발로 뛰고 우린 네 발을 가진 말을 타고 달리므로 곧 따라잡을 수 있을 것이다. 나를 따르라!"

견성은 자신의 말에 채찍을 가했다.

고구려 무사들의 칼에 많이 죽었으나 그래도 1백여 기의 기병들을 필두로 하여, 동부여 보병들은 서둘러 둔덕을 넘어 개천을 건넜다.

동부여 기병들이 한참을 달리고 있는데 반대편 쪽에서 한 떼의 군사들이 그들을 향해 달려오고 있었다.

"저건 또 뭐야?"

견성은 당혹스러웠다.

불과 2백을 넘지 않을 듯한 기병들이었는데, 도무지 그 정체를 알 수가 없었다. 북부여와 경계가 가까운 지역이지만, 그들의 군사는 아닌 것 같았다.

그러나 만약 북부여의 군사들이라면 함부로 격전을 벌여 좋을 리가 없었다. 그렇게 되면 동부여로서는 교역의 길까지 막혀 고립무원의 신세가 되고 말 것이었다. 북방 초원로는 고구려가 곳곳에 역참을 설치하고, 그 시설과 인력을 보호하기 위해

둔전군(屯田軍)까지 두고 있는 상황이었다. 더구나 초원로를 지나는 길 곳곳의 소수 민족 세력들까지 고구려와 교류 관계를 맺고 있어, 동부여를 적성국 대하듯이 하는 터였다. 그래서 북부여를 통해 문물교류를 하여 조금이나마 숨통을 트고 있었던 것이다.

견성은 그런 생각을 하면서 동부여 기병들을 잠시 멈추게 하였다. 전력으로 질주해오는 정체 모를 군사들이 어찌 나오는지 보는 것이 무엇보다 중요하다고 판단했기 때문이다.

"동부여 군사들이다! 사정 두지 말고 도륙하라!"

앞서 달려오는 대장인 듯한 자가 소리쳤다. 그는 다름 아닌 비려 지역의 염수에서 달려온 처려근지 선재의 군사들었다.

"아앗! 저들은 북부여의 군대가 아니다. 고구려 군사들인 모양이다. 무조건 쳐라!"

견성도 빠르게 상황 파악을 하고, 휘하 군사들에게 명령했다.

양쪽 군사들은 모두 기병들로 들판 한가운데서 치열한 백병전이 벌어졌다. 말 울음소리와 군사들의 기합과 비명이 짙푸른 하늘로 울려 퍼졌다.

선재의 군사들은 우적이 보낸 파발을 받고 급히 움직이느라 2백여 기밖에 안 되었다. 이는 또한 염수에서 소진이 이끌고 온 상단 무사들까지 합한 숫자였다. 비려 지역 인근의 거란 세력을 견제해야 하므로 많은 군사를 함부로 뺄 수 없었던 것이다.

선재는 마주 달려오는 동부여 군대를 보고 마음이 급했다. 그들이 고구려 후발대 무사들의 저지선을 뚫고 달려온 것이 확실하므로, 대장군 우적의 생사조차 가늠할 길이 없었다. 담덕을 태운 수레와 고구려 선발대 무사들을 만나 사태의 위급함을 알고, 그들을 지나쳐 급히 달려온 것이었다.

다른 한편으로 선재가 마음을 놓을 수 있었던 것은 담덕 일행이 이미 북부여와 동부여의 경계를 넘어섰기 때문이다. 그가 동부여로 들어서기 직전, 그곳에 태왕의 장인인 고추가 아진비가 북부여 수사 모두루와 함께 군사를 이끌고 나와 경계를 이루는 강 둔덕에서 대기하고 있었던 것이다.

"무조건 적의 중앙을 뚫고 나가 앞으로 달려라. 우적 대장군이 위기에 처해 있다!"

선재가 휘하 기병들을 향해 소리쳤다.

선재와 소진의 지휘를 받는 기병들 역시 일당백의 무사들이므로, 그보다 서너 배 이상 많은 동부여 군사들을 보고도 그다지 겁을 먹지 않았다. 양쪽으로 편대를 벌여 독수리 날갯짓처럼 동부여 군사들을 들이쳤다.

견성의 동부여 군대는 졸지에 반토막이 날 정도로 백병전에서 큰 피해를 입었다. 순식간에 벌어진 일인데, 들판 가득 동부여 군사들의 시체가 널브러져 있었고, 창칼에 설맞고 피를 흘리는 자들의 비명이 하늘을 찔렀다.

선재와 소진의 기병들은 동부여 군사들을 뚫고 나가 그대로 앞으로 질주했다. 한동안 혼이 나갔다가 뒤늦게 정신을 차린 견성은 그들에게서 멀어져가는 기병대의 뒷모습을 보고 고개를 갸우뚱거리지 않을 수 없었다. 백병전이므로 바로 뒤로 돌아서서 싸우러 들 터인데, 마치 도망이라도 치듯이 들판 저 멀리로 사라져버린 것이었다.

뒤늦게서야 그 이유를 깨닫고 견성이 마음속으로 중얼거렸다.

'아하, 우리가 절멸시킨 고구려 무사들을 구하기 위해 달려가는 것이로구나!'

견성은 급히 나머지 동부여 군사들을 끌어모았다. 그래도 얼추 기병 50기에 보병이 5백 가까이 되었다. 그만한 병력이면 계속 담덕 일행을 추격할 수 있을 것 같았다. 그들이 북부여 경계를 넘어서기 전에 격퇴시켜야 한다고 판단했다.

"서둘러라. 기병들은 나를 따르고, 보병들은 가랑이 사이에서 불이 나도록 달려 우리 뒤를 따라붙어라."

그러나 급히 서둘렀지만 견성의 기병들은 한발 늦게 북부여와 동부여의 경계를 이루는 강가에 도착했다. 강이라고 했지만 북부여 지역의 산악지대에서 발원해 동부여에서 송화강과 합류하는 지류이므로, 강폭도 그리 넓지 않고 수심도 허리 아래까지 잠기지 않을 정도였다.

그 강 건너 둑에는 북부여의 군사들이 창칼로 무장한 채 좌우로 길게 늘어서 있었다. 이미 담덕 일행은 그들의 보호를 받아 안전지대로 피한 뒤였다.

견성은 강 건너편의 북부여 군대를 보고 멈칫 말을 세웠다. 그때 북부여 군대의 수사 모두루가 일성을 질렀다.

"동부여군은 멈추시오. 강을 건너는 즉시 우리 군사들이 도륙할 것이니 조용히 돌아가도록 하시오."

"오, 모두루 장군! 난 동부여 마가부의 대가 견성이오. 전에 우리 몇 번 만난 적이 있지 않소이까?"

견성이 강 건너에 대고 소리쳤다.

"알고 있소이다, 견성 장군!"

"북부여로 도망친 고구려왕 담덕을 그대가 보호하고 있을 것인데, 내게 인계한다면 굳이 강을 건너지는 않으리다."

밑져야 본전이란 생각으로 견성은 모두루와 협상을 시도해 보았다.

"그건 곤란한 일이오. 그대도 알고 있겠지만, 우리 북부여는 동부여만이 아니라 고구려와도 친선 관계를 맺고 있소. 오래전 나의 조부께서 고구려 태왕 담덕의 조부인 고국원대왕의 은혜를 입은 바 있소이다."

모두루는 강 건너를 향해 큰 소리로 외쳤다.

"고구려왕 담덕 한 사람만 넘겨주면 조용히 돌아가겠소."

견성도 강 저쪽에서 소리를 높였다.

"어서 돌아가지 않으면 화살을 쏠 것이오. 자, 군사들아, 일제히 활을 겨누어라."

모두루는 휘하 군사들에게 명령을 내렸다.

북부여 군사들이 일제히 강 저쪽을 향해 활을 겨누었다.

"담덕의 명이 길구나. 돌아가자!"

견성은 결국 말머리를 돌렸다.

동부여군은 이미 기병이며 보병들이 모두 강둑에서 재정비를 갖추고 있었는데, 견성의 명이 떨어지자 회군을 시작했다.

한편 대장군 우적을 구하기 위해 말을 달려간 선재는 도중 들판에서 까마귀 떼들이 새카맣게 앉아 시체의 눈을 파먹고 내장을 꺼내 부리로 찢는 것을 발견했다. 군사들이 소리를 쳐서 까마귀부터 쫓아냈다. 그 소리에 겁을 먹고 새카맣게 날아오른 까마귀들은 멀리 가지도 않고 다시 땅에 내려앉아 눈을 뒤룩거리며 어서 빨리 군사들이 사라지기만을 기나렸다.

선재는 시체들 사이에서 마침내 우적을 발견했다.

"대장군! 사형! 어찌 이런 일이?"

말에서 뛰어내린 선재는 우적의 시체를 부둥켜안았다. 코에 손을 대보고 가슴에 귀를 대보았으나 이미 심장은 멎어 있었다. 칼로 목을 그어 자결을 시도했으므로, 그 순간에 절명해버린 것이었다.

선재는 들판에서 주인을 잃고 어정대는 말 하나를 생포하여 우적의 시체를 실었다. 떨어지지 않도록 밧줄로 꽁꽁 묶은 후, 그 말의 고삐를 자신의 말 안장에 비끄러맸다.

북부여와의 경계인 송화강 샛강에 올 때까지 선재는 더 이상 동부여 군사들을 만나지 못했다. 만약에 회군하는 동부여 군사들을 만나면 대장군 우적의 원수를 갚아주고 싶었으나, 견성은 그들과 마주칠 것을 두려워하여 우회하는 길을 택해 마가부로 돌아갔던 것이다.

제2장

화(火)가 화(禍)를 부른다

1

동이 터서 석양이 질 때까지 해종일 늑장을 부리며 흘러가는 염천의 해는 실로 지루하기 짝이 없었다. 비 한 방울 뿌리지 않는 날씨가 한 달 이상 지속되면서 땅이 말라 갈라지고 풀과 나무들의 이파리가 시르죽었다. 가뭄으로 말라비틀어진 나락들을 볼 때마다 백성들은 쩍쩍 갈라진 논바닥처럼 가슴이 찢겨나가는 아픔을 감내하지 않으면 안 되었다.

태왕 담덕은 고통스러웠다. 견성의 군사들이 던진 창을 등에 맞은 후 거의 혼수상태에서 동부여의 경계를 넘었고, 그곳에서 북부여 수사 모두루의 배려에 힘입어 응급 치료를 받았다. 보름 이상 머물며 상처가 호전되기를 기다려 고구려 국내성으로 돌아왔으나, 보료에 가슴을 대고 엎드려 지낼 정도로 등의 상처는 깊었다. 때는 한여름이었고, 상처 부위가 덧나 시의가 곁을 지키며 치료에 온갖 정성을 다 기울였으나 크게 차도가 보이지 않았다. 부상을 당한 후 곧바로 치료받지 못해 피를 너무 많이 흘렸고, 동부여에서 도주할 때 오래도록 덜컹거리는 수레에 실려 몸을 혹사당하면서 살이 썩어들어가기 시작했다. 상처 부위에서 고름이 계속 생겨, 그것을 매일 빨아내지 않으면 안 되었다. 시의는 고름을 빨아내기 위하여 부항 요법을 썼는데, 지극한 정성을 들였으나 병을 완전히 고치는 데 어려움이 많았다. 고름은 매일 생겼고, 그것을 제거할 때마다 통증이 심했다.

그러나 담덕은 부항 요법을 쓸 때나, 시의가 상처 부위를 손으로 눌러 억지로 고름을 짜낼 때도 신음 한 번 내지 않았다. 이를 악물고 참았으며, 보료 위에 엎드려서 대신들의 문병을 맞았다. 당분간은 일전에 정사를 관장하던 대로 태후 하 씨가 수렴청정을 하였고, 중요한 사안은 태대형 추수가 병상에 와서 보고하는 형식을 취했다.

서북방 비려부의 처려근지 선재와 그의 아내 소진은 다시 염수로 돌아갔다. 비려부를 통치하는 지방관인 선재는 인근에 포진한 거란 세력이 언제 어느 때 도발할지 모르는 상황이라 오래 자리를 비울 수가 없었다. 소진 또한 부친 우신이 노환에 시달리고 있어 염수 소금 대상을 이끌어야 하므로 빨리 돌아가야만 했다. 선재와 소진이 동부여의 적진을 뚫고 들어가 수습해

온 우적의 시신은 태왕의 명을 받은 태대형 추수가 장례를 주재하여 왕당군 훈련장 뒤편에 안장했다.

태왕 담덕이 병상에서 일어날 수 있었던 것은 국내성으로 돌아온 지 한 달 만의 일이었다. 그때는 한창 여름이었는데, 한 달하고도 달포나 가뭄이 계속되어 압록강 양편 너른 들녘의 땅이 손금처럼 쩍쩍 갈라졌다. 그걸 바라보는 백성들은 그저 하늘만 바라보고 한탄할 뿐이었다.

수렴청정을 거두고 오랜만에 태왕 담덕이 편전에 나와 정사를 살폈으나, 대신들의 얼굴에는 깊은 그늘이 드리워져 있었다. 가뭄에 그들의 속이 새카맣게 타들어갔던 것이다. 그저 가만히 앉아서 마른 나무에 꽃이 피길 기다릴 수 없는 일이었지만, 그렇다고 달리 뾰족한 방도를 찾기도 어려웠다.

더구나 대신들이 특히 염려하는 바는, 아직 태왕의 등에 난 상처가 다 아물지 못한 상태여서 조금이라도 심려를 끼쳐 환후가 다시 깊어질까 그것이 실로 걱정스러웠다. 담덕이 병상에 있을 때도 오랜 가뭄으로 백성들의 속이 타들어간다는 이야기는 입 밖에 내지도 못했다. 화(火)가 화(禍)를 부른다고, 울화가 심해지면 등의 상처가 더 깊어질 수 있다며 시의가 신신당부를 했기 때문이다.

상처의 고름을 다 제거하고 아물기를 기다리는 상태였지만, 태왕 담덕은 시의가 만류하는데도 불구하고 용포를 입고 편전으로 나와 앉은 것이었다. 등을 부드러운 천으로 둘둘 감아 상처를 싸매긴 했으나, 옥좌에 바로 기댈 수 없었으므로 가슴을 앞쪽으로 내밀어 자연스럽지 못한 자세가 되었다.

그런 어정쩡한 자세로 태왕이 대신들을 향해 입을 열었다.

"왜 제신들의 표정이 그러하시오?"

말을 끝내기 무섭게 등이 쑤시는 듯 아파 담덕은 인상부터 찡그렸다. 대신들 앞에서 절대 아픈 내색을 하지 않으려고 애썼지만, 등을 꼬챙이로 쿡 쑤시는 듯한 통증 때문에 절로 그런 표정이 지어졌다.

"태왕 폐하! 아직 상처가 다 완쾌된 것 같지 않은데 괜찮겠사옵니까?"

태대형 추수는 여전히 얼굴에 드러난 그늘을 지우지 못했다. 가뭄으로 속이 타들어가는 백성도 문제지만, 태왕의 환후가 더 걱정되었기 때문이다.

"태대형께선 너무 염려하지 않으셔도 됩니다. 그보다도 나라 안에 무슨 어려운 일이라도 있습니까? 제신들의 얼굴에 먹구름이 낀 듯하니 말씀입니다."

담덕은 태대형의 얼굴을 마주하며 문득 그의 아들 마동을 떠올리지 않을 수 없었다. 마동은 아직 궁궐 감옥에 갇혀 있었다.

"태왕 폐하께옵서 제대로 보셨나이다. 소신들의 얼굴만 보고도 그 허물을 짚어내시다니, 과연 영명하신 혜안이시옵니다. 그동안 하늘에 먹구름이 일기를 기다리다 정말로 소신들의 얼굴에도 먹구름이 드리운 모양입니다."

"먹구름을 기다리다니요?"

담덕이 눈을 크게 뜨고 제신들을 두루 둘러보았다.

"벌써 한 달하고도 보름이 지나도록 비가 오질 않습니다. 지난 단오절 즈음하여 한차례 비가 뿌려 논밭의 곡식이 쑥쑥 자라더니, 그 이후 가뭄이 계속되는 바람에 다 말라 죽게 생겼사옵니다. 백성들은 그저 고개를 들어 하늘을 원망할 따름이옵니다."

추수는 그렇게 말하면서도 다른 한편으로는 매우 조심스러웠다.

"하늘이 아니라 군주를 원망하겠지요. 결국 동부여로 위령제를 지내러 간 것이 화를 부르지 않았습니까? 동부여에 들어가 단오절을 맞았는데, 그때부터 비가 오지 않았다면 하늘이 노한 것입니다. 제신들의 반대를 무릅쓰고 독단으로 고집을 세워 위령제를 지내러 남의 나라 땅으로 간 것이 잘못이겠지요. 아국의 백성도 지키지 못하면서 타국 땅에 가서 위령제를 지내려고 했으니 말입니다. 병상에서 많이 그리고 깊이 후회를 거듭했습니다. 대장군이 동부여 군사들에게 희생된 것도 독선적인 군주의 잘못 때문이 아니겠습니까?"

담덕은 한숨을 푹 쉬었다. 이제는 신하들의 얼굴에 덮였던 먹구름이 태왕의 얼굴로 옮겨간 듯하였다.

"태왕 폐하! 심기를 굳건히 하시옵소서. 하늘과 땅의 일이란 반드시 음양의 이치에 의해 돌아가는 것이니, 가뭄 끝에 단비가 내리고 장마가 지난 후 날씨가 화창해지는 법이옵니다. 폐하께서 병상을 걷고 일어나셨으니, 곧 하늘에서 축복의 비를 내려주실 것이옵니다."

일관이 천지의 이치를 들어 태왕을 위로하려고 애썼다.

"귀로 듣기에 좋은 말이오만, 무작정 하늘을 쳐다보고 있을 것이 아니라 기우제를 지내야 하지 않겠소?"

담덕은 애써 등에서 느껴지는 통증을 참으며 천천히 제신들을 둘러보았다.

"아직 폐하의 환후가 걱정되오니, 기우제는 추후로 미루는 것이 좋겠사옵니다."

추수가 선뜻 나섰다. 일관이 먼저 기우제를 진행하자고 할까 봐 선수를 친 것이었다.

그때 마침 왕자 거련이 태후 하 씨와 함께 편전으로 들어섰다. 얼마 전까지만 해도 거련이 편전에 앉아 있고 발이 내려진 뒤에서 태후가 수렴청정을 하였는데, 이제 태왕이 병상에서 일어나 정무를 보기 시작한 첫날이므로 겸사겸사 인사차 온 것이었다.

"오, 그래, 그동안 우리 아들이 수고를 많이 했구나. 더불어 어머님께서도 애를 써주셨구요."

태왕이 두 사람을 기쁜 마음으로 맞았다.

왕자와 태후가 편전으로 들자, 태대형 추수를 위시한 대신들은 곧 그 자리에서 물러갔다.

"아버님, 환후는 좀 어떠하시온지요?"

거련이 두 손을 마주 잡아 예의를 갖추며 근심 어린 눈으로 태왕을 바라보았다.

"오, 그래. 이젠 움직일 만하다. 겨울이 되기 전에 우리 왕자가 산악에서 말 타는 모습을 볼 수 있어야 할 터인데……."

담덕은 지난 이른 봄 칠성산에서 거련이 말을 타다가 절벽 아래로 떨어져 하마터면 목숨을 잃을 뻔한 기억을 되새겼다.

"열심히 연습하고 있습니다."

"들판에서는 예닐곱 아이들도 다 말을 타지. 거련아, 이제 너는 열 살이 넘었으니 산악 지대에서도 평지처럼 자유자재로 달릴 수 있어야 한다. 그래야만 전쟁터에도 나갈 수 있지 않겠느냐? 요즘도 산악에서도 말타기 연습을 하고 있느냐?"

담덕은 이전에 동부여 군사들의 습격을 받아 등을 다치고 나서 크게 깨달은 것이 있었다. 어서 빨리 거련을 태자로 책봉해 왕실의 후계 구도를 확실히 해둘 필요가 있다고 생각했다. 인명은 재천이라고, 생명이란 하늘이 주는 것이므로 그 누구도 자신할 수 없는 일이었다.

"그렇지 않아도 태왕이 병상에서 일어나면 주청을 하려던 참이었어요. 우리 고구려에서 말타기의 명수로 마동을 따를 자가 없다고 알고 있어요. 거련에게 산악에서 말을 자유자재로 달릴 수 있게 하려면 그만한 실력이 있는 스승이 필요해요. 지난 대방 전투 때 마동이 큰 실수를 하여 궁궐 감옥에 갇혀 있지만, 이젠 용서를 해줘도 되지 않겠어요? 내가 판단하기에 마동이 해광을 죽인 것이 태왕의 명을 어겼다는 점에서는 용서할 수 없는 일이겠으나, 나라를 위하여 후환을 없앴다는 점에서는 상을 주어야 마땅한 일이라고 생각해요. 이제 마동을 감옥에서 풀어줘 우리 천손 거련의 승마 사부로 삼도록 하시는 게 어떠할지 묻고 싶어요. 태왕의 소견은 어떠하시오?"

태후 하 씨는 매우 조심스럽게 물었다. 그럴 수밖에 없는 것이, 태왕이 환후 조리를 하고 있는 마당에 자칫 화를 돋우어 상처를 악화시킬까 근심이 되었던 것이다.

"병상에 있으면서 마동에 대해서도 참 많이 생각했습니다. 동부여 땅에 가서 위령제를 지낼 때 마동이 곁에 있었다면 어떻게 되었을까, 참으로 아쉬운 점이 많았습니다. 해광을 죽인 자가 마동만 아니었어도 위령제 때 호위무사로 데리고 갔을 것입니다. 그렇게 되었다면 이렇게 다치지는 않았을지 모릅니다. 어머님 말씀대로 마동을 용서해주기로 하겠습니다."

담덕은 빙그레 미소를 지어 보였다. 마동에 대해서만큼은 진노의 감정이 풀렸다는 것을 태후 앞에서 애써 보여주고 싶었던 것이다.

태후는 아마도 태대형 추수를 대신하여 그의 아들 구원을 나섰다고 볼 수 있었다. 아무리 아버지라 하지만 추수로선 아들 마동을 용서해달라고 청할 수 없었다. 그걸 알고 있는 태후가 마동을 구하는 해결사로 나섰다는 것을 미루어 짐작하기 어렵지 않았다.

"방금 편전 밖에서 들으니, 대신들과 가뭄 해소를 위한 기우제 얘기가 나왔던 것 같습니다. 그렇지만 태왕께서는 너무 염려하지 않으셔도 될 것입니다."

태후는 수심의 그늘이 덮인 태왕의 용안을 안타까운 심정으로 바라보았다. 그래서 조금이라도 위로해주고 싶은 마음에 자신도 모르는 사이에 그런 말이 나온 것이었다.

"어머님, 백성들이 고통에 시달리고 있는데 어찌 군왕으로 근심이 되지 않을 수 있겠습니까? 조금만 더 몸이 좋아지면 기우제를 지낼 생각입니다."

"그러기 전에 비가 옵니다. 두고 보세요. 며칠 안으로 벼락과 천둥이 치고 폭우가 쏟아질 것입니다."

태후의 말은 공허하기 짝이 없는 허사(虛辭)였지만, 그러나 듣는 담덕으로선 이상하게도 굳게 믿음이 갔다.

"고맙습니다. 어머님의 믿음이 그러하시니, 소자의 마음은 이미 단비로 근심을 씻어낸 듯 개운해졌습니다."

담덕은 그런 말이라도 해서 자신에게 용기를 심어주고자 한 태후의 마음을 십분 이해할 수 있었다.

2

태왕 담덕의 명을 받고 여성 호위무사 수빈은 내관과 함께 궁궐 감옥으로 마동을 찾아갔다.

내관이 먼저 마동에게 태왕의 특명으로 출옥하게 됐다는 사실을 알렸다. 그러고 나서 수빈이 말했다.

"태왕 폐하께서 거련 왕자의 말타기 훈련을 시키기 위해 풀어준 것이니, 그리 알고 근신하면서 그 은혜에 보답하도록 하세요."

그런데 수빈의 말투가 여느 때 같지 않고 한결 수굿해져 있었다. 예전에는 거의 반말지거리 일색이었는데, 이제 존대까지 붙이는 걸 보면 뭔가 많이 달라진 느낌이 들었다.

"수빈아! 고맙다. 네가 내 목숨을 살려줬어."

마동 역시 전같이 장난기 섞인 말투가 아니라, 정색하고 수빈에게 자신의 진솔한 마음을 전했다.

전날 해광을 죽인 죄를 물어 태왕이 마동을 참수하라는 명을 내렸을 때, 수빈이 무릎까지 꿇어가며 눈물로 애원하여 그의 목숨을 살려준 것에 대해 그때까지 고마움의 말을 전하지 못한 것이 사실이었다. 그가 감옥에 갇힌 이후 두 사람이 얼굴을 마주 대하는 것은 이번이 처음이었기 때문이다.

감옥에서 나온 마동은 수빈의 뒤를 따랐다. 그는 곧 태왕을 만나러 가는 길인 줄로 알았다. 그런데 아니었다.

"태왕 폐하는 아직 오라버니와의 대면을 꺼리십니다. 지금 곧바로 태학으로 가서 거련 왕자를 만나도록 하세요."

수빈은 애써 눈길을 피하며 어깨 너머로 마동에게 말했다.

"태왕 폐하께서 아직도 화가 풀리지 않으신 모양이군!"

마동은 서운한 생각이 들었다.

"폐하께서 많이 아프시오."

수빈은 그러면서 마동이 보지 못하도록 얼굴을 다른 방향으로 돌렸다. 갑자기 울음이 솟구쳐 올라왔기 때문이다.

"아니, 수빈아! 너 왜 그러니? 아직도 태왕 폐하의 환후가 깊으신 모양이구나?"

마동은 무명선사 위령제를 지내러 갔던 태왕이 동부여 군사들의 창을 맞아 등에 심한 상처를 입었다는 사실을 알고 있었다. 누구도 알려준 바 없지만, 옥리들의 수군거림을 듣고 궁궐 내부 사정을 어느 정도는 꿰고 있었다.

"폐하께서, 나 때문에, 동부여 군사가 던진 창에 등을 다쳐,

사경을 헤매다 겨우 살아나셨다구요."

수빈이 홱 돌아서며 마동의 소매를 잡고 울음을 터뜨렸다.

직접 수빈으로부터 그동안의 사연을 다 듣고 난 마동은, 자신의 가슴을 치며 울부짖었다.

"아, 수빈이 너 때문이 아니라, 바로 내가 태왕 폐하를 적지로 보낸 원흉이었어. 내가 그때 해광만 죽이지 않았어도 폐하께서 동부여까지 가서 위령제를 지내려고 하셨겠냐구? 거기까지 내가 호위무사로 따라갔어야 하는 건데……."

"오라버니! 주제 파악 좀 하세요. 지금 오라버니는 폐하의 호위무사가 아니에요. 거련 왕자의 말타기 사부 노릇이나 잘 하라구요."

이 같은 수빈의 말에 마동은 번쩍 정신이 들었다. 그러면서 이제는 자신이 태왕의 호위무사가 아니라 왕자 거련의 말타기 사부가 되었다는 것을 깨달았다. 직급으로 봐서 한참 강등된 것이었다. 그러나 자신의 잘못으로 그렇게 된 것이므로 누구를 탓할 수도 없는 노릇이었다.

편전으로 향하는 수빈의 등 뒤에 대고 마동이 물었다.

"그런데, 수빈아! 넌 왜 갑자기 나한테 존대를 붙이는 것이냐? 왠지 서운한 생각이 드는군!"

"오라버니도 이제 어엿한 한 여인의 지아비이자, 아기의 아버지가 됐잖아요. 전처럼 경거망동하지 말고 가장 역할이나 제대로 하세요."

그 말만 남기고 수빈은 발걸음을 빨리해 마동에게서 멀어져 갔다.

마동은 그 자리에 멈춰 선 채 멍하니 수빈의 뒷모습을 바라보았다. 그렇게 한참이나 움직일 줄 모르고 서 있는데, 가슴 한쪽이 뭉텅 무너져내리는 듯한 기분을 어찌하지 못했다.

수빈이 사라진 후 내관은 마동을 궁궐 목욕탕으로 안내했다. 목욕을 끝내고 나자 깨끗한 옷이 준비되어 있었다.

내관은 태왕이 특별히 내린 옷이라며 다음과 같이 덧붙였다.

"오늘은 궐 밖의 집으로 돌아가 가족을 만나도록 하십시오. 며칠 정양을 한 후 태학으로 가셔서 거련 왕자에게 말타기 훈련을 시키시면 됩니다."

"태왕 폐하께서 그리 말씀하셨습니까?"

"네, 그리하라 이르셨습니다."

내관은 마동에게 예를 올린 후 등을 돌려 궁궐 편전 쪽으로 발걸음을 옮겼다.

궁궐을 벗어나 집으로 향하면서 마동은 눈물이 솟는 것을 억지로 참았다. 다시금 태왕이 자신을 관대하게 생각해주는 것이 너무도 고마웠던 것이다. 출옥 명령을 전하기 위해 내관만 보내도 될 것을 수빈까지 동행케 한 근저에는 그런 너그러운 마음이 깔려 있다고 생각했다.

집에서 며칠 요양을 한 후 마동은 마침내 입궐하여 태학으로 왕자 거련을 찾아갔다. 그는 곧바로 그날부터 국내성 인근의 야산에서 말타기 훈련을 시작했다. 폭염의 날씨였지만 훈련을 하루도 쉬지 않았다.

감옥 생활을 겪으면서 마동은 많은 번민으로 괴로워하였고, 자신이 생각해도 그 마음속 고통이 정신적 고양(高揚)을 가져다 준 느낌이었다. 수빈의 말처럼 이제는 고삐 풀린 망아지처럼 경거망동하지 않고, 태왕을 위한 일이라면 곧바로 목숨을 내던질 수 있을 만큼 철저한 자기반성을 하게 되었다. 이제부터는 태왕의 명에 절대복종하겠다는 굳건한 결심을 이를 악물며 거듭거듭 다짐했던 것이다. 그러므로 마동은 태왕의 명을 받들어 시작한 왕자 거련의 말타기 사부 노릇을 제대로 해내고 싶었다.

"왕자 전하! 말타기는 우선 말과 주인의 의사소통이 중요합니다. 말(馬)은 사람처럼 말(言)을 하지 못하기 때문에 몸의 느낌을 통해 서로 의사를 교환해야 합니다. 그렇게 하려면 말과 사람이 마치 한 몸처럼 움직여야 하는데, 이는 많은 훈련을 통해 체득할 수 있습니다. 전에 칠성산 바위 벼랑에서 낙마한 것은 바로 전하께서 말과 한 몸이 되지 못했기 때문에 벌어진 일이옵니다. 그러나 말타기에 익숙해져 말과 한 몸이 되면, 그런 위기는 금세 극복될 수 있습니다."

마동의 말에 거련은 전날 칠성산에서 낙마한 것에 대해 심한 부끄러움을 느꼈다. 태왕이 보는 앞에서 그런 일이 벌어졌기 때문에 호위무사까지 말타기 사부로 보낸 것이라고 생각했다.

거련은 이를 악물고 말타기 연습에 매달렸다. 연일 계속되는 폭염도 아랑곳하지 않았다. 가만히 앉아 있어도 등줄기로 땀이 줄줄 흐르는 판인데, 말을 타고 달리니 금세 온몸이 후줄근하게 젖어들었다. 마치 땀으로 목욕을 한 듯 이마에서 땀방울이 튀었다.

그렇게 며칠 동안 마동은 거련에게 말타기 연습을 시켰다.

"사부님, 이제 다시 한번 칠성산에 가서 말을 달리고 싶습니다."

거련이 제의했다.

"전에 떨어질 뻔했던 바위 벼랑을 이젠 말을 타고 건너뛸 수 있겠습니까?"

"네, 자신 있습니다."

"하하, 그러면 내일부터 말타기 훈련장을 칠성산으로 옮기시지요. 이젠 산악 말타기에 집중할 때가 되었습니다."

마동은 흔쾌히 대답하였다.

그러나 그다음 날 새벽부터 하늘에 먹구름이 끼기 시작하더니 번개와 천둥이 치고, 건너편 산이 보이지 않을 정도로 굵은 빗줄기의 폭우가 쏟아졌다. 거의 두 달 가까이 가뭄이 지속되다가 기다리던 단비가 내린 것이었다. 태왕 담덕은 물론 대신들 모두가 하늘을 향해 만세를 부를 정도로 좋아했다.

"이제야 백성들이 한시름 놓을 수 있게 되었군!"

담덕은 용포가 젖는 것에도 아랑곳하지 않고 편전 앞마당까지 나와 하늘을 올려다보며 혼잣소리로 외쳤다.

바로 그때 태후 하 씨도 편전으로 달려오다 비를 맞아 함빡 옷이 젖었는데, 담덕을 발견하고 한껏 상기된 목소리로 말했다.

"그것 보세요. 지난번에 이 어미가 그러지 않았습니까? 태왕은 천손이므로 하느님이 그 지극정성의 마음을 알고 곧 비를 내려주실 것이라고."

바로 그때 칠성산 쪽에서 번쩍, 하고 번개가 치더니 잠시 후 쿠르릉, 하는 천둥이 울었다. 그것도 몇 번씩 거듭되더니 갑자기 하늘이 무너지는 듯한 소리가 땅을 뒤흔들었다. 마치 지진이라도 난 듯 땅이 기우뚱 뒤틀리는 것 같았는데, 그와 함께 폭우가 하늘에서 두레박으로 물을 퍼붓듯이 쏟아져 내렸다.

"태왕, 저기 저걸 보세요. 번개가 칠 때 저 먹구름 속에서 황룡이 꿈틀거리며 하늘로 솟아오르는 모습을!"

태후는 손으로 칠성산 쪽을 가리키며 감격에 겨워 외쳤다.

"정말로 방금 황룡을 보셨습니까?"

담덕은 태후가 좀 과장되게 말하는 것 같아 속으로 웃었다.

"물론이지요. 태왕께선 번개가 치는 찰나에 보지 못하셨습니까? 이 어미는 분명 보았습니다. 마치 태왕을 잉태할 때 태몽처럼 선연했습니다."

태후는 궁궐 내불전 불상 앞에서 기도를 드리다 깜빡 잠이 들어 꿈속에서 본 그때의 그 황룡을 떠올렸다. 그 꿈을 꾼 연후 태왕 담덕을 잉태했던 것이다.

"실제로 황룡을 보셨다니, 앞으로 좋은 일이 있을 것 같군요."

담덕도 흥분한 태후를 향해 추임새를 넣었다.

같이 편전 앞마당에서 겪은 일인데도 태후는 황룡을 보았지만, 담덕은 그저 번개가 번쩍이는 것을 목격했을 뿐이었다.

"물론이지요. 이제 곧 태왕의 환후가 깨끗이 나을 것입니다. 백성들은 가뭄이 해갈되어 좋고, 태왕은 새 생명을 찾아 심기일전할 수 있게 되었으니 더할 나위 없이 기쁜 일이지요."

태후는 그러한 소망을 하늘에 맡겼다. 그것이 아들에 대한 어머니의 마음이었다.

사나흘을 그렇게 퍼붓던 장맛비가 그쳤다. 언제 그랬냐는 듯 하늘은 다시 뙤약볕을 지상으로 내쏘았다.

"사부님, 오늘 칠성산으로 말타기 훈련을 하러 가는 것이 어때요?"

왕자 거련은 마치 날씨가 맑기만 기다리고 있었던 듯 마동에게 물었다.

"아직은 산악에서 말타기 연습을 하기 어려울 것 같은

데……. 땅이 말라야 하거든요. 비에 젖은 땅에선 말발굽이 미끄러져 자칫 다칠 위험이 있습니다."

"사부님, 전쟁이 나면 비가 내린다고 전투를 안 하나요? 땅이 젖었으면 그런 데서도 말타기 훈련을 해야 실전에 대비하지요."

거련의 말은 열한 살 나이라고 치부하기 어려울 정도로 성숙되어 있었다. 그 사이 키도 훌쩍 커서 마동이 보기에 유랑 생활을 하던 때의 태왕의 모습을 연상케 하였다. 목소리만 소년이지, 얼핏 보기에 몸은 어른과 다름 없을 정도였다.

"일리 있는 말씀입니다만, 오늘은 종전에 하던 대로 평지에서 말타기 훈련을 하고 사나흘 후쯤 칠성산으로 가보도록 하시지요."

마동은 거련에게 말타기를 가르치면서도 가장 중요하게 생각하는 것이 안전이었다. 아직 태자 책봉을 받은 것은 아니지만, 장차 태왕의 뒤를 이어 왕위에 오를 존귀한 신분이었다.

"네, 알겠습니다. 그때를 위하여 더 열심히 말타기 연습을 하겠습니다."

거련은 자신감에 차 있었다.

그로부터 사흘 후, 마동은 마침내 거련과 함께 말머리를 나란히 하고 칠성산으로 향했다. 모처럼 국내성을 벗어나 너른 들판으로 나서자 말들도 신바람이 나서 갈기를 세우고 힘껏 달렸다. 마침내 칠성산에 이르러 산등성이로 향해 말을 달리는

데, 그 사이 땅은 물기가 다 빠져 말발굽이 미끄러질 염려는 없을 것 같았다.

왕자 거련은 칠성산으로 들어서자 양발로 말의 뱃구레를 걷어차며 힘차게 달려나갔다. 미처 마동이 말릴 틈도 없었다. 결국 마동도 뒤늦게 앞서 달리는 거련의 말을 따라잡기 위해 채찍을 휘둘렀다.

마동이 뒤미처 산등성이를 넘었을 때 거련의 말은 예의 그 바위 절벽을 향해 거침없이 달려가고 있었다. 마침내 그가 바위 절벽 있는 곳에 다다랐을 때였다.

"사부님, 싱겁게 됐네요. 바위 절벽을 건너뛰는 시범을 보이려고 했는데, 그사이 돌다리가 생겼지 뭡니까?"

말 위에 탄 거련은 바위 절벽 건너편에 서서 마동이 오는 것을 바라보고 소리쳤다.

과연 거련의 말처럼 바위 절벽 사이에 돌로 된 다리가 놓여 있었다. 어디서 굴러왔는지 어른 키로 무려 네 배는 될 듯한 길이에, 폭 또한 어른 키의 절반 이상은 되는 바위였다. 그리고 그 다리 밑을 살펴보니 어른 두 길도 넘던 벼랑이 돌과 흙으로 메꾸어져 바위 절벽이라고 하기에는 민망한 지형이 되어버렸다.

"허헛, 참! 이럴 수가 있는가?"

마동은 눈을 들어 돌다리가 된 바위와 그 아래 자갈과 흙이 쓸려 내려온 산비탈을 올려다보았다. 과연 높은 산정에서 산사태가 일어나 바위 벼랑이 그런 지형으로 변해버린 것이었다. 며칠 전 번개와 천둥이 칠 때 산이 무너지면서 흙을 쓸어내려 돌들이 굴러내리는 바람에 그렇게 된 것이었다. 아마도 바위 벼랑 양편에 떡 걸쳐 있는 돌다리도 그때 굴러온 것 같았다.

"사부님, 하늘에서 내려준 다리 같지 않습니까?"

바위 절벽 건너편에서 말을 타고 돌다리를 건너 마동 쪽으로 온 거련의 말이 그러했다.

"며칠 전 사나흘 동안 천둥 번개가 치면서 폭우가 내릴 때 산사태가 일어난 모양입니다. 허허 헛, 과연 왕자님 말씀처럼 하늘에서 내려준 다리가 틀림없습니다."

"세상에 이런 일이 다 있다니……."

"아마도 저 산꼭대기 어딘가에 망부석처럼 서 있던 돌 같습니다. 지난번 번개와 천둥이 칠 때 제대로 맞아 산사태에 휩쓸려 이곳까지 굴러온 것 같습니다. 자연 현상이 때론 기적 같은 일을 만들어내기도 하지요."

마동은 자칫 왕자 거련이 자연 현상을 신비한 기적으로 해석할까 우려되어, 그 생각을 수정해주고 싶었다.

그러나 거련은 더욱 상상력을 발휘하여 하늘이 내려준 다리로 확신하는 모양이었다.

"사부님, 이건 기적입니다. 하느님이 주신 선물입니다. 즉, 천사교(天賜橋)가 아니겠습니까? 말 그대로 '하늘이 내려준 다리'

가 맞잖아요?"

거련이 이렇게까지 나오는 데야, 마동도 거기에 동조하지 않을 수 없었다.

"하하하! 좋습니다. 앞으로 '천사교'라고 부르기로 하지요. 발음상 하늘의 사자인 천사(天使)도 되니, 그 이름이 딱 좋겠습니다."

"자주 이곳에 와서 말타기 훈련을 해야겠습니다. 이 천사교 때문에 갑자기 이곳이 좋아졌습니다."

매우 기분이 좋아진 거련은 다시 산비탈을 타고 말을 치달리기 시작했다. 마동도 등자로 말의 양 뱃구레를 걷어차며 그 뒤를 쫓아 달렸다.

3

추수가 끝난 땅과 산야는 흑갈색으로 물들어, 계절이 막 가을과 겨울의 경계선을 지나가고 있었다. 후연의 도성인 용성에선 한창 대공사가 진행 중이었다. 젊은 군주 모용희는 부 씨 자매를 사랑하였는데, 동생 훈영을 더 아껴 정비로 들이고 언니 융아를 소비로 삼았다. 그는 이들 두 여인을 총애한 나머지 소원하는 것은 무엇이든 다 들어주었다.

모용희는 부 씨 자매의 소원인 용등원(龍騰苑)을 짓는 데 많은 국가 예산을 낭비하고, 백성들을 반강제로 부역에 동원했다. 이름 그대로 '용이 승천하는 동산'인데 그 규모가 대단하여 공원 안에 인공으로 경운산(景雲山)을 조성하고, 요소궁(逍遙宮)·감로전(甘露殿)·홍광문(弘光門) 등을 건설하였다. 뿐만이 아니라 땅을 깊이 파서 천하거(天河渠)·곡광해(曲光海)·청량지(淸涼池) 등을 만들었다.

과도한 세금 징수와 강제 부역을 통하여 용등원을 건설하는 건설비용과 노동력을 충당했으니, 당연히 백성들의 원성이 높을 수밖에 없었다. 더욱 백성들을 화나게 하는 것은 부 씨 자매가 백성들이 사는 마을을 돌며 떠들썩하게 잔치를 벌이는 일이었다. 모용희 또한 전국 각지에서 사냥을 즐겼는데, 그 졸개들의 민폐가 작심하였다.

그런데 404년 7월 한여름에 소비 부융아가 갑자기 죽었다. 그렇게 소원하던 용등원을 지어주자 좋아서 어찌할 줄 몰랐는데, 그런 부융아의 죽음은 모용희를 충격에 빠뜨렸다. 그는 시신을 부둥켜안고 통곡하다가 갑자기 부융아를 치료하던 시의 왕온을 불러들여 척살하였다.

부융아의 죽음으로 인해 모용희는 깊은 시름에 잠겼고, 그것은 우울증까지 동반하는 원인이 되었다. 그의 소심한 성격은 우울증을 겪게 되면서 갑자기 기분이 좋아졌다 나빠지는 조울증으로 나타났다. 기분이 좋을 때는 황후 부훈영을 성 노리개로 삼았고, 갑자기 나빠질 때는 부하들을 잔뜩 의심해 전 군주 모용성과 조금이라도 가까운 자들은 혹시 반역을 도모할지 모른다는 이유로 가차없이 처단하였다.

이렇게 되자 백성들의 불만이 늘어났고, 그러한 민심의 이반에 불안을 느낀 모용희는 더욱 두려움이 증폭되었다.

그때 마침, 전에 요동성 태수를 지낸 바 있는 장수 방연이 알현을 청했다.

"폐하, 지난여름 고구려왕이 동부여 군사들의 창을 맞아 크게 다쳐 사경을 헤매고 있다는 소식입니다. 그런데다 가뭄으로 인해 크게 흉년이 들어 백성들이 굶어 죽게 생겼다 하옵니다. 그러자 국고를 탈탈 털어 상단으로 하여금 바다를 건너 산동에서 곡식을 구하고 있는 모양인데, 이때야말로 요동성을 공격할 절호의 기회가 아닌가 생각되옵니다."

방연은 요동성뿐만 아니라 산동 지역에까지 세작들을 심어놓고 있었다. 후연과 같은 선비 세력인 남연을 경계하기 위해서였다.

남연은 북위의 탁발규가 후연의 중산과 업을 경략했을 때, 그 남동쪽으로 쫓겨간 모용수의 아우 모용덕(慕容德)이 세운 나라였다. 조카 모용보가 후연의 황제가 되었으나 북위군에게 쫓겨 용성으로 달아나자, 모용덕은 자신을 따르는 선비 세력을 이끌고 끝까지 중산을 지키려고 하였다. 그러나 북위군이 중산을 비롯한 하북(河北) 일대를 점령하자, 그 동남쪽의 하남 지역으로 이동해 남연을 세웠다. 399년에는 하남 동쪽을 지배하고 있던 백제 잔재 세력인 벽려혼(壁閭渾)의 군대를 무너뜨렸으며, 그 직후 산동 인근의 광고(廣固)를 도성으로 해 요하 남쪽의 선비 세력을 점차 강화해나갔다.

후연의 모용희로서는 같은 선비 세력이지만, 점차 남연의 세력이 커지는 것에 대해 경계심을 갖지 않을 수 없었다.

"산동에서 그런 첩보가 들려오고 있다 하니, 더불어 남연에 관한 소식도 알고 있겠구려."

명색이 후연의 4대 황제인 모용희는 삼촌인 모용덕의 야심을 잘 알고 있었기에 경계심을 늦추지 않았다. 후연의 세력으로 남지 않고 끝내 남연의 황제 노릇을 자처하는 것은 은근히 화남만이 아니라 화북까지 통일하려는 욕심을 갖고 있다고 보았다.

"아직 남연은 걱정할 필요가 없습니다. 그 서북쪽의 강성한 북위 세력을 견제하기에도 버겁기 때문이옵니다. 북위가 감히 아국을 넘보지 못하는 것은 남연 때문이옵니다. 그러므로 이제 아국은 안심하고 고구려의 요동성을 공략할 수 있습니다."

방연의 욕심은 언젠가는 요동성을 공략해 설욕전을 펼쳐보이겠다는 데 있었다. 그래야만 모용희의 총애를 한 몸에 받을 수 있을 것이기 때문이었다. 그는 은근히 용성의 방위를 책임지고 있는 모용운을 시기하고 있었다. 언젠가는 모용운을 밀어내고 자신이 도성의 군사들을 지휘하는 총관이 되고 싶었다.

“장군의 생각은 알겠소. 그런데 고구려왕 담덕이 동부여 군사에게 당해 사경을 헤매고 있다는 것이 사실이오?”

모용희는 연전에 고구려가 숙군성을 공격했을 때 속수무책으로 당했던 사실을 떠올리지 않을 수 없었다. 비록 적국의 군주지만, 백전백승을 자랑하는 담덕의 신출귀몰한 작전에는 혀를 내둘렀다. 따라서 요동성에 심어둔 세작들의 정보라지만, 그것이 사실이란 확신이 서기 전에는 함부로 군사를 움직여선 안 된다고 생각했다.

“요동만이 아니라 북부여와 동부여 쪽에서도 들어온 정보이니, 확신할 수 있습니다.”

“하지만 아국이 요동성을 공격할 경우, 고구려왕의 직속 부대인 왕당군이 원군으로 오지 않는다는 보장이 없질 않소? 설사 왕이 친정을 하지 않더라도 그 대장군이 군대를 이끌고 온다면 대적하기 어려울 것이오. 그러니 지금은 때가 아닌 것 같고, 겨울까지 기다려 봅시다. 문제는 우리가 대군을 이끌고 요하를 건너야 하는데, 배를 타거나 부교를 이용하려면 도하 작전을 펼 때 적의 공격을 받기 쉽소. 그러니 겨울에 강물이 얼기를 기다려 봅시다. 요동성을 공격할 군사를 뽑아 조련하는 동안 고구려 국내성으로 첩자를 파견해 고구려왕의 병이 얼마나 깊은지, 그리고 그 직속 부대인 왕당군의 동태도 파악해볼 필요가 있소."

모용희의 이 같은 말에 방연도 더 이상 자신의 고집을 내세울 수가 없었다. 모두가 타당하다고 생각되었던 것이다.

"알겠습니다. 산동에 파견한 세작들을 대상으로 꾸며 바다를 건너가게 하겠습니다. 당장 고구려에 필요한 곡물을 싣고 가서 인삼을 거래하겠다면 그들은 분명 크게 환대할 것입니다."

"그렇게 하도록 하시오. 그리고 요동성 공격 계획은 비밀리에 진행하되, 장군 휘하의 군사들만으로 틈틈이 조련시키도록 하시오. 절대로 모용운이나 그 휘하 장수 풍발에게 알려지지 않도록 하시오."

모용희는 모용운을 크게 신뢰하지 않았다. 고구려 유민 출신의 군사들을 휘하에 많이 거느리고 있어 용성의 방위를 맡겨두긴 하였으나 언제 어느 때 표변할지 알 수 없었기 때문이다.

방연은 요동성에서부터 최측근 수하로 부리던 졸개 하나를 산동으로 파견하였다. 그로 하여금 산동에서 활동하고 있는 세작들과 함께 대상을 꾸려 고구려로 잠입하라는 특명을 내린 것이었다. 그 졸개는 한족 출신으로 이춘성이란 이름을 가진 자였다. 그는 몸집이 뚱뚱한 편이었으나, 의외로 째진 눈이 날카롭고 판단력과 계산도 빨랐다. 덩치에 비해 매우 예민한 감각을 갖고 있었다.

이춘성은 특명을 받고 곧바로 산동으로 달려가 현지의 세작들과 만나 급하게 상단을 꾸렸다. 고구려로 가는 중원의 상단은 일단 산동의 해룡부를 총괄하는 단장 탁보의 허락이 떨어져야만 출항할 수 있었다.

"고구려로 곡물을 싣고 가겠다구요?"

탁보는 해룡부로 찾아와 상담을 요청한 이춘성을 유심히 살펴보았다.

"네, 곡물을 싣고 가서 고구려 인삼을 거래할까 합니다."

"중원으로 가는 고구려 인삼은 이곳 해룡부에서 전권을 갖고 있습니다. 여기서 곡물과 인삼을 교환하면 되지 굳이 고구려까지 갈 필요가 있겠습니까?"

탁보는 은근슬쩍 떠보는 투로 상대를 의심의 눈초리로 바라보았다.

"인삼 거래뿐만 아니라 이 기회에 고구려 특산물들을 두루 거래하고 싶습니다. 호피와 문피는 중원에서도 비싸게 팔리니까요."

이춘성의 말에 탁보는 조용히 고개를 주억거렸다.

"좋습니다. 산동에서 국내성이 있는 압록강 부두까지는 초행일 터이니 길 안내를 할 행수 한 명을 태우고 가십시오. 그래야 쉽게 압록강 부두의 하재명 상단을 소개받을 수 있으니까요."

"길 안내까지 해주시겠다니, 그저 감사할 따름입니다."

이춘성은 그리 어렵지 않게 고구려까지 갈 수 있게 된 것을 참으로 다행스럽게 생각했다.

한편 탁보는 해룡부 상단의 행수 중 한 명을 이춘성 상단의 배에 승선시키기 전에 다음과 같이 지시했다.

"아무래도 수상한 놈들이다. 압록강 부두까지 안내하되, 하명재 대인께 저들의 동태를 예의 주시하라고 이르게. 우리 해룡부의 상단에서 곡물과 인삼을 바꾸면 될 터인데, 굳이 압록강 부두까지 가겠다는 것이 수상하지 않은가?"

산동을 출발한 이춘성 상단은 바다를 건너 압록강으로 거슬러 올라갔다. 길 안내를 맡은 해룡부의 행수는 상선이 항해하는 동안 유심히 상단 장정들을 살펴보았다. 그들과 사심 없이 소통하는 척하면서 과연 상단이 국내성까지 가서 하고자 하는 목적이 무엇인지 알아내려고 노력했다. 오랫동안 해룡부 상단에서 행수로 잔뼈가 굵어온 그가 판단하기에, 명색이 중원 상단인 저들의 말투나 행동이 하나같이 초보 수준이라는 데 부쩍 의심이 갔다.

압록강 부두에 도착하여 하명재 대인에게 이춘성 상단을 소개하고 난 후였다. 그들의 길 안내를 맡았던 해룡부의 행수는 하 대인과 독대한 자리에서 말했다.

"아무래도 수상한 자들이옵니다. 일단 거래해보면 아시겠지만, 행상으로서의 경험이 전혀 없는 것 같습니다. 해룡부의 탁보 단장께서도 저들의 동태를 유심히 살펴보라 하십니다."

"알았네. 나도 저들이 왜 굳이 곡물을 싣고 국내성까지 왔는지 의심스러웠네. 산동의 해룡부 상단과 거래하면 될 것을."

하명재 대인은 바로 알아들었다.

이춘성 상단은 될 수 있으면 오래도록 압록강 부두에 머물고 싶었다. 마침 하명재 상단에서 곡물과 거래할 인삼의 물량이 준비되지 않았다는 핑계로 차일피일 미루자, 그들은 오히려 잘됐다 싶었다.

하명재는 몇몇 수하를 불러 남모르게 이춘성 상단 장정들의 뒤를 밟게 했다. 그들이 상설 시장을 돌면서 주로 무엇에 관심을 갖고, 어떤 행동들을 취하는지 낱낱이 보고하라 일렀다.

수하들이 하명재에게 보고하는 내용은 주로 태왕 담덕의 환후 문제와 최근의 근황, 그리고 왕당군 지휘 체계와 훈련 과정에 대한 정보를 수집하고 있다는 것이었다. 특히 이춘성은 왕당군의 우적 대장군이 지난여름 동부여 군사들에 의해 적지에서 전사했다는 정보에 유난히 깊은 관심을 보이는 것이 수상쩍다고 했다.

"저들은 후연의 첩자들이 틀림없다."

하명재는 그렇게 단안을 내렸다. 상단의 수하들이 가져온 정보는 대략 비슷했는데, 종합해보면 공통적으로 드러나는 점은 후연의 모용희가 궁금해하는 정보들을 수집하고 있다는 것이었다. 그래서 그는 수하들을 시켜 이춘성 상단의 장정 모두를 창고에 가두라고 명했다.

졸지에 창고에 갇힌 이춘성과 그의 졸개들은 적이 당황하지 않을 수 없었다. 뒤늦게 하명재 대인이 태왕 담덕의 외삼촌임을 알게 되자, 가슴을 치며 후회하였다. 스스로 죽으려고 호랑이 굴로 뛰어든 셈이었다.

4

"흐음, 그들이 후연에서 보낸 첩자들이란 말이지요?"

태왕 담덕은 편전에서 하명재와 마주 앉아 이춘성 상단의 처리 문제를 놓고 심도 있는 논의를 하고 있었다.

"저들이 태왕 폐하의 근황과 왕당군 체제 및 훈련 과정 등에 대해 초미의 관심을 보이는 것은, 여차하면 다시 요동성을 탈취할 기회를 잡겠다는 의도란 생각이 듭니다. 젊은 군주 모용희의 성격에 당장 보복전을 펼치고 싶은데, 폐하의 신출귀몰하는 전략과 직속 부대인 왕당군의 전투력이 두려운 것 아니겠습니까? 저들이 곡물을 싣고 온 것을 보면, 올해 아국이 가뭄으로 흉년이 들어 백성들이 기아에 허덕일 정도로 곤궁함에 처해 있다는 걸 알고 온 모양입니다. 따라서 군량미도 부족할 것이고, 폐하의 환후 걱정으로 당장 군사를 움직이기 곤란함을 눈으로 확인하기 위해 여기까지 오지 않았나 생각됩니다."

하명재는 이춘성 상단의 동태를 파악하고 느낀 점을 그대로 털어놓았다.

"일리 있는 얘깁니다. 모용희는 요동성을 노리고 있겠지요. 일단 마동과 추동자를 보내 상단의 행수 이춘성이란 자를 신문할 테니, 하 대인께선 감시를 철저히 해주십시오. 돌아가시면 신문이 끝나는 대로 저들을 억류에서 풀어주되, 깜짝 놀랄 정도로 기름진 음식으로 후하게 대접하도록 하십시오. 손자병법에도 적이 보내온 첩자를 매수하는 반간(反間)이라는 전략이 있습니다. 그동안 저들이 대략 우리 국내성의 상황을 파악하고 있을 테니, 그것이 사실임을 더 명확하게 인식할 수 있도록 해주세요."

담덕은 뭔가 깊이 생각하는 듯 고개를 두어 번 주억거렸다.

"저들을 그냥 돌려보내시겠다는 말씀입니까?"

하명재는 도무지 영문을 알 수 없어 고개를 갸우뚱거렸다.

"반간이 그런 것입니다. 저들이 돌아가 아국의 정보도 알려주지만, 시시때때로 비밀리에 그쪽의 정보도 이쪽으로 보내도록 하는 전략 말입니다. 이중간첩으로 포섭하면 실보다 득을 더 많이 챙길 수 있습니다. 아까 하 대인께서 이춘성이란 자가 스스로 선비족이 아닌 한족 출신이라고 자신을 소개했다고 하지 않았습니까? 그 말이 사실이라면, 이중간첩으로 아주 적격인 자입니다."

담덕은 하명재가 돌아간 후, 곧바로 마동을 불렀다.

이제 담덕은 마동의 죄를 용서하고 전처럼 호위무사를 하면서 흑부상에게서 들어오는 정보를 관리하는 장하독의 지위로 복권시켜 주었다. 거기에 틈틈이 왕자 거련의 말타기 훈련을 시키는 일까지 맡겨 한 가지 역할이 더 부여된 셈이었다.

"폐하, 불러계시옵니까?"

마동이 깍듯한 예의를 갖추었다. 예전 같지 않고 어딘가 더욱 성숙된 행동이고 말투였다.

"그러하오, 장하독!"

담덕의 대답 또한 예전과 달랐다. 마동에게 반말을 던지던 어법이 어느 사이 점잖게 바뀌어 친근감보다는 오히려 더 거리감이 있어 보이기도 했다.

"폐하! 전처럼 대해주십시오. 반말로 해주시는 게 소신에겐 편하옵니다."

"아니오. 이젠 한 여인의 지아비에 어엿한 한 아기의 아비가 되어 있지 않소?"

담덕의 입가에 엷은 미소가 떠올랐다.

"수빈이도 그런 말을 하더니, 폐하께서도 똑같은 말씀을 하시옵니까?"

"우리가 그리하도록 약속하였소이다."

담덕은 이제 소리를 내어 껄껄 호탕하게 웃었다.

"이것 참! 쑥스럽습니다. 그런데……?"

마동은 방금 태학에서 왕자 거련에게 말타기 조련을 시키다가 수빈의 연락을 받고 달려온 참이었다.

"음, 압록강 부두에 가서 상단의 하 대인을 만나보시오. 후연에서 첩자들이 상선을 타고 온 모양인데, 뭔지 수상해 보여 창고에 가두어놓았다 들었소. 그들을 윽박지르거나 거칠게 다루지 말고, 최대한 귀빈으로 대우해주면서 밀입국한 목적을 알아내도록 하시오. 아마도 추 단장과 함께 가면 저들을 신문하여 처단하는 데 도움이 될 것이오."

"네, 태왕 폐하! 분부 받잡겠나이다."

마동의 입에서도 저절로 예전 같지 않게 신하로서의 예절이 말과 행동으로 이어졌다. 이때 태왕은 그에게 후연의 첩자 이춘성을 만나 신문을 할 때 특히 강조할 말들을 마음속 깊이 아로새기도록 해주었다.

편전에서 나온 마동은 곧 흑부상 단장 추동자와 함께 말을 타고 압록강 부두의 하명재 대상 저택으로 달려갔다.

궁궐 감옥에서 울분과 고통과 참회를 겪으며 많은 것을 느낀 마동으로선 이제 태왕의 명이 지엄하다는 것을 뼈에 사무치도록 새기고 또 새겼다. 따라서 하 대인의 창고에 갇혀 있는 중원 대상의 행수 이춘성을 신문하는 데 더욱 신중을 기할 수밖에 없었다.

마동과 추동자가 정말 사기그릇을 다루듯 귀빈으로 대접하자, 정작 신문을 받던 이춘성은 속으로 뜨끔하지 않을 수 없었다. 하 대인의 수하들에게 잡혀 창고에 갇힐 때만 해도 그는 곧 죽음을 면치 못할 것으로 알고 있었다.

그런데 국내성에서 나왔다는 마동의 태도는 사뭇 부드럽기만 했다.

"우리는 그대들이 후연에서 보낸 첩자라 생각하지 않소. 후연과 아국이 적대 관계가 아닌 선린외교를 펼치고 있었다면, 그대들은 충분히 귀빈으로 대접받을 만한 사절단이 아니겠소? 하여 장차 후연과 그런 교린 관계를 맺고자 하는 뜻에서 태왕 폐하께서는 그대들을 정식 외교사절로 대우하라 명하셨소이다. 외교란 쌍방에 실보다 득이 돼야 성립이 가능한 것이오."

마동의 말을 이춘성은 바로 알아들었다. 그는 고구려 말에 익숙했다. 그래서 애써 추동자가 통역할 필요까지도 없었다.

사실 마동의 그러한 설득은 태왕 담덕이 지시한 내용을 그대로 옮기는 것에 지나지 않았다. 처음에 그 말을 들으면서 이춘성은 그저 눈만 멀뚱거리고 있었다. 그 진의를 파악하기가 매우 힘들었던 것이다.

"왜 대답이 없으시오?"

마동이 다그쳤다.

"저, 정말이지 우리를 살려주시는 것입니까?"

이춘성은 말을 더듬었다.

"내 말은 태왕 폐하의 말씀을 그대로 전하는 것일 뿐이오. 한 나라의 군주가 허사(虛辭)를 남발하지 않는다는 걸 그대도 잘 알지 않소?"

"고구려와 후연이 실이 아닌 득이 될 수 있는 것이 무엇인지 잘 모르겠습니다."

이춘성은 마동에게서 그 답을 듣고 싶었다.

"전쟁에선 피를 흘리지 않고 이기는 것이 최상의 전략이오. 오래전 태왕 폐하께선 요동 전투에서 그대 나라의 방연 태수가 안전하게 군사들을 살려 요하를 건너가게 하였소. 아국은 그대 나라가 요동성을 공격하려고 하는 것을 진즉부터 알고 있었소. 지금 그대들이 아국의 도성 가까이 침투해 들어와 적정을 살피려는 것도 그 목적이 거기에 있지 않소이까?"

마동의 말은 강한 설득력을 발휘했다. 그도 그럴 것이 이춘성은 방연이 요동 태수로 있을 때부터 그의 수하였으므로, 당시 태왕 담덕의 신출귀몰한 전략을 다 알고 있었다.

"네, 당시에 이 몸도 요동성에 있어서 그러한 사실을 익히 잘 압니다. 방금 귀공께서는 고구려 태왕의 지시로 우리가 첩자인 줄 알면서 살려주시겠다고 했는데, 그것이 사실이라면 그냥 보내주실 리는 없을 것이고……."

이춘성은 한쪽 눈을 가늘게 뜨며 마동과 추동자의 눈치를 살폈다.

이때 마동은 이춘성을 그의 졸개들과 격리시킨 후 말했다.

"솔직히 말씀드리면 이중 첩자가 되어달라는 것입니다."

"이중 첩자요?"

이춘성은 놀란 눈으로 마동을 쳐다보았다.

"우리도 후연에 대해 알 만큼은 알고 있소. 지금 용성에서 대공사가 벌어지고 있다는 것도 현지 소식통을 통해 듣고 있고, 도처에서 백성들의 불만이 터져나오고 있다 들었소. 이중 첩자란 양국의 정보를 가감 없이 솔직하게 털어놓아야 하는 법이오. 그것이 오래도록 생명을 유지하는 길임을 잘 알고 계실 겁니다. 하여 아국에선 용성의 상황을 사실 그대로 듣고 싶은 것이오."

추동자가 흑부상들을 통해 듣고 있는 후연의 정보를 토대로 하여 이춘성을 은근히 압박해들어갔다.

"허어, 나는 아직 이중 첩자 노릇을 하겠다고 말한 적이 없습니다."

이춘성이 어디 한번 배를 째보라는 듯, 불뚝 배를 내밀며 배짱을 부렸다.

"허헛, 참! 귀공은 하나는 알고 둘을 모르는군. 목이 두 개라도 달린 모양이구려. 허면, 그대들은 모두 귀국으로 안전하게 돌아가지 않겠다는 것이오?"

마동이 작지만 꺽진 목소리로 엄포를 주었다.

"이중 첩자 노릇을 한다는 조건으로 목숨을 살려주시겠다는 말씀이군요?"

"선택은 자유요. 나도 실은 지난 숙군성 전투 때 후연 장수에게 사로잡혀 용성으로 끌려갔던 몸이오. 당시 고구려 포로가 되었던 귀국의 풍발 장군과 포로 교환을 해서 겨우 목숨을 살려 돌아왔지만 말입니다. 그래서 그런 경험을 통하여 적지에서 살아남는 법을 잘 알고 있소이다."

마동의 말에 이춘성이 놀라는 눈으로 상대를 쳐다보았다.

"그러면 혹 마동 장군이시오?"

"맞습니다."

"그 명성은 익히 들어 알고 있습니다."

"허허허, 이 몸과 교환한 풍발 장군께선 잘 계시오? 귀국하시면 풍발 장군에게도 안부 전해주시길 바라는 바이오."

"잘 계십니다. 목숨을 살려주시겠다니, 이제 이 몸이 그에 값하는 무엇을 내놓아야만 하겠군요."

이춘성은 마동이 풍발 장군과 포로 교환으로 목숨을 살렸다는 말에 십분 공감하지 않을 수 없었다. 의외로 그 공감하는 마음이 그의 생각을 쉽게 바꿀 수 있도록 해주었다.

"그래야 하겠지요. 이중 첩자는 양국에 서로 이득이 될 수 있는 정보를 내놓을 줄 알아야 합니다."

추동자가 맞춤맞게 끼어들었다.

"좋습니다. 방금 풍발 장군 얘기가 나왔으니 말입니다만, 아국의 조정에선 그를 요주의 인물로 보고 있습니다. 고구려 포로가 되었을 때 그가 귀빈 대접을 받았다는 소문이 나면서, 황제 폐하께서 잔뜩 의심을 하게 된 것이지요."

이춘성의 말에 마동이 아마도 그럴 것이라는 듯 빙그레 웃었다.

"이중 첩자로 의심받고 있다, 그 말이군요?"

"그것이, 그렇게 되는 것입니까?"

이춘성은 그 순간 자신의 처지를 되짚어보았다. 자신이 숙군성 전투 때의 풍발 장군과 다를 것이 없었기 때문이다. 그 역시 귀국하게 되면 풍발처럼 의심받게 될 가능성이 높았다. 그런 생각을 하자 자신도 모르는 사이 가슴이 바늘에 찔린 듯 뜨끔거렸다.

"귀공이 요동성에 머문 적이 있었다고 하니, 방연 장군 수하임을 스스로 밝힌 셈입니다. 방연 장군은 지금도 호시탐탐 요동성 침공을 노리고 있지 않습니까?"

추동자의 물음이었다. 그의 말투로 봐서 후연에 대한 정보에 매우 밝은 것 같았다. 따라서 거짓말을 했다가는 금세 탄로가 날 것이므로 이춘성으로서는 잔뜩 긴장하지 않을 수 없었다.

"한때 방연 장군은 요동 태수였습니다. 어찌 돌아가고 싶지 않겠습니까? 특히 요동성 산중턱에 고구려가 세운 7중목탑을 떠올릴 때마다 이를 부득부득 갈곤 합니다. 이것으로 답변이 되었는지요?"

이춘성은 마동과 추동자를 번갈아 보며 자신의 말에 대한 반응을 살폈다.

"허허 헛! 우리가 익히 알고 있는 당연한 말이지만, 그것으로 귀공이 이중 첩자 노릇을 하겠다는 의지를 보였다고 믿겠습니다."

마동은 그것으로 이춘성과의 신문을 끝냈다.

그날 이후, 이춘성과 그의 상단 장정들은 하명재 상단의 귀빈이 되어 며칠 동안 후한 대접을 받았다. 그런 연후에 그들은 인삼과 각종 고구려의 토산물들을 상선에 잔뜩 싣고 마침내 귀국길에 올랐다.

5

태왕 담덕은 호위무사 마동에게서 후연 첩자 이춘성 신문 내용을 보고받고 나서, 태대형 추수를 불러 이에 대한 대책을 논의했다.

"아무래도 후연이 요동성을 공격할 모양입니다. 후연에서 이춘성과 그의 졸개들을 중원의 대상으로 꾸며 국내성 턱밑까지 들어온 것은, 과연 요동성을 공격할 때 왕당군이 원군을 보낼 수 있느냐의 현지 상황을 파악하기 위해서였다고 봅니다. 이미 저들은 동부여 땅에서 왕당군의 우적 대장군이 희생된 것을 알고 있습니다. 그 정보를 접하고 나면 후연이 곧 요동성을 들이칠지 모릅니다. 이에 대한 시급한 대책이 필요해서 태대형과 긴밀하게 상의를 하고자 합니다."

담덕은 아직 상처가 완쾌된 상태가 아니라 편안하게 등을 뒤로 기댈 수 없어, 앞으로 가슴을 내민 어정쩡한 자세를 취하고 있었다.

"큰일이로군요. 더구나 저들은 폐하께서 환후로 인해 친정(親征)을 하기 어렵다는 사실도 알고 있을 것입니다. 부름을 받고 이곳으로 오면서 마동에게 들으니, 이춘성이 후연의 첩자인 줄 알면서 귀빈으로 대접해 돌려보냈다고 하더군요. 그들의 목적을 알면서 굳이 돌려보낸 데는 아마도 폐하께서 다른 생각이 있으셨을 것으로 압니다만……."

추수는 이미 태왕의 마음속에 들어가 있는 것처럼 사태 파악을 마친 다음이었다. 그가 '친정'을 운운하면서 선수를 친 것도, 혹시 후연이 요동성을 공격할 경우 태왕이 원정군을 이끌고 간다고 고집하는 일이 벌어지는 것을 미연에 방비하기 위해서였다.

"태대형께서 이번에 왕당군 대장군이 되어주셔야겠습니다.

후연이 요동성을 공격하기 전에, 아군이 적의 허점을 노려 선수를 쳐서 왕당군의 건재함을 보여주어야 합니다."

"적의 허점이라 하시면?"

"요동군과는 반대되는 쪽이어야만 하겠지요. 지도를 살펴보니, 대릉하(大陵河, 다이링허) 하류에 연군(燕郡)이 있습니다. 원래 연군은 전연의 도성인 계성(薊城, 베이징)이었는데, 탁발규가 중산의 모용보를 용성으로 몰아내고 화북 일대를 차지하면서 대릉하의 하류로 옮겨가게 됐지요. 전연 모용황의 능묘가 바로 계성에 있었는데, 그 후예들인 모용 씨가 대릉하의 하류에 연군을 건설하면서 그곳에 사당을 지어 숭배하고 있다고 합니다. 북위군에게 쫓길 때였으므로 이장은 하지 못하고, 그냥 신주만 가져다 제를 지내는 모양입니다. 생각 같아서는 이 기회에 계성까지 쳐들어가 모용황의 묘를 파헤치고 싶으나, 지금은 북위의 관할이 되었으므로 그럴 수는 없는 노릇 아니겠습니까? 그래서 차선책으로 모용황의 사당이 있는 연군을 선택한 것입니다. 왕당군 중 수전(水戰)에 능한 군사들을 가려 뽑아 특공대를 이끌고 연군을 들이치면, 모용희도 겁을 집어먹고 감히 요동군을 넘보지 못할 것 아니겠습니까?"

담덕은 탁자 위에 지도를 펼쳐놓았다. 그는 조부인 고국원왕 시절 전연의 모용황이 고구려로 쳐들어와 미천왕의 능묘를 파헤쳐 시신을 가져가고, 태후와 왕후를 볼모로 데려간 사건을 소수림왕과 고국양왕 누대를 거치면서 가슴에 못이 박히도록 들어왔다. 마음속으로 단 한시도 잊지 않고 있었다. 그러나 남쪽의 백제를 공략하고, 더불어 왜국 연합군을 물리치는 데 주력하다 보니 서북방의 후연까지 신경 쓸 겨를이 없었다.

"바로 이곳을 말씀하시는군요?"

추수가 지도 속의 연군을 손가락으로 짚었다.

이미 추수에게는 익숙한 곳이었다. 산동에 해룡부를 세우고 해적들 소탕에 나섰을 때부터 요동만 지역을 두루 꿰고 있었다. 대릉하는 요하 서남쪽으로 흐르는 강이었다. 요하가 바다로 빠지는 바로 서쪽의 멀지 않은 곳에서 대릉하도 요동만으로 흘러들고 있었다. 이곳은 후연과 남연이 접경을 이루고 있는 지역이며, 산동 반도가 감싸고 있는 발해와도 통하였다.

전연이 전진에게 멸망해 선비 세력이 요하와 요서 각지로 흩어졌을 때, 그 유민들은 발해 지역을 중심으로 해적이 되어 상선을 약탈하고 포로들을 노예로 팔아넘기기를 예사로 하였다. 이때 추수가 산동에 해룡부를 세워 발해만 일대의 해적들을 소탕해 해상 무역의 주도권을 잡았다.

담덕은 그러한 추수의 이력을 알기에 이번에 왕당군 대장군이 되어 특공대를 조직해 대릉하의 하류에 있는 연군을 공격하도록 명한 것이었다.

"일단 왕당군에서 1만을 출진시켜 압록강을 통해 바다로 나가십시오. 요동반도 끄트머리 지점에 우리 고구려의 비사성이 있는데, 그곳 수군들이 또한 요동만 지리에 밝으니 5천을 더해 총 1만 5천 병력으로 연군을 기습공격하는 전략입니다."

담덕은 오래전 유랑 시절 갑비고차의 해저 지형을 지도로 만들 정도로 지도에 관심이 많았는데, 그래서 고구려 주변 나라에 대한 지리에도 아주 밝았다.

"알겠습니다. 빠른 시일 안에 특공대를 뽑아 출진하도록 하겠습니다."

추수는 요동성의 위태로움을 알기 때문에 일찍 서두를 필요가 있다고 생각했다.

이때 문득 담덕 옆에 부동자세를 취하고 있던 호위무사 마동이 끼어들었다.

"태왕 폐하! 이번 전투에 소신도 참여할 수 있도록 해주십시오."

마동이 이렇게 나온 것은 태왕의 명을 어겨 해광을 죽인 데 대한 반성의 의미로, 전쟁터에서 큰 공을 세우고 싶은 욕심이 앞선 때문이었다.

"마동아, 앞으로 경거망동은 절대 금물이다! 넌 호위무사의 본분을 잊은 것이냐?"

추수가 아들을 근엄한 표정으로 나무랐다.

"하하, 핫! 말리지 마십시오. 국내성에서야 수빈이만 있어도 안전하니, 마동과 함께 부자가 출동하는 것도 괜찮을 것 같습니다."

담덕도 마동이 왜 이번 전투에 나서려고 하는지 충분히 이해하고 있었으므로, 굳이 말릴 필요까지는 없다고 판단했다.

추수는 직접 왕당군 훈련장으로 가서 말갈군 대장 두치와 흑부군 대장 어연극의 도움을 받아 연군으로 출진할 특공대를 선별하는 작업에 착수했다. 왕당군 장수 중에서 말갈군의 두치가 특공대의 선발로 나서겠다고 자원하였다.

왕당군 1만의 특공대가 출진을 하루 앞두고 있을 때였다. 왕자 거련이 편전으로 태왕을 찾아와 알현을 청했다.

"오, 거련이로구나. 태학에서 공부를 하고 있을 시간인데, 무슨 일이라도 있는 것이냐?"

담덕이 아들 거련을 반갑게 맞아 두 손을 잡았다. 최근 1년 사이에 부쩍부쩍 커서 부자가 거의 어깨를 마주할 정도가 되었다. 몸집도 거의 어른에 가까울 정도였다.

"폐하! 소자도 이번 전투에 참여할 수 있게 해주십시오."

거련의 말에 담덕은 놀란 눈으로 아들의 눈을 응시했다. 진심인지 아닌지 간파하기 위해서였다.

"이번 왕당군 특공대 출진 이야기를 마동 사부에게 들은 모양인데, 너는 아직 나이가 어려서 안 된다."

담덕은 그래도 기특한 생각이 들어 거련의 어깨를 감싸며 등을 토닥거려 주었다.

"일전에 폐하께서도 소자에게 말씀하시지 않았습니까? 소자의 나이 때 폐하께선 왕자의 신분으로 유랑하던 중 요하 전투에 참여한 바 있다구요. 아버님은 되고, 자식인 저는 안 된다는 말씀에 동의하기 어렵습니다."

거련의 두 눈동자는 매우 반짝거렸다. 진심이 담겨 있다는 증거였다.

"그런 일이 있기는 했지. 하지만……."

담덕은 말을 하다 그만 입을 닫았다. 거련의 청을 만류하고 싶었지만, 거절할 만한 뚜렷한 명분을 찾기가 어려웠다. 아직 전투에 나가기에는 나이가 어리다는 것이 맞긴 하나, 거련이 요하 전투를 거론하며 자신도 자격이 있다고 우기는 데엔 말문이 막히고 말았다. 더구나 '폐하'가 아닌 '아버님'이라는 친근한 호칭을 대면서 부자의 정에 호소하고 있다는 걸 느끼는 순간, 가슴이 뭉클해지기까지 했다.

"아버님! 허락해주시옵소서."

거련은 말문이 막힌 담덕을 더욱 다그치기 위해 한 번 더 피를 나눈 부자 관계로 밀어붙였다.

"허허, 헛! 이것 참! 거련이, 네가 정말 많이 컸구나. 육체만 다 성장한 줄 알았더니, 정신 수양도 날로 괄목상대하고 있질 않은가?"

담덕은 모처럼 만에 기분이 좋았다.

"그럼, 이번 전투에 소자도 참여토록 해주시는 겁니까?"

거련은 이제 응석받이 나이가 아니지만, 그 말을 할 때는 어린아이처럼 하얗게 이를 드러내고 해맑은 웃음을 보였다.

"네 말타기 사부인 마동과 한번 상의해보도록 하지."

담덕은 확실한 답변을 주지 않았다. 좀 더 생각할 시간이 필요했던 것이다. 태후나 왕후의 의견도 들을 필요가 있었다.

다음날, 담덕은 태후와 왕후를 만나 거련의 이야기를 꺼냈다. 예견했던 대로 두 사람 모두 반대였다. 아직 거련의 나이가 어려 전투에 나가는 것은 위험천만한 일이라는 이유 때문이었다. 누가 보더라도 타당한 말이었다. 그러나 마동을 만나 물어보니 의외로 긍정의 대답이 나왔다.

"소신은 태왕 폐하의 호위무사이니, 전쟁터에 나가면 당연히 왕자 전하의 호위무사 노릇을 해야 하지 않겠습니까? 소신의 생각으로는 이번 전투에서 후연군을 완벽하게 속이려면, 적들에게 태왕 폐하의 모습을 보여드리는 것도 좋을 듯합니다. 이번 전투에서 왕자 전하에게 그 역할을 맡기시는 게 어떠하올는지요?"

마동의 이 같은 말은 뜻밖이었다. 담덕도 미처 거기까지는 생각하지 못했는데, 실로 기발한 착상이 아닐 수 없었다.

"허어, 허! 아들에게 이 아비의 대역을 시키라 그 말이오?"

담덕은 어이가 없어 벌린 입을 다물지 못했다.

"네, 폐하! 왕자 전하의 안위는 걱정하지 마십시오. 적의 화살 사거리가 미치지 않는 곳에서 왕자 전하는 그저 태왕 폐하 역할을 하시면 됩니다."

"흐음, 일리 있는 얘기이긴 한데……."

"거련 왕자는 천손이십니다. 하늘이 내신 분이므로 천수를 누리실 것이옵니다."

마동은 지난여름 장마철에 폭우가 내린 뒤 칠성산으로 말타기 연습을 하러 갔다가 예전에 왕자가 떨어질 뻔했던 바위 절벽에 돌다리가 놓였다는 이야기를 했다. 그것은 하늘이 천손인 왕자 거련을 위하여 다리를 놓아준 것이 아니겠느냐고 말했다. 그러면서 그때 거련이 그 돌다리를 '천사교'라고 이름지었다는 이야기도 들려주었다.

"허어, 실로 놀라운 일이로군! 흐음, 천사교라? 우리 왕자가 그 다리의 이름을 그렇게 지었단 말이오? '하늘이 내려준 다리'라……."

담덕은 가슴이 뭉클할 정도로 감동하지 않을 수 없었다. 폭우로 산사태가 나서 바위 벼랑에 돌다리가 놓인 것은 자연의 힘에 의해서라고 할 수 있지만, 왕자 거련의 해석이 실로 놀라웠던 것이다.

그렇게 담덕은 마동의 말에 두 번 놀랐다. 왕자에게 태왕의 대역을 맡겨 적을 속이자는 것과 거련이 '천사교'라는 이름을 지었다는 이야기는 강한 설득력을 발휘하고 있었다. 거련이 그만큼 육체적 정신적으로 성장했다는 증좌가 아닐 수 없었다.

결국 담덕은 이번 후연의 연군을 공략하러 가는 전투에 왕자 거련이 참여하는 것을 허락하였다.

출진을 앞두고 태왕과 왕자는 물론 태후와 왕후까지 편전에서 자리를 같이했다. 담덕은 내관에게 일러 전쟁터에 나갈 때 자신이 즐겨 입던 갑옷과 투구를 내오도록 했다.

"이건 엄심갑인데, 반드시 갑옷 안에 입어야 한다. 쇠판이라 무겁지만 날아오는 화살을 막아 네 생명을 지켜줄 것이다. 앞으로 인생을 살아가려면 불편함에 익숙해져야 한다. 불편함이 삶의 의지가 되고, 생의 버팀목이 될 것이다."

담덕은 그러면서, 동부여에 가서 무명선사의 위령제를 지낼 때 자신이 엄심갑을 입지 않았던 것을 크게 후회하고 있었다. 만약 그때 불편을 감수하고라도 겉옷 안에 엄심갑을 입었더라면 등에 큰 상처는 입지 않았을 것이다. 그래서 그는 아들 거련에게 특히 '불편함'을 강조하였다.

거련을 위하여 담덕은 손수 투구와 갑옷을 입혀주고, 허리에 보검도 찰 수 있게 해주었다. 편전 앞마당에는 태왕이 타는 백마와 함께 마동이 대기하고 있었다.

곧 거련은 백마에 올라탔다.

"우리 천손이 태왕을 꼭 빼닮지 않았소?"

태후 하 씨가 말에 탄 거련을 올려다보며 대견스럽게 말하며 왕후의 동조를 구했다.

"아들아! 부디 몸조심해야 한다. 알았지?"

왕후 아 씨는 오직 아들 거련이 걱정되었다.

"네, 걱정들 마세요. 다녀오겠습니다."

말의 고삐를 잡으며 거련이 말했다.

거련의 말은 천천히 편전 앞마당을 떠났다. 마동도 태왕 일행에게 군례를 올린 후, 말을 타고 유유히 거련의 말 뒤를 따랐다.

6

요동만 끄트머리에 자리한 비사성은 바다의 기암절벽을 이용해 성채를 세운 천연의 요새였다. 성 바로 아래 부둣가에는 깃발을 펄럭이는 군선들이 질서정연하게 정박해 있었다. 추수의 특공대가 압록강을 벗어나 바다를 통해 비사성에 다다른 것은 이른 새벽녘이었다. 이미 국내성에서 역참을 통해 파발을 보냈으므로 비사성 성주는 수군 5천을 대기시켜놓고 있었다.

특히 가을에서 초겨울로 접어드는 계절에는 새벽마다 바다 안개가 자욱하게 끼므로 배를 운항하기 쉽지 않았다. 그러나 비사성의 군선들은 주변 지리에 밝아 추수가 이끄는 특공대의 길 안내를 맡아 대릉하의 하구로 들어서는 데 큰 어려움이 없었다.

대릉하 남쪽은 남연이, 그 북쪽은 후연이 차지하고 있었다. 태왕 담덕이 특히 대릉하 북편에 자리한 연군을 공격 목표로 삼은 것은, 그 선비족 두 세력을 동시에 겁주기 위한 전략이었다. 갑자기 안개 속에서 고구려 군선들이 나타나자 양안의 군사들은 바짝 긴장하지 않을 수 없었다.

대릉하 북쪽 사면으로 고구려 군선들이 다가가자 연군 부두에 정박해 있던 후연의 군선을 지키던 군사들은 도무지 어찌해야 좋을지 몰라 갈팡질팡하고 있었다. 보초들이 급히 깨웠으나, 객실에서 잠을 자다 깨어난 후연군은 갑판 위로 올라와서도 그저 눈만 비벼대고 있었다. 아직 잠이 덜 깨어 꿈인지 생인지 구분이 가지 않았던 것이다.

고구려 군선이 연군 부두로 들어선 것은 이미 동쪽 바다에서 솟아오른 해가 산과 바다를 붉게 물들일 즈음이었다. 그때쯤 되면 새벽안개가 걷히면서 시야가 확 트이게 마련인데, 갑자기 바다에서 불기둥 같은 해가 불쑥 솟아오르듯 울긋불긋한 깃발을 휘날리는 군선들이 들이닥치자, 흡사 귀신에게 홀린 듯 그저 벌어진 입을 다물지 못했다.

"적의 군선에 불화살을 쏘아라!"

고구려군 대장선에서 추수가 명적을 쏘아올리며 공격 신호를 보냈다. 명적은 소리 나는 화살로, 화살촉을 쇠가 아닌 동물의 뼈에 구멍을 뚫어 만들었는데 공격 신호 때 주로 사용하였다. 화살을 날리면 바람을 가르며 날아갈 때 피리처럼 구멍으로 공기가 새면서 강한 쇳소리를 내게 돼 있었다.

명적 신호와 함께 수많은 고구려 군선에서 일제히 불화살이 당겨지자, 후연군은 미처 대적할 준비도 갖추지 못한 채 불에 타는 군선들의 화재 진압에 나서느라 허둥거렸다. 이때를 기다려 추수는 다시 진격 명령을 내렸다.

"군선들을 부둣가에 정박시키고, 서둘러 상륙해 도망치는 적들을 소탕하라."

대장선에는 특공대 대장군 추수는 물론 왕자 거련과 마동도 함께 승선해 있었다. 그들은 전체 군선들을 지휘하기 위해 높은 장대에 올라가 전방과 좌우로 시야를 넓혀 전투 상황을 관전하고 있었다. 황금빛 나는 투구를 쓰고 갑옷을 입은 거련의 모습은 가까이에 있는 추수와 마동 부자 장수가 보기에도 태왕으로 착각될 정도였다. 때마침 아침 햇빛이 금빛 투구를 번쩍이게 했으므로, 그 모습은 적의 눈에도 그렇게 보일 것이 틀림없었다.

고구려 군선들은 일제히 연군 부두를 향해 물살을 가르며 진격했다. 대장선은 맨 뒤에서 전체 군선들의 움직임을 살피며 천천히 앞으로 나갔다. 적의 화살 사거리가 미치지 않는 거리를 유지하기 위해서였다. 이는 왕자 거련에게 전투 장면을 보여주려는 의도이기도 했지만, 절대적으로 안전거리를 확보해 화살이 미치지 않도록 하기 위해서였다. 이는 태왕 담덕이 특히 추수와 마동 부자에게 남모르게 당부한 일이기도 했다.

고구려 군선들은 큰 어려움을 겪지 않고 연군 부두에 정박했다. 그들은 부두에 배를 대자마자 상륙하여 전열을 갖추었고, 특공대 중 선발대장이 된 두치는 왕당군 중 말갈군을 이끌고 연군 성곽을 향해 진격했다.

왕당군 소속의 말갈군이 항상 선봉에 서는 것은 물불 가리지 않고 가장 용감하게 돌격하기 때문이었다. 두치는 특히 개마고원에서 사냥할 당시 가장 호랑이 가까이에서 창을 던지는 선창잡이였으므로, 선봉대를 이끌고 공격할 때도 가장 앞장서서 달려갔다.

두치가 이끄는 말갈군은 충차와 사다리를 앞세워 연군 성곽을 공격했다. 군선을 지키던 후연군 전령에게서 뒤늦게 급보를 받은 연군의 성에서는 미처 방위 태세를 갖출 시간적 여유도 없었다. 말갈군은 어렵지 않게 사다리를 타고 성벽을 뛰어넘어 후연군을 향해 사정없이 창칼을 휘둘렀다. 충차 공격도 몇 차례 돌격하기도 전에 성의 남문이 열렸다. 사다리를 타고 성벽에 올라간 말갈군이 후연의 수문병을 제거하고 문을 열어준 덕분이었다.

멀리서 말갈군 선발대의 전투 장면을 바라보던 고구려 특공대 군사들은 성문이 열리는 것을 보자 기마병부터 용수철 튀어나가듯 돌격해 들어갔다. 그 뒤를 보병이 바짝 따라붙었다. 삽시간에 연군의 성은 고구려 군사들로 가득 찼고, 겁을 잔뜩 집어먹은 후연군은 방어는커녕 서문과 북문을 통해 달아나기에 바빴다. 미처 성문을 빠져나가지 못한 후연군은 고구려 기마대의 말발굽 아래 짓밟히고 보병의 창칼에 도륙당했다. 개중에 무기를 버린 자들은 고구려군에 사로잡혀 포로가 되었다.

연군 성을 장악한 추수는 곧 포로들을 신문하여 모용황의 사당이 있는 곳을 알아냈다. 사당은 연군 성안의 야산 중턱에 자리잡고 있었는데, 대릉하의 강줄기가 잘 내려다보일 정도로 전망이 좋았다.

능묘를 지키는 사람을 '수묘인'이라고 하는 데 반하여, 사당을 지키는 사람들은 '재(齋)지기'라고 불렀다. 사당이 있는 야산 바로 아래에는 재지기들의 마을이 형성되어 있었는데, 그들은 그곳에 항상 거주하며 외부인들의 접근을 철저히 막았다. 재지기만 1백여 명, 그들의 가족까지 하면 기백을 헤아려 제법 사람 사는 마을의 규모를 갖추고 있었다. 재지기들은 외부 세력의 침입을 우려하여 무술이 뛰어난 자들로 이루어져 있었고, 그 가족들도 남녀노소를 불문하고 제법 무기를 다룰 줄 알았다.

연군의 성이 고구려군들에 의해 함락될 때 재지기들은 사당으로 올라오는 길목을 막아섰다. 그들은 도망가지 않고 목숨을 걸고 사당을 지키겠다는 의지로 버텼다.

"기특하구나. 후연군이 성을 버리고 도망치는데, 일개 사당의 재지기들이 기껏해야 나무 조각에 불과한 모용황의 신주를 지키려고 목숨을 걸다니……!"

가장 앞장서서 휘하 졸개들을 이끌고 사당으로 달려가던 마동은, 잠시 진격을 멈추고 그들을 바라보았다. 태왕 담덕이 국내성을 떠날 때 그에게 지시한 말이 문득 떠올랐기 때문이다. 모용황의 신주가 있는 사당에 불을 지르되, 그곳을 지키는 수묘인들은 생포하여 국내성으로 데려오라는 것이었다. 왜 그런 명령을 내렸는지 감히 물을 수는 없었다.

그런데 마동이 막상 사당 앞에 닥쳐 보니, 재지기들이 단단히 무장을 한 채 방어하고 있었다. 그들의 눈빛은 사생결단을 각오한 것 같았다. 제대로 싸워보지도 않고 도망친 후연군과는 전혀 다른 기세가 느껴졌던 것이다.

"장군! 왜 갑자기 진격을 멈추십니까? 저들은 군사들도 아니고 사당이나 지키는 무지렁이들 아닙니까?"

마동의 휘하 장수 하나가 물었다.

"아니다. 저들을 함부로 살상하지 말라. 생포해 포로로 삼아야 한다. 이건 태왕 폐하의 명이시다."

마동이 휘하 장수뿐만 아니라 그를 따라온 군사들 모두에게 외쳤다.

크게 상처를 입히지 않고 상대를 거꾸러뜨릴 수 있는 것은 수리검이었다. 마동은 허리에 찬 수리검 서너 개를 순식간에 날려, 앞에 버티고 선 재지기를 대표하는 자들 몇 명의 이마를 뚫었다. 수리검이 박힌 이마에선 금세 시뻘건 핏줄기가 얼굴로 줄줄 흘러내렸다.

"무기를 버리고 항복하는 자들은 살려주겠다!"

마동의 말을 알아들은 것인지 분명하지는 않았지만, 사당 재지기들은 분위기로 사태를 파악한 모양이었다.

먼저 마동의 수리검에 이마를 다친 우두머리급 재지기들이 무기를 던지고 털썩 무릎을 꿇었다. 그러자 나머지 재지기들도 손을 들어 항복하였다. 그도 그럴 것이, 마동이 이끌고 온 고구려군이 그들보다 서너 배는 많을 성싶었다.

마동의 휘하 군사들은 재빨리 사당 재지기들을 오랏줄로 묶었다. 그러고 나서 사당에 불을 질렀다. 오랏줄에 묶이지는 않았지만, 재지기 마을의 아녀자와 노인들은 불타오르는 사당을 보고 제각기 소리를 내어 울었다. 그들이 우는 것까지 고구려군은 간섭하지 않았다.

한편, 연군이 고구려군에게 급습당했다는 소식은 파발마를 타고 달려온 전령을 통해 용성의 모용희에게 보고되었다.

"무엇이? 연군의 성을 고구려군이 탈취했다고? 이럴 수가 있나? 허면 그 성에 있는 우리 문명황제(文明皇帝, 모용황)의 사당은 어찌 되었는가?"

모용희의 이마에 마치 지렁이가 꿈틀거리는 듯한 힘줄 같은 게 불쑥 솟았다. 젊은 피가 끓는 그에게 화가 치밀어오르면 나타나는 현상이었다.

"사당에도 적들이 불을 질렀다고 합니다."

전령병의 말에 모용희는 불끈 용상을 박차고 일어섰다.

"이는 필시 오래전 문명황제가 고구려 미천왕 능묘를 파헤쳐 시신을 탈취해온 데 대한 보복이야. 그렇지 않고서야 어찌 저 요서 남쪽의 연군을 공격했겠는가? 허면, 고구려왕 담덕이 직접 군사를 이끌고 왔다는 것이 아닌가? 도무지 알다가도 모를 일이로군!"

모용희는 분명 고구려에 보낸 세작들을 통해 담덕이 동부여 군사의 창을 맞아 등을 크게 다쳐 운신하기 힘들다는 보고를 받은 바 있었다. 그는 곧바로 방연을 불렀다.

방연도 파발을 통해 연군의 소식을 듣고 있었다. 모용희가 자신을 급히 부른 것이 바로 그 일 때문임을 모르지 않았다.

"폐하, 불러계시옵니까?"

방연이 부복하고 용상에 높이 앉은 모용희를 올려다보았다.

"장군의 심복이 고구려 국내성까지 다녀온 것이 사실이오? 어찌 등의 상처가 깊어 운신하기 힘들다는 고구려왕 담덕이 연군에 나타날 수 있단 말이오?"

모용희는 무섭게 눈을 부릅떠 방연을 노려보았다. 거짓된 보고일 경우 좌시하지 않겠다는 엄포가 그 눈빛에 담겨 있었다.

"폐하! 군사를 내주시면 소장이 직접 연군으로 달려가 적들을 소탕하겠나이다. 분명 고구려왕 담덕의 환후가 깊은 것은 사실이옵니다. 뭔가 속임수가 있는 것이 분명하오니, 소장이 급히 달려가 그 진위를 파악하도록 명령을 내려주시옵소서."

"좋소. 군사 3만을 줄 터이니, 전속력으로 달려가 적들을 가차없이 몰아붙여 대릉하에 수장시키도록 하시오."

모용희는 방연에게 원정군을 지휘토록 하고, 모용운 휘하의 장수 풍발을 선봉장으로 삼도록 했다.

원정군의 선봉에 선 풍발의 군사들은 용성 방어를 책임지고 있는 모용운 휘하의 병사들이었다. 그 수가 1만을 헤아렸는데, 모용희가 모용운의 군사들을 원정군으로 빼돌린 데는 그만한 이유가 있었다. 방연의 원정군이 연군으로 출동한 사이, 혹여 모용운이 모반을 획책할지도 모른다는 불안감이 앞섰던 것이다. 실제로 모용운은 그런 기미를 전혀 보이지 않았지만, 그가 고구려 유민 출신이라는 점이 목에 걸린 가시처럼 매우 껄끄러웠다. 그만큼 그는 의심이 많았다. 그래서 모용운의 군사들 중 고구려 유민 출신들을 가려 뽑아 풍발이 이끄는 원정군의 선발대에 가담시켰다.

방연의 3만 원정군은 요하 서쪽 강줄기를 타고 진군했다. 요하가 요동만으로 빠지는 지역에서 그리 멀지 않은 서남쪽에 대릉하의 하구가 있었고, 연군은 바로 그 강을 끼고 있는 자연 요새에 세운 성읍이었다.

7

후연의 원정군 중 풍발이 이끄는 선발대의 기마군단이 먼저 연군 북문 앞에 나타났다. 금방이라도 성문을 깨고 들이칠 듯한 기세였다. 성루에서 그것을 지켜보던 대장군 추수가 휘하 장수들에게 물었다.

"선발대이므로 그리 많은 병력은 아니다. 초전에 기를 꺾어주어야 한다. 누가 나가 적장을 거꾸러뜨려 고구려의 본때를 보여주겠는가?"

"적의 선발대이니 선봉장인 소장이 나가겠습니다."

말갈군 장수 두치가 나섰다.

"아닙니다. 소장에게 태왕 폐하의 심기를 어지럽힌 죄를 씻을 기회를 주십시오."

마동이 또한 나섰다.

"그래! 마동이 네 말에 일리가 있다. 이번에는 두치 장군이 양보하시게."

추수가 마동에게 군사 1만을 주어 북문을 열고 나가 싸우게 하였다.

그때 왕자 거련은 대장군 추수 곁에 꼭 붙어 서 있었다. 금빛 투구를 쓴 그의 손에는 금을 도금한 도끼가 들려 있었다. 전쟁터에 나갈 때 왕이 장수에게 전권을 일임하는 부월(斧鉞)이었다. 도끼머리에는 입을 크게 벌려 이를 드러낸 용이 각인되어 있고, 그 상단에는 작은 창날이 달린 모양새였다. 적들이 보면 금빛 투구와 부월만 보고도 금세 고구려 태왕으로 알게 하기 위해서였다.

곧 양군은 연군 북문 앞의 너른 들판에서 대치하였다. 마동이 먼저 말을 타고 달려나가 적장을 꾸짖었다.

"나는 고구려 태왕 호위무사 마동이다. 누구든 나와 한판 붙어보자."

마동이 이렇게 자신을 내세운 것은 적장에게 고구려 태왕이 직접 친정에 나선 것으로 오인하게 만들기 위해서였다.

마동의 말이 채 끝나기도 전에 후연군 쪽에서도 말을 달려온 장수가 있었는데, 바로 선봉대장 풍발이었다.

마동과 풍발 모두 대도로 맞섰는데, 말끼리 어긋나면서 한차례 격돌한 후에 두 사람은 서로를 알아보았다. 숙군성 전투 때 양군의 포로가 되었다가 교환한 당사자들이 다시 만난 것이었다.

"마동 장군이 아니시오?"

풍발이 먼저 말을 마주 달려오며 물었다.

"허어, 여기서 풍발 장군을 만나다니? 우리는 참 묘한 인연이로군!"

마동도 칼끼리 부딪쳐 스쳐 지나가며 말했다.

서로 말을 돌려 다시 격돌하면서 겉모습은 싸우는 듯한데, 그때마다 한 마디씩 주고받는 말에선 적대감보다 도타운 친근감이 느껴졌다.

"이것 참, 싸움이 싱겁게 됐구려!"

풍발이 말했다.

"모용운 장군은 잘 계시오? 우리 태왕 폐하께서 풍발 장군을 만나면 안부 전해드리라 하더이다."

다음 합(合)에서 마동이 말했다.

서로 합의 숫자가 늘어날 때마다 칼끼리 부딪치는 소리는 요란했으나, 두 사람의 말은 부드러웠다. 목소리가 그리 크지 않았으므로 두 사람 간의 소통은 되었으나, 멀리 떨어져 있는 양군에게는 들리지 않았다. 두 사람이 생각하기에도 이상한 결투였다. 그렇다고 허술하게 끝낼 수 있는 입장도 아니었다. 두 사람은 약속이라도 한 듯, 세차게 칼을 부딪치면서 말과 말이 비껴 지나기를 번복했다. 그러면서 대화를 이어나갔다.

"고구려왕께서 동부여 군사의 창을 맞아 많이 다치셨다 들었소."

풍발은 용성에 퍼져 있는 소문이 사실인지 확인하기 위해 그렇게 물었다.

"무슨 소리요? 지금 성 위에서 우리 싸움을 관전하고 계신 것이 보이지 않소?"

마동이 다음 합이 이루어질 때 그렇게 답변했다.

"그걸 지금 나보고 믿으라 이 말이오?"

"허헛 참! 성루에서 금빛 투구를 쓰고 계신 것이 보이지 않소?"

"멀리서 보니 그럴듯하지만, 아무에게나 금빛 투구만 씌운다고 다 고구려의 태왕이 되는 것은 아니지 않소?"

"제기랄! 말씨름도 아니고, 이것 어디 싸움이 되겠나? 내가 그대의 칼을 피하다 말에서 떨어지는 척하다 돌아갈 테니, 오늘은 그만 헤어집시다."

마동은 삼십여 합을 싸운 뒤에 말 안장에서 몸을 홱 돌려 뱃구레에 붙였다. 멀리서 보면 땅에 떨어진 것도 아니고 갑자기 사라진 듯이 보이기에 충분했다.

풍발은 잠시 마동의 뒤를 쫓는 척했다. 그때 마동이 말 옆구리에 매달린 상태에서 풍발을 향해 수리검을 날렸다. 빛나가는 수리검이지만, 풍발은 그것을 대도로 쳐냈다. 쨍강, 소리와 함께 수리검이 햇빛에 반사되어 공중에서 번쩍, 하더니 땅으로 떨어졌다.

그때 잽싸게 말 등으로 올라온 마동이 수리검을 빼어들었다. 더 이상 추격하면 수리검에 맞을 것처럼 멈칫하는 동작을 하다, 풍발도 말머리를 돌려 자기 진영으로 돌아갔다.

그날 밤, 추수는 마동과 단둘이 있는 자리에서 추궁했다.

"너는 오늘 전투를 장난으로 한 것이냐? 대체 어찌 된 일이냐?"

대장군 추수는 노련한 장수였으므로, 낮에 마동과 풍발이 거짓 싸움을 했다는 걸 눈치채고 있었다.

마동은 자신과 풍발의 관계에 대해 자초지종을 이야기했다. 숙군성 전투부터의 인연과 그날 싸움에서의 대화 내용까지 숨김없이 털어놓았다.

"이번에 국내성을 떠날 때 태왕 폐하께서 혹시 전투할 때 풍발을 만나게 되면 그리하라고 밀명을 내리신 바 있습니다. 숙군성 전투 때 포로가 되었던 풍발과 태왕 폐하 사이에 모종의 약속 같은 것이 있었던 모양입니다."

"흐음, 정말 태왕 폐하께서 그러셨단 말이지?"

추수는 깊이 생각하는 눈치더니 말없이 고개를 몇 번 주억거렸다. 그에게 일일이 언급하지는 않았지만, 태왕의 내밀한 전략을 알 것 같았던 것이다.

이번 연군 전투는 후연군에게 그저 겁만 주자는 것이므로,

추수는 치열하게 주고받는 격돌은 될 수 있는 한 피하는 것이 피아간에 좋다고 생각했다. 다음날 후연의 원군을 이끌고 온 방연이 성 북문과 서문 앞에 진을 쳤다. 얼마 전 고구려군의 기습에 쫓겨 연군 성에서 탈출한 패잔병들도 합류하여 군사의 수는 무려 4만에 육박하였다. 1만 5천의 고구려 군사들로선 아무리 용맹한 왕당군에서 가려 뽑은 특공대라 할지라도 중과부적일 수밖에 없었다.

"적은 4만 병력이다. 따라서 우리는 성루에서 활을 쏘고 야유를 보내며 방어만 한다. 아마 적들은 몇 개의 진으로 나누어 연차적으로 파상공격을 해올 것이다. 적들이 성벽을 넘지 못하게 철저히 방어하되, 전력과 체력 낭비를 최소화하면서 날이 어두워질 때까지 버텨야 한다."

대장군 추수는 성루의 높은 누각에 올라서서 제장들에게 작전 명령을 하달했다. 바로 그 옆에는 왕자 거련이 금빛 투구를 쓰고, 오른손에 부월을 치켜든 채 전방을 바라보고 있었다.

"장군! 소장이 성문을 열고 나가 일단 적의 전력을 시험해보는 것은 어떻겠습니까? 어제도 전투가 싱겁게 끝났는데, 오늘 또 방어만 한다면 아군의 사기에도 지장을 줄까 염려됩니다."

이렇게 나온 것은 말갈군 대장 두치였다.

"두치 장군의 말에 일리가 있긴 하나, 그렇게 하면 아군의 손실이 너무 크다. 어차피 이번 전투는 후연군에게 겁만 준 후, 곧

바로 아군은 국내성으로 회군해야 한다. 내일이 보름이다. 오늘 밤 달이 밝을 것이니, 밤이 되면 진영별로 쥐도 새도 모르게 남문을 열고 나가 군선을 타야 한다."

추수는 두치가 겨우 들을 정도의 작은 소리로 말했다.

"네, 알겠습니다."

두치가 군례를 올렸다.

추수는 다시 곁에 있는 마동에게 역시 작은 소리로 명령을 내렸다.

"너는 성벽 방어를 하지 말고 졸개들을 데리고 짚으로 허수아비를 만들도록 해라. 많을수록 좋다. 머리와 몸통에는 병사들의 군복을 입히고, 죽창을 만들어 어깨 위에 꽂도록 해라."

마동은 명령을 받고 휘하 졸개들 중 기백 명을 선별해 성루에서 내려갔다.

한편, 대장군 추수가 예견했던 것처럼 후연군은 1진, 2진, 3진으로 나누어 연군 성을 향해 돌격을 감행했다. 처음에는 서문과 북문 앞에 진을 치고 고구려군이 성문을 열고 나와 대적하기를 기다리다가 아무 반응이 없자, 곧바로 공성전투에 돌입했다.

"저 가죽 안대를 댄 외눈박이가 오래전에 발해와 산동반도 근해에서 해적을 때려잡던 '일목장군'이란 자가 맞소?"

후연군 총대장 방연이 선봉대장 풍발에게 물었다.

"네, 그런 것 같습니다. 소장도 소문으로만 들었지 전쟁터에서 보는 것은 처음입니다."

"그리고 그 옆에 서 있는 금빛 투구를 쓴 자가 담덕왕인가?"

방연이 다시 물었다.

"멀어서 얼굴은 구분하기 어렵고, 아마도 그렇지 않겠습니까?"

"풍발 장군이 지난 숙군성 전투 때 포로가 되었을 때 담덕왕을 가까이에서 본 적이 있으니, 오늘 성루 밑까지 바짝 다가가 진짜인지 확인하시오. 동부여 군사의 창에 맞아 큰 부상을 당했다고 하던데, 군사들을 이끌고 친정에 나섰다는 것이 도무지 믿기지 않아서 그러오."

방연은 고개를 갸우뚱거리며 연군의 높은 성루를 노려보았다.

"네! 어제는 적장과 삼십여 합을 싸웠는데, 결코 만만하게 볼 상대가 아니라 지지부진하게 전투를 끝내고 말았습니다. 오늘은 1진의 선봉대를 이끌고 성벽을 넘어 적들을 어지럽게 만들겠습니다. 장군은 여기 본대와 함께 대기하고 있다가, 선봉대가 성벽을 넘어 들어가 안에서 성문을 열면 그때 일제히 진격하십시오."

풍발은 말을 마치자마자 제1진의 선발대를 이끌고 공성전투를 감행하였다.

후연군이 성을 지키는 고구려군보다 군사의 수가 세 배는 많았지만, 공성전투는 그리 만만한 것이 아니었다. 공성전투는 성을 방어하는 쪽보다 공격하는 쪽이 불리하게 돼 있었다. 공격하는 쪽은 몸을 다 드러내놓고 달려들 수밖에 없지만, 방어하는 쪽은 요철로 쌓은 석축 사이로 은폐와 엄폐가 가능하였다.

이른 아침부터 저녁 무렵 해가 질 때까지 후연군의 공성전투는 계속되었다. 제1진이 공격하다 후퇴하면 바로 그 뒤를 이어서 제2진이 공격하고, 제2진이 후퇴하면 제3진이 나섰다. 후퇴한 후연군은 충분히 휴식을 취했다가 차례가 오면 다시 공격에 나섰다.

그러나 성을 방어하는 고구려군은 한시도 쉴 틈이 없었다. 고구려군 역시 조를 나누어 순번을 바꾸어가며 공격하는 후연군을 향해 화살을 날렸지만, 워낙 적의 공세가 강하고 끈질겨 편안하게 휴식을 취할 수가 없었다. 후연군 총대장 방연이 노린 것은 바로 그 점이었다.

'적을 최대한 피로하게 만들어야 한다. 파도가 철썩이며 절벽을 향해 끊임없이 밀려와 부서지듯, 공격의 고삐를 늦춰서는 안 된다. 적들이 절벽 같은 바위가 아닌 다음에야 지치고 말 것이 아니겠는가?'

방연은 높은 둔덕에 서서 계속 진을 바꾸어가며 공격하도록 군사들을 부추기면서 마음속으로 그렇게 중얼거렸다.

밤이 되었다. 초저녁엔 보름달이 떠올라 지상을 환하게 비추었으나, 시간이 지나면서 차츰 하늘에 구름이 끼기 시작했다. 달이 구름 사이로 얼굴을 내밀었다 사라졌다 반복하는 것을 바라보던 방연이 자신의 무릎을 쳤다.

'하늘이 우리를 돕는구나.'

방연은 선발대장 풍발을 불렀다.

"장군의 명령대로 군사들을 배불리 먹여 충분히 쉬게 했습니다."

풍발은 야습할 시간이 다가왔음을 알았다. 해시(亥時, 21~23시)가 가까운 시각이었다.

"지금이 공격하기 좋은 시각이다. 때마침 구름이 달을 가려주고 있지 않는가? 먼저 선발대가 쥐도 새도 모르게 성 가까이 접근해 사다리와 갈고리를 맨 줄을 던져 성벽을 뛰어넘도록 하시오. 그리하여 성문을 열어주면 본대의 기마대가 들이치고 보병이 곧바로 그 뒤를 따를 것이오. 적들은 낮에 방어하느라 지쳐 곯아떨어졌을 것이 틀림없소."

"네, 장군!"

방연의 작전 명령에 따라 풍발은 선발대를 이끌고 연군 성벽을 향해 접근해 갔다. 구름 속으로 달이 들어가면 모두가 낮은 자세로 포복하듯 전진하다가, 달빛이 지상을 비출 땐 조용히 엎어져 있었다. 그렇게 땅에 엎드려 성벽을 올려다보니, 예상 밖으로 고구려 군사들은 창을 하늘로 치켜든 채 부동자세로 서 있었다. 밤이 되면서 강바람이 내륙으로 불어와 낮에보다 더 많아 보이는 깃발들의 펄럭이는 소리가 멀리서도 감지되었다. 구름을 뚫고 나온 달빛은 무심하게 지상을 비추었고, 바람에 찢길 듯한 깃발들의 소리만 더욱 그 적요의 시간을 부채질하고 있었다.

맨 앞에서 휘하의 군사를 지휘하던 풍발은 성 가까이 다가가서야 이상한 낌새를 알아차렸다. 창을 들고 성벽에 직립해 서 있는 고구려군의 움직임이 전혀 감지되지 않았던 것이다. 성벽에 사다리를 세우고, 갈고리 달린 줄을 던져보았지만 고구려군 진영에서는 기척조차 나지 않았다

'우리가 속았구나!'

풍발은 이미 적들이 성을 비운 채 물러간 것을 뒤늦게 알아차렸다. 직접 사다리를 타고 성벽 위로 올라가 확인해보니 보초를 선 자세로 허수아비들이 직립해 있었다.

급히 성문을 연 풍발은 본대가 대기하고 있는 언덕 너머로 전령을 보냈다. 뒤미처 달려온 방연은 텅 비어 있는 성안을 둘러보고 아연실색하지 않을 수 없었다.

"모두들 대릉하 부두로 달려가라!"

방연은 군사들을 재촉했다. 말을 탄 그 역시 풍발과 함께 앞장서서 남문을 열고 나가 부두를 향해 질주했다. 그러나 부두

에는 적선 한 척 보이지 않았다.

"우리가 한발 늦었습니다. 적들은 이미 요동만을 빠져나갔을 것입니다."

풍발의 말에 방연은 그저 멍하게 구름 낀 하늘만 쳐다보았다. 막 구름 사이로 빠져나온 달이 그들의 어리석음을 비웃고 있었다.

8

영락 14년(405년) 정월 벽두에 태왕 담덕은 지난해 연말 후연의 연군에서 압송해온 모용황 사당의 재지기 1백여 명을 미천왕릉 수묘인으로 삼았다. 능묘 아래 기존의 수묘인들이 사는 마을이 있었는데, 후연의 포로들을 노예로 삼아 철저히 감시하며 허드렛일을 시키도록 하였다.

지난해 말 후연의 연군에 고구려 원군을 파견한 것은, 사실상 오랜 숙적으로 가슴의 한이 되어 있던 전연의 모용황에 대한 앙갚음을 하기 위해서였다. 북위의 탁발규가 후연의 중산과 업을 경략할 때, 그 지역에 있던 모용 씨 세력이 연군으로 후퇴하여 모용황의 신주를 모시는 사당을 세웠다는 이야기는 익히 들은 바 있었다.

태대형 추수로 하여금 왕당군에서 가려 뽑은 특공대를 원군으로 삼아 후연의 연군을 공격하도록 작전을 짤 때까지만 해도 모용황의 사당에 대한 생각은 미처 하지 못했다. 그런데 왕자 거련이 연군 공략에 참여하겠다고 떼를 쓸 때, 담덕은 모용황의 이야기를 들려주다가 문득 기발한 생각을 떠올리게 되었던 것이다. 그는 원군이 출진하기 전날 급히 마동을 불러 연군의 모용황 사당을 불태우고, 그곳을 지키는 재지기들을 포로로 삼아 국내성까지 데려오라고 명령했다.

연군 전투에서 후연군의 공성전투에 종일토록 방어만 하다가 밤이 되기를 기다려 군선을 타고 퇴각할 때까지만 해도, 마동은 물론 대장군 추수도 왜 모용황 사당 재지기들 1백여 명을 포로로 삼아 국내성까지 데려가야 하는지 그 뚜렷한 이유를 알지 못했다. 추수도 다만 마동을 통해 태왕의 특명이란 말만 들었던 것이다. 후연군과 크게 싸우지 말고 겁만 주다가 밤을 기다려 군선을 타고 회군하라는 것도, 전리품을 챙기지 말고 사당 재지기들만 데리고 오라는 것도 모두 마동을 통해 내린 태왕의 명령이었다.

해가 바뀌어 정초가 되었을 때 태왕 담덕이 후연의 포로들을 미천왕릉 수묘인들의 노예로 삼으라는 명령을 듣고 나서야, 추수와 마동도 그것이 오래전 모용황에 대한 앙갚음의 일종이란 것을 이해할 수 있었다.

그러한 소식은 고구려 곳곳에 심어놓은 세작들에 의해 후연의 도성 용성에까지도 전해졌다. 세작에게서 들은 소식을 방연이 전하자, 모용희는 입이 찢어져 양쪽 귀에 걸릴 만큼 불끈 화부터 내며 악에 받쳐 소리쳤다.

"괘씸한 놈들이 아닌가? 문성황제 사당을 불태운 것도 모자라, 이를 지키던 재지기들을 볼모로 잡아다 저희 왕릉 수묘지기들의 노예로 삼았다고? 미천왕의 능묘라 했겠다? 고구려왕 담덕이 지난해 연군을 들이쳐 사당을 불 지르고 재지기들을 잡아간 것이 그 옛날의 복수를 하자는 것이었군! 으으음, 문성황제께서 고구려 미천왕 시체를 돌려주지 말았어야 했는데……. 오늘날 이런 수모를 겪게 될 줄이야. 방연 장군! 대체 이를 어찌하면 좋겠소?"

"폐하! 그렇지 않아도 수하를 시켜 수시로 요하의 강물이 어는지 관찰하라 일렀습니다. 엊그제 보고에 의하면 짐을 실은 마차가 지나가도 끄떡없을 정도로 강물이 꽝꽝 얼었다 하옵니다. 지금이 요동성 공략의 적기이옵니다. 소장도 오래도록 이날을 기다려 왔습니다. 군사 5만을 내주시면 당장 가서 요동성을 탈환하여, 장차 고구려를 멸망시킬 전진기지로 삼겠사옵니다."

방연은 모용희의 마음을 잘 읽고 있었다.

지난해 말 연군 전투에서 고구려군의 치고 빠지는 전술에 농락당한 기분은 방연만 가지고 있는 것이 아니었다. 그가 용성으로 회군하여 전투 결과를 보고할 때, 모용희는 부르르 온

몸을 떨면서 이를 갈아붙였다. 특히 고구려군이 연군의 모용황 사당에 불을 지르고 재지기 1백여 명을 포로로 삼아 끌고 갔다는 말에, 모용희는 어찌나 이를 악물었던지 충치를 앓는 어금니가 바스러졌을 정도였다.

"장군! 대체 어찌해야 고구려왕 담덕의 간담을 서늘하게 해줄 수 있겠소? 가장 아픈 곳을 찔러 담덕의 울화를 돋우어, 등에 난 상처가 더욱 승해 사경을 헤매게 만드는 화근이 되도록 할 방법이 없겠소?"

"폐하! 담덕의 병을 도지게 할 가장 기발한 방법이 하나 있습니다."

방연은 그러면서 모용희의 눈치를 살폈다.

"담덕왕의 가장 아픈 곳은, 바로 가장 아끼는 곳을 불태우는 것입니다."

"대체 그게 어디란 말이오?"

"요동성 중턱에 세운 7중목탑입니다. 그 목탑을 불태우면 담덕왕은 울화통이 터져서 병이 다시 도질 것입니다."

"흐음, 그럴듯한 얘기요. 눈에는 눈, 이에는 이라는 말이 있지 않은가? 화(火)를 화(禍)로 갚는 격이 되겠군!"

모용희의 눈이 가늘게 양 귀의 가장자리로 찢어지고 있었다. 말끝에 그는 호탕한 웃음을 터뜨렸다.

"명령만 내려주시면, 당장이라도 소장이 특공대를 보내 요동성 7중목탑을 불태워버리겠사옵니다."

"아니오. 이 기회에 대군을 이끌고 가서 요동성을 박살내고 말겠소."

모용희가 두 주먹을 불끈 쥐었다.

"폐하께서 친정을 하시겠단 말씀이십니까?"

"그렇소. 어서 출정 준비를 서두르도록 하시오."

모용희의 명을 받은 방연은 곧 요동성 공략을 위한 군사를 정비하였다. 출동하는 군사는 총 5만 병력이었다. 이때 모용희는 정비인 부훈영도 수레에 태워 데려가기로 했다. 그는 소비 부융아가 죽은 이후 더욱 부훈영에게 두 배 이상의 애정을 쏟았다. 대신들이 정비를 전쟁터까지 데려가는 것은 옳지 않을뿐더러, 한겨울이라 추위를 견디기 힘들 것이라고 말려도 그는 듣지 않았다.

모용희가 직접 지휘하되 좌장군에 방연을, 우장군에 모용운을 세웠다. 원래 용성은 모용운과 그 휘하의 군사들이 지키게 돼 있는데, 그들을 대신하여 평주자사 모용귀에게 도성 방위를 맡겼다.

이처럼 모용희가 모용운을 요동성 전투에 참가시키는 것은, 그가 도성을 비운 사이 고구려 유민 출신 군사들을 동원해 모반을 일으킬지도 모른다는 불안감 때문이었다. 그래서 아예 모용운 휘하의 장수 풍발까지 선봉장으로 내세웠다.

때마침 요하의 강물이 꽝꽝 얼어 우마차가 지나가도 끄떡없다는 전령병의 보고가 들어왔다. 방연은 요동태수로 있을 때부터 측근에 두고 있던 군사들 위주로 특공대를 조직했다. 그들은 요동성 내부뿐만 아니라 그 인근 지리까지 잘 꿰뚫고 있었다.

용성의 후연군은 밤을 이용해 진군했다. 들판보다 인적 없는 산악지대를 택하여 강행군을 계속해 마침내 요하에 도착했다. 강 건너 동북쪽으로 멀리 요동성이 바라다보이는 요하 서남 방향의 사면이었다. 요하 하류의 늪지대인 요택이 바로 그곳이었는데, 여름이라면 늪지대라 무릎이 푹푹 빠지겠으나, 한겨울엔 꽁꽁 얼어붙은 데다 갈대가 무성하여 군사들을 숨기기에 최적의 조건을 갖추고 있었다. 다만 요하의 강물 얼어붙는 소리가 쩡쩡, 하며 간단없이 들려올 정도로 추운 날씨를 견디는 것이 후연군에겐 큰 고통거리였다. 요동성의 고구려군에게 들킬 염려가 있어 불도 피우지 못한 채 덜덜 떨면서 그들은 새벽까지 기다려야만 했다.

이미 방연은 후연군 본대가 용성을 출발하기 전에 다른 길로 비밀리에 특공대를 보내, 요동성 산중턱의 7중목탑을 불태우라는 특명을 내려놓고 있었다. 새벽어둠이 채 걷히기 직전까지 기다려 불을 지르면, 그것을 신호로 하여 요택의 갈대숲에 숨어 있던 후연군 본대가 꽝꽝 얼어붙은 요하의 빙판 위를 달려 요동성을 기습하기로 했던 것이다.

요동성은 요하의 물줄기를 따라 동북에서 서남쪽으로 뻗어 내려온 산자락 끝의 평야와 만나는 지대가 중심을 이루고 있었다. 남북보다 동서의 길이가 긴 장방형으로, 그 서북쪽에 요하로 빠지는 태자하가 흘러 외적을 방어하는데, 용이한 요새 역할을 하고 있었다.

후연의 특공대는 본대와 달리 요하와 태자하가 만나는 상류의 험로를 이용하였다. 즉 요동성 남쪽으로는 감시가 심해 접근이 어려우므로 그 반대인 동북쪽의 산자락을 타고 내려오는 길을 택하였던 것이다. 캄캄한 밤길인데다 바위와 벼랑으로 이루어진 암벽이 많아 접근이 어려웠지만, 그 지형적 조건을 믿고 고구려군의 감시가 덜한 탓에 7중목탑까지 접근하기가 용이하다는 점을 염두에 두고 있었다.

특공작전에서 험로의 선택은 오히려 안전을 도모할 수 있었다. 후연의 특공대는 악전고투 끝에 마침내 요동성 산중턱의 7중목탑 근처까지 접근하는 데 성공했다. 예견했던 대로 경비는 삼엄하였다. 탑 주변 곳곳에 고구려군의 초소가 있었으며, 그 경비를 위하여 아예 요동성에서 1백여 명에 이르는 군사들을 파견해놓았다. 이들 경비부대는 7중목탑 뒤쪽의 승려들이 주거용으로 쓰는 요사채 옆에 따로 숙소를 마련하여, 시각을 정해 교대 근무를 하고 있었다.

후연의 특공대는 이미 그러한 사실을 알고 각 초소의 군사들을 급습하는 조와 7중목탑을 불태우는 조로 나누었다. 목탑이 불타는 것을 알고 잠에서 깬 경비부대 군사들이 달려오기 전에 작전을 마치고 철수해야 하므로, 특공대 각자가 맡은 임무에 한 치의 차질이 있어서도 안 되었다.

매일 새벽이 되면 노승 석정이 7중목탑 안에서 새벽 예불을 드렸다. 후연 특공대는 그 예불을 드리는 목탁 소리를 신호로 하여 작전을 개시하기로 하였다. 방연은 그들 특공대에게 7중목탑을 태울 때 반드시 노승까지 함께 화장해버려야 한다고 강조하였다. 그래서 다시는 요동성에서 목탁 소리가 들리지 않도록 하겠다는 것이었다.

연중 가장 춥다는 정월, 그것도 요하의 냉기가 뿜어져올라오는 요동성 산중턱의 새벽공기는 날카로운 칼날로 뼈를 저미는 것처럼 살 속으로 파고들었다. 더구나 꽁꽁 언 땅에 몸을 붙이고 엎드려 있는 후연 특공대로서는 기다리는 시간이 초조하면서 길었다. 추위 때문에 촌음 같은 시간조차 더욱 길게 느껴졌다.

마침내 7중목탑 안에 불이 밝혀지고 목탁 소리가 들려왔다. 노승 석정의 염불 소리가 새벽공기에 온기를 불어넣기라도 하듯 부옇게 밝아오는 하늘로 울려 퍼졌다.

후연 특공대 10여 명은 각자 맡은 임무를 수행하기 위해 작전 개시에 돌입했다. 각 초소를 맡은 자들은 재빠르게 뛰어들어 단검으로 초병들의 목줄을 그었다. 그와 동시에 7중목탑의 불을 지르는 조는 각자 송진과 유황 덩어리가 든 자루를 들고 달려갔다. 초병들을 처치했으므로 그들은 아무런 방해도 받지 않고 소리 죽여 달려가 탑 주위를 돌며, 자루를 풀어 송진과 유황 덩어리들을 뿌릴 수 있었다. 송진과 유황에 불이 붙는 것은 순식간이었다. 그들은 불을 지른 후 가까운 곳에서 무거운 돌덩이와 나무둥치를 가져다 7중목탑 안으로 통하는 문을 막았다. 노승 석정이 안에서 문을 열지 못하도록 하기 위해서였다.

얼마 지나지 않아 7중목탑 사방에서 불길이 치솟기 시작했다. 이미 그때는 후연의 특공대들이 임무를 마치고 도망친 뒤였다.

요사채의 젊은 승려들과 경비를 맡은 군사들이 잠을 자던 숙소에서 뛰쳐나왔을 때는 이미 불길이 7중목탑 위로 서너 길이나 뻗쳐오르고 있을 때였다.

석정의 제자인 젊은 승려들과 경비 군사들이 7중목탑으로 달려가 문을 열려고 했으나, 불길이 활활 타올라 접근조차 하기 어려웠다. 그런데 목탑 안에서는 노승 석정의 목탁을 두드리며 염불하는 소리가 들려오고 있었다.

"스님, 스님……!"

젊은 승려들이 뜨거운 불길 때문에 7중목탑 근처로 접근하지도 못한 채 울음 섞인 목소리로 외쳐댔지만, 노승 석정의 염불 소리는 어둠을 씻어내는 산야를 향해 고고하게 울려 퍼지고 있었다. 그 소리를 감싸며 목탑을 태우는 불길이 시커먼 연기와 함께 하늘로 까마득히 솟아올랐다.

9

"지금이다! 요하를 건너 요동성을 향해 총공격하라!"

요동성 산중턱에서 불길이 솟는 것을 본 순간, 후연군의 총대장 방연이 갈대숲에서 벌떡 몸을 일으키며 소리쳤다.

이때 모용희도 화들짝 놀라 깨어났다. 살을 에는 혹한 속에서도 수마는 견딜 수가 없어 잠시 졸았는데, 갑작스런 방연의 소리가 잠을 깨웠던 것이다.

"공격하라!"

모용희도 얼떨결에 소리쳤다.

공격 명령을 듣고 후연군은 매복해 있던 갈대숲에서 벌떡 몸을 일으켰다. 오랫동안 언 땅에 몸을 숙인 채 앉아 있었으므로 발가락까지 얼어 동상에 걸릴 판이었는데, 떨치고 일어나 발을 재게 놀리게 되자 의외로 힘이 불끈 솟았다.

말과 군사들은 빙판에 미끄러지고 엎어지면서 요하를 건넜다. 뒤미처 충차를 미는 군사들도 얼음 위로 바퀴를 굴려 용이하게 요하의 동쪽 둔덕으로 올라설 수 있었다. 충차의 바퀴는 얼음 위를 구르면서 동시에 미끄러졌고, 그것을 밀고 끄는 군사들의 힘까지 보태져 더욱 속도감이 붙었다.

요동성 안의 고구려군은 두 번 놀랐다. 성의 북쪽 산중턱 7중목탑에서 솟아오른 불길 때문에 놀랐고, 뒤미처 요하를 건너 온 후연군이 남쪽에서 기습 공격을 감행하여 또한 간담을 서늘케 만들었다.

아직도 새벽잠에 취해 있을 이른 시각이었으므로, 요동성의 고구려 군사들은 꿈을 꾸다 깬 모양으로 허둥거렸다. 개중에는 아직도 꿈속인 듯한 착각에 빠진 군사들까지 있을 정도였다. 그도 그럴 것이 추운 겨울철에 후연군이 쳐들어오리라곤 누구도 상상 못한 일이었다.

요동 성주 유청하는 시급히 일부 군사를 7중목탑으로 올려보낸 후, 군사 이정국과 마주 앉아 후연군의 기습 공격에 대한 대처 방법을 긴급히 논의하였다.

"이미 7중목탑은 3층까지 불길이 치솟아 진압할 수 없는 지경에 이르렀습니다. 적이 노린 것은 아군의 전력을 목탑의 불길 잡는 데 소모토록 한 후, 공성 전투를 벌이겠다는 것 아니겠습니까? 성루에서 바라보니 요하를 건너온 적군의 기세가 만만치 않습니다. 최대한 아군의 전력을 쏟아부어 성을 방어하는 데 힘써야 할 것입니다. 이 추운 겨울에 후연이 원정군을 이끌고 온 것은 오만입니다. 아직 젊은 모용희의 패기가 그런 자충수를 둔 것인데, 아군이 열흘 이상 버티며 성을 철저히 방어하면 저들은 추위를 못 견디고 물러가게 돼 있습니다."

군사 이정국은 남문 성루에 올라가서 후연군이 성을 향해 공격해오는 것을 일찌감치 목격했다. 때마침 그는 일일이 초소를 돌면서 경비를 서고 있는 초병들을 순시하던 중이었다.

이정국은 잠자던 군사들까지 깨워 방어 전력을 확보한 후 요동성 중앙에 있는 3층 누각에서 성주 유청하와 마주 앉아 있었다. 오래전 태왕 담덕이 후연군을 물리친 뒤 건국 시조를 모시는 사당인 추모사(鄒牟祠)를 지었던 것인데, 바로 그 앞마당에 있는 누각은 요동성 전체를 조망할 수 있을 정도로 높았다.

"군사께선 어찌 모용희가 자충수를 두었다고 생각하십니까?"

유청하는 그 와중에도 침착함을 잃지 않았다. 이미 잠을 자던 군사들까지 나가 방어벽을 이중삼중 두텁게 하고 있었으므로, 아무리 후연군의 기세가 강하더라도 당장 성안까지 침투해 들어올 가능성은 희박했다. 문제는 장차 어떻게 아군의 피해를 최소화하면서 후연군을 크게 물리칠 수 있느냐에 있었다. 그래서 전략이 필요한 것이었다.

"지난해 왜국과 백제 연합군이 쳐들어온 대방 전투 때, 태왕 폐하께서 만약에 모를 후연군의 침공에 대비해 왕당군을 우리 성에 보내주셨지요. 그때 우적 대장군께서 1만의 군사를 이곳에 남겨놓고 가셨는데, 지금 생각을 돌이켜 보니 그것이 참 다행스러운 일 아니겠습니까? 태왕 폐하와 대장군, 두 분 모두 대단한 예지력을 가지신 분들입니다. 우리 성엔 왕당군 1만까지 더하여 총 3만 5천의 병력이 있습니다. 지금 쳐들어온 후연군 병력이 얼마나 되는지 모르겠으나, 적어도 방어 병력의 3배 이상은 되어야 공성 전투에 승산이 있다고 봅니다. 아마도 적들은 서북에 위치한 북위의 공격을 두려워하여, 용성에서 5만 이상의 병력을 요동성 원정군으로 출동시키지 못했을 것입니다. 따라서 방어만 철저히 한다면 이번 전투는 절대적으로 아군에게 유리합니다. 때마침 한겨울이므로 아군은 따뜻한 구들이 있는 안방에서 방어하는 데 반하여, 적들은 바람 부는 들판에서 공격하는 형국입니다. 아군이 졸지만 않는다면 적들은 추위에 떨다가 몸이 꽁꽁 얼어 냉동 인간이 되거나, 반 이상 동상에 걸려 제대로 도망질치기도 어려울 것입니다."

이정국은 이번 전투에 남다른 자신감을 갖고 있었다.

"사실 내 생각도 군사와 같소. 하지만 이 전투는 이겨도 이긴 것이 아니오. 이미 7중목탑이 불탔으니, 어찌 태왕 폐하께 그 사실을 보고드린단 말이오? 동부여에서 크게 다치신 데다, 도중에 우적 대장군이 적에게 희생되어 마음의 상처가 깊으실 것이오. 7중목탑이 불에 탈 때 석정 대사께선 그 안에서 목탁을 두드리며 예불을 올리고 계셨다 들었소. 매일 새벽에 그렇게 예불을 드리셨으니. 그것이 사실이라면 불타는 목탑과 함께 소신 공양을 하신 셈이 되겠지요. 그렇다면 동부여의 산속에서 무명 선사를 사부로 모실 때부터 무술 사범이기도 했던 우적 대장군과 이번에 불교적으로 큰 스승이면서 국사로 모시기까지 했던 석정 대사를 잃으셨으니, 태왕 폐하의 슬픔이 얼마나 크시겠습니까? 더구나 태왕 폐하께서 세우신 7중목탑은 저 요하 서쪽의 적들이 오금을 저리도록 만들고자 한 것인데, 그들이 와서 불태워버렸으니 그 마음의 상실감을 어찌하실지 참으로 걱정이올시다. 7중목탑을 안전하게 지키지 못한 것은 성주인 이 몸에게도 큰 죄가 되니, 참으로 부끄럽고 복장 터지는 일이 아닐 수 없습니다."

유청하는 깊은 한숨을 쉬었다. 그는 태왕이 왕자였던 시절 무술 사범이기도 했으므로, 그 인연의 끈끈함이 더욱 가슴에 절절하게 와닿을 수밖에 없었다.

"하지만 이미 벌어진 일입니다. 지금 당장 급한 것은 후연군의 공격을 막는 일 아니겠습니까? 일단 남문으로 나가 저들의 군세부터 살펴보기로 하시지요."

이 같은 이정국의 말을 듣고 나서야, 깊은 절망에 빠져 있던 유청하는 마침내 벌떡 몸을 일으켰다.

요동성 남문 성루에 올라선 유청하와 이정국은 해자를 넘어 달려오는 후연군의 공격 대형을 바라보았다. 제1진은 이미

한 차례 공격했다 실패하고 물러난 뒤였고, 제2진이 파도치는 물굽이처럼 출렁이며 밀려들었다. 그 뒤에 몇 개의 군진이 공격 차례를 기다리고 있는지 몰랐다. 적어도 5만 병력이라면 10여 개의 군진을 갖출 수도 있을 것 같았다. 이처럼 후연군이 군진을 나누어 공성 전투를 벌이는 것은 요동성을 방어하는 고구려군을 지치게 만들기 위한 전략이라고 할 수 있었다.

후연군은 성벽과 성문을 부수는 공성 무기인 운제·당차·충차 등을 앞세워 파상적인 공격을 퍼부었다. 이들 무기는 형체가 큰 데다 무게가 많이 나가므로 바퀴가 달려 있었는데, 해자의 물이 얼어붙어 마치 언덕을 넘듯 손쉽게 방어진지를 뚫고 진격해 들어왔다. 운제는 군사들이 성벽을 넘을 때 사용하는 사다리이고, 육중한 쇠망치가 달린 당차는 성 가까이 갔을 때 앞뒤로 그네처럼 움직이는 반동을 이용하여 성벽을 깨부수는 무기였다. 또한 충차는 끝을 뾰족하게 깎아 만든 큰 통나무를 수레에 장착한 것인데, 이 무기는 여러 명의 군사들이 패를 나누어 그 양편과 뒤에서 힘으로 밀어붙여 성문을 박살내는 데 쓰였다.

"저렇게 많은 공성 무기들을 준비한 걸 보면 여러 해에 걸쳐 요동성 공격 준비를 한 것 같지 않소?"

유청하는 공성 무기를 앞세우고 진격해 들어오는 후연군의 기세를 결코 만만하게 보아선 안 된다고 생각했다.

"용성에 심어둔 세작들의 보고에 의하면 요동태수를 지낸 방연이 오래전부터 이를 갈며 벼르고 있었다고 합니다. 모용희에게 여러 차례 요동성을 공격할 군사를 달라고 했으나, 후연으로선 더 급한 내부 사정이 있어 자꾸 뒤로 미루어왔던 것이 사실입니다. 그동안 준비를 착실히 해온 모양인데, 그래도 그렇지 이런 혹한의 날씨에 군사를 일으키는 것은 좀 무모한 일이 아닌가 생각됩니다. 피아를 막론하고 군사들의 고충이 얼마나 크겠습니까?"

군사 이정국이 아까부터 의아스럽게 생각하던 속내를 털어놓았다.

"군사의 말씀을 듣고 보니, 아무래도 지난해 말 태왕 폐하께서 특공대를 보내 연군을 기습해 모용황의 사당을 불태운 것이 화근이 되지 않았나 하는 생각이 퍼뜩 듭니다."

"아하, 바로 그겁니다. 모용희가 정월 한파에도 불구하고 군사를 일으킨 것은 모용황 사당을 불태운 데 대한 보복 심리가 작용한 것이 틀림없습니다. 저 산 중턱의 7중목탑이 불타고 있는 것이, 바로 그것을 증거하고 있지 않습니까?"

이정국이 한창 불타고 있는 7중목탑을 가리키며 말했다.

"흐음, 적들이 7중목탑을 불태운 것은 아군의 군사력을 분산시키려는 의도 아니겠습니까? 북쪽의 목탑이 불타는 것을 신호로 적들은 정반대에 있는 이곳 남문을 기습했습니다. 아마도 모용희가 노리는 것은 '추모사'일 가능성이 큽니다. '눈에는 눈, 이에는 이'라는 말처럼 혹시 적들이 7중목탑을 불태우듯 추모사를 태우면 큰일이니, 별도로 그쪽 방어도 튼튼히 하도록 해야겠습니다. 아군이 적의 주력부대를 방어하는 틈에 다른 곳으로 성안에 침투해 들어와 불을 지를 수도 있지 않겠습니까?"

유청하는 곧 휘하 장수로 하여금 무술에 뛰어난 군사들을 가려 뽑아 추모사 둘레의 경비를 철저히 하라는 명령을 내렸다.

한편 후연군의 본진에서 요동성을 바라보던 모용희는 충차와 당차를 앞세워 돌진하는 군사들의 기세를 보고 벌써부터 자신감에 차서 옆에 서 있는 총대장 방연에게 말했다.

"요동성 중앙에는 고구려 사당이 있다고 들었소. '추모'라고 하는 건국시조를 모시는 사당이오. 바로 그 앞마당에 3층 누각이 있다고 하는데, 성안으로 들어가면 누구도 절대 거기 먼저 올라갈 생각을 하지 말라 이르시오. 성을 토평(討平)한 후, 이 몸이 황후와 더불어 연을 타고 입성해 누각에 오를 것이오. 그런 연후 내가 추모사에 직접 불을 붙여 태워버릴 작정이오."

모용희는 그러면서 이를 부드득 갈아붙였다. 지난 연말 고구려 특공대가 침입하여 연군의 모용황 사당을 불태운 걸 생각하면 울화가 치밀어 도무지 참을 수가 없었던 것이다.

그러나 전투란 마음 먹은 대로 되는 것이 아니었다.

첫날 전투에서 후연군은 10여 차례에 걸쳐 각 군진별로 공격을 감행했으나 워낙 고구려군의 방어가 철벽 같아 뚫을 수가 없었다. 성벽 위의 고구려군은 아주 멀리 있는 적들에게는 쇠뇌로 공격하고, 좀 더 가까이 온 적들은 개인이 휴대한 활을 쏘고, 성벽 밑에서 갈고리 달린 줄을 던지거나 사다리를 타고 기어오르는 적들은 창칼로 대적하였다.

요동성 내에는 3만 5천의 군사들만 있는 것이 아니었다. 그곳에 사는 백성들까지 동원되어 돌을 주워오고, 물이나 기름을 끓여 성벽 위의 군사들에게 날랐다. 운제를 타고 오르던 후연군의 머리 위로 돌과 함께 뜨거운 물과 기름이 퍼부어지자, 그 바람에 떨어져 죽거나 크게 다치는 자가 부지기수로 속출하였다.

며칠 동안 공성 전투를 벌였지만 후연군은 단 한 번도 성벽을 넘지 못했다. 간혹 당차로 성벽 한 귀퉁이를 부수기도 했으나, 그때마다 고구려군이 뚫린 구멍을 수리해가며 방어하는 바람에 큰 진전을 보지 못했다. 충차로 성문을 부수려고 해자를 건너 달려왔으나, 쇠뇌의 집중적인 화살 공격을 받아 문 근처에 도달하지 못하고 군사들만 죽어 나자빠졌다.

요동성을 탈취하면 활짝 열린 남문으로 황후와 함께 대연을 타고 들어가겠다고 호언장담한 모용희로서는 자존심 부쩍 상하는 일이 아닐 수 없었다. 처음 용성에서 출발할 때는 속전속결로 요동성을 탈취하고자 했는데, 그 계획이 처음부터 어긋나면서 모용희는 심리적으로 쫓기기 시작했다.

그런데 요동성을 공격한 지 나흘이 지나 닷새가 되는 날엔 이른 새벽부터 진종일 폭풍한설이 몰아쳤다. 다음날 아침이 되자 겨우 바람막이만 되는 천막 속에서 잠을 자던 후연군 중 동사한 군사들이 많아, 미처 시신을 처리하지도 못하고 졸지에 후퇴하는 사태가 벌어졌다. 동사자가 더 늘어나면 군사의 태반을 잃게 되므로, 모용희는 급히 용성으로 회군하라는 명령을 내릴 수밖에 없었다.

요동성의 소식은 곧 파발마로 국내성에 전해졌다. 결과적으로는 고구려군이 방어 전술에 성공했다고 하지만, 7중목탑을 불태우고 노승 석정을 잃은 것만으로도 태왕 담덕은 패배 이상의 큰 절망감에 빠지지 않을 수 없었다. 그 소식을 듣자마자 허탈감에 휩싸였는데, 갑자기 몸에서 열이 뻗쳐오르는가 싶더니 창에 다친 등의 상처가 다시 도졌다. 날카로운 쇠꼬챙이로 깊이 쑤시는 듯한 통증을 느끼면서 저절로 아악, 소리가 입 밖으로 터져나오기까지 했다.

오만한 군주들

1

강남 갔던 제비가 돌아온다는 삼월삼짇날, 백제 한성에서는 한창 궁술회(弓術會)가 진행되고 있었다. 대왕 아신이 주재하는 궁정 행사로 대신들은 물론, 활을 잘 쏘는 도성 한량들도 대거 참여하여 봄놀이를 즐겼다. 술과 여자를 좋아하는 아신은 활터 뒤편 정자에 화려한 옷차림의 기생들을 모아놓고 춤과 노래로 분위기를 한껏 고조시키라고 명하였다.

삼월삼짇날이 되면 민속놀이는 물론 갖가지 음식을 만들어 먹으며 무르익은 봄날의 정취를 마음껏 즐겼다. 사람들은 흔히 나비가 나오는 날이라고 해서, 이를 가지고 점을 치기도 했다. 이날 흰나비를 먼저 보면 그해에 상복을 입게 되고, 노랑나비나 호랑나비를 보면 길운이 트인다는 속설이 있었다.

대왕 아신이 신하들과 함께 모여 활을 쏘는 대사례를 열어 한창 분위기가 무르익을 무렵, 기생들은 활을 쏘는 사대(射臺) 뒤에 일렬로 서서 궁사들을 응원했다. 멀리 있는 과녁에 화살 다섯 발을 쏴서 다 맞히면, 그 기념으로 기생들은 북을 울리고 노래를 부르며 춤을 추었다.

405년 3월, 삼월삼짇날은 하늘과 맞닿은 구불구불한 공제선 쪽으로 새털구름이 아른거렸으나 아주 맑고 화창하여 축제를 즐기기에 좋은 날씨였다. 한바탕 술추렴을 한 뒤 축제 분위기가 한껏 달아오를 무렵, 대왕 아신이 사대로 나와 활을 잡았다. 그는 어지간히 술에 취해 비틀거렸는데, 활을 쏠 때만큼은 자세를 바로잡아 제법 보는 사람들로 하여금 긴장감을 느끼게 했다. 술 시중을 들던 기생들이 정자에서 쪼르르 달려 나와 대왕 뒤에 서서 노래와 춤으로 축원을 해주고 있었다.

마침내 아신이 과녁을 향해 연거푸 화살을 날렸다. 두 번 다 명중이었다. 불혹을 넘긴 나이지만 팔을 최대한으로 뻗어 활을 당길 수 있을 만큼 근력이 좋아 보였다. 그러나 술이 과한 탓인지 활을 당길 때는 얼굴이 몹시 달아올라 있었다. 그가 막 세 번째 화살을 날릴 때였다.

"어머머! 저기, 저, 저 하늘 좀 봐!"

사대 뒤에서 춤을 추던 기생 하나가 과녁 왼편 왕궁이 있는 서쪽 하늘을 가리키며 말까지 더듬었다. 굼실대던 새털구름이 일시에 강한 기운을 일으키면서 마치 비단을 펼쳐놓은 듯, 물결을 이루며 흘러가고 있었다. 대왕 아신의 활쏘기를 관전하던 대신들까지도 언뜻 그쪽을 바라보았다.

바로 그때 아신의 각궁이 부러졌다.

"아앗!"

아신은 활을 땅에 떨어뜨리며 왼손으로 오른팔을 감쌌다. 화살을 힘껏 당기던 오른팔 근육에 이상이 생긴 모양이었다. 가까이 있던 어의가 급히 달려들어 아픈 팔을 주물렀다.

"갑자기 쥐가 난 모양이옵니다. 근육이 뭉쳐 단단해졌습니다."

어의는 있는 힘을 다하여 아신의 쥐가 난 팔을 주물렀으나 쉽게 회복되지 않았다. 그가 오른팔 팔꿈치를 꺾었다 폈다 해주면서 근육이 풀리기를 기다렸으나, 갈수록 통증만 더 심해지는지 대왕은 사뭇 인상을 찡그리며 고통스러워하였다.

"아야야, 이놈아! 좀 살살 다루거라!"

아신의 벌겋게 달아오른 얼굴은 으스러지도록 이를 악무는 바람에 죽상으로 일그러져버렸다.

마침내는 대신들까지 거들어 아신을 정자 위로 옮겨 마루에 급히 비단옷을 깔고 눕혔다. 그리고 어의가 다시 한참 동안 주무르기를 계속한 뒤에야 조금 진정이 된 듯했다.

"이제 좀 근육이 풀렸사옵니다. 안정을 취하시면……."

어의가 채 말을 끝내기도 전에 아신이 누운 채로 외쳤다.

"갑자기 경망스럽게 소리친 년이 누구냐? 뭣들 하느냐? 당장 그년을 끌어내 목을 쳐라!"

어명이 떨어지자, 행사장 분위기는 졸지에 싸늘하게 가라앉았다. 하늘의 비단결 같은 구름을 가리키며 자신도 모르는 사이 소리를 질렀던 기생은 얼굴이 하얗게 질렸다. 다른 기생들도 마치 저희가 잘못을 저지른 것처럼 몸을 사시나무처럼 떨었다.

대왕의 호위무사 하나가 소리친 기생을 끌어다 강변에서 단칼에 목을 날렸다. 그걸 정자 위에서, 사대에서, 그 주위에서 구경을 하던 사람들까지 다 지켜보았다. 모두 공포에 질려 부들부들 떨었고, 개중에는 못 볼 걸 보았다며 고개를 돌리거나 아예 눈을 감아버리는 이조차 있었다. 그날 궁술회가 열린 곳은 백제군들이 자주 훈련하고, 군기를 점검하기 위해 군대의 사열을 하던 장소였다. 그 곁으로 한수(아리수)가 흘러가고 있었는데, 대왕은 그곳 경치가 마음에 들어 가끔 활쏘기 연습을 위해 정자가 있는 활터를 찾기도 했던 것이다.

궁궐로 돌아온 아신은 그날부터 이유를 알 수 없는 증상으로 고열에 시달렸다. 활터에서처럼 가끔 팔에 쥐가 날 때가 있었다. 마치 근육 속으로 쥐가 지나가는 듯 꾸물거리며 뒤틀리는 것이었는데, 그것이 자주 옮겨 다녀 다리의 종아리에서도 그런 증상이 일어났다.

결국 대왕 아신은 그해 여름을 겨우 넘겨 가을 초입으로 접어들었을 때 끝내 붕어하고 말았다. 죽기 직전까지도 그는 오래 전 고구려왕에게 무릎을 꿇고 노객이 되겠다고 머리를 조아린 그 치욕을 잊지 못해 이를 악물며 버티다 한스러운 생애를 마쳤다. 재위 12년 만의 일이었다.

한성 안팎에선 아신의 갑작스러운 죽음을 두고 흉흉한 소문이 나돌았다. 지난봄 삼월삼짇날 한수 들판에서 벌어진 궁술회 때 한성의 하늘에서 서남 방향으로 흘러가던 새털구름을 희화화하는 소리가 덧대어지거나 곁가지를 쳐서 퍼져나갔다. 그 새털처럼 보인 구름이 사실은 무수한 흰나비 떼들의 군무였을지도 모른다는 소문이었다. 삼월삼짇날 흰나비를 보면 상복을 입는다는 속설에 따른 누군가의 상상력이 만들어낸 이야기에 불과했지만, 많은 사람이 고개를 주억거리며 동조하는 눈치였다.

대왕이 죽자 왕위를 이을 태자 전지가 왜국에 볼모로 가 있었으므로, 일단 왕제 훈해(訓解)가 그를 대신해 섭정을 하게 되었다.

"어서 왜국에 가 있는 태자 전하를 모셔와야 하지 않겠습니까? 누구를 사신으로 파견하면 좋겠습니까?"

훈해가 대신들이 모인 조회에서 물었다.

"왜국 대왕이 태자 전하를 쉽게 보내주려고 할지 모르겠습니다. 왜국은 신라와 고구려로 두 번씩이나 출병했지만 거듭 패전하고 말았습니다. 두 전투 모두 아국과 연합전선을 펼쳤으므로, 그 실패의 원인이 왜국에만 있는 것이 아님은 다들 잘 아시는 바입니다. 따라서 왜국에선 태자 전하를 계속 붙잡아둘 가능성이 있습니다."

진 씨 세력 중 한 대신이 은근히 훈해와 다른 권신들의 의중을 떠보며 말했다.

"무슨 소리요? 선왕께서 훙거하셨으니, 태자 전하가 돌아와 왕위를 계승해야 할 것이 아니오? 당연히 왜국왕 응신도 아국의 요청을 들어줄 수밖에 없을 것이오. 처음부터 왜국과 그렇게 약속하지 않았소이까?"

훈해가 제신들을 두루 둘러보며 동의를 구했다. 그러자 다시 먼저 의견을 제시한 대신이 말했다.

"그래서 말씀인데, 태자 전하를 모셔올 수 있는 적임자는 사두 장군이십니다. 오래전 사두 장군께서 왜국에 사신으로 갔을 때, 응신왕의 요청에 의해 태자 전하가 볼모로 끌려가도록 했기 때문입니다. 결자해지라고 했습니다. 따라서 사두 장군이야말로 왜국에 다시 사신으로 가서 태자 전하를 모셔 올 책임이 있는 적임자라고 생각합니다."

당시 사두는 위사좌평으로, 왜국에 사신으로 가는 것보다 더 중요한 도성 방위의 책임을 맡고 있었다.

"지금 아국은 절체절명의 위기에 처해 있습니다. 고구려가 언제 어느 때 남침을 감행할지 모르기 때문입니다. 사두 장군은 도성 방위의 중책을 맡고 있으니 잠시도 자리를 비울 수 없습니다."

훈해는 만약 사두가 도성을 비우게 될 경우의 위험성을 강조하였다. 그것은 외적의 침입뿐만 아니라 내부에서 권력 다툼으로 인한 세력 간의 갈등도 염두에 둔 말이었다.

"모두가 일리 있는 말씀 같습니다. 도성 방위는 소장의 휘하 장수들에게 일임하면 될 것이옵니다. 결자해지란 말에 소장 역시 책임을 통감하는 바입니다. 소장이 왜국으로 건너가 태자 전하를 모셔오도록 하겠습니다."

결국 사두가 자원하는 꼴이 되고 말았다. 그는 이 기회에 왜국에 있는 목만치(소가노 마치)도 함께 귀국해 백제의 군사력을 강화해보자는 욕심을 갖고 있었다. 목만치와 그를 따르는 신검무사들만 합류한다면 백제군을 최강의 군대로 만들어, 더 이상 왜국 연합군을 불러들이지 않고도 다시 고구려를 도모할 수 있다고 자신했다.

사두가 태자 전지를 귀국시키기 위해 왜국에 사신으로 떠나고 나서, 백제 조정은 시끄러워졌다. 훈해가 예상했던 대로 진씨 세력들 간에 권력 다툼이 일어났던 것이다.

사실상 선대왕 시절엔 외척인 병관좌평 진무가 무소불위의 권력을 휘둘렀는데, 아신이 죽은 후 실권이 다른 진 씨 세력으로 넘어갔다. 진무는 아신의 외삼촌으로 진사왕이 죽자 권력의 중심을 차지하였다.

백제 대왕 아신의 부왕 침류왕은 정비 진 씨 이외에 계비로 또 다른 진(眞) 씨를 두었다. 침류왕은 정비에게서 아들 아신과 훈해를 두었고, 계비는 아들 설례(碟禮)를 낳았다.

아신왕이 죽고 나서 태자 전지가 왜국에서 귀국할 동안 왕제 훈해가 당분간 섭정을 맡게 되었을 때, 침류왕의 정비와 계비 집안의 두 진 씨들 간에 권력 투쟁이 일어났다. 즉 진무는 아신과 훈해를 낳은 정비의 외척 세력이었는데, 침류왕의 계비 세력인 진 씨들이 반란을 일으켰다. 그들은 곧 훈해와 그의 외삼촌 진무를 죽이고, 계비의 아들 설례를 왕으로 추대했다. 부계는 같으나 모계 혈통이 다른 형제간의 권력 투쟁에서 일단 동생이 형을 죽이고 반란에 성공한 것이었다.

이렇게 설례의 외척인 새로운 진 씨 세력이 권력의 전면으로 등장하면서, 백제 조정에서는 일대 피바람이 불었다. 아신왕의 왕후는 사(沙) 씨이고, 후비는 해(解) 씨였다. 왕후의 아들인 태자 전지는 왜국에 가 있었으므로 설례의 세력도 당장 어찌하지 못하였지만, 후비의 아들인 신(信)은 당장 목숨이 경각에 놓이게 되었다. 반란을 일으켜 삼촌 훈해를 죽인 진 씨 세력이 언제 어느 때 그의 목숨을 거두러 올지 모르기 때문이었다. 이때 후비 해 씨의 세력인 해수(解須)·해구(解丘)·해충(解忠) 등이 사병들을 이끌고 달려와 왕자 신을 보호해 깊은 산속으로 도

피시켰다. 그들은 오직 왜국에 있는 태자 전지가 돌아오기만을 학수고대하며, 진 씨 세력이 보낸 관군을 피해 목숨부터 부지하고 보아야 한다고 판단했던 것이다.

2

현해탄을 건너간 사두는 왜국 대왕 오진을 만나기 전에 먼저 소가성 성주 소가노 마치를 찾아갔다.

"아신 대왕께서 훙거하셨습니다."

"지난 대방 전투 때도 건강해 보이셨는데, 어찌 갑자기?"

소가노 마치의 검은 눈썹이 꿈틀거렸다. 그는 대방 전투에서 패전해 퇴각하면서 한성에 들러 대왕 아신을 잠깐 알현한 적이 있었다.

"두 번씩이나 왜국 연합군이 백제의 원수를 갚기 위해 도우러 왔으나 고구려군에게 대패하고 말았으니, 그 포한이 얼마나 깊었겠습니까?"

사두는 일부러 왜국 연합군을 들먹이며, 소가노 마치로 하여금 애써 그 패인을 되새겨보게 하였다. 그 패인에는 소가노 마치 역시 일말의 책임 의식을 느끼고 있을 것이라 짐작했기 때문이다.

"화병(火病)이 원인이란 말입니까?"

"시의들도 다른 원인을 밝혀내지 못했습니다. 대왕 폐하께서는 울화가 치밀어오를 때마다 갑자기 쥐가 나서 몸이 뒤틀리는 증상을 호소하곤 했습니다."

"허어? 그렇다면 어서 빨리 전지 태자를 귀국시켜야 하겠군요."

"실은 그 일 때문에 사자로 왔습니다. 하지만……."

사두는 잠시 말을 끊고, 소가노 마치의 표정을 살폈다.

"그런데 어찌 궁궐로 가서 오진 대왕을 만나지 않고 내게 먼저 오셨소?"

"왜국왕이 선선히 전지 태자를 놓아줄 것 같지 않아서요."

"어째서 그리 생각하시는지?"

소가노 마치는 고개를 갸우뚱거렸다.

"애초에 왜국에선 백제 태자를 볼모로 삼고자 한 것 아니겠습니까? 왜국은 섬나라이고, 육지의 어떤 나라이든 외교 관계를 맺어야만 대륙 문화를 받아들이기 쉽습니다. 마침 장군처럼 왜국으로 망명한 도래인 중 백제 세력이 많아, 두 나라가 외교적·군사적으로 연합전선을 펼칠 수 있었습니다. 그러므로 차제에 왜국이 태자를 귀국시켜준다면 오진왕은 다른 볼모를 원할 것입니다. 허나 나는 그렇게 못합니다. 이제 더 이상 우리 백제가 왜국 연합군을 불러들일 일은 없습니다. 그러니 볼모를 왜국에 묶어두어 약점 잡힐 이유가 없질 않습니까?"

사두는 은근히 마음속 깊은 곳에서 화가 치밀어오르는 걸 참아가며 말했다.

"지난번 대방 전투에서 왜군에게 실망이 컸던 모양이군요?"

"직접 보셨으니 다 아실 거 아니겠습니까? 이제부턴 우리 백제도 군사력을 강화하여 고구려도 치고 신라도 공략할 겁니다. 그래서 이번에 장군께선 나와 함께 귀국하셔야겠습니다. 비록 지금은 고인이 되셨지만, 나는 반드시 아신 대왕의 꿈을 이루어드리고 싶습니다. 그러자면 목만치 장군이 필요합니다. 나와 함께 고국으로 돌아가 주시지요?"

사두는 거의 강압적인 어투로 나왔다. 자신의 요구를 들어주지 않으면 강제로라도 끌고 가겠다는 의지가 그의 눈에서 이글이글 타오르고 있었다.

"그런다고 내가 그대의 말을 순순히 들을 줄 아시오? 허어!"

소가노 마치는 어이가 없어 벌린 입을 다물지 못했다.

"해평과 해광! 아니 여기선 고마 헤이, 고마 히로라 부른다지요? 그들이 고구려군에게 사로잡혀 어떤 최후를 맞았는지 아십니까? 목만치 장군과는 사돈 관계이지 않습니까?"

사두는 더 이상 소가노 마치가 자신의 요구를 들어줄 것 같지 않자, 마침내 비장의 무기를 꺼내들었다.

"대체 그들이 어찌 되었다는 것이오? 그들 부자의 소식을 알고 있단 말이오?"

소가노 마치는 대방 전투에서 고구려군에게 쫓겨 군선을 타고 급히 후퇴한 후 감감무소식이 된 고마 헤이와 고마 히로 부자가 어떻게 되었는지 못내 궁금해하다가 바다를 건너왔다. 왜국으로 돌아와서도 종무소식이어서 끝내 전쟁터에서 죽은 줄로만 알고 있었다.

"장군의 사돈인 고마성 성주 해평은 고구려왕 담덕 앞에서 자결하고 말았습니다. 그리고 아들 해광은 고구려왕이 살려 보내려고 배에 태웠는데, 가는 도중 담덕의 호위무사가 그를 오랏줄에 묶어 바다에 수장시켜버렸다고 합니다."

사두는 조용히, 그리고 중요한 대목 하나하나에 힘을 주어 천천히 말했다.

"뭐, 뭣이라고? 아아, 아!"

소가노 마치는 두 손을 들어 자기 얼굴을 감쌌다.

사두는 애써 '오랏줄'을 강조하기 위해 목울대에 힘을 주었던 것이다. 그런데 그 말을 하는 순간, 문득 '오랏줄'이 일단 상대를 얽었을 때 바짝 조여 꼼짝 못하게 만드는 수단이 될 수 있다는 생각을 하였다. 동물에 비유해서 안됐지만, 올가미를 던져 멧돼지를 사냥할 때 목에 걸리는 순간 잽싸게 잡아채지 않으면 놓치기 쉬웠다. 소가노 마치를 바짝 조이기 위해 사두는 다음과 같이 말을 이었다.

"해평의 아버지는 고구려왕 담덕에게 무술을 가르친 바 있는 무명선사였다고 합니다. 담덕왕의 조부인 고국원왕의 왕제 '무'가 바로 그 사람이지요. 해평과 해광이 무명선사의 아들과 손자이니, 결과적으로 두 사람을 죽게 만든 담덕왕은 스승에게 큰 죄를 지었다고 생각한 모양입니다. 그래서 그는 곧바로 무명선사가 무술을 가르쳐 준 동부여 땅으로 가서 죽은 원혼들을 위한 위령제를 지내려고 했답니다. 하지만 위령제 도중 동부여 군사들에게 발각되어, 그들이 던진 창에 등을 맞아 크게 부상을 당했다고 합니다. 겨우 목숨을 건져 고구려로 돌아오긴 했으나, 그 상처가 아직까지도 온전하게 아물지 않은 모양입니다. 연초에 후연군이 요동성을 기습했을 때도 국내성에서 꼼짝도 하지 못한 채 끙끙 앓았다는 소문이 자자합니다."

"사두 장군! 지금 한 말들이 정녕 사실이오?"

소가노 마치의 얼굴은 하얗게 질려 있었다. 그는 그래도 고마 헤이와 고마 히로 부자가 고구려 땅 어디엔가 숨어 있을 것이라고 생각했다. 그래서 언젠가는 다시 왜국으로 돌아올 것이라는 희망의 끈을 놓지 않았던 것인데, 사두의 말이 그 끈을 싹둑 잘라낸 꼴이 되고 말았다. 그가 사돈 부자를 학수고대하며 기다린 데는 또 다른 이유가 있었다. 아들 소가노 가라코(韓子)와 며느리 고마 히데 사이에서 사내아이가 태어난 것이었다. 이들 부부가 정략결혼을 할 때 사돈 고마 헤이와 약속한 대로 아기의 이름을 '고마(高麗)'라고 지어주기까지 한 마당이었다.

"고마 헤이와 고마 히로 부자가 고구려 땅에서 무주고혼이 된 것은 확실합니다. 그렇지 않다면 어찌 고구려왕 담덕이 목숨을 걸고 동부여까지 가서 무명선사의 위령제를 지내는 무리수를 두었겠습니까?"

사두의 말에 소가노 마치는 고개를 푹 숙였다.

"내 어찌 고마성에 가서 안사돈께 그 소식을 전할 수 있단 말이오? 더구나 지금 고마성에는 연전에 아기를 낳기 위해 간 우리 아들과 며느리가 있소이다. 며느리의 입덧이 심해지자 안사돈께서 불러 부부가 그곳으로 간 것인데, 얼마 전에 해산을 했소이다. 아들을 낳아서 약속대로 '고마'라는 이름까지 지어주었는데, 그래서 사돈 부자가 돌아오기만을 기다리고 있었는데……."

소가노 마치는 더 이상 말을 잇지 못했다.

"불행 중 다행입니다. 그 아기가 소가성과 고마성의 끈을 단단하게 이어주고 있질 않습니까?"

"지금 그런 말을 할 때입니까?"

"냉정하게 생각하십시오. 이제 장군의 아들 소가노 가라코는 고마성의 사위이자 성주가 된 것 아니겠습니까? 고마 헤이에겐 단지 죽은 아들 고마 히로 하나였으니, 사위가 대를 이어 성주가 되지 말라는 법도 없질 않습니까?"

사두의 말은 일견 현실 상황을 정확하게 짚어내고 있었다.

"허헛, 참! 내 평소 사두 장군을 그렇게 안 봤는데, 감성보다는 이성이 강한 사람이로군! 황망한 소식을 듣고 참담한 지경에 있는데, 지금 이기심을 부추기는 계산적인 말만 하고 있질 않습니까?"

소가노 마치는 입안에서 '냉혈한'이라는 소리가 뱅뱅 도는 것을, 감성과 이성을 들먹이는 말로 대체해 애써 자신의 욱하는 성질을 죽였다. 다른 한편으로 생각하면 사두의 말이 옳기도 했다. 그는 이제 소가성과 고마성을 한 손안에 넣어, 백제와 고구려 도래인들을 결합할 수 있게 된 것이었다.

"지금 백제는 군주의 자리가 비어 있습니다. 아신 대왕의 왕제인 훈해가 나라 정사를 대리하고 있으므로, 어서 빨리 태자 전하를 모셔가야만 합니다. 이제 왜국 대왕을 만나러 함께 입궐토록 하시지요. 오진 대왕은 소장보다 장군의 말을 더 신뢰하고 있지 않습니까?"

사두의 말에 하나도 틀린 구석이 없으므로, 소가노 마치는 더 이상 머뭇거리지 못했다.

곧 소가노 마치와 사두는 말을 타고 왜국 궁궐로 달려가 대왕 오진을 알현하였다. 그들은 백제 대왕 아신이 훙거하였으므로, 곧 태자 전지가 귀국할 수 있도록 해달라고 요청했다.

"허어, 간밤에 꿈자리가 뒤숭숭하더니 그런 비보를 듣게 되는구려!"

오진은 침통한 표정을 짓더니 잠시 생각을 가다듬었다. 백제의 태자를 귀국시키는 것은 이미 전에 약속한 바이므로 지켜야 하는데, 왜국 입장에서 볼 때 그냥 보낼 수는 없는 노릇이었다. 그렇다고 전지를 대신하여 다른 볼모로 교체하자는 조건을 내세우는 것은, 이제 백제가 국상을 치르는 마당에 적절하지 않은 일이라고 생각했다.

"폐하! 시급을 다투는 일이옵니다. 한 나라에 군주가 오래도록 부재한다는 것이 자칫 군소 세력들의 야심을 부추기는 일이 될까 심히 염려되옵니다. 어서 전지 태자의 귀국을 가납하여 주시옵소서."

사자로 온 사두가 대왕 오진을 향해 머리를 조아렸다.

"일단 전지 태자를 가르치는 와니키시(왕인)의 의견부터 들어보는 것이 순서일 것 같소. 태자의 사부를 불러 의견을 물어볼 것이니 그리 아시고, 다음에 궁궐로 부르면 그때 다시 논의하십시다."

오진은 백제와의 외교 관계에 있어 왜국이 선점해야 한다고 내심 생각을 굳히고 있었다. 오래전 백제 대왕 아신이 고구려에게 패하고 나서 도움을 요청했을 때가, 외교적 입장에서 왜국이 우위를 점할 수 있는 절호의 기회였다. 그래서 당당하게 백제 태자를 볼모로 삼았던 것인데, 약속대로 전지를 귀국시킨다면 피장파장이 되고 말 것이었다. 따라서 왜국으로선 계속해서 백제보다 우위의 입장에서 외교 전략을 구사하고 싶었다.

소가노 마치와 사두를 돌려보낸 후 오진은 곧 내관을 시켜 와니를 편전으로 들게 했다.

"폐하, 불러계시옵니까?"

"오, 와니키시! 태자와 왕자들의 경서를 가르치시느라 수고가 많소이다."

오진은 와니를 만날 때면 반드시 '선생'에 해당하는 '키시'를 붙여 태자의 스승으로 대우했다. 그는 사두가 백제의 사신으로 온 사실과 그 목적을 이야기했다.

와니는 백제 대왕 아신의 훙거 소식에 잠시 침묵을 지켰다. 그 참담한 소식이 충격을 준 것도 사실이지만, 대왕 오진이 왜 자신을 불렀는지 그것을 깊이 생각해보고 있었다.

"짐이 들으니 이번에 사신으로 온 사두와는 동문수학한 사이라고 하던데, 그의 사람 됨됨이는 어떠하오?"

오진이 먼저 입을 열었다.

"사두와 소신이 같은 스승 밑에서 동문수학한 사형사제지간이 맞긴 합니다만, 성격은 아주 다릅니다. 소신이 이상주의자라면 사두는 현실주의자입니다. 소신이 인본주의적인 경향이 강한 데 반하여 사두는 국가주의를 숭상합니다. 특히 사두는 학문뿐만 아니라 무술도 겸비하여 의를 마음의 지표로 삼고 있습니다. 그만큼 자신에게 주어진 책임은 반드시 지킨다는 강한 의지를 지닌 인물입니다."

와니는 평소 생각하고 있던 사두에 대한 인물평을 가감없이 털어놓았다. 그러면서 오진이 왜 자신에게 그런 것을 묻는지 어렴풋이 짐작할 수 있었다.

"흐음, 그렇다면 이번에도 사신으로 온 만큼, 사두는 그 임무를 완수하기 위해 반드시 백제 태자 전지와 함께 귀국하려고 들겠군요."

"사두의 입장에선 당연히 그렇게 하는 것이 사신의 임무 아니겠습니까?"

"그렇다면 결국 태자 전지를 백제로 돌려보내야 한다는 얘긴데……."

오진은 고심하는 눈빛으로 와니를 바라보았다.

"폐하, 거기에 무슨 문제라도 있으신지요?"

와니는 그때서야 비로소 오진이 왜 자신을 부른 것인지 확연하게 깨달았다. 무슨 이유를 대서라도 전지를 더 붙들어두고 싶은 것이었다. 아니, 대왕이 뜸을 들이는 이유는 전지를 귀국시키면 그 대신 다른 왕자를 볼모로 삼아, 백제와의 외교에 있어서 왜국이 주도권을 쥐겠다는 의도가 깔려 있다고 생각되었다.

"전지를 보내고 나면 아국과 백제의 관계가 이전보다 더 소원해질 것 아니겠소?"

"두 나라 사이에 튼튼한 다리 역할을 할 외교적 수단이 필요하단 말씀이신 것 같은데……."

이번에는 와니가 말을 하다 말고 문득 입을 닫았다. 그로서는 잠시 생각을 가다듬을 겨를이 필요했다.

사실상 와니는 이번 기회에 태자 전지를 따라 고국으로 돌아가고 싶은 마음이 간절했다. 그는 사부 초부거사가 그리웠다. 섬나라로 가서 대동세상을 열라는 사부의 당부가, 학문적 깊이가 느껴지는 큰 울림이 지금도 귓속에 쟁쟁하게 살아 있었다. 그러나 그는 왜국에 와서 대동세상을 열기는커녕 그러한 길로 가는 첫발도 내딛지 못한 채 실망하고 말았다. 대왕 오진과 전혀 뜻이 맞지 않았던 것이다. 그래서 백제로 다시 돌아가게 된다면 사부 초부거사를 찾아보고 싶었는데, 왜국에 머무르는 동안 또 다른 것이 그의 발목을 잡았다.

대왕 오진은 용의주도한 면이 있었다. 와니가 다시 백제로 돌아가고 싶어한다는 것을 알고 은밀하게 왕실의 여인을 그에게 접근시켜 결혼을 하게 만들었고, 이제는 부부 사이에서 1남 1녀의 자식까지 태어났다. 유학자로서 미인계에 쉽게 넘어갈 그가 아니었지만, 어느 날 술에 만취해 잠들었다 깨어났을 때 그의 곁에는 알몸의 여자가 누워 있었다. 그 역시 알몸이었다. 결국 그는 왕실의 여자를 아내로 받아들일 수밖에 없었다. 다시 백제로 돌아가려는 그의 의지를 꺾게 한 것은 바로 아내와 자식들이었다.

"백제왕이 세상을 떠난 지 얼마 안 되는데, 태자 전지를 귀국시키는 대신 다른 왕자를 보내달라고 할 수는 없지 않겠소?"

오진의 이마에 깊은 주름이 잡혔다.

"방법이 없는 것은 아닙니다."

"좋은 생각이 있으시오?"

오진이 와니 가까이 이마를 들이댔다.

"전지 태자가 떠나기 전에 결혼을 시키는 것입니다."

와니는 예전에 오진이 자신에게 사용했던 전략을 그대로 이야기했을 뿐이었다. 문득 떠오른 생각을 전한 것인데, 오진의 눈에서 번쩍 빛이 났다.

"오, 그래! 짐에게 아직 혼전인 공주가 하나 있지. 가만 있어 보자. 우리 하치스(八須)가 전지 태자보다 두 살 많구나. 여기서 하치스 공주와 전지 태자를 결혼시켜 귀국하도록 하면, 아국과 백제는 서로 사돈 국가가 되지 않겠소?"

오진은 정략결혼이야말로 왜국과 백제를 이어주는 다리라고 생각했다. 두 나라가 '현해탄'이라는 바다를 사이에 두고 있는데, 하치스 공주와 전지 태자가 결혼하게 되면 자연히 '외교 다리'가 놓여진다고 보았던 것이다. 그러한 정략결혼이 두 나라를 더욱 가깝게 만들어줄 수 있다는 것에 오진은 크게 고무되었다.

3

대왕 오진은 늦은 나이에 젊은 후비로부터 두 딸을 얻었는데, 그들이 바로 하치다나(八田)와 하치스 자매였다. 이미 언니인 하치다나는 결혼했으므로, 하치스가 전지의 결혼 상대자로 선택된 것이었다.

이렇게 해서 갑자기 백제 태자 전지와 왜국 공주 하치스의 정략결혼이 강행되었다. 당사자인 두 사람의 의견은 중요하지 않았다. 전지는 하치스와 결혼해야만 고국으로 돌아갈 수 있는 입장이었고, 하치스는 부왕의 뜻을 감히 거스를 수 없었다.

이와 같은 정략결혼으로 말미암아 태자 전지의 귀국은 자꾸 늦추어졌다. 사두는 그래서 심리적으로 초조했지만, 대왕 오진은 전지와 하치스의 결혼식을 마친 후에도 차일피일 백제로 떠나는 것을 미루고 있었다. 늘그막에 얻은 막내 공주이니, 멀리 바다 건너 이국땅으로 보낸다는 것이 안쓰럽기도 할 것이었다. 그러나 전지 태자는 하루라도 빨리 귀국해 왕위를 이어받아야만 했다.

"폐하, 이제는 귀국을 서둘러야 하겠습니다."

사두가 대왕 오진에게 말했다. 그는 소가노 마치의 소가성에 머물면서 전지 태자의 소식을 기다리다 못해 궁궐로 달려간 것이었다.

"일반 사가에서도 폐백을 중요시 여기는데, 나라와 나라가 하는 국혼에 어찌 소홀할 수 있겠소? 폐백으로 쓸 아국의 특산물을 두루 준비하고 있으니, 조금만 기다려주시기 바라오."

바다 건너 먼 나라로 공주를 보내는 오진으로서는 염려되는 것이 한두 가지가 아니었다. 시녀 3명을 함께 가도록 했지만, 따로 공주를 보필할 호위무사들도 필요했다. 홀로 공주를 백제에 보낸다는 것은, 비록 왕후의 신분이지만 창살 없는 감옥이 될 우려가 매우 컸다.

오진은 다시 소가노 마치를 궁궐로 불렀다.

"아무래도 아국과 백제가 계속해서 선린 관계를 유지하려면 공주 하치스만 보내는 것으로는 안심이 안 되는군. 이번에 소가노 마치 장군께서 호위무사들을 이끌고 공주와 동행하여 백제 땅으로 가주셔야겠습니다. 권토중래한다 생각하시고, 백제에 가서 아국과 자주 연락 관계를 취하면서 공주를 보호해주시오. 소가성과 고마성은 짐이 책임지고 지켜줄 것이니 염려 마시오. 부탁이오."

간절한 눈빛으로 말하는 대왕 오진을 대하는 순간, 소가노 마치는 당혹스러웠다.

소가노 마치가 생각해도 자신이 아니면 백제까지 가서 하치스 공주의 호위를 맡을 인물이 없었다. 또한 대왕의 눈빛으로 봐서 그 부탁을 거절하기가 딱히 어려웠다. 뿐만 아니라 사두가 이번 기회에 함께 백제로 귀국하자는 간절한 요청을 해오기도 했다. 이와 같은 오진과 사두의 청을 모두 거절하기는 어려운 사안이었지만, 무엇보다도 그의 마음을 움직인 것이 있었다. 바로 오진의 입을 통해 나온 '권토중래'란 말이 마술처럼 그의 마음을 끌어당겼다.

대륙에서 바다를 건너 왜국으로 망명한 도래인들의 공통적인 꿈은 다시 귀국하여 정권의 실세로 거듭나는 일이었다. 백제든 고구려든, 신라와 가야의 도래인 들 역시도 '권토중래'를 그런 상징적인 말로 받아들이고 있었다. 소가노 마치 또한 백제에서 '목만치'로 불리던 시절, 그의 휘하 신검무사들과 함께 바다를 건널 때 이를 갈면서 스스로 다짐한 것이 바로, 왜국에서 힘을 기르고 실력을 배양하여 다시 고국으로 돌아가 정적을 물리치고 권력을 잡겠다는 포부였다. 그의 사돈인 고마 헤이와 고마 히로 부자가 그런 대망을 실현키 위해 두 번이나 고구려와 전쟁을 벌이다 무주고혼 신세가 되고 말았다.

소가노 마치는 두 주먹을 불끈 쥐었다. 이번에 반드시 귀국하여 '목만치'라는 옛이름을 되찾아, 목 씨 대대로 이어온 검술인 '신검'을 백제를 대표하는 무술로 정착시키겠다고 마음먹었다. 그것이 진 씨 세력에게 억울하게 죽임을 당한 부친 목라근자의 한을 갚을 수 있는 길이라고 생각했다.

"네, 폐하! 소신 기꺼이 하치스 공주의 호위를 맡도록 하겠나이다."

소가노 마치는 사뭇 꺽진 투의 목소리로 말했다. 울분을 억지로 참다 보니 목울대에서 말이 걸렸던 것이다.

"호오, 장군이 그렇게 쉽게 결단하리라곤 생각도 못했소이다. 짐이 알기에 장군에게는 고마성주 딸과 결혼한 아들 다음에 딸을 두었다 들었소. 우리 왕실에 아직 미혼인 왕자들이 몇 있으니 이참에 혼약을 맺읍시다. 소가 씨는 아주 오래전부터 우리 왕실과 외척 관계를 맺어왔는데, 장군의 양부인 소가노 이시카와 때부터 그 명맥이 끊긴 걸 아쉬워하고 있었소. 이제 다시 그 인연을 잇고 싶으니, 그리 허락해주시오."

대왕 오진의 목소리가 한껏 고조되었다. 근심 하나를 덜 수 있게 된 것이 무엇보다 기뻤기 때문이다.

"폐하! 황공무지로소이다!"

소가노 마치는 뜻하지 않은 큰 선물에 기꺼움을 숨기지 못했다. 오진이 말했듯이 양부 소가노 이시카와는 자기 세대에 와서 왕실과의 외척 관계가 끊긴 것에 대해 매우 안타까워하고 있었다.

"그 대신, 우리 공주 하치스가 백제에서 확고한 기반을 다지기 전까지는 장군이 곁을 지켜줘야 하오. 우리 왕실과 소가성의 소식은 자주 백제로 가는 상선을 통해 장군께 전달토록 하겠소."

오진의 이 같은 말은 소가노 마치로 하여금 오래도록 백제 땅에 머물게 하고 싶은 마음을 꾸밈없이 드러낸 것에 다름아니었다. 그만큼 그는 공주 하치스를 사랑했다. 늘그막에 얻은 딸이라 더욱 그런 마음이 들었다.

한편 그사이에 백제 사신으로 간 사두는 동문수학한 왕인, 아니 왜국에서 부르는 이름인 와니를 단독으로 만났다. 이는 와니가 먼저 사두에게 사람을 보내 조촐한 술자리를 마련한 것이었다.

"인아! 너는 이 섬나라에 와서 사부님이 말씀하신 대동세상을 제대로 펼치고 있는 것이냐?"

사두가 먼저 와니에게 물었다. 지난 대방 전투에서 왜군들의 행위를 직접 목격한 그로서는 그런 질문이 아니 나올 수 없었다.

"허허, 헛! 그대가 나에게 욕을 퍼붓는 것보다 더한 질책을 하는구먼그래! 그렇게 묻는다면 부끄럽게도 할 말이 없네. 그대가 왜국 대왕을 만나봐서도 알겠지만, 대동세상이고 뭐고 도무지 씨가 먹히질 않는 인물이네. 그래서 나도 이번에 자네를 따라서 백제로 돌아가고 싶지만, 허헛 참……."

와니는 말문을 닫았다. 아니 스스로 입을 다문 것이 아니라 목울대를 넘어오던 말이 막혀버리고 말았다.

"가족 때문에 백제로 돌아가기 어렵다는 얘기지?"

"두, 자네도 들었는가보이."

와니가 술잔을 비우며 쓸쓸하게 웃었다.

사두는 와니의 빈 잔에 술을 따라주며 빙긋이 웃었다.

"인, 자네도 이젠 술을 제법 하는군! 전에는 입에도 대길 싫어하더니."

"이런 섬나라에 혼자 와 있어 보게. 고국산천도 보고 싶고, 그리운 사람도 많고, 눈에 아른대는 형상들이 한두 가지가 아닐세."

와니의 눈시울이 붉어졌다.

"그럼, 이번에 나와 함께 백제로 돌아가세."

"그게 쉬운 일이겠나? 대왕께서 허락하시겠나? 자네도 알다시피 이곳에 가족이 있질 않은가?"

"저 한나라의 장건은 흉노에게 잡혀 있다 가족도 버리고 탈출했네. 자네라고 못할 바 아니지. 사명감이라면 자네도 장건 못지않다고 생각하네."

사두는 와니에게 팔을 뻗어 은근히 손을 잡았다. 상대의 진심을 알고 싶었던 것이다.

"사명감이라고 했나? 서역으로 간 장건의 사명과 이 섬나라로 온 나의 사명은 다르네. 명색은 왜국 왕자들에게 경서를 가르치는 오경박사로 왔지만, 사부님께서 주신 사명은 이곳을 대동세상으로 만들라는 것이었네. 몇 번 왜국 대왕과 부딪쳐 본 것으로 포기할 수는 없는 일 아니겠나? 이곳에 뼈를 묻더라도 왜국을 대동세상으로 만들라는 것이 사부님의 부탁이고, 그것이 바로 나의 사명이네. 마음 같아서는 이번에 자네를 따라 고국으로 돌아가고 싶지만, 왜국 대왕이 가지 못하게 붙잡을 것 아니겠는가? 그보다도 고국으로 돌아가서 혹시 언젠가 만나게 될 사부를 뵐 면목 또한 없네. 오히려 나는 그것이 더 두렵네. 사명을 다하지 못하고 돌아온 제자가 어찌 사부의 얼굴을 대할 용기가 나겠나? 그건 그렇고, 자네 혹시 바람결에라도 사부님의 소식을 간혹 듣고 있는가?"

와니 또한 다른 편 팔을 내밀어 사두의 손을 잡아왔다. 술상을 가운데 둔 두 사람은 양팔을 잡은 채 허공에서 서로 눈길을 마주쳤다.

"백제 땅에 안 계신 것 같네. 사부님께서 어느 산 어느 토굴에 계시든 유독 특이하신 성품이시니 사람들 눈에 띄게 마련일 터인데, 자네 말마따나 바람결에도 그런 분이 있다는 소식은 들려오지 않네. 나도 사실 여러 번 전쟁을 겪으면서 느끼는 바가 많아 사부님을 몹시 그리워하고 있다네."

사두가 와니와 잡았던 두 손을 놓고 술잔을 끌어당기며 말했다. 사부 초부거사에 대한 곡진한 그리움 때문인 듯 어느 사이 그의 눈에도 이슬 같은 것이 어룽졌다.

전지 태자와 하치스 공주가 결혼식을 올리고 나서도 보름이 지난 뒤, 마침내 사두는 소가노 마치와 그의 휘하의 신검무사 1백여 명과 함께 나가사키 부두에서 백제로 가는 범선에 올랐다. 그 배는 창고와 객실, 그리고 갑판의 3층으로 된 상선이었다. 맨 밑의 창고에는 왜국의 각종 금은보화와 특산물 들이 실려 있었다. 하치스 공주의 폐백이라고 할 수 있었다.

큰 돛을 세 개나 단 범선은 바람을 받아 배가 불룩해진 황포를 높이 세우고 바다 위를 미끄러졌다. 이미 태풍이 지나간 계절이라 바람이 제법 찼지만, 바다의 물결은 햇빛에 반사되어 검은빛에 흰색 깃털이 너울대듯 수평을 이루며 잔잔하게 출렁이고 있었다.

4

본격적인 겨울로 접어든 날씨는 을씨년스러웠다. 더구나 바닷가인 상대포구의 바람은 세찼다. 사두는 사신으로 백제를 떠난 지 두 달하고도 보름이 지난 뒤에야 다시 상대포구로 돌아왔다. 갑자기 이루어진 백제 태자와 왜국 공주의 정략결혼은, 아무리 급해도 그 절차상의 문제 때문에 차일피일 미루다 시일이 그렇게 늦춰진 것이었다. 왜국 이름은 '하치스'지만, 태자 전지는 부인 이름을 '팔수'라고 부르기로 했다. 태자가 애써 그렇게 불렀으므로 사두도, 왜국에서 '소가노 마치'로 불리던 목만치와 그를 따르는 신검무사들도 태자비를 '팔수 부인'으로 호칭했다.

그런데 꽤 여러 날 전부터 상대포구 주변을 기웃거리며 사두 일행이 탄 배가 부두에 닿기를 기다리는 자가 있었다. 왜국에서 온 범선에서 사두가 앞장서서 내리는데, 그 사내가 은근슬쩍 다가왔다.

사두는 그 사내의 얼굴을 기억하고 있었다. '해충'이란 이름의 무사였는데, 배를 부리는 사공처럼 변장하고 있었다.

"자네가 여기까지 웬일인가?"

사두가 놀란 눈으로 짐짓 물었다.

"장군! 그 사이 한성의 주인이 바뀌었습니다. 이곳은 위험하니 다른 곳으로 피해 사정을 말씀드리겠습니다."

해충이 주위를 살피며 사두의 귓속에다 대고 말했다.

"무엇이?"

사두는 금세 사태의 추이를 알았다. 바짝 긴장한 그는 상대포구의 부두 주변을 살피면서 다시 배에 올라, 막 따라나오려는 목만치에게 긴급 상황을 알렸다. 사두와 목만치는 신검무사 1백여 명과 함께 태자 전지 부부를 호위하여, 해충이 안내하는 대로 급히 부두를 떠나 월출산 자락으로 들어갔다.

달빛이 내리는 숲속은 적막했다. 숯가마 터엔 허물어져가는 움막이 한 채 있었는데, 그곳에서 대왕 아신의 후비가 낳은 아들인 왕자 신이 태자 전지 일행을 맞았다.

"태자 전하! 흐흑……."

신은 전지를 붙들고 울음부터 삼켰다.

"너, 너는 신이 아니냐?"

전지는 이복동생 신을 기억하고 있었다. 그가 아홉 살 무렵 왜국으로 떠날 때 신은 일곱 살이었다. 서로 어린 시절에 헤어졌지만, 8년이 지나서도 그 시절의 얼굴은 크게 변하지 않았다. 갓 변성기를 지나 목소리만 사내다워졌을 뿐 얼굴은 아직 소년티를 벗어나지 못했다.

"태자 전하! 설례의 무리가 모반을 일으켜 훈해 삼촌을 죽였습니다. 진무 장군도 그때 같이 당했으므로, 한성은 설례의 외척인 새로운 진 씨들의 세상이 되어버렸습니다. 따라서 지금 함부로 도성으로 들어갔다가는 무슨 일을 당할지 알 수 없습니다."

"배다른 형제라고 어찌 설례가 훈해 삼촌에게 칼을 댈 수 있단 말인가. 이는 좌시할 수 없는 일이다. 설례와 그 외척인 진 씨들이 반란을 일으켰다? 어찌하여 진무 장군께선 그들이 모반하는 걸 눈치채지 못했단 말인가? 허헛, 참! 대체 이를 어찌하면 좋겠는가?"

오랜만에 고국 땅을 밟은 태자 전지로선 실로 충격적인 소식이 아닐 수 없었다. 그의 왕좌를 부왕의 이복동생 설례가 가로챘다는 것이 더욱 분했다.

"네, 이 원수를 어찌 갚아야 할지 모르겠습니다. 그래서 태자 전하가 귀국하는 날만 학수고대하고 있었습니다."

전지는 이복동생 신의 가슴을 꽉 끌어안으며 등을 투덕거려 주었다.

"염려 말거라. 내 반드시 훈해 삼촌의 원수를 갚아주리라."

전지의 말이 끝날 때쯤, 길안내를 맡았던 해충이 나섰다.

"지금 태자 전하께서 직접 나서시는 것은 위험합니다. 일단 상대포구 앞바다의 작은 섬으로 가셔서 숨어 계시는 게 좋겠습니다. 신 왕자도 일부 군사들을 이끌고 전하의 곁을 호위할 것입니다. 한성에서 조금 떨어진 산속에 저희 해 씨 세력들이 각기 집안에서 키운 사병들과 함께 은거해 있사옵니다. 여기 계신 사두 장군, 그리고 목만치 장군이 이끄는 신검무사들까지 합류한다면 큰 힘이 될 것이옵니다. 반역의 무리를 소탕한 뒤 반드시 소장이 섬으로 태자 전하를 모시러 가겠나이다."

"해 씨 세력이라면 누구누구를 말함인가?"

사두가 물었다.

"해수와 해구 두 장군이 가신들을 비롯한 5백여 사병들을 이끌고 있습니다."

"흐음, 진 씨 세력이 아직 도성의 위병들 전체를 장악하진 못했을 것이다. 병관좌평 진무 장군이 죽었으니, 이제 백제군은 설례를 왕으로 추대한 새로운 진 씨 세력이 전권을 쥐고 있겠지. 그러나 한성의 위병들은 아직 내가 위사좌평이므로 저들이 완전히 도성 군권까지 장악하지는 못했을 것이다. 내가 한성으로 들어가 수하에 부리던 장수들과 연락을 취하게 되면, 대다수 위병들이 진 씨 세력보다 우리를 따를 것이다. 그대들 해 씨 세력 7백여 군사와 여기 계신 목만치 장군을 따르는 1백여 신검무사들이 한성 밖에서 공격해 들어가고, 성안에서 나의 직계에 속하는 위병들이 호응해준다면 저들의 반란도 어렵지 않게 진압할 수 있지 않겠는가?"

이 같은 사두의 말은 거기 모인 사람들에게 큰 위안이 되었다. 이때 그는 진 씨 세력이 '결자해지'를 들먹이며 왜국에 사신으로 가도록 자신의 등을 떠밀던 기억을 떠올렸다. 모반을 일으키려고 할 때 그가 방해될 것이므로, 일찌감치 사신으로 보내 따돌렸다고 생각하니 은근히 부아가 치밀기까지 했다.

"내가 신검무사들을 이끌고 오길 아주 잘했군! 일당백의 무술 실력을 가진 무사들이니, 태자 전하께선 염려 마십시오."

목만치의 말도 절망해 있는 전지 부부에게 새로운 희망을 주었다.

다음날 새벽, 태자 전지 부부와 왕자 신이 이끄는 호위 군사 10여 명은 하산하여, 비밀리에 상대포구에서 바다를 건너 외딴 섬으로 들어가 숨었다.

뒤미처 사두와 목만치도 신검무사들을 이끌고 한성으로 향했다. 해충의 안내를 받은 그들은 한성에서 불과 1백여 리 떨어진 깊은 산속으로 숨어들어 해수와 해구 두 장수를 만났다. 신검무사들까지 합류하여 1천 가까이 되는 군사들이 한성까지 한꺼번에 진군하기는 쉽지 않았다. 사전에 진 씨 세력들에게 발각될 염려가 있었다. 그래서 목만치는 오래전 침류왕이 진고도와 진가모 부자의 반란으로 죽임을 당하고, 진사가 왕위에 올랐을 때 신검무사들을 이끌고 반란군을 제압하러 가던 기억을 떠올려, 이번에도 기십 명씩 상단으로 위장시켜 번차례로 군사들을 한성 인근까지 이동시키기로 했다.

한성 남쪽에 청량산이 있었다. 그 주봉에서부터 치마폭처럼 흘러내린 산자락 끝으로 해 씨 세력과 목만치의 신검무사가 합세한 군사들이 속속 모여들었다. 이때 사두는 단신으로 한성에 들어가기로 했다. 위사좌평인 자신이 가지 않으면 한성의 도성 방위를 맡은 군사들이 외부 세력에 대해 철저히 방어할 공산이 크기 때문이었다. 그동안 진 씨 세력들이 군사들을 자기편으로 끌어들이기 위해 온갖 설득과 엄포로 길을 들여놓았을 것이 틀림없었다.

"공격 신호는 불입니다. 마초 쌓아둔 창고 하나를 불태울 터이니, 성안 어느 곳엔가 불길이 솟아오르면 그때 일제히 성벽을 넘어 공격하십시오."

사두는 이 말을 남기고 초저녁에 밤길을 떠났다.

조금의 시차를 두고 해 씨 세력과 목만치가 이끄는 군대가 한성 부근 가까운 곳까지 진군했다. 그들은 어둠 짙은 숲속에 매복한 채 성안에서 불길이 솟아오르기만을 기다렸다.

자정이 지나도 한성에선 도무지 불길이 솟지 않았다. 어둠이 걷히면서 새벽이 희뿌옇게 밝아올 무렵, 드디어 성안에서 불길 타오르는 게 보였다. 그와 동시에 성안 여기저기서 군사들의 함성이 들려왔다.

"일제히 성벽을 넘어라!"

공격하는 군사들은 의외로 쉽게 성벽을 타고 넘었다. 이미 성안에서 사두의 명령을 받은 위사좌평 휘하의 군사들이 성벽을 지키는 진 씨 세력의 군사들을 제압해버렸던 것이다.

사두는 먼저 진 씨 세력의 보호 속에서 왕 노릇을 하고 있는 설례의 침전으로 무술이 뛰어난 수하들을 보내 그를 포박하도록 했다. 침전 인근에는 진 씨 세력의 무사들이 지키고 있었으나, 사두가 보낸 무사들보다 숫자가 적은 데다 무술 실력도 비교가 안 돼 금세 제압이 가능했다. 침전에서 잠이 든 설례에게 오라를 지우는 일은 식은 죽 먹기보다 쉬웠다.

한성의 성벽을 넘은 목만치의 신검무사들은 남문을 활짝 열었고, 나머지 군사들은 그 문을 통해 성안으로 진입했다. 목만치가 휘하의 군사들과 함께 입성하자, 사두가 영접했다.

사두는 이미 진 씨의 반군 세력을 제압하고, 설례까지 꽁꽁 묶어 편전 앞마당에 무릎을 꿇려 놓은 상태였다. 모반을 획책했던 진 씨 세력의 장수들은 이미 사두가 이끄는 군사들에 의해 목이 달아난 뒤였다.

"어찌할 생각이오?"

목만치가 오랏줄에 묶인 설례를 턱으로 가리키며 사두에게 의향을 타진했다.

"목을 쳐서 남문 밖에 효시를 해야지요. 국법대로 처리한다면 태자를 모셔와 정식으로 제위식을 거행한 후 왕명으로 처단하는 것이 옳겠으나, 그전에 아예 싹을 도려내는 것이 후환을 없애는 일이 될 것입니다."

사두는 태자 전지가 우유부단한 성격이라, 명색이 부왕의 계제인 설례를 죽이지 않고 멀리 낙도 같은 곳으로 보내 위리안치시킬지도 모른다고 생각했다.

"남아 있는 진 씨 세력들을 경계하자는 뜻이군요."

목만치가 조용히 고개를 끄덕였다.

"이 기회에 진 씨 세력이 더 이상 준동치 못하게 해야 합니다. 실로 진 씨들은 근초고대왕 때 진정이 무소불위의 권력을 휘두른 이후 장장 60여 년 동안 외척으로 백제 왕실을 좌지우지해 왔습니다. 그런데다 이번에는 진무 장군과도 충돌해 진 씨끼리 세력 다툼을 하는 지경에 이르렀습니다. 이제는 더 이상 진 씨들이 권력 주위에서 얼씬도 하지 못하게 특단의 조치를 취해야 할 것입니다."

이와 같은 사두의 말에 목만치도 적극 찬동했다.

목만치 역시 오래전 진 씨 세력 편에 선 자객에게 부친 목라근자가 억울하게 희생당한 것에 대해 그 숙원을 제대로 풀지 못했다. 당시 그는 정적인 진고도와 진가모 부자 세력에게 쫓겨 신검무사들과 함께 왜국으로 망명한 일을 잊을 수가 없었다.

"진 씨들이 우리 백제를 망쳐놓은 원흉들이지요. 근초고대왕 이후 그들이 외척으로 득세하면서 왕실이 허약해져 결국 고구려에게 당한 것 아니겠습니까? 이제부터라도 백제 왕실을 굳건히 해서 담덕왕에게 반드시 아신 대왕의 맺힌 한을 갚아주어야 합니다."

목만치가 왜국에서 태자 전지를 호위해 귀국한 것은 다른 일면으로 보면 거의 자원했다고 해도 과언이 아니었다. 그는 사신으로 온 사두가 고구려 태왕 담덕 이야기를 전할 때의 생각이 떠올랐다. 담덕왕이 부여 땅에서 창에 맞은 상처가 깊어 친정이 어렵다는 소리를 듣고, 그는 다시금 마음을 고쳐먹었던 것이다. 사실상 그는 고구려와의 싸움에서 단 한 번도 이겨본 적이 없었다. 아주 오래전 백제의 청년 장수로 군선을 타고 대동강을 거슬러 올라가 평양을 쳤을 때, 화공전을 펼친 고구려의 지장 을두미의 전략에 속아 대패한 것을 그는 지금도 뼈아프게 가슴에 아로새기고 있었다. 왜국으로 망명해서는 연합군의 일원으로 두 차례에 걸쳐 신라의 금성과 고구려의 대방을 공격했다가 또한 실패만 거듭했다. 그 두 번 다 을두미에게 무술을 배운 수제자 추수에게 당했다고 생각하니, 백제 최고의 검술을 자랑하는 목라근자의 가문으로서 부쩍 자존심이 상했다. 그는 이번에 백제의 무술인 '신검'으로 고구려 무술인 '무명검'과 겨루어, 그동안의 통한을 제대로 갚아주고 싶었다. 그래서 그는 고마성에 무술사범으로 가 있는 소아길천(蘇我吉川, 소가노 요시카와)을 다시 소가성으로 불러들여 자신을 대신해 성주 노릇을 하라고 부탁했다. 당분간 그를 대신해 소가성의 신검무사들에게 검법을 가르칠 인물이 필요했던 것이다. 아들이 고마성에 머물고 있었는데 며느리가 해산한 지 얼마 되지 않기 때문에, 소가성을 맡길 수가 없는 상황이었다. 따라서 자연스럽게 고마성은 아들 소가노 가라코(韓子)가, 소가성은 의형제를 맺은 소가노 요시카와(蘇我吉川)가 맡아 오히려 잘되었다고 생각했다.

진 씨 세력의 반군을 제압한 후, 사두는 호위무사들을 보내 상대포구 앞의 작은 섬에 숨어 있던 태자 전지 부부와 왕자 신을 한성으로 귀성시켰다. 전지는 대왕 아신의 뒤를 이어 정식으로 왕위에 올랐고, 왕자 신과 그 외척인 해 씨 세력이 진 씨 세력을 물리친 공훈을 인정받아 백제의 중심 권력으로 급부상하였다.

5

백제가 왕위 다툼으로 소란스러운 바로 그 즈음, 후연 역시 모용희의 폭정으로 나라가 일대 위기에 봉착했다. 모용희는 매우 집착이 강하고, 그만큼 고집이 세어 대신들의 말을 잘 듣지 않았다. 그는 오직 자신이 옳다고 생각하면 끝까지 밀어붙여 가부간 어떤 결론을 얻어야만 직성이 풀렸다. 아니, 자신의 허물을 가리기 위해 고집스럽게 국정을 어느 한쪽 방향으로 몰아붙여 나라를 위기에 처하게 했다.

405년 정월에 고구려의 요동성을 공격했다가 맹위를 떨치는 추위에 많은 군사를 잃고 용성으로 귀환한 모용희는, 가슴속에서 울컥울컥 핏덩어리처럼 솟구치는 화를 참지 못해 도무지 구중궁궐에 쥐 죽은 듯 숨어 있을 수가 없었다.

'그래, 사냥을 나가자!'

젊은 혈기를 참지 못한 모용희는 군사들을 이끌고 백성들이 사는 마을을 시끄럽게 지나치면서 아직 기가 죽지 않았다는 모습을 보여주고자 했다. 그는 화려하고 큰 연(輦)에 황후 부훈영까지 태워 마치 시위라도 하듯 강한 군주의 면모를 내세우며 보무도 당당하게 사냥터로 나갔다. 그렇게 백록산·청령·창해 등으로 사냥하러 다녔는데, 시와 때를 가리지 않은 출행으로 엄동설한에 동사하거나 맹수에 물려 죽은 군사가 무려 기천을 헤아릴 정도였다.

모용희는 사냥으로도 성이 차지 않았다. 황제의 권위를 세우기 위해 용성에 있는 홍광문을 3층으로 증축하도록 명령했다. 사냥을 나갈 때마다 지나가는 길가의 농촌 백성들에 대한 군사들의 수탈이 극심했는데, 거기에 더하여 홍광문 증축으로 과중한 세금을 내도록 하였다. 더구나 군역제를 강화하여 한창 일손이 달리는 농사철에도 청년들을 동원, 공사에 참여토록 하거나 무술 훈련을 시켜 군사력을 보강하였다.

다시 겨울이 닥쳐오면서 모용희는 1년 전 요동성에서 고구려군에게 참패한 기억을 떠올렸다. 그의 젊은 피는 오만한 성격을 죽이지 못할 만큼 들끓었다. 고구려에 대한 보복 심리가 그를 엉뚱한 방향으로 이끌었다.

405년 추수철이 지나 본격적인 겨울로 접어들 즈음, 모용희는 긴급 군사 회의를 소집했다. 방연과 모용귀를 비롯하여 도성 방위의 중책을 맡은 모용운과 그의 휘하 장수인 풍발까지 참여토록 했다.

"이번에 거란을 쳐야겠소."

모용희의 일성에 군사 회의에 참석한 장수들 모두 아연실색할 수밖에 없었다.

"폐하! 거란은 북국에 있는 나라이옵니다. 한겨울에 거란까지 원정군을 이끌고 가는 것은 무리입니다. 통촉하여 주시옵소서."

방연이 장수들을 대표하여 말했다. 그는 이미 모용희가 한 번 마음먹은 것은 실행하고야 만다는 사실을 잘 알고 있었으므로 처음부터 완강하게 반대를 하고 나섰다.

"무엇이? 추위가 무서워 전쟁을 못한다? 장군은 그걸 말이라고 하시오?"

모용희는 얼굴까지 시뻘겋게 달아오를 정도로 피가 솟구쳐 올랐다.

"그런데 왜 하필이면 거란입니까? 거란과 아국이 국경을 맞대고 있는 것은 사실이나, 그들이 응징의 대상이 되어야 할 만한 죄를 아국에게 지은 적은 없질 않습니까?"

모용운도 느닷없이 거란을 공격하겠다는 것은 이해가 되지 않았다.

"그렇다고 평성을 칠 수는 없질 않소? 아직도 탁발규는 동굴 속에 웅크리고 있는 늑대요. 가만히 생각해보면, 아국이 북방 경영을 제대로 하지 못하는 것은 탁발규와 담덕 때문이오. 그들이 굳건하게 군사동맹을 맺고 있어서, 아국은 어느 쪽으로도 뻗어나갈 수 없는 진퇴양난의 지경에 놓여 있소. 일단 아국의 숨통이 트일 수 있는 곳은 북방인데, 북위와 고구려 사이에 거란이 있소이다. 제장들은 일거양득의 기회가 거란 공격에 있다는 걸 아셔야 할 거외다."

모용희는 요동성 공격에 실패한 후 1년 동안 사냥을 다니면서, 실상은 북위와 고구려를 어떻게 하면 겁먹게 할 수 있는가 그 방법을 연구하고 있었다.

어찌 들어보면 일리가 있는 것 같았으나, 현실을 곰곰이 따져보면 그런 억지가 없었다. 그것을 다 공감하고 있었지만 그 자리에 참석한 어느 장수도 먼저 입을 열지 못했다. 모용희의 불뚝 성질에 무슨 말이 튀어나올지 지레 겁부터 먹었던 것이다.

이때 풍발이 불쑥 한마디했다.

"어찌 지난 요동성 전투에서 당한 고구려에 대한 원한을 거란을 통해 갚으려고 하십니까? 기왕이면 다시 고구려를 쳐야지요."

"왓, 핫핫핫! 풍발 장군은 역시 선봉장답구먼. 그 패기가 마음에 들었소. 이번에도 장군이 선봉을 맡아주시오."

모용희는 의외로 화를 내지 않고 풍발의 용기를 북돋아주었다. 그러나 그 말은 어떤 장수들의 의견도 받아들이지 않겠다는 뜻이었다. 거란을 치겠다는 것이 요지부동임을 장수들은 결국 인정할 수밖에 없었다.

405년 12월, 드디어 모용희는 후연군 3만을 이끌고 거란 정벌에 나섰다. 긴급 군사 회의에 참여했던 장수들 중 노장인 모용귀에게 도성을 지키도록 했고, 그 대신 이번에는 모용운을 대장군으로 내세우고 방연과 풍발을 좌우장군으로 삼았다. 회의 때 나온 대로 풍발은 우장군이면서 선봉장이 되었다.

이번 거란 원정에서도 모용희는 황후 부훈영을 대동했다. 소비 부융아가 죽은 이후 그는 자신의 젊은 피가 더욱더 부훈영에게 몰입되는 것을 어쩌지 못했다.

거란은 각 부 단위로 하는 정치체제를 갖추고 있었다. 중앙집권적 국가라기보다 추장이 부족 단위의 수장이 되어 통치하는 형식이었다. 따라서 각 부의 추장들끼리 긴밀한 협조 관계를 갖고 외적의 공격에 함께 대처하는 것이 불문율이었다. 다만 그중 비려부만은 일찍이 고구려에 복속되어 지방 통치의 수장인 처려근지 선재에 의해 다스려지고 있었다. 소금이 생산되는 염수에 고구려의 군부를 둔 선재는 비려부를 직접 통치하면서 동시에 다른 거란 각 부와도 친선외교를 펼치고 있었다. 고구려가 그 서북방의 금산(알타이)으로부터 철정과 금괴를 들여오기 위해서는 거란 각 부가 주둔한 곳을 반드시 거쳐야만 하기 때문이었다.

아무튼 혹한의 날씨에 후연의 원정군이 국경 지역에 나타나자, 거란의 각 부는 잔뜩 긴장하지 않을 수 없었다. 군사 규모가 자그마치 3만이라는 소문에, 각 부에 흩어져 있는 거란군을 급히 한 부대로 편성해 대항한다고 하더라도 당장 3만 이상을 확보하기 어려웠다. 각 부마다 자체 경계 병력을 남겨놓아야 하기 때문이었다.

거란 전체를 대표하는 추장은 각 부에 파발을 띄워 후연의 원정군이 더 이상 진군하지 못하도록 경계를 철저히 하게끔 하는 한편, 고구려가 통치하고 있는 비려부에도 긴급히 도움을 청했다. 거란군은 군사의 수로는 후연군에 비해 적었지만, 단 하나 장점이 있다면 추위에 강하다는 것이었다. 더구나 거란군은 훈훈한 안방에서 적을 맞는 형국이고, 후연군은 찬바람이 들이치는 허허벌판에 군막을 세우고 추위를 견뎌야만 했다. 그런 면에서는 거란군이 후연군보다 월등한 우위를 점유하고 있었다.

거란군은 시간 벌기 작전으로 나가 성문을 단단히 걸어 잠근 채 방어에만 치중했다. 북풍이 세차게 몰아치고 있는 데다, 하늘에서 눈까지 내려준다면 그들에게는 금상첨화였다. 거란군은 겨울철에 북방 초원을 달리는 눈썰매까지 보유하고 있어 눈만 푸짐하게 쌓이면 기동력에서 후연군을 충분히 제압할 수 있었다. 눈 위에서는 거란군의 썰매를 끄는 개와 후연군의 수레를 끄는 말을 비교할 때 그 속도감에 있어서만큼은 천양지차였다.

이틀 동안 공성 전투를 벌이면서 후연군은 거란군을 압도하는 듯이 보였다. 모용희가 뒤에서 칼을 마구 휘두르며 공격하지 않는 군사들을 가차없이 베었기 때문에, 앞으로 진격하는 것만이 살아남는 길이었다. 장수들에게도 그와 같이 명령을 내렸으므로, 군사들은 죽음을 무릅쓰고 무조건 앞으로 달려가 성벽을 기어올라야만 했다.

전투가 사흘째로 접어드는 날, 마침내 거란군이 바라던 눈이 내렸다. 북풍이 불면서 매섭게 눈보라가 치자, 후연군은 눈의 무게로 군막이 내려앉거나 바람이 들이쳐 한데나 다름없는 추위를 견뎌내야만 했다. 이때를 틈타 마침내 거란군이 성문을 열고 나와 눈썰매를 기동대로 삼아 후연군의 진영을 급습했다.

그런데다 밤새 눈이 내린 날 아침에, 비려부에서도 선재가 이끄는 고구려군이 거란군과 함께 협공을 가해왔다. 썰매를 끄는 개들은 제 세상을 만난 듯 눈 위를 달렸고, 그 위에 탄 거란군은 장창과 칼을 휘둘러 가차없이 후연군의 몸을 찌르고 목을 베어넘겼다. 흰 눈밭은 금세 군사들이 흘린 피로 붉게 물들었으며, 먹잇감을 노리는 독수리 떼가 죽은 시신들 위로 날개를 퍼덕이며 내려앉았다.

선재가 이끄는 비려부의 고구려군 역시 후연군의 옆구리를 아프게 강타했다. 그들 또한 북방의 추위에 익숙해 있었으므로 설상 전투에서도 후연군보다 한 수 위였다. 더구나 활쏘기에 능한 고구려군은 멀리서 적을 공격하는 데 유리했고, 비려부의 군사들은 거란의 일족이라서 눈썰매 공격에 익숙하므로 최대한 가까이 접근해 창칼로 적을 유린하는 데 적격이었다.

눈 위에서 결전을 치른 후연군은 그날 하루 동안 1만 명 이상의 사상자를 냈다. 뜻하지 않은 거란군의 반격과 비려부의 고구려군 협공에 모용희는 비수로 옆구리를 찔린 듯 몹시 아팠다. 울화가 목까지 치밀어올랐다. 침을 뱉으면 울컥, 핏덩이가 그대로 덩어리째 쏟아져나올 것만 같았다.

"허헛, 참! 이대로 퇴각해야 한단 말인가?"

전투가 끝나고 밤이 되었을 때, 모용희는 옆에 황후 부훈영이 있는데도 혼잣말처럼 중얼거렸다.

황제의 군막은 튼튼했고, 내부에는 잉걸불이 담긴 큰 쇠화로가 있어 훈훈했다. 침전에 든 모용희는 분노 때문에 잠을 이룰 수가 없었다. 다시 일어나 독주를 마셨다. 그러고 나서 부훈영을 와락 끌어안았다.

"폐하, 이러실 때가 아니에요. 제발 정신 차리세요."

"정신 차리라니? 술을 마셨지만, 아직 정신은 멀쩡해!"

가슴을 떠미는 부훈영을 모용희는 더욱 힘껏 끌어안았다.

"사내가 칼을 뽑았으면 하다못해 썩은 무라도 베어야지. 그런 배짱도 없으세요?"

"무어라? 썩은 무를 베라고?"

모용운은 갑자기 정신이 돌아온 듯 꽉 껴안았던 부훈영을 떼밀었다.

"그냥 퇴각하면 우스운 꼴이 되잖아요. 퇴각하는 척하면서 고구려 변경이라도 기습하세요. 보복은 시간을 두고 하는 게 아니에요. 저 요동성의 경우를 보세요. 방연이 전투 한번 제대로 못하고 쫓겨난 뒤 차일피일 미루다, 아직까지도 이렇다 할 보복조차 못하고 있잖아요. 오늘 비려부에서 온 고구려군에 대한 보복을, 지금 당장 어느 지역이라도 좋으니 고구려 변경을 급습하는 것으로 대신해야 폐하의 직성이 풀리지 않겠어요?"

이 같은 부훈영의 말에 모용희는 방금 독주를 마신 취기가 확 깨는 기분이었다.

"으하, 하핫! 고구려가 썩은 무라 그 말이렷다? 그대의 말이 백번 옳다. 내일 당장 고구려 변경을 치러 가야겠다."

모용희는 그러면서 식었던 열기를 다시 불태우기라도 할 듯 독주를 호리병째로 꿀꺽꿀꺽 들이켰다. 금세 취기가 화로 속의 잉걸불처럼 얼굴까지 벌겋게 물들이면서, 그는 다시 부훈영을 끌어안았다. 이번에는 은근하면서도 여유 있게 손을 놀리려고 애썼으나, 마음은 급해 맥박이 빨라지고 호흡이 더욱 거칠어졌다. 부훈영도 그 손길을 거부하지 않고, 마치 말미잘의 흡반처럼 상대를 향해 몸을 바짝 밀착시켰다.

6

다음날 이른 새벽, 모용희는 제장들을 불러놓고 긴급 군사회의를 열었다. 그는 거란군에게 퇴로를 차단당하기 전에 동상에 걸려 운신하기 힘든 군사들은 내버려두고, 긴급히 용성으로 퇴각한다고 말했다. 군사 회의라기보다 일방적인 선언이었다.

"폐하! 그래도 동상 걸린 군사들을 적의 수중에 놔두고 퇴각할 수는 없는 일 아니옵니까?"

풍발이 한 발 앞으로 나서며 따졌다.

"지금 전군이 동사할 위기에 처해 있소. 동상에 걸려 걸음을 걷지 못하는 군사들 때문에 몸이 멀쩡한 군사들까지 희생시킬 순 없지 않소? 다만 우린 그냥 퇴각하지 않을 것이오. 짐은 5천의 기마병을 특공대로 조직해 고구려의 목저성을 칠 것이오. 오랜 옛날 문명황제(모용황)께서 남로를 따라 고구려를 칠 때, 고국원왕의 군대와 격전을 벌여 대승을 거둔 지역이 바로 목저성이오. 지난해 말 적들이 연군을 기습해 문명황제의 사당을 불사르고 그곳을 지키는 재지기 1백여 명을 붙잡아갔는데, 이참에 그에 대한 보복을 할 것이오. 짐과 함께 특공대를 이끌 제장은 모용운과 풍발 두 장수요. 이번에 거란을 친 것은 고구려로 하여금 방심토록 하기 위한 전략이었고, 실상은 목저성을 쳐서 담덕의 간담을 서늘하게 해주는 것이 목적이었소."

모용희는 목소리를 한껏 높여 간밤에 황후 부훈영 때문에 다시 생각을 가다듬어 머리를 굴린 작전을 토로하였다. 사실은 애초 계획에 없었던 전략이었는데, 부훈영의 '썩은 무' 발언에 자극을 받아 전략을 바꾼 것이었다.

"목저성은 남쪽의 고구려 변방으로 여기서 3천여 리나 떨어져 있습니다. 그리고 평탄한 길이 아니라 험로여서 접근이 쉽지 않습니다. 어찌 이 혹한의 날씨에 군사들을 이끌고 험한 길을 뚫으며 장거리 진군을 할 수 있겠습니까?"

모용운이 참지 못하고 입을 열었다. 몇 번이고 생각을 거듭해 보았지만, 그로서는 도무지 이해할 수 없는 전략이었던 것이다.

"모용운 장군은 고구려 유민 출신이지만, 모용보 형님의 양아들이 되어 모용 씨로 바꾸었으니 짐에게는 조카가 되는 셈이오. 이번 작전에서 장군에게 선봉장을 맡길 것이니, 모용 씨의 명예를 걸고 목저성으로 달려가 공훈을 세우도록 하시오."

모용희는 모용수의 막내아들이었다. 모용보와 형제간이니, 아무리 모용운의 나이가 많다고 하나 사사롭게는 조카뻘이었다. 더구나 그는 황제이니, 그 수하의 장수로서 명령을 어길 수 없었다.

"네, 폐하! 분부대로 따르겠나이다."

모용운은 군례를 올려 자신의 강한 의지를 표현했다. 그러나 마음속으로는 찜찜한 구석이 없지 않았다. 모용희가 자신을 죽음의 구렁텅이로 몰아넣으려는 속셈 같았던 것이다.

드디어 후연군이 아침 이른 시각부터 퇴각하기 시작했다. 먼저 기마병으로 가려 뽑은 5천의 후연군 특공대는 모용운과 풍발이 선봉에 서서 고구려의 목저성을 향해 말을 몰았다. 바로 그 뒤를 모용희와 황후 부훈영을 태운 대련(大輦)이 일당백의 무술을 자랑하는 3백여 군사들의 호위를 받으며 따라붙었다.

특공대가 떠나고 나서 1만 5천여 후연군 본대는 방연의 지휘 아래 용성으로 퇴각하였는데, 이미 그 길목을 비려부에서 온 고구려군이 단단히 틀어막고 있었다. 후연군은 먼저 5천의 기마대를 뽑아 목저성으로 보냈으므로, 그 나머지는 대부분 보병들이었다. 장군 선재가 지휘하는 고구려군은 기병이 많았으므로, 비록 설상 전투지만 퇴각하는 후연군 보병들로선 상대적으로 불리할 수밖에 없었다.

"기병들이지만 고구려 군사들은 적고, 우리 군사들은 많다. 무조건 밀어붙여 퇴로를 확보하라!"

방연이 후연군을 향해 외쳤다.

가끔 고구려 기마대의 말들도 미끄러져 눈 위에서 나뒹굴었지만, 후연군 보병들은 쫓기는 몸이라 엎어지고 자빠지며 갈팡질팡하는 가운데 고구려 기병들의 창칼에 맞아 사상자가 속출했다.

후연군의 후미에서 말을 타고 지휘하던 방연은, 고구려 기마병들을 제지하기 위해 이리 뛰고 저리 뛰며 안간힘을 써대고 있었다. 최대한 후연군이 퇴각할 시간을 벌기 위해 그는 1백여 기의 남은 기병들과 함께 고구려군의 공격을 막아내기로 했다. 질주하는 말 위에서 휘두르는 그의 칼에 무수한 고구려 기병들이 땅으로 떨어져 눈밭에 나뒹굴었다. 마치 그는 신들린 듯 칼로 찌르고 베며 고구려 기병들 사이에서 활개를 쳤다. 겁 많은 장수들 같으면 저 먼저 도망칠 수도 있었으나, 그는 그렇지 않았다. 오래전 요동성에서 전투 한번 제대로 치러보지도 못하고 퇴각한 것이 그에게는 씻지 못할 수치심으로 남아 있었다. 그래서 이번에는 스스로 죽음을 사수하면서라도 그러한 죄책감을 조금이라도 덜어내고 싶은 심정이었다. 누구에게 보여주기 위한 것이 아니라, 마음속에 화인처럼 깊이 새겨진 장수로서의 오점부터 지우고자 결심한 것이었다.

마침내 방연 앞에 고구려 장수 선재가 나타났다.

"칼을 제법 쓸 줄 아는군! 그러나 무당처럼 칼춤을 춰서야 쓰나? 힘을 절약해야 오래 견디지."

선재가 방연의 앞을 막아서며 말했다.

"개소리 말고 내 칼이나 받아라!"

방연이 소리치며 선재에게로 돌진했다.

"어림없는 소리!"

선재는 여유 있게 방연의 칼을 막았다. 순간, 강한 쇳소리가 허공으로 튀었다.

이때 방연은 깜짝 놀랐다. 상대가 방어하느라 슬쩍 칼을 부딪친 것 같은데 찌르르, 하는 통증이 손목에 전달되었다. 기가 들어 있는 검법임을 금세 알 수 있었다. 순간, 그는 당황하지 않을 수 없었다.

그도 그럴 것이 선재는 무명검법의 고수였다. 그는 무명선사에게서 검술의 절제술을 익혔다. 큰 동작을 취하지 않으면서도 내공의 기를 칼에 모아 상대의 힘을 약화시키는 검법이었다.

방연도 무술이 뛰어난 장수들과 많이 싸워본 경험이 있으므로, 단 한 번 칼을 부딪쳐보고 상대의 실력을 간파했다. 다시 말머리를 돌려 선재에게로 달려들어야 싸움이 되는데, 그는 겁을 잔뜩 집어먹고 그냥 말을 달려 도망질치기에 바빴다. 고구려 기병들 사이를 누비며 너무 많이 힘을 소모했기 때문에 검술의 고수와 상대하기에는 역부족임을 느꼈던 것이다.

그러나 오랜만에 적장과 한 번 제대로 겨뤄보려던 선재로서는 어이가 없었다. 그는 칼을 옆구리에 걸치고 재빨리 활을 집어 방연의 등을 향해 화살을 날렸다. 먼 거리가 아니었으므로, 활은 정확하게 방연의 등에 가서 꽂혔다. 갑옷을 입었지만 가까운 거리인데다 강궁이어서, 화살이 그것을 뚫고 들어갔던 것이다.

방연은 화살이 등에 꽂힌 그대로 말에 박차를 가하여 줄행랑을 놓았다. 그의 모습은 퇴각하는 후연군의 무리 속으로 섞여들어 곧 보이지 않게 되었다.

한편 고구려의 목저성을 공격하러 가는 후연군의 5천 기마대의 경우, 모용운과 풍발이 가장 앞에서 말을 달렸다. 3천여 리를 쉬지 않고 달리라는 모용희의 명령이 준엄했으므로, 두 장수는 잠시도 속도를 늦출 수 없었다.

"장군! 대체 어쩌려고 그러십니까? 어떻게 해서든 폐하의 잘못된 전략을 바꾸도록 하여 용성으로 귀환해야 하는 것 아닙니까? 애초에 용성에서 강력하게 주장해 이번 거란 공격을 막았어야 했습니다."

풍발이 모용운과 말머리를 나란히 하고 달리면서 말했다.

"황명을 어기는 것은 죽음을 자초하는 일 아니겠나?"

모용운은 스스로가 생각해도 풍발의 질문에 그런 식으로 답변해선 안 된다는 걸 알았다. 그러나 그의 입에서는 자신도 모르게 그런 고지식한 말이 튀어나오고 말았다.

"형님! 왜 이러십니까? 지금 우리가 쳐들어가는 곳은 고구려 땅입니다. 전날 저는 요동성 공격 때도 선봉장으로 가긴 했지만, 황명이니 그저 싸우는 척만 했습니다. 형님은 고구려 유민 출신입니다. 지금 황제는 이이제이의 전술로 고구려의 콧대를 꺾어놓자는 것입니다."

풍발은 예전에 하던 대로 모용운에게 '형님'이라고 했다. 요즘 와서는 안 쓰던 호칭이었다.

"이이제이라고 했느냐?"

모용운이 언뜻 풍발 쪽으로 고개를 돌리며 되물었다.

"저 옛날 한나라 무제가 서역의 흉노를 비롯한 오랑캐들을 무찌르기 위해 세운 전략 말입니다. 오랑캐끼리 싸우게 만들어 어부지리를 얻자는, 다시 말하면 한나라로선 손 안 대고 코 푸는 전략 말입니다. 그걸 지금 모용희가 흉내내자는 것입니다."

"어찌 함부로 황제의 존함을 입에 올리는가? 무엄하구나!"

모용운은 혹시 누가 들을까 두려워 뒤를 돌아보았다. 기마병들과는 거리가 좀 있어 누구의 귀에도 들릴 염려는 없었다.

"황제이지만 하는 꼴로 봐선 철없는 어린애가 아닙니까?"

"함부로 지껄이지 말라! 네 목이 둘이라도 된단 말이냐? 네가 섣부르게 행동하는 걸 용서치 않을 것이다."

모용운은 풍발을 아꼈다.

풍발은 모용희가 조카 모용성을 죽이고 제위에 올랐을 때부터 많은 불만을 갖고 있었다. 그런데 최근에 와서는 불쑥불쑥 내뱉는 말이 단순히 불만을 넘어서, 그 반발심이 위험수위를 넘나들 정도로 충동적이었다.

모용운의 일침에 풍발도 입을 다물었다. 그들은 말을 하는 대신 한동안 묵묵히 허연 입김만 뿜어내며 질주했다.

그렇게 말 위에서 먹고 마시며 사나흘을 달려도 목적지인 목저성은 보이지 않았다. 북방 초원에서는 실로 먼 거리인데다, 산악지대가 많아 인가도 별로 보이지 않는 험로였다.

고구려 서북 변경의 성들은 역참제도와 봉수 체계가 잘 되어 있었다. 이미 후연군 기마대 5천이 이동하는 것은 시시때때로 각 성에 보고되고 있었다.

마침내 후연군 기마대 5천은 목저성에 다달았다. 그들은 3천여 리를 급하게 달려왔지만 쉴 틈이 없었다. 뒤에서 모용희가 일당백의 3백여 호위 군사들에게 압박을 가하여 기마대를 사지로 몰아넣도록 했기 때문이다. 기마대가 공격하지 않으면 뒤에서 창칼로 가차없이 도륙하라는 황명이 호위 군사들에게 내려졌던 것이다.

그러나 사전에 파발을 통해 후연군의 동태를 예의 주시하고 있던 목저성의 고구려군은 철벽 방어를 하고 있었다. 기마대이므로 최대한 성 가까이 달려가 말의 등에 올라타고 성벽을 넘으려 했으나, 성루에서 돌덩이와 뜨거운 기름이 쏟아지는 바람에 사상자가 속출하였다. 하루가 지나자 목저성 좌우의 성에서 보낸 군사들이 측면 공격을 가해왔다. 후연군의 기마대는 성벽에서 쏘아대는 화살을 피하기도 바쁜데, 양편에서 옆구리를 찔러오는 창칼까지 감당해내기가 쉽지 않았다. 그런데다 뒤에서 모용희의 호위 군사가 후퇴하지 못하게 강하게 압박을 가하자, 그야말로 옴치고 뛸 수도 없는 사면초가의 형국에 처하고 말았다.

"장군! 이건 우리를 완전히 독 안의 쥐로 만들어 몰살시키자는 것입니다. 어찌 이럴 수가 있습니까?"

풍발이 참다못해 모용운을 향해 소리쳤다.

"그래도 황명을 어길 수는 없지 않은가?"

모용운도 난감한 지경에 처해 어찌해야 할지 판단이 잘 서지 않았다.

“황명이요? 무슨 얼어 죽을 개나발 같은 황명입니까?”

풍발은 모용운을 바라보다 말고 답답하다는 듯, 자기 가슴을 주먹으로 마구 두드렸다.

“그래도 물러설 수는 없지 않겠느냐? 무조건 죽기 살기로 공격하라!”

모용운이 소리치며 말을 몰아 성벽 가까이로 달려갔다. 그렇게 막무가내로 질주하다 보니, 어느새 그가 기마대 중 가장 앞에 서게 되었다. 목저성 성벽에서 쏜 화살이 하늘에 새카맣게 떠서 날아오고 있는데, 그것을 일일이 방패로 막아낼 수는 없었다. 어느 순간, 그는 말 위에서 떨어지고 말았다. 어깨에 화살을 맞은 것이었다. 뒤미처 달려오던 풍발이 말에서 떨어지는 모용운을 발견했다.

“아앗, 장군! 형님!”

풍발은 급히 말에서 뛰어내려 모용운을 끌어안았다.

이미 모용운이 타고 있던 말은 저 혼자 어디론가 사라지고 없었다. 풍발은 급히 모용운을 안아 자신의 말에 태운 채 성벽의 반대 방향으로 달렸다.

“퇴각하라!”

풍발은 후연군 기마대에게 명령을 내렸다. 기마대를 이끌던 장수 모용운이 부상을 당했으므로, 이제 군대 지휘권은 부장인 그에게 있었다.

기마대 5천 중 절반 이상 사상자가 발생했고, 풍발은 나머지 병력을 이끌고 고구려 국경을 넘기 위해 말을 달렸다. 목저성을 돕기 위해 그 양편의 성에서 고구려군이 나타나자, 위기를 느낀 모용희는 이미 3백여 호위 군사와 함께 진즉에 후퇴를 한 뒤였다.

7

용성으로 돌아와서도 모용희는 분이 풀리지 않았다. 거란 전투에서, 고구려 목저성 전투에서도 연거푸 패하여 잃은 군사가 1만 5천이었다. 출진할 때의 3만 군사가 반으로 줄어든 것이었다.

결과적으로 모용희는 북방에 거란이란 숙적을 하나 더 만든 셈이었다. 따라서 서쪽에는 북위가, 북쪽에는 거란이, 동쪽에는 고구려가 언제 어느 때 용성을 공격해올지 모른다는 불안감에 휩싸였다. 남쪽은 같은 모용 씨의 남연이 있어 견제는 하되 다소 믿는 구석이 없지 않아 있었다. 남연의 경우 모용황의 아들이자 모용수의 동생인 모용덕이 405년 말에 죽고, 406년 초부터 그의 조카 모용초가 제위를 이어받았다. 모용초는 지지 세력이 별로 없는 관계로 내정을 다스리기에도 벅찰 지경이므로, 후연에 대해서는 신경쓸 겨를이 없었다.

따라서 모용희는 우선 용성 서쪽의 비여성, 북쪽의 영지성, 동쪽의 숙군성에 각기 장수 유목·모용의·구니예를 파견하여 군사력을 강화하는 조치를 취했다. 그러면서도 다른 한편으로는 황후 부훈영에게 몰입되어, 전에 후원으로 용등원을 지은 것으로도 모자라 다시 승화전(承華殿) 건설에 나섰다.

승화전 건설에 무려 2만의 청장년이 부역으로 봉사했는데, 곧 농사철이 다가올 때여서 백성들의 불만이 목까지 차올랐다. 전각 건설에 들어가는 질 좋은 황토를 용성 밖 멀리 있는 야산을 헐어서 실어 날랐는데, 수레 사용료와 인건비를 더하면 흙값이 무려 곡식값과 맞먹는다고 할 정도였다. 이 황토를 주로 숙군성 인근의 산에서 구하다 보니, 그 성의 군사들이 밤낮으로 동원되어 흙을 파고 실어 나르는 노력 봉사를 하지 않을 수 없었다.

워낙 모용희가 승화전 완공을 서두르는 바람에, 숙군성 군사들의 피로감은 최고조에 달했다. 어느 날 숙군성 장수 두정이 참다참다 울화통이 터져 수레에 황토가 아닌 빈 관을 싣고 용성으로 들이닥쳤다.

"폐하! 승화전 건축을 멈추어주십시오. 전각을 완공하기 전에 숙군성 군사들이 죽을 지경에 이르렀습니다."

두정은 모용희 앞에 털썩 무릎을 꿇고 읍소했다.

"네가 정녕 죽으려고 환장을 한 놈이 아니더냐? 그래서 수레에 네가 들어갈 빈 관을 싣고 왔던 것이냐?"

모용희는 화가 머리끝까지 치솟았다. 분노로 인해 발까지 굴러가며 호통을 쳐댔다.

"네, 폐하! 죽기로 작정하고 왔나이다. 소장의 한목숨 아깝지 아니하나, 강제 노역에 시달리는 군사와 백성 들을 굽어살펴 주시옵소서."

두정은 두려움이 없었다.

"여봐라! 저놈이 죽기를 자청하고 왔다는구나. 당장 목을 베어 그 시신을 빈 관에 넣어 숙군성으로 돌려보내도록 하라."

모용희는 눈이 뒤집혀 소리쳤다.

해가 바뀌어 407년 4월이 되었을 때, 멀쩡하던 부훈영이 돌연 죽고 말았다. 죄를 지어 하늘이 데려간 것인지도 몰랐다. 모용희는 황후의 시신을 보고 혼절하였다. 다시 깨어난 그가 시신의 위로 엎어졌는데, 그런 소문이 궁궐 밖으로 퍼져나가 백성들 사이에서 시간(屍姦)을 했다는 소문까지 나돌 지경이었다. 과장인지 모르지만, 아무튼 모용희는 황후의 시신을 부둥켜안고 매일 대성통곡을 하였다는 것이다. 심지어는 궁궐 내의 여러 곳에 위패를 모셔놓고 신하들에게도 곡을 하며 눈물을 흘리라고 했다. 그러자 개중에는 매운 것을 입에 물고 억지로 눈물을 짜내는 신하들까지 있었다.

마침내 부훈영의 상여가 궁궐을 떠나 북문으로 나갈 때였다. 꽃과 오색 비단으로 장식한 화려한 상여가 어찌나 높은지 그 꼭대기의 장식들이 문에 걸렸다. 이때 모용희는 성문을 부수게 하였다. 그런 연후에야 상여는 온전하게 궐 밖으로 나갈 수 있었다.

부훈영의 상여가 성문을 벗어나 미리 조성해놓은 능묘로 향할 때, 궁궐 인근의 산속에 숨어 있던 풍발이 남모르게 행동을 개시하였다. 그는 지난 목저성 전투에서 패하여 용성으로 회군한 후 모용희에게 바른 소리를 하다 쫓기는 몸이 되었다. 모용운은 전투 도중 어깨를 다쳐 벼슬을 내려놓고 집에서 요양하고 있었는데, 그의 휘하 장수인 풍발은 한겨울에 거란이나 고구려의 목저성을 친 것은 무모한 전략이었다고 주장하다 황제의 미움을 사고 말았던 것이다.

모용희가 화를 참지 못하고 수하를 보내 풍발을 잡아오라고 했는데, 이미 그때 그는 위험을 느끼고 궁궐을 벗어나 산속으로 도피해버린 뒤였다. 풍발은 원래 서연의 모용영을 섬기던 한족 출신의 장수였다. 그런데 모용수에 의해 서연이 패망하자, 자연스럽게 후연의 장수로 남게 되었다. 이때 그는 모용 씨가 아니었으므로 고구려 유민 출신 장수 고화가 이끄는 부대의 중위장군이 되었다. 자의반 타의반이었지만, 모용 씨보다는 고 씨 쪽이 더 마음이 편했던 것도 사실이었다. 고화가 죽고 나자 자연스럽게 그 부대를 이어받은 손자 고운의 휘하 장수가 되었다. 이미 그때 고운의 부친 고발은 참합피 전투에서 무주고혼이 되었으므로, 모용보가 그를 양아들로 들여 모용운으로 성씨까지 바꾼 상태였다. 황제의 양아들 모용운이 이끄는 군대는 강력한 배경에 힘입어 도성 방위 책임을 맡게 되었고, 이때부터 풍발은 후연을 대표하는 장수로서 급부상할 수 있었다.

풍발에게는 풍만과 풍소불이라는 형제들이 있었다. 이들 삼형제는 모용운의 휘하 장수로 있으면서 용성에서 같이 살았는데, 풍발이 모용운에게 죄를 지어 쫓기면서 위기를 느끼고 같이 궁궐에서 도망쳤다. 이때 사촌 풍마니까지도 그들과 합세하였다.

"너희들도 지금까지 보고 느껴서 잘 알겠지만, 이제 모용희는 끝났다. 이미 백성들의 마음이 그를 황제로 섬기지 않는다. 우리가 일어설 때다."

풍발의 말에 형제들은 모두 찬동했다.

"손발이 있어야 움직이지요. 당장 여기엔 우리의 군사들이 없질 않습니까?"

사촌동생 풍마니도 같이 행동하기로 마음먹긴 했으나, 깊은 산속에서 어찌 모용희를 따르는 세력을 제거할지 실로 난감하다는 표정을 지었다.

"다시 용성으로 들어가야지. 황후의 장례를 치를 때 우리가 먼저 궁궐로 숨어 들어가 기회를 노리자. 용성에는 우리를 따르는 군사들이 있지 않은가?"

풍발은 자신감을 갖고 있었다.

"그 군사들은 석양공(夕陽公)의 위병 부대가 아닙니까?"

이번에는 동생 풍만이 형을 바라보았다.

석양공은 모용보가 고운을 양아들로 들일 때 건위장군에 임명하면서 내려준 봉작(封爵)이었다.

"이번 거사는 석양공 없이는 안 된다. 석양공은 명색이 모용보의 양아들로 모용 씨이니, 다른 모용 선비 세력들의 불만을 살 일이 누구보다 적다. 그런데다 고구려 유민 출신이므로, 그를 황제로 세우면 일단 외세의 침입을 막을 수 있다. 이번 거사에서 석양공을 황제로 모신다면, 고구려와 친연관계에 있는 북위나 거란도 당장은 함부로 우리를 공격하지 못할 것이다. 내가 숙군성 전투 때 포로가 되어 겪어본 바에 의하면 담덕왕은 석양공에게 매우 호의적이라는 느낌이 들었다. 아마 내가 석양공 휘하의 장수가 아니었다면 생포되었을 때 온전하게 살아 돌아오기 힘들었겠지. 먼저 포로 교환 조건을 내건 것은 담덕왕이었다."

풍발은 그동안 마음속에 깊이 새겨두고 있던 생각들을 비로소 동생들에게 들려주었다.

풍발 형제들은 곧 용성으로 들어가기 위해 부인들로 하여금 일반 백성이 가족을 수레에 태우고 입궐하는 것처럼 꾸미도록 하였다. 그리고 그들은 자식들이 탄 수레의 이불 짐 속에 숨어 무사히 입성할 수 있었다.

일단 풍발은 형제들과 그 가족들을 북부사마 손호지의 집에 머물게 한 후, 곧바로 모용운의 저택으로 찾아가 단도직입적으로 모용희 척살 계획을 밝힌 후 말했다.

"장군! 우리의 주군이 되어주십시오."

풍발은 모용운 앞에 부복하였다.

"풍발 장군! 주군이라니? 보다시피 나는 아직 어깨의 상처가 아물지 않아 요양 중이지 않은가?"

모용운은 일단 거절 의사를 밝혔다.

"장군께선 고구려 유민 출신이십니다. 엄격히 말하면 모용 씨가 아니니, 모용희를 제거하고 황위에 오른다고 해도 부끄러운 일이 아닙니다. 더구나 모용희는 장군의 양아버지인 혜민제의 혈육들을 무참히 죽인 원수가 아닙니까? 이번 거사에서 공이 주군이 되어주신다면 그동안 모용희의 폭정에 시달리던 다른 모용 씨 세력들도 적극적으로 호응하고 나설 것입니다."

풍발이 말하는 '혜민제'는 모용보였다. 사실 모용희는 반역을 꾀할까봐 조금만 이상한 기미가 보여도 모용보의 혈육들을 무참하게 학살하였다. 그 와중에 모용운이 살아남을 수 있었던 것은, 그가 원래 고 씨인데다 모용보의 피를 받지 않은 양자였기 때문이다.

모용운도 풍발의 말에 일리가 있다고 생각했다. 모용 씨 세력도 이제 더 이상 모용희의 폭정을 두고 보지 못할 만큼 도성의 분위기는 바뀌어 있었다. 그러나 그가 아는 모용 씨 중 군사력을 가지고 있어 모용희를 제거할 인물은 없었다. 이미 모용희가 조금이라도 반란을 일으킬 가능성이 있는 모용 씨들은 말끔히 제거해버렸기 때문이다.

사실상 모용운은 지난 고구려의 목저성 전투에서 입은 상처는 다 나았다고 해도 과언이 아니었다. 그는 명색이 도성 방위의 중책을 맡은 장군이므로, 부훈영의 장례식에 당연히 참여해야 옳았다. 그러나 그는 칭병을 대고 도성에 남아 저택에서 앓는 시늉을 하고 있었다. 풍발이 그를 '주군'이라 부르며 모반하자고 제의했을 때 어깨의 상처를 핑계로 댄 것은 다른 이유 때문이었다. 적어도 세 번은 거절하는 겸양의 태도를 보일 필요가 있었다. 그것이 관례처럼 여겨져오고 있었다.

"장군! 아니, 주군! 어찌 허락해주시지 않는 것이옵니까?"

풍발은 다급했다. 그로서는 당장 모반을 일으키려면 고구려 유민 출신이 많은 모용운의 군사들을 필요로 했다. 그 군사들을 얻지 못한다면 풍 씨 형제들은 죽은 목숨이나 다름없었다.

"지금은 황후의 장례식이 거행되고 있으니 은인자중할 때가 아닌가?"

"네에? 그러니 지금이 적기라는 것입니다. 참으로 답답하십니다."

풍발은 자기 가슴을 마구 두드렸다.

"유교의 예법에 상제는 건드리는 법이 아니다."

모용운은 지그시 눈을 감았다.

"바야흐로 때는 왔습니다. 어둠이 걷히고 곧 동녘에서 밝게 빛나는 태양이 떠오를 때입니다. 장군이야말로 어둠을 밀어내는 태양이십니다!"

풍발의 이 같은 말에는 모용운도 감격하지 않을 수 없었다.

"허허, 헛! 바야흐로 동녘에서 태양이 떠오른다?"

모용운은 풍발의 말을, 지는 해가 '모용 씨'라면 떠오르는 해는 '고 씨'라는 의미로 재해석하였다.

"바로 그러하옵니다. 폐하!"

"폐하라니? 너무 성급하게 굴지 말라. 우선 거사에 성공하는 것이 당면 과제 아니겠는가?"

모용운은 마침내 결심을 굳힌 후, 곧바로 갑옷을 걸치고 저택을 나섰다.

오래전부터 모용운은 도성을 지키는 위병들을 이끌고 있었으므로, 용성 안에는 그의 군사들이 주도권을 갖고 있었다. 모용희를 따르는 군사들은 황후의 장례를 치르는 데 대거 동원되었으므로 궁궐 안에 남아 있는 세력은 극히 미미한 수준이었다. 모용운의 군대가 모용희에게 반기를 들고 일어나자, 성안에 남아 있는 모용희를 따르던 군사들은 급히 용성을 빠져나가려고 아우성을 쳤다.

다음날, 풍발의 추대로 모용운은 마침내 제위에 올랐다. 그는 가장 먼저 대사면령을 내려 모용희의 눈 밖에 나서 억울하게 감옥에 갇힌 죄수들을 방면했다.

한편 반란이 일어났다는 소식을 접한 모용희는 장지를 떠나 중루장군 모용발이 이끄는 호위무사들의 보호를 받으며 남모르게 용등원으로 숨어들었다. 모용발은 모용희가 등극할 때부터 가까이에서 그를 호위하던 장수였다.

그러나 모용발은 용등원에서 항전하다 풍발의 군사들에게 피살되었다. 결국 모용희는 용등원 숲속에 미복으로 숨어 있다 붙잡히고 말았다. 모용운은 제신들이 모인 가운데 모용희의 죄과를 낱낱이 열거한 후, 수하들로 하여금 목을 베어 죽이게 하였다. 이때 모용희의 나이 불과 23세였다.

마침내 모용운은 국호를 '북연(北燕)'으로 고쳤으며, 이때 '모용 씨'를 버리고 '고 씨'의 성을 되찾아 예전처럼 '고운'이 되었다. 그가 국호를 '북연'이라 한 것은 남쪽에 남연이 있으므로, 그에 반하여 북쪽의 선비 세력을 대표한다는 의미를 내포하고 있었다. 그리고 성씨를 다시 고 씨로 바꾼 것은 고구려 유민 출신으로 은근히 태왕 담덕에게 호의적임을 보여주기 위해서였다.

고운은 반군을 이끌어 공을 세운 풍발을 도독중외제군사로 삼아 전군을 지휘케 하였다. 그리고 풍발의 사촌으로 이번 거사에서 큰 공을 세운 풍마니를 상서령에, 동생들인 풍소불과 풍홍을 각기 청려공, 정동대장군 등으로 임명했다.

제4장

압박과 포용의 심리 전술

1

"모용운이 북연의 군주가 됐단 말이지요? 모용 씨를 버리고 다시 고 씨로 성씨를 바꾸었다고?"

고구려 태왕 담덕은 실로 오랜만에 얼굴 가득 미소를 머금었다.

"폐하! 이제 요서 지역에 대해선 한시름 놓으셔도 될 것 같습니다. 북연왕이 고 씨 성을 되찾은 것은 매우 의미 있는 일 아니겠습니까? 그가 고구려의 자부심을 결코 잃지 않았다는 증거라고 할 수 있겠지요."

요서 지역을 두루 돌아 귀성한 흑부상 단장 추동자의 말은 담덕의 마음을 고무시키기에 충분했다.

담덕의 기억에, 동부여에서 등에 상처를 입은 이후 기분 좋았던 일이 별로 없었다. 후연의 모용희가 거란을 공격하는 척하다 기마대를 급히 남쪽으로 보내 기습적으로 목저성을 친 일은 적들이 고구려를 허수아비로 보았다는 생각밖에 안 들었다. 자존심 부쩍 상하는 일이었다. 백제의 경우도 큰 변화가 일어나 아신왕 사후 이복동생 설례가 반란을 일으켰다. 그 후 왜국에 볼모로 갔던 전지가 귀국해 반란군을 제압하고 왕위에 올랐는데, 가장 먼저 기치를 내건 것이 고구려를 치기 위한 군사력 강화라고 했다.

그러한 주변 나라의 소식들이 담덕의 마음을 매우 불편하게 만들었다. 더구나 그는 벌써 여러 해가 지나 등의 상처는 완쾌되었지만, 매사 조심하지 않으면 다시 재발할 위험이 있다는 시의의 경고를 결코 무시할 수 없었다.

"고운이라……! 이제 추 단장 말처럼 요서에 대해서는 한시름 놓게 되었으니 이처럼 반가운 일이 또 어디 있겠소?"

담덕으로선 요서 지역의 역학 관계야말로 그 나름대로 꽤나 오랫동안 담금질해온 쇠붙이로 인식하고 있었다. 그가 왕자 시절 산동 지역에서 만난 후연의 고구려 유민 출신 장수 고발이 바로 고운의 친부였다. 그는 우연치 않게 두 번이나 고발의 목숨을 살려주었고, 그것이 계기가 되어 요서 땅에 버려진 쇠붙이를 끌어모아 쓸모 있는 칼로 만들어야 한다고 생각했다.

모용운이 풍발과 함께 모용희를 제거하고 후연을 멸망시킨 후 북연을 세웠다는 것은, 바로 요서 땅에 버려졌던 '고구려 유민'이란 고철이 새로운 보검으로 거듭나는 일에 다름아니었다. 담덕은 모용운 휘하의 군사들 태반이 고구려 유민 출신들이라고 들었다. 더구나 모용운이 모용 씨를 버리고 고 씨 성을 되찾았다는 것은 매우 상징적인 의미를 지니고 있었다. 사방에 적을 두고 있는 고구려 입장으로 볼 때 고운이 세운 북연은 확실한 우방이라고 해도 좋았다.

"모용운, 아니 고운이 지난 목저성 전투에서 어깨를 다쳤다고 합니다. 이젠 꽤 시일이 지나 완쾌되었겠지만, 그동안 태왕 폐하께서 공을 들여온 일인 만큼 고운의 기를 살려주기 위해 북연에 사신을 보내는 것이 어떠하올는지요? 부상당한 것을 위로도 하고, 북연을 건국한 데 대한 축하도 겸해서 말입니다."

문득 이렇게 침묵을 깨고 나온 것은 담덕 옆에 서 있던 호위무사 마동이었다.

"으음, 일리 있는 말이오. 아직 북연은 북위와 거란을 두려워하고 있을 것이오. 체제 정비도 되기 전에 그들이 경계를 넘어오면 방어하기 힘들 것이니 말입니다. 아국이 선수를 쳐서 북연과 우호 관계를 맺고, 그 소문을 퍼뜨리면 그 서방의 북위나 북방의 거란도 함부로 군사를 내지 못할 것이오."

담덕은 자기 무릎을 소리가 나도록 탁, 쳤다.

오래도록 마동은 추동자와 함께 역참과 흑부상을 통하여

국내외 정보를 공유하는 역할을 수행해왔다. 그런 면에서 두 사람은 죽이 잘 맞았고, 정보 해석 능력이나 그 대처 방법에 대해서도 서로 많은 의견교환을 하고 있었다. 마동이 북연으로 사신을 보내자고 한 것은 바로 전날 두 사람이 머리를 맞대고 긴밀한 논의 끝에 내놓은 전략이었다.

"폐하! 북연에 고구려 유민 출신들이 많은 만큼, 우리의 형제국이라고 할 수 있습니다. 저 중원에서는 오래전부터 천자국과 제후국이 그런 관계를 유지하고 있습니다. 고구려가 천자국이라면 북연은 제후국이지요. 폐하께서도 잘 아시겠지만, 중원의 황제들이 태백산 호피를 좋아하는 것은 그 이마에 임금 왕(王)자 무늬가 있기 때문이옵니다. 제후들에게 그런 호피를 보내서 천자국 황제로서 제후국에 대한 지배력을 강화하는 것이지요. 이번에 북연왕 고운에게 태백산에서 얻은 호피를 보낸다면 아주 좋아하지 않겠사옵니까? 그것은 은근히 우리 고구려가 북연의 천자국임을 숙지시키는 일도 되고 말입니다."

"좋은 생각이오. 북연이 그 서북방으로부터 한시름 놓을 수 있게 하기 위해서는 하루 빨리 사신을 파견하는 것이 좋을 것 같구먼. 고운에게 고구려 왕족임을 인정하는 친서를 써줄 터이니, 이번에도 추 단장이 좀 수고를 해주어야겠소. 내일이라도 곧 출발하도록 하시오. 그리고 참, 이번 사행길에 요동성에 들러 석정 대사의 부도탑을 세우라 이르시오. 부도탑은 7중목탑이 불탄 자리가 아닌 요동성 내에다 세우되, 3층 석탑으로 만들어 불에 타지 않도록 하라고 성주에게 단단히 이르시오. 그리고 3층 부도탑 앞에 작은 사찰을 건축해 석정대사를 따르던 승려들로 하여금 매일 불공을 드리도록 하라 전하시오."

담덕은 2년 전 한겨울에 모용희가 요동성을 공격할 때 가장 먼저 산 중턱의 7중목탑을 불태운 일이며, 그 바람에 탑 안의 불전에서 불공을 드리던 석정 대사가 화마에 휩싸여 입적한 사실을 한시도 잊지 못하고 있었다. 그러나 상처가 오래도록 낫지 않아서 석정 대사에 대한 추모제조차 지내지 못했다. 당장이라도 요동성으로 달려가고 싶었지만, 시의가 절대 움직여선 안 된다며 극구 말리는 바람에 성질을 죽이고 물러앉아 있었던 것이다.

"네, 폐하! 분부 받잡겠나이다."

추동자가 편전에서 물러가려고 할 때 마동이 또 불쑥 나섰다.

"폐하! 이번에 추 단장이 사신으로 떠날 때 소신도 동행토록 해주십시오."

"아니, 그건 또 무슨 소리요?"

담덕은 전혀 뜻밖이라는 듯 마동을 쳐다보았다.

"아무래도 이번에 가서 풍발 장군과 깊은 얘기를 나눠봐야겠습니다. 소신이 지난번 연군 전투에 가서 무술을 겨루면서 대화를 나누어보니 제법 얘기가 통하는 자였습니다. 고운의 휘하 장수지만 풍발은 고구려 유민 출신이 아니지 않습니까? 이번 기회에 확실하게 북연왕을 하늘같이 모시는 심복으로 만들어둘 필요가 있습니다."

마동의 말을 들으며 담덕은 빙그레 웃었다.

전에 마동이 연군 전투에서 모용황 사당을 불태우고 재지기들 1백여 명을 볼모로 끌고 왔을 때, 바로 그 이야기를 들은 바 있었다. 숙군성 전투 때 포로 교환을 한 장수들끼리 연군 전투에서 만나서, 겉모양으론 짐짓 격렬하게 싸우는 척하면서 눈치껏 짧은 대화를 나누었다는 말이 생각나 웃음이 절로 나왔다.

"허허, 헛! 이번에 가서 두 사람이 회포를 한번 풀어보겠다, 이 말이오?"

그렇게 말했지만 담덕은 이미 마동의 속내를 읽고 있었다. 풍발이 언제 어느 때 고운을 배반하고 돌아설지 알 수 없기 때문에, 마동이 고구려의 강성함을 내세워 잔뜩 겁을 주고 오겠다는 것임을 그는 모르지 않았다.

2

백제 대왕 전지는 즉위한 직후 한동안 진통을 겪었다. 장장 60여 년 동안 세도 정치를 한 진 씨 세력을 단번에 제거하기 어려웠고, 새롭게 등장한 해 씨 세력이 권력 전면으로 나서기는 했지만 당장 군권까지 장악하지는 못했다.

그런 저간의 사정 때문에 전지는 왕위에 오르고 나서도 곧바로 조각을 단행하지 못했다. 반역에 직접 가담한 진 씨 세력을 제거하긴 했지만, 아직도 조정에는 그 세력들이 요직을 담당하고 있었다. 그들은 중앙 권력인 진 씨 세력을 등에 업고 입신출세한, 백제 귀족을 대표하는 인물들이었다. 그들을 한꺼번에 요직에서 물러나게 하면 국정이 마비될 지경이므로, 아직 나라 경영에 미숙한 전지로서는 오히려 대신들 눈치를 보기에 급급했다.

이때 대왕 전지의 뒤에서 국정 운영의 조종간 역할을 한 것은 왜국에서 왕후 팔수부인을 호위하기 위해 따라온 목만치였다. 설례의 반군을 물리치는 데 혁혁한 공을 세운 위사좌평 사두가 있었으나, 전지가 그를 신뢰하지 않기 때문에 권력 전면으로 나서지 못했다. 그도 그럴 것이 전지는 자신을 왜국에 볼모로 끌려가도록 한 원흉이 사두라는 것을 잊지 않고 있었다. 일곱 살의 나이에 거친 파도의 현해탄을 건널 때부터 그런 생각이 골수에 박혀 있었으므로, 사두가 다시 그를 귀국시키고 반군을 무찌르는 데 힘을 썼다 하더라도 도무지 신뢰가 가지 않았던 것이다. 그만큼 어린 시절의 한이 뼛속 깊이 박혀 있었다. 그러나 목만치는 왕후 팔수부인을 보좌하는 장수였고, 장차 왜국과의 친선외교에 가장 필요한 인물이란 점에서 특히 믿음이 갔다.

그러한 의미에서 전지는 목만치가 권력의 전면으로 나서주기를 바랐다. 그러나 목만치의 입장은 달랐다. 그가 고국으로 돌아온 이유는 왜국 대왕의 명을 받고 팔수부인을 보호하기 위해 온 것이었다. 만약 그가 백제 조정의 전면에 나서서 군력을 좌지우지하게 되면 다시 왜국으로 건너가기 힘들어질 가능성이 높았다. 왜국에는 그가 소유한 성과, 그리고 아내와 자식들이 있었다. 어찌 되었든 그는 백제에서 군사력을 키워 숙적 고구려를 상대로 보복전을 펼쳐 성공한 뒤 하루빨리 왜국으로 돌아가고 싶었다.

만약 목만치가 백제 권력의 전면에 나서게 되면 고구려가 그 사실을 모를 리 없을 것이며, 비밀리에 그가 왜국에서 데려온 신검무사들로 하여금 백제 군사들의 무술 훈련을 시키는 데 지장을 초래할 수밖에 없다고 생각했다. 그래서 그는 진 씨 세력과 교체한 해 씨 세력들을 권력의 전면에 내세워야 한다고 대왕 전지에게 적극 주장하였다.

이와 같은 목만치의 주장을 받아들여 전지는 재위 2년이 되던 해인 406년 9월에 해충을 달솔로 삼은 후 한성의 조세 1천 석을 하사하였다. 이는 일찍이 그에게 미운털이 박힌 위사좌평 사두의 손발을 자르는 일에 다름 아니었다. 그러나 사두는 아무런 불평도 하지 않고 마음을 꾹꾹 눌러 참았다.

다시 전지는 재위 3년이 되는 407년에 조정의 6좌평 중에서 이복동생 신을 내신좌평에, 해수를 내법좌평에, 해구를 병관좌평에 제수하였다. 이로써 설례의 반군을 물리친 공로를 인정받아 왕자 신과 해 씨 세력이 권력의 전면으로 대거 등장하게 되었다.

한편 왕후 팔수부인의 경우, 전지가 왕위에 오른 다음 해에 왕자 구이신(久尒辛)를 낳았다. 왕자가 세 살이 된 407년에 팔수부인은 백제의 내명부를 장악함으로써 왕실도 어느 정도 안정이 되었다.

이때를 기다렸다가 목만치가 전지에게 간청하였다.

"이제 왕실과 조정 안팎이 두루 안정을 되찾았습니다. 소신이 궁궐에 없다 하더라도 안심할 수 있는 날만 학수고대하며 기다려왔는데, 지금이 바로 그때입니다."

"장군! 무슨 말씀을 그리하시오? 다시 왜국으로 돌아가겠다는 겁니까?"

전지가 놀란 눈을 껌뻑거렸다.

"아닙니다. 이제 나라의 내부 사정도 안정되었고 하니, 적극적으로 군사력을 길러야 할 때이옵니다. 오래전 소신의 부친 목라근자 장군께서 지방을 다스리던 지역으로 내려가 군사들을 조련시킬까 하옵니다. 고구려는 아신대왕의 숙적이자 소신과는 자고이래로 앙숙의 관계에 있습니다. 왜국에서 소신과 함께 온 1백의 신검무사들도 사실상 우리 목 씨 집안의 검술을 이어받은 자들이옵니다. 감히 백제 최고의 검술이라고 자부합니다. 지방 군사들을 모집해 깊은 산속에 숨어 들어가 신검무술을 전수시키려고 합니다. 그렇게 조련시킨 군사들과 함께 장차 백제의 숙적 고구려를 쳐서 원한을 갚을 생각입니다."

이 같은 목만치의 말에 젊은 대왕 전지의 입이 떡 벌어졌다.

"백번 옳은 말씀이오. 장군이 그런 깊은 생각을 갖고 있는 줄은 꿈에도 몰랐소이다."

"하면 윤허해주시는 것이옵니까?"

"윤허를 하다뿐이겠소? 이제야 장군이 조정의 벼슬을 마다한 까닭을 알겠소이다. 예전에 목라근자 장군께서 통치하던 지방관인 담로(擔魯)의 벼슬을 그 아들이 되는 장군께 내리겠소."

전지의 말에 목만치는 고개를 좌우로 흔들었다.

"폐하! 소장은 벼슬을 원치 않습니다. 현재의 담로는 그대로 두고, 소장은 조용히 그곳으로 가서 군사들을 기를 작정입니다. 아국이 군사력을 기른다는 것이 고구려에 알려지는 걸 원치 않기 때문이옵니다. 폐하께서는 각 지방에 어명을 내려 젊은 청장년들을 군역으로 선발해 소장에게 보내주시기만 하면 그것으로 족합니다."

"장군의 눈빛에서 나라를 생각하는 진정이 느껴지는구려."

"또 하나 간청드릴 것은 도성 방위를 맡은 사두 장군으로 하여금 한성과 그 인근 군사들을 조련시켜 외적의 도발에 대비토록 해주시기 바랍니다."

"이르다뿐이겠소? 이번에 병관좌평이 된 해구 장군에게도 단단히 이르도록 하겠소."

전지는 목만치의 입에서 위사좌평 사두의 이름이 나오자 별로 탐탁하지 않은 기색이었으나, 곧 표정을 바꾸어 병관좌평을 거론하면서 전군의 지휘권이 해구에게 있음을 은근히 강조하였다.

"사두와 해구 두 장군이야말로 폐하의 양쪽 어깨와 같으니, 소장이 지방으로 내려가더라도 마음 든든합니다."

목만치는 사두에 대해 은근히 탐탁지 않게 생각하는 전지의 속마음을 알 길이 없었으므로, 그렇게 좋은 쪽으로 해석했다.

전지의 명을 받은 목만치는 휘하의 1백여 신검무사들과 함께 그가 태어난 고향인 다라(합천) 지역으로 내려갔다. 다라는 옛날 가야연맹의 소국으로 신라 땅과 인접해 있었다. 목라근자가 가야 소국들을 백제로 병합할 때, 그는 다라국 인근에서 신라 여인을 만나 아들 목만치를 얻었다. 따라서 어린 시절을 다라 지역에서 보낸 목만치는, 부친이 담로의 직책을 갖고 통치하던 여러 지방 중에서도 특히 고향에 대한 애착심이 더 강했다.

다라 지역은 험준한 산과 강을 낀 천연의 요새였다. 어려서부터 그곳에서 사냥놀이를 하며 뛰놀던 목만치는 인근 지리에 밝았기 때문에, 부친 목라근자로부터 검술을 익히고 병법을 배우면서 언젠가는 성을 제대로 쌓아 군사적 요충지로 만들겠다는 야무진 꿈을 키우고 있었다.

'이제야말로 내 고향에서 꿈을 실현할 때가 왔다.'

목만치는 다라 지역에 가서 산과 강을 두루 둘러본 후 마음 속으로 그렇게 외쳤다.

다라 인근에는 목만치의 부친 목라근자가 비자벌(창녕)·탁국(영산)·안라(함안)·가라(고령) 등 옛날 가야 소국들을 백제로 병합해 지방관으로 다스리던 지역이 울타리처럼 형성되어 있었다. 그래서 가장 먼저 그 지역의 군사들부터 차출하여 다라 지역으로 모이게 했고, 그가 왜국에서부터 이끌고 온 1백여 신검무사들로 하여금 각종 공격과 방어 군사 훈련과 더불어 백제 최고의 검술인 신검을 가르치게 했다. 뿐만 아니라 이들 지역의 백성들 중 힘을 쓸 수 있는 장년들을 동원해 다라 지역에 성곽을 조성하였다.

지리적으로 볼 때 다라는 동남쪽으로는 제법 큰 하천인 황강의 지류가 자연적인 해자 역할을 할 정도로 감싸고 돌았으며, 서북쪽은 높은 산줄기가 가로막고 있어 병풍 역할을 해주었다. 묘하게도 그 강과 산 가운데 위치한 초계는 하늘에서 운석이 떨어져 깊이 파인 것처럼 중앙이 푹 꺼진 절벽을 두른 분지 형태를 취하고 있었다. 곳곳이 절벽을 이루고 있으므로, 그 사이 사이에 석벽을 쌓으면 방어용 성곽을 조성하는 데 큰 어려움이 없었다.

목만치에 대한 다라 인근 지역 군사들의 호응도는 매우 높았다. 그들은 지난 400년 왜국 연합군이 신라를 공격할 때 백제 원군으로 참여한 경험이 있었기 때문이다. 당시 목만치는 상대포구에 군선을 대고 서쪽에서 동쪽으로 군사를 이끌고 이동하면서, 이들 지역에서 백제군을 가려 뽑아 신라 금성으로 진군했던 것이다. 그때 패전한 다라 지역 군사들이 다시 목만치로부터 신검무술을 익히게 되었다.

"신검무사들에게 패배란 없다. 적에게 절대 항복하지 않는다. 적의 포로가 되면 배를 갈라 자결한다."

목만치는 그 휘하의 신검무사들에게 하던 것처럼 백제 군사들에게도 그렇게 가르쳤다. 세뇌를 시키기 위해서는 같은 말을 반복하도록 하는 것이 가장 효과적이었다. 따라서 훈련을 시작할 때와 끝날 때 그는 자신이 강조한 세 가지 훈령을 큰 소리로 외치게 했다.

사실상 목만치가 적의 포로가 됐을 때 자결을 택하라고 한 것은, 대방 전투에서 고구려군의 포로가 된 해평이 몰래 단도를 뽑아 자신의 목줄을 그었다는 이야기를 듣고 심각하게 고민하던 끝에 내놓은 말이었다. 그는 칼을 잘 벼리는 야장에게 단도를 많이 만들어달라고 부탁했다. 일단 1백여 개를 만들어 먼저 왜국에서 같이 온 신검무사들에게 나누어 주었다.

"이제부터 우리는 언제 어느 때나 항상 몸에 두 개의 칼을 지닌다. 하나는 적을 살상하는 장검이고, 다른 하나는 적의 포로가 되었을 때 자결하는 용도로 쓰이는 단도다. 적의 포로가 되어 목숨을 부지하는 것은 이적행위에 다름아니다. 적의 추궁에 입을 벌려 말을 하거나 그에 반응하는 작은 몸짓 하나도, 그것은 아군 정보를 제공하는 것이다. 이때의 자결은 비록 포로의 몸이라 하더라도, 적을 이기고 자기를 정당화하는 승자의 길이다."

목만치의 이 같은 말에 신검무사들은 예리한 칼날처럼 눈을 빛냈다.

"신검무사들에게 패배란 없다!"

"적에게 절대 항복하지 않는다!"

"포로가 되면 배를 갈라 자결한다!"

신검무사들은 힘껏 움켜쥔 단도를 어깨 위로 높이 치켜올렸다. 이것을 목만치는 '신검의 무사도(武士道)'라고 명명했다. 적과의 결투에서 영원히 승리하는 길을 강조하기 위해 패배를 거론한 것인데, 그것이 오히려 신검무사들에겐 승부욕을 부추기는 자극제가 되었다. 그 자결의 논리 속에는 적과 대결해 승리하는 것보다 먼저 자신과 싸워 이기는 것이 중요하다는, 이른

바 패배까지도 자결로 자기 승리를 합리화하는 역설적인 의미가 내포되어 있었다.

목만치는 해평의 자결 사건에 우연히 '신검의 무사도'를 생각해낸 것인데, 앞으로 무사들이 지켜야 할 행동 규범을 제대로 만들 필요가 있다고 생각했다. 그리하여 백제의 전통 검법인 신검의 진수를 탄탄한 기반 위에 올려놓아, 장차 왜국의 소가성과 고마성 무사들에게도 전수해주겠다는 야심을 갖게 되었다.

3

고구려 태왕 담덕은 백제의 도전에 대하여 어떤 방법으로 응전해야 할지 고민을 거듭하고 있었다. 지난 대방 전투에서 백제와 왜국 연합군에게 많은 것을 잃고 말았다. 고구려군이 침략자들을 일패도지하게 만든 것은 그저 겉모습일 뿐이고, 왜군들에게 국제무역항인 장연 부두와 대상들의 시전이 거덜 나고 운양 금광의 비밀창고가 털린 것은 뼈아픈 상처로 남아 있었다. 더구나 해평과 해광 부자의 죽음이 몰고 온 여파는 동부여 땅에 가서 위령제를 지내려다 등에 깊은 창상을 입는 결과를 초래하여, 어찌 되었든 그로서는 자존심 부쩍 상하는 일이 아닐 수 없었다.

백제 대왕 전지가 고구려를 쳐서 부왕의 한을 갚고야 말겠다고 군사력 증강에 전력을 다한다는 소식은 도전이 분명했다. 남쪽의 도처에 보내놓은 세작들의 보고에 의하면 왜국에서 전지와 결혼한 팔수부인을 호위해 온 목만치가, 다라 지방에 새롭게 성을 쌓고 지방 군사들을 모아 훈련을 시키고 있다는 것은 좌시하지 못할 일이었다. 왜국에서 함께 귀국한 신검무사들이 백제 군사들에게 훈련을 시키는데, 그 기세가 하늘을 찌를 듯 연일 사방으로 우렁찬 함성이 울려 퍼지고 있다는 것이었다.

담덕이 백제의 움직임을 예의 주시하면서 장고를 거듭하고 있는 것은, 요서 지역 각 나라의 불투명한 역학 구도와 어디로 튈지 모르는 북쪽 동부여의 수상한 움직임 때문이었다. 후연을 무너뜨리고 새롭게 등장한 북연은 염려할 바가 못 되었다. 그러나 그 혼란한 틈을 노려 북위의 탁발규가 덥석 북연의 먹이 사냥에 나선다면 고구려로서는 어떻게 대처할 방안이 없었다. 거란 역시 연전에 후연의 공격을 받은 것에 분개해 응분의 앙갚음을 하겠다며 군사를 일으켜 남진한다면, 그 또한 고구려로선 매우 난감한 노릇이었다.

담덕은 가만히 용상에 몸을 깊이 파묻고 앉아 있었지만 머릿속은 매우 분주하게 돌아갔다. 바로 '만약에'라는 돌발 변수에 대한 대처 방안을 찾기 위해 골몰하지 않으면 안 되었던 것이다.

'흐음, 동부여를 어찌한다?'

담덕은 동부여를 생각할 때마다 이미 상처가 다 치유된 등 언저리가 근질거리는 느낌이었다. 도전에는 반드시 응징이 필요한데, 그의 등에 창을 던진 동부여야말로 고구려에 도전장을 내민 것이나 진배없었다. 그러나 그는 상처를 치료하는 데 사계절을 한 바퀴 도는 시간이 걸렸고, 시의가 과도한 움직임을 삼가라고 한 데다 대신들이 극구 만류하는 바람에 후연의 모용희가 목저성을 공격할 때도 원정에 나서지 못했다. 당시 그가 대신들의 만류에 못 이기는 척 주저앉은 것도 사실은 동부여에 대한 견제를 생각하지 않을 수 없었기 때문이다. 국내성에서 서남 방향에 있는 목저성으로 원정군을 파견할 경우, 그 기회를 노려 동부여 군사들이 남침을 하게 된다면 그때 가서 대처할 방안이 없었다.

담덕은 이와 같은 고민을 거듭하던 끝에 태대형 추수와 태학박사 정호를 편전으로 불렀다.

추수와 정호가 편전으로 들어서자 담덕은 용상에서 내려와 그들과 탁자를 마주하고 앉았다.

"그동안 태학박사께서 참 수고가 크셨습니다. 덕분에 공부를 많이 했습니다."

담덕은 먼저 정호에게로 눈길을 돌렸다.

담덕의 바로 앞에는 두툼한 서책이 놓여 있었다. 그것은 오래전 정호가 태왕의 명을 받아 고구려 역사를 새롭게 정리한

책이었다.

"전해드린 것이 달포 전쯤인데, 벌써 다 통독하셨나이까?"

정호도 탁자 앞에 놓인 서책을 보고 태왕이 무슨 이야기를 하는지 금세 알아차렸다.

"통독했다고 할 수는 없고, 일단 주마간산으로 읽었을 뿐입니다. 앞으로 시간이 나는 대로 숙독할 생각입니다. 전에 국상을 지내신 을두미 사부께 고구려 역사에 대해서는 배운 바가 있어, 그 전반적인 내용은 알고 있습니다. 그래서 역사 기술적 입장에서 어떤 시각으로 서술했는지, 난삽한 사건들을 어찌 요약해 압축적으로 정리했는지 살펴보았지요."

"부끄럽습니다. 어찌 소신이 역사를 보는 눈에 있어서 태왕 폐하의 높은 안목에 견줄 수 있겠나이까?"

정호는 머리를 숙이며 허리까지 꺾었다. 바로 옆에 태대형 추수가 앉아 있어 조금은 쑥스럽기도 해서 얼굴까지 붉어졌다. 그는 태왕이 고구려 역사 이야기를 하면서 두 사람을 같이 부른 이유를 알 수 없었던 것이다.

"허허, 원 그 무슨 겸양의 말씀을……. 그러고 보니 우리 세 사람은 을두미 사부에게 학문과 무술을 배운 제자들 아닙니까?"

담덕은 세 사람의 공통점을 찾아 공유하며 그동안 자신이 고민했던 생각들을 합리적으로 이끌어, 좀 더 큰 설득력을 발휘하고자 했다. 그 공통분모가 바로 사부 을두미였다.

"태왕 폐하 덕분에 실로 오랜만에 을두미 사부를 떠올리게 됩니다."

추수도 남다른 감회에 젖어 물기 밴 목소리가 되었다.

세 사람 모두 을두미를 사부로 모신 시기는 각기 달랐다. 가장 먼저 추수가 하가촌 무술도장에서, 그다음은 정호가 국내성의 태학에서 을두미에게 배웠다. 그리고 담덕의 경우 추수가 산동으로 가서 해적을 잡는 일명 '일목장군'이 되고 난 다음, 일곱 살의 나이로 하가촌 무술도장에 가서 을두미로부터 각종 수련을 받았다.

"그렇습니까? 근자에 이르러 태학박사께서 새롭게 정리한 이 역사책을 읽으면서 문득문득 을두미 사부를 떠올리게 되더군요. 왜 사부께서 역사의 중요성을 특히 강조했는지 새삼 깨닫는 계기가 되었습니다."

담덕은 그러면서 맞은편의 두 사람을 의미 있는 눈길로 바라보았다.

"부끄럽습니다. 폐하께서 역사를 기술하는 관점에 문제가 있으시다면 소신이 다시 정리를 해보도록 하겠나이다."

정호는 사부 을두미를 거론하는 태왕의 의도가 무엇인지 감이 잘 안 잡혀 그렇게 말할 수밖에 없었다.

"아니, 그런 게 아닙니다. 제대로 역사를 기술하셨습니다. 그

전의 고구려 역사책인 『유기(留記)』는 너무 방대한데, 단군왕검의 조선부터 부여를 거쳐 고구려 건국에까지 이르는 역사를 기술하는 데 있어 사료를 집적하다 보니 줄기가 때론 끊어지는 곳이 많고, 어떤 시기는 너무 방대하게 또는 평면적으로 나열되다 보니 읽는 사람이 어떤 기준으로 중점을 갖고 보아야 할지 다소 난감한 부분이 있었습니다. 그러나 시대의 변화에 따라 그것을 해석하는 논리와 방법이 다를 수밖에 없지 않겠습니까? 그런 점에서 이번에 태학박사께서 우리 고구려 역사를 압축해 기술하신 이 책은 과거와 현재와 미래를 한 줄기로 엮어내는 데 성공했다고 판단됩니다. 밤잠까지 설쳐가며 이 책을 읽었는데, 그 시간이 너무 즐거웠습니다. 많이 흥분했고, 가슴이 뛰었고, 그리고 우리 고구려의 미래 희망이 보이는 듯했습니다."

얼굴이 상기된 담덕은, 미처 자신이 생각지 못한 말까지 쏟아낼 정도로 다소 흥분한 모습이었다.

"과찬이시옵니다. 소신은 지금까지 기록된 고구려 역사인 『유기』를 재정리하면서, 폐하께서 왜 소신에게 그 일을 맡기셨는지 새삼 깨달았습니다. 이번에 역사를 재정리하는 기간이 소신에게는 재충전의 기회가 되었습니다."

정호의 말에 담덕은 빙그레 웃었다.

"역으로 태학박사께서 과찬의 말씀을 하십니다그려. 오늘 이렇게 두 분을 뵙고자 한 것은 바로 우리 고구려 역사의 물줄기에 관한 것입니다. 현재의 물줄기를 어느 방향으로 설정해 미래로 흘러가게 해야 할지 참으로 난감한 지경에 있습니다. 바로 동부여 문제입니다. 그런데 큰 그림으로 생각하면, 동부여는 압박보다 포용력을 발휘해 그들을 우군으로 만들 필요가 있다고 판단했습니다. 그러나 동부여를 무조건 포용해서 될 일은 아닙니다. 때론 겁박을 주고 때론 어르면서, 스스로 굴복해 오길 기다려야만 할 것입니다. 따라서 지난번 위령제 때의 사건을 빌미로 동부여와 북부여의 관계가 소원해진 것을 기회로 삼아, 새로운 전략을 펼쳐야 할 것 같습니다."

담덕은 그동안 장고를 거듭하면서 오랫동안 생각해온 것들이라 물 흐르듯 말을 이었다. 그러다가 잠시 말이 끊긴 것을 기회로 삼아 추수가 물었다.

"새로운 전략이라 하심은?"

"북부여의 수장 모두루는 그 선대부터 우리 고구려와 친연관계를 갖고 있는 걸 두 분 다 잘 아실 것입니다. 오랜 옛날로 거슬러 올라가면 추모대왕이 동부여로부터 탈출할 때 그의 조상이 북부여에서 합류하여 건국을 도왔다고 합니다. 가까운 과거에는 모두루의 조부가 선비 세력의 침공에 쫓겨 북부여에서 탈출할 때, 고국원대왕의 은혜를 입어 세대가 크게 번성했다고 들었습니다. 최근 모두루가 사람을 보내왔는데, 동부여 마가부의 수장 견성이 자주 군사를 보내 변경을 침범한다고 들었습니다. 견성이 요구하는 것은 대상들이 자유롭게 다닐 수 있도록 길을 열어달라는 것인데, 북부여의 모두루로선 아국의 눈치를 보며 길을 내주길 꺼리고 있는 모양입니다. 북부여 수장 모두루의 요청은 더 이상 동부여 마가부 수장 견성의 군사들을 상대하기 어려우므로, 아국의 군사를 파견해달라는 것입니다. 그러니 이번에 추수 태대형께서 북부여로 가셔서 고구려 지방정권을 만드십시오. 거란의 비려부를 관리하고 있는 처려근지 선재 장군과 같은 급이라, 어찌 보면 좌천이라고 보이기도 해서 죄송한 마음이 없지 않아 있긴 합니다만……."

담덕은 이미 마음속에 확고한 계획을 세워놓고 있었다. 그래서 말이 자연스럽게 흘러나왔다.

"좌천이라니요? 큰 훈장을 받은 기분입니다. 바다에서 해적을 무찌르다 이젠 저 광야의 땅에 가서 비적을 소탕하게 됐으니, 눈 하나로 바다와 육지를 호령하는 '일목장군'이 되지 않겠습니까? 그렇지 않아도 너무 오래도록 국내성에만 있어 답답한 마음도 없지 않아 있었습니다. 비적 떼들을 소탕하라는 폐하의 분부, 기쁜 마음으로 받잡겠습니다."

추수는 갑자기 하늘로 날아오를 듯한 기분이었다. 지난 392년 관미성 전투 이후, 태후 하 씨의 부름을 받고 국내성에 와서 태대형으로 관직을 수행하면서 무려 15년이란 세월이 흘렀다.

진즉 관직에서 물러날 때가 되었다고 생각했는데, 고구려의 국내외적 여건상 사직의 기회를 놓치고 말았다. 사실상 여러 번 사사로운 자리에서 사직하겠다고 말했으나, 태왕이 그것을 허락지 않았다. 그동안 태왕이 직접 원정군을 이끌고 외적을 치러 갔었기 때문에, 태대형으로선 국내성에서 정사를 볼 수밖에 없었던 것이다.

“하여, 태대형의 자리는 여기 정호 태학박사께서 맡아주셔야겠습니다. 선왕 때만 해도 국상 제도가 있었으나, 동부에서 해평의 반역 사건이 일어난 후 지지부진하다 없어져버렸습니다. 그동안 격동의 세월을 거치면서 내부적으로 체제 정비할 시간조차 없었기 때문입니다. 이제 어느 정도 서쪽 선비 세력의 준동을 염려하지 않아도 되는 이 시점에, 국상 제도를 복원할 필요가 있다고 생각했습니다. 더구나 정호 태학박사께서는 거련 왕자의 태부이시고, 이제부터는 이론이 아닌 실제로 군주의 역량을 지도해야 할 때이므로 국상의 자리가 그만큼 중요하다고 생각한 것입니다.”

“태왕 폐하! 아직 소신은 국상의 자리에 앉을 만한 역량이 부족하옵니다. 통촉하여 주시옵소서.”

정호가 머리를 조아렸다.

“그 무슨 겸양의 말씀이십니까? 앞으로 어느 정도 외세의 안정이 가시화되면 거련 왕자의 태자 책봉을 서두를 것입니다. 그때를 위하여 정호 태부께서 국상의 자리에 앉아 거련에게 실무적으로 국정을 어떻게 다스려야 하는지 가르쳐주시기 바랍니다. 국내외적으로 나라가 안정되면 국가 행정의 수반 역할을 하는 국상의 책무가 중요해지는 법입니다. 그래서 나중에 거련이 왕위를 잇게 되면 고구려를 태평성대로 만드는 군주가 되도록 힘써주시기 바랍니다."

담덕은 등의 상처로 인해 오랜 기간 병상에 있으면서 자기 다음 대를 이을 거련에 대해 많은 생각을 곱씹었다. 그리고 지금 그 생각을 정리하여 추수와 정호 두 사람에게 중책을 맡기는 것이었다

"폐하! 그런 말씀 거두어주십시오. 아직 폐하는 한창 나라 경영을 할 수 있을 만큼 정정하신 연세입니다. 거련 왕자를 태자로 봉하는 것은 적정한 시기라고 생각되나, 태왕 폐하께서 천수를 누리실 때까지 왕위 운운하는 문제는 절대로 거론치 말아주시기 바라옵니다."

정호는 그러면서 문득 태왕 담덕이 갓 태어난 어린 시절, 연나부 무사들이 궁궐에 침투했을 당시의 일을 떠올렸다. 그때 그는 국상이던 을두미의 곁을 지켜 궁궐을 침입한 괴한들과 목숨을 걸고 싸웠다. 을두미는 그때 괴한들을 조금이라도 분산시키기 위해 정전으로 오도록 유도했고, 담덕은 내불당 부처 밑의 비밀 통로에 숨어 다행히도 살아남을 수 있었다. 그러나 을두미

는 괴한들의 칼에 맞아 큰 상처를 입어 오래도록 병상에서 고생했다는 것을 지금도 정호는 생생하게 기억하고 있었다.

"아, 알겠습니다. 아무튼 정호 태부께서 우리 거련 왕자를 위해 국상이 되어, 장차 백성이 우러러보는 위대한 군주가 될 수 있도록 실무 교육을 맡아주셔야겠습니다."

말을 끝내면서 담덕은 유쾌하게 웃었다. 더 이상 이견을 내지 않는 것을 보면 추수와 정호 두 사람 모두 자신의 의견을 받아들였다는 것으로 알고 한시름 덜었다는 생각이 들었다.

4

태대형 추수는 국내성 군사 1만을 이끌고 북부여로 가서 고구려 군사기지를 만드는 데 심혈을 기울였다. 한편 국내성에서는 정호가 국상의 자리에 앉아 새로운 인물들을 등용하여 각처에 배치하는 쇄신 정책을 펼쳤다. 이와 같은 신구 대신들의 교체는 고구려 정계에 신선한 활력을 불어넣기에 충분했다.

바로 그 무렵, 북연에 사신으로 갔던 마동과 추동자가 귀국했다. 그들은 태왕의 특별 명령으로 북연을 거쳐 그 서북쪽의 북위와 거란 지역까지 두루 거치면서, 현지 세작들에게 선무공작까지 펼치고 오느라 많은 시일이 걸렸다. 전시 체제는 아니지만 선무공작이 필요했던 것은, 고구려가 북연과 새롭게 친선외교를 맺었다는 소문을 널리 퍼뜨려, 북위와 거란이 이제 갓 태어나 체제 정비도 안 된 북연을 공격하지 못하게 하기 위한 전략이라고 할 수 있었다.

"북연왕 고운은 어떤 인물 같소?"

태왕 담덕은 가장 궁금하던 것을 먼저 묻지 않을 수 없었다.

"아국의 사신단을 맞으면서 북연왕은 무척 당황한 표정이 역력했습니다. 진즉 고구려에 사신단을 파견하려고 했는데, 아직 내부적으로 체제 정비가 제대로 되지 않아 그럴 겨를이 없었다고 말했습니다. 북연왕 고운은 이미 지천명을 넘긴 나이여서 만만치 않은 경륜이 느껴졌으나, 노령이어서 그런지 패기는 별로 없어 보였고 우유부단한 성격 같았사옵니다."

북위 사신단으로 자주 갔던 추동자의 눈에 비친 고운의 모습이 그러했다.

"사실 고운보다는 후연에 반기를 들고 모용희를 처단한 풍발의 패기가 만만치 않았사옵니다. 북연의 군사들은 고구려와 부여 유민 출신들이 많았고, 후연 패망 이후 군대가 해체되어 뿔뿔이 흩어져서 남아 있는 선비 출신 병력은 적은 편이었습니다. 일찍부터 고구려와 부여 유민 출신 군사들이 고운을 따랐으므로, 풍발도 결코 그 세력을 무시하지 못하고 있는 것 같았습니다. 실제로 반군을 이끈 장수들은 풍 씨 형제들이었으나, 그 군사들의 대부분이 고구려와 부여 유민 출신들이므로 고운을 북연왕으로 추대했다고 볼 수 있습니다. 작년에 후연 세력을 축출한 장수들 사이에 논공행상을 놓고 시비가 벌어지고 있는 것 같은데, 북연왕 고운은 성격이 우유부단하여 과감하게 사태를 수습하지 못하고 있는 실정입니다."

마동 역시 추동자처럼 고운의 우유부단함을 지적했다.

"그 아비에 그 아들이로군! 유랑하던 시절에 마동 장군도 산동에서 고운의 아비 고발을 본 적이 있지만, 그 역시 우유부단한 성격이지 않았소? 흐음, 앞으로 북연에서 풍 씨들이 세력을 강화할 경우 고운의 앞날이 매우 걱정되는군!"

"바로 그 점이 염려되옵니다. 풍발은 서연 출신입니다. 그렇다고 모용 씨의 선비 세력도 아닙니다. 그 조상은 북쪽 변경에 살던 한족이었다고 합니다. 한족임에도 변경으로 쫓겨난 것을 보면, 어떤 죄를 지었는지 모르지만 중원 제국의 중앙 정권에서 밀려난 한미한 집안 출신임엔 틀림없습니다. 한족으로 선비 세력에게 숱한 업신여김을 당하면서도 서연의 장수가 될 수 있었던 것은, 세상을 읽을 줄 알고 인내심 또한 그만큼 강하다는 얘기 아니겠습니까? 이번에도 공은 풍 씨 형제들이 세웠는데 풍발이 고구려 유민 출신인 고운에게 군주의 자리를 양보한 것도, 그가 현실 상황을 제대로 파악하는 투철한 안목을 가지고 있기 때문 아니겠습니까?"

마동의 말은 담덕의 입을 벌어지게 했다.

"이제 보니, 마동 장군의 사람을 보는 눈이 아주 예리한 것 같소. 지난 숙군성 전투에서 일부러 풍발을 사로잡도록 한 것은, 그의 진면목을 보기 위한 것이었소. 또한 당시엔 '모용운'이라 불리던 고운에게 그가 어느 정도의 충성심을 갖고 있는지 확인해보고 싶었기 때문이오. 당시 포로가 된 풍발을 눈여겨보니 그 눈빛만 보고도 야망을 읽을 수 있었소. 모용희가 색정을 밝히고 폭군 정치를 일삼는다는 소문을 듣고 후연이 오래 가지 못할 것이란 데 생각이 미치자, 풍발을 용성으로 돌려보내 충성심을 갖고 고운을 보좌토록 하는 것이 좋다고 생각했던 것입니다. 그래서 마동 장군에게 일부러 적장에게 사로잡혀 풍발과 포로 교환을 하도록 만들었던 것이지요."

담덕의 이와 같은 말에서, 이미 후연이 망하고 고운의 북연 정권이 새롭게 들어서는 것을 예견했다고 볼 수 있었다.

"신은 그저 폐하의 혜안이 놀랍기만 할 뿐이옵니다."

마동은 담덕의 호위무사로 오래도록 곁에서 보좌를 해왔기 때문에, 눈짓이나 몸짓 하나만 보고도 그 심리를 꿰뚫어 볼 수 있었다.

"그래, 마동 장군이 이번에 가서 풍발을 만나 어떤 얘기를 나누셨소?"

담덕은 지난 연군 전투에서 담덕이 풍발과 단둘이 싸울 때, 수십 합을 겨돌하면서 정작은 칼을 휘두르는 척하며 대화를 나누었다는 이야기를 듣고 빙긋이 미소를 지은 적이 있었다. 문득 그 생각이 나서 물어본 것이었다.

"네! 폐하께서도 짐작하셨겠지만, 이번에 소신이 추 단장을 따라 사신단으로 가겠다고 자원했던 것은 사실 풍발을 직접 만나 허심탄회한 대화를 나누어보고 싶어서였습니다. 이번에 풍발과 술상을 마주하고 허심탄회하게 시국을 논했습니다."

마동의 말에 담덕이 눈을 반짝였다.

"시국을 논하다니?"

"요즘 돌아가는 정세 말씀입니다. 주로 대화의 주제는 우리 고구려와 북연, 그리고 그 이웃나라들과의 역학 관계에 대한 것들었는데, 얼마 지나지 않아 의기투합이 되었습니다. 풍발은 사내다운 데가 있었고, 소신과는 배짱이 잘 맞았습니다."

마동은 어깨까지 들먹이며 신바람이 나 있었다.

"소신도 그 자리에 함께했습니다. 마동 장군이 숙군성 전투에서 포로 교환 얘길 꺼내자 바로 박수를 치며 환호해 마지않았습니다."

추동자가 끼어들었다.

"포로 교환 얘길 어떻게 했기에……?"

담덕도 매우 흥미로운지 몸을 두 사람 앞으로 가까이 기울이며 물었다.

"솔직하게 말했지요. 폐하께서 풍발 장군을 살려내기 위해 소장으로 하여금 모용귀의 꾀에 넘어가는 척 사로잡혀서 교환 조건을 만든 것이었다고 말입니다. 그랬더니 풍발이 하는 얘기가 걸작이었습니다. 폐하께서 시의에게 자신의 어깨 상처를 치료하게 할 때부터 그 전략을 눈치챘다구요. 하루 한나절 동안이지만 잠자리며 입는 것이며 먹는 것 모두가 포로치고는 너무 과분한 대우였다며, 그때는 자신을 설득하여 고구려 장수로 삼으려고 하는 줄로 알았답니다. 그런데 다음날 적장에게 잡힌 소장과 포로 교환을 한다고 해서, 태왕 폐하의 신출귀몰한 작전을 눈치챘다고 하더군요."

마동은 담덕이 내놓고 흥미로움을 보이자 더욱 기가 살아났다.

"허어, 풍발도 만만하게 볼 장수가 아니로군!"

"풍발이 모용희를 척살하고자 반기를 들 때 용기를 낼 수 있었던 것은 폐하 덕분이었다고 합니다. 만약 역모에 실패하면 고구려로 도망쳐 폐하께 망명을 요청할 생각이었답니다. 모용운을 설득할 때도 후연군이 반군보다 우세하게 될 경우, 폐하께서 반드시 고구려군을 이끌고 도우러 올 것이라는 말에 비로소 휘하 군사들 동원을 허락했답니다."

"이제 고운이 북연을 세워 군주로 등극한 것은 사실이지만, 풍발을 만만하게 보아선 안 되겠군! 그는 분명 야망을 갖고 있습니다. 추 단장께선 북연에서 풍 씨 세력이 어떻게 움직이는지 예의 주시하도록 흑부상들에게 단단히 일러주세요."

담덕에겐 새로운 고민거리 생겼다. 고운이 얼마 동안 북연의 군주 역할을 할 수 있을지 장담하기 어려웠던 것이다. 그러나 그런 북연에 대한 걱정보다는 당장 코앞에 닥칠지 모를 백제의 준동부터 막는 것이 더 시급했다.

5

407년(영락 17년) 11월, 서북풍이 동남쪽으로 불어왔다. 고구려 서북쪽의 외세는 절기와 관계없이 온난한데, 날씨는 초겨울로 접어들면서 서늘한 바람이 몰아쳐 등줄기로 을씨년스러운 한기를 느끼게 하였다. 한겨울의 찬바람이라면 단단히 정신 무장을 하여 웬만한 추위는 오히려 그러려니 하고 지나갈 수 있는데, 스산하게 옷깃으로 파고드는 초겨울의 바람은 마음까지도 뒤숭숭하게 만들었다.

요서에서 마동과 추동자가 귀국하고 나서도 보름 가까이 지나, 담덕은 긴급 군사 회의를 소집했다. 이 회의에는 왕당군 소속의 흑부군을 이끄는 어연극과 말갈군의 두치 두 장수를 편전으로 부르고, 미리 파발을 보내 급히 군선을 타고 온 관미성 성주 우형도 참석하였다. 그리고 국상 정호와 추동자도 자리를 같이하였다. 마동은 호위무사이므로 당연히 태왕 곁을 지키고 있었다.

"폐하, 동부여의 분위기가 심상치 않다 들었사옵니다. 그 때문에 회의를 소집하신 것이옵니까?"

어연극은 그 자리에 추동자가 와 있는 것을 보고 그렇게 짐작했다. 고구려 북방의 지리는 흑부상 단장만큼 잘 알고 있는 인물을 찾기 어려웠다. 그만큼 흑부군과 흑부상은 이름뿐만이 아니라 실제로 정보 공유에 있어서도 통하는 바가 많았다. 애초 선재가 흑부군을 이끌고 있을 때 흑부상의 훈련을 맡은 것이 그런 연결 고리로 엮여 있었다. 그때 이후 지금까지 흑부상으로 새롭게 들어오는 자들은 일단 흑부군에 소속되어 무술 훈련을 받도록 하고 있었으므로, 그 관계는 더욱 밀착적으로 이어질 수밖에 없었다.

"동부여는 추수 장군을 군사 1만과 함께 파견하여 북부여와의 경계인 용담산에 주둔케 했으므로, 당분간 염려를 안 해도 될 것입니다. 긴급히 군사 회의를 소집한 것은 백제 때문인데, 왜국에서 돌아온 목만치가 다라 지역에 성곽을 조성하고 그 인근의 청장년들을 모집하여 군사 훈련을 시키고 있다고 합니다. 백제에 있는 향간(鄕間, 고정간첩)들로부터 전해온 첩보에 의하면 목만치가 그 아비 목라근자의 검술을 전수받아 가계의 전통을 잇고 있는데, 그 '신검'이란 검술을 백제를 대표하는 무술로 정착시키기 위해 군사들에게 가르치고 있다는 것입니다. 참으로 괘씸한 것은 감히 신검으로 우리 고구려의 무명검에 대항하겠다고 큰소리치면서 군사들을 독려하고 있다고 합니다. 진즉부터 그 첩보를 접했지만 곧바로 백제를 치지 않은 것은 후연에서 북연으로 바뀐 요서의 불안한 정국이 염려되어서였습니다. 그러나 며칠 전 북연에 보냈던 사신단의 보고를 받고 안심할 수 있게 되었습니다. 따라서 이젠 백제를 공격할 수 있는 충분한 여건이 조성되었다고 판단되는데, 제장들의 생각은 어떠한지 듣고 싶습니다."

태왕 담덕은 이미 회의에 참석한 장수들도 고구려를 둘러싼 외세의 변화에 주목하고 있다고 보았지만, 그들에게 백제 공략의 설득력을 얻기 위해 다시 한번 조리 있게 정리해서 강조했다.

"다라는 황강의 지류가 흐르는 지역인데, 백제의 숨어 있는 요새라고 할 수 있습니다. 다라 지역은 목만치의 고향으로, 누구보다 그 지역의 지리에 밝을 뿐만 아니라 지방 군사들도 그를 믿고 잘 따를 것이라 사료되옵니다. 신검무사 말씀을 하셨는데, 여기 마동 장군도 있지만 우리가 지난 왜국 연합군과의 종발성 전투에서 목만치를 비롯한 신검무사들과 일전을 겨뤄본 적이 있습니다. 한참 정신없이 싸우고 있는데, 당시 대장군이셨던 추수 장군께서 대결을 멈추게 하셨습니다. 다른 군사들이 퇴각할 시간을 벌기 위해 버티는 목만치와 신검무사들의 용기를 대단하다고 평가하여, 추수 장군께서는 그들 역시 안전하게 종발성을 벗어날 수 있게 아량을 베푸셨습니다. 그들이 만만한 실력이 아닌 것을 알지만, 그때 요절내지 못한 것이 크게 후회됩니다."

흑부군 장수 어연극이 양 눈썹 사이에 깊은 주름을 잡으며 아쉬운 표정을 지었다.

"당시 추수 장군의 말을 듣고 매우 잘한 일이라고 했지만, 지금 다시 어연극 장군의 말을 듣고 보니 그럴 수도 있다는 생각이 듭니다. 그러나 사생결단하고 싸우는 적과 결전할 때는 아군의 피해도 염두에 두어야 합니다. 그때 추수 장군의 결정은 옳았습니다. 이번에야말로 정정당당하게 우리 고구려의 무명검술과 백제의 신검무술을 겨뤄볼 수 있는 좋은 기회가 아니겠습니까? 이번에는 어떤 작전을 구사해야 할지 제장들께서 의견을 내주시기 바랍니다."

담덕은 자신이 자주 들여다보곤 하던 지도를 탁자 위에 펼쳐 놓았다. 큰 산맥을 비롯하여 물길과 바닷길 등이 나와 있어 군사 작전을 짜기에 요긴한, 고구려를 비롯한 주변국이 그려진 상세한 지도였다. 사실 그는 장고를 거듭하면서 백제 공략에 대한 개략적인 전략을 이미 세워놓은 상태였다.

관미성 성주 우형이 먼저 나섰다.

"이번 백제 원정에도 왕당군이 출정할 계획이신지요?"

우형은 자신을 군사 회의 자리에 부른 이유에 대해 알고 싶었으나, 군사 동원 계획에 대해서는 그렇게 우회적으로 물을 수 밖에 없었다.

"물론입니다. 그러나 현재 왕당군을 총지휘할 대장군이 없습니다. 지난번 동부여 땅에서 전사하신 우적 대장군의 빈자리가 너무 커보입니다. 당시 그곳에 가서 위령제를 지낸다고 고집을 세운 것에 대해 크게 후회하고 또 후회했지만, 돌이킬 수 없는 일이었습니다. 우적 대장군이 없는데 추수 장군까지 북부여 땅으로 보내고 나니, 그 빈자리가 더욱 공허해 우형 장군을 부른 것입니다. 우 장군은 관미성 전투 이전에 왕당군의 흑부군을 이끌던 경험을 갖고 있습니다. 지금은 그 후임으로 어연극 장군이 흑부군을 관장하고 있습니다만, 우형 장군께서 왕당군을 총지휘하는 대장군을 맡으면서 겸하여 지금 공석인 태극군 수장 역할까지 해주셔야겠습니다. 따라서 이번 백제 원정에도 대장군이 되어주셔야 하겠습니다."

담덕이 우형을 국내성으로 불러들인 것은 내심 고민을 거듭하던 끝에 나온 어려운 결정이었다. 원래 관미성은 백제가 서해로 진출하는 관문 역할을 해서 붙여진 이름이었다. 적에게 중요하면 아국에게도 중요한 곳이 전략적 요충지였다. 바둑에서 흑이 노리는 자리를 백이 놓을 경우 전세가 확 달라질 수 있었다. 역으로 그 자리에 흑백의 돌을 바꾸어 놓아도 역시 그러함을 대국자들은 잘 알고 있었다. 그런 의미에서 고구려로서도 관미성은 매우 중요한 군사 전략기지였다.

군사 지도를 펴놓고 담덕은 장기알만한 나무에 아군과 적군 깃발을 꽂아 피아간의 군사 요충지에 세워보는 일을 자주 했다. 지도 위 어느 곳에 아군기를 놓거나 적군기로 바꾸었을 때의 지도 양상은 너무나도 달랐다. 특히 군사적 요충지일수록 그러하였다. 고구려와 백제를 두고 볼 때 관미성이 바로 그와 같은 곳이었다.

"태왕 폐하의 명을 감히 따르지 않을 수 없습니다만, 소장이 그런 무거운 직책을 수행할 수 있을지 모르겠습니다."

우형은 우선 겸양의 말부터 꺼냈다. 그러나 담덕은 그 말을 한 귀로 흘린 채 곧바로 전략 회의에 들어갔다.

"우형 장군! 여기를 보세요. 백제 내륙 깊숙한 곳에 다라 지역이 있습니다. 우리 고구려와는 멀리 떨어져 있습니다. 한성을 거치지 않고 이 지역을 급습하려면 어떤 전략이 필요하겠습니까?"

이렇게 말하면서 담덕은 지도 위에서 백제의 다라 지역에 적기를 갖다 놓았다.

"바닷길밖에 없겠군요. 다라 지역은 내륙 깊이 박혀 있지만, 군선을 타고 여기 먼 바다로 나갔다가 좌로 선수를 돌려 백제의 허리에 해당하는 백강(白江, 금강)으로 진입하면 쉽게 내륙 깊숙이 들어갈 수 있습니다."

우형은 다른 아군기 하나를 가져다 지도 위의 백강 입구에 놓았다.

"흐음, 백강이라?"

담덕은 그러면서 백강 입구에 놓인 아군기를 강의 물줄기를 따라 거슬러 올라가면서 백제의 내륙 깊은 곳에 일단 멈추어두었다. 거기에서 그다지 멀지 않은 곳에 다라 지역이 있었다.

"강이 지형에 따라 구불구불 이어져 있고, 곳곳의 요충지에 백제의 성곽이 조성되어 있습니다. 백강을 거슬러 오르다 보면 적벽강·백마강·웅진강 등으로 불리는 곳에 적의 성곽들이 있습니다. 이들 성곽들을 만나면 일부는 군선을 강 부두에 정박시킨 후 성을 탈취하고, 다른 군선들은 계속 항진하여 내륙 깊숙이 파고들어갑니다. 백제는 우리 고구와의 북쪽 경계 지역에 많은 군사력을 배치하고 있지만, 백강 줄기 곳곳의 성곽에는 그다지 많은 병력을 배치해놓고 있지 않습니다."

우형의 설명에 담덕이 박수를 쳤다.

"이처럼 같은 생각을 할 수 있다니……. 오래도록 고민해봤는데, 그 방법밖에 없다는 결론을 얻었습니다. 바다에서는 전에 해적을 잡는 '일목장군'이 있어 든든했는데, 그래서 그 역할을 우형 장군이 맡아주길 원해 국내성으로 부른 것이오."

"그런데 문제는 날씨입니다. 곧 추위가 시작될 터인데, 혹한이 닥쳐 만약 강이 얼기라도 한다면 군선을 이끌고 백강으로 들어가기가 곤란하지 않을까요?"

이렇게 나온 것은 흑부군 대장 어연극이었다.

"이곳 압록강보다는 훨씬 남쪽에 있어 강이 얼 것 같지는 않습니다. 압록강에서 군선이 출항할 때 강이 얼지 않았다면, 백강으로 무난하게 진입할 수 있을 것입니다."

담덕은 이미 날씨와 지역적 조건까지 다 감안하고 전략을 세워놓았던 것이다.

"우리 고구려가 북부여 동쪽 경계에 군사 1만을 주둔시키자 동부여가 바짝 긴장하고 있습니다. 동부여 북쪽으로는 흑룡강 물줄기를 따라 초원로를 개척해 곳곳에 아국의 역참과 둔전병을 두고 있습니다. 동부여가 그나마 숨통이 트이던 곳이 서쪽의 교역로를 이용하는 것이었는데, 북부여가 사실상 고구려 속령이 되면서 동부여로선 숨통이 틀어막힌 형국입니다. 쥐도 궁지에 몰리면 고양이를 문다고 하질 않습니까? 그러므로 백제 원정을 가기 위해 왕당군을 다 동원시킬 수는 없을 것 같습니다. 만약에 일어날지 모를 동부여의 준동에 대비하려면 말입니다."

새로 국상이 된 정호가 다소 걱정이 되는 눈길로 제장들을 둘러보았다. 그는 오래전에 국상을 지낸 을두미로부터 경서는 물론 병법서까지 두루 섭렵해 이론에 매우 밝았다. 태학에서 왕실과 귀족 자제들을 가르치느라 실제로 전쟁터에 나갈 기회가 없었지만, 왕자들에게 무술을 가르칠 만큼 검술 방면에서도 고구려 최고의 무사라 할 수 있었다.

"지난가을에 백제를 공격하려던 것을 차일피일 미루고 있던 것은 바로 동부여 때문이었습니다. 물론 방금 국상께서 언급한 것처럼 만약에 모를 동부여의 준동이 염려되는 것은 사실입니다. 마음 같아서는 왕당군뿐만 아니라 지방 각 성의 군사까지 차출해 10만 대군으로 한성을 강점하고, 내친김에 백제 땅을 휩쓸어 고구려 영토로 만들고 싶습니다. 그러나 과도한 욕심은 금물입니다. 더구나 백제왕과 잔병들이 바다를 건너 왜국으로 망명하게 되면, 지난 신라 금성 전투보다 장차 더 큰 전쟁이 벌어질 위험성이 있습니다. 그래서 이번에는 백제의 옆구리를 깊이 쑤셔 감히 고구려를 공격하겠다는 마음을 먹지 못하도록 겁을 주기 위해 다라 지역을 치겠다는 것입니다. 그 지역은 황산하를 경계로 신라와 접경을 이루고 있는 요새입니다. 바둑으로 치면 화점 같은 곳인데, 목라근자가 죽은 이후 백제 왕정이 다소 어지러움을 겪으면서 방치돼 있던 지역입니다. 작금에 이르러 목만치가 그곳의 무너진 성을 복원하여 대야산성을 쌓는다는 것은, 장차 신라 공격을 염두에 두고 교두보를 마련하고자 하는 것입니다. 대야산성은 황산하의 지류인 황강이 3면을 에워싸고 있습니다. 만약 그 지역을 신라가 차지한다고 할 때 백제는 허리를 깊숙이 찔린 듯 명치끝이 아플 수밖에 없습니다. 아직 신라 왕실이 내물왕에서 실성왕으로 바뀌면서 내정에만 힘쓰기에도 버겁다 보니, 목만치가 대야 땅에 산성을 증축하고 군사를 기른다고 하지만 거기까지 신경 쓸 겨를이 없을 것입니다. 그러나 신라는 아국의 보호를 받는 부용국이므로, 장차 백제의 준동을 좌시하지 않을 수 없는 노릇입니다. 이번에 그 준동의 싹을 잘라 후환을 없애고, 대야산성을 고구려와 신라의 합동 군사 기지로 만들 필요가 있습니다. 조금만 가격해도 아픈 곳이 명치끝 아니겠습니까? 대야산성을 급습함으로써 백제에게 명치끝이 얼마나 아픈지 보여주어 다시는 고구려를 넘보지 못하게 만들 작정입니다. 아무튼 국상의 말씀처럼 동부여의 준동에도 대비해야 하므로, 왕당군 2만은 남겨두고 3만 병력만 동원시킬 생각입니다. 그 대신 1만의 병력은 수군을 많이 둔 관미성에서, 다시 1만은 국원성에서 차출해 백제 허리를 조일 것입니다. 공격의 방향은 먼저 국원성의 원삼 장군으로 하여금 1만을 이끌고 황산하로 군선을 띄워, 그 지류인 황강을 거슬러 올라 다라 지역을 공격토록 할 예정입니다. 그리고 왕당군 3만과 관미성 수군 1만은 서해를 통해 백제의 허리에 해당하는 백강 줄기를 타고 다라 지역으로 접근해, 동쪽과 서쪽에서 동시에 공성 전투를 벌이게 되면 적군도 옴치고 뛸 수 없는 지경에 이를 것입니다. 이번에는 왕당군 장수들이 모두 출동하게 됩니다. 하여 우적 대장군의 빈자리는 국상께서 맡아주셔야겠습니다. 거련 왕자와 함께 국내성을 지키면서, 동부여가 준동할 시 나머지 왕당군 2만을 직접 지휘하여 국내성 위병들과 함께 도성을 방어토록 하십시오. 그리고 특히 추 단장은 동부여 쪽에 나가 있는 흑부상들에게 현지의 정세를 파악하여 시시때때로 국내성에 그 정보를 전하도록 하십시오."

말끝에 담덕은 추동자를 바라보며 다짐을 주었다. 그는 그만큼 백제 공격에 나서면서, 다른 한편으로는 동부여의 준동을 염려하고 있었다.

다음날, 왕자 거련이 국상 정호와 함께 편전으로 찾아와 알현을 청했다.

"오, 거련이로구나! 지금 태학에서 공부할 시간일 터인데……."

담덕이 거련을 바라보며 말했다.

"폐하! 곧 백제로 원정을 떠나신다고 들었사옵니다."

"그래, 그렇지 않아도 너를 불러 부탁을 하려던 참이다. 이제 네 나이도 열다섯이니, 능히 군왕의 역할을 할 만하다. 군왕 부재 시에는 왕자가 그 자리를 지키는 법. 이번에 아비가 백제 출정을 하게 되면 네가 국상과 함께 국내성을 지키고, 나라 정사를 두루 살펴야 하느니라."

담덕은 거련과 정호를 번갈아 바라보았다.

"폐하, 원컨대 제발 그 말씀을 거두어주십시오. 이번에는 소자가 출전할 수 있도록 해주시기 바랍니다. 폐하께선 아직 몸을 움직이시면 안 된다고 시의가 누차에 걸쳐 말씀드린 줄 압니다. 지난 후연군과 벌인 연군 전투에서 소자는 그저 허수아비 역할밖에 못했지만, 이젠 떳떳하게 적과 맞서 싸울 자신이 있습니다. 부디 폐하께선 국내성을 지키시고 소자가 원정군을 이끌고 백제 토벌에 나설 수 있도록 해주시옵소서."

거련은 주먹까지 불끈 쥐면서 자신의 의지를 내보였다.

"거련아, 너의 아비를 생각하는 마음이 지극하구나. 그것으로 충분히 아들의 마음을 알았으니, 참으로 기쁘다. 허나 이 아비는 말 위에서 반평생을 살다시피했다. 그런데 동부여에서 다친 후 너무 오래 쉬었다. 말을 타고 마음껏 달리고 싶었지만 시의가 움직이면 안 된다고 여러 번 강조하였고, 태후전과 왕후전에서 근심하여 전장에 나가는 것을 참아왔다. 그러나 이번 백제 출정까지 네게 맡기고 국내성에 들어앉아 있게 된다면 그 화병을 어찌 다스릴 수 있겠느냐? 허벅다리에 더 살이 오르기 전에 말을 타고 달려봐야 직성이 풀릴 것 같구나."

담덕은 지금까지 누구에게도 말하지 않았던 속마음을 왕자 거련에게 내보였다. 사실이 그러했다. 이제 더 이상 용상에 깊숙이 파묻혀 장고만 거듭할 수 없었다. 그것이 오히려 병을 악화시키는 결과를 가져올 수 있다고 그는 생각했다.

"하지만, 아버님! 시의 말을 무시할 수 없는 일이옵니다."

"자기 병을 가장 잘 아는 것은 본인 자신이다. 용상은 마음의 병을 키우지만, 말 위에 오르는 것은 정신뿐만 아니라 육체의 건강에도 도움이 된다. 그러니 이 아비의 건강에 대해서는 걱정하지 말거라."

담덕은 대견스러운 눈빛으로 거련을 가까이 불러 등을 토닥거려주었다.

"폐하! 왕자 전하께서 폐하를 대신해 출전하겠다는 결심이 확고합니다. 그래서 소신이 왕자 전하와 함께 전장에 나가겠다는 생각을 갖고 이렇게 찾아뵌 것이옵니다. 소신의 생각도 폐하께서 국내성을 지키시는 것이 좋을 듯하여, 왕자 전하의 소청을 들어주시기를 부탁드리는 것이옵니다."

국상 정호가 머리를 조아렸다.

"허허, 이것 참! 국상께서도 그렇게 생각하셨습니까?"

담덕은 정호에게 말을 하면서 눈길은 왕자 거련에게 가서 머물렀다.

"왕자 전하의 '호연지기'도 중요하다고 생각합니다. 부디 그 기상을 살려주시길 간청드리옵니다."

정호도 태왕의 건강을 생각하고 있었다. 그래서 태왕의 친정 대신 왕자 거련과 함께 그 자신도 전쟁터에 나가겠다고 결심한 바였다.

"국상께서도 진정으로 그렇게 생각하시오?"

"그러하옵니다. 이번 원정에 왕자 전하와 소신의 참전을 흔쾌히 허락해주십시오. 장차 만백성이 우러러보는 군주로서의 길을 닦으려면 태왕 폐하처럼 일찍부터 전쟁 경험을 할 필요가 있다고 생각합니다. 소신 또한 태학에서 후생들을 가르치기만 했지 단 한 번도 전쟁터에 나간 적이 없사옵니다. 장차 국상의 막중한 책무를 수행하려면 해외 원정의 어려움도 몸소 느껴야만 한다고 생각하옵니다."

정호는 허리를 깊이 숙였다. 그의 울림이 있는 목소리에서는 진정성이 느껴졌다.

"허헛, 참! 국상께서 이렇게 나오시니, 더 이상 고집을 부릴 수가 없구려. 우리 왕자의 태부로서 실전을 통해 큰 가르침을 주시겠다는 의지를 어찌 꺾을 수 있겠습니까?"

담덕은 자신의 친정 계획이 무산된 데 대한 허탈한 표정을 지우지 못하면서 그렇게 말했다. 그러나 그는 앉아서도 천 리를 내다보는 눈을 갖고 있었다. 전국의 각 요소요소에 조성된 봉화와 역참 체계, 그리고 보부상들로 조직된 흑부상 조직의 기밀한 움직임을 통한 정보 수급은, 그가 국내성에 앉아서도 마치 현장에서 전쟁을 체험하는 것처럼 확연하게 알 수 있게 해주었다.

당초 친정하겠다는 계획을 바꾸어 왕자 거련과 국상 정호로 하여금 원정군을 이끌게 하면서, 담덕은 앉아서 손바닥 들여다

보듯 이번 전쟁의 돌아가는 양상을 지켜볼 셈이었다. 그렇게 생각을 굳힌 그는 지체하지 않고 국원성에 파발을 보내 원삼으로 하여금 군사 1만을 이끌고 시각을 다투어 백제 경계로 진입, 다라 지역 동쪽에서 공격을 시도하라는 지시를 내렸다. 이미 원삼 장군은 지난 신라 금성 전투 때 황산하를 사수한 적이 있으므로, 그곳 지리에 밝아 군사 이동에 큰 어려움이 없었다.

이번 전쟁에서 선봉장이 된 우형은 관미성으로 돌아가 수군 1만을 동원해 서해로 나갔다. 그리고 왕당군 3만은 왕자 거련과 정호가 진두지휘하고 어연극과 두치 두 장수를 좌장군과 우장군으로 삼아, 압록강 중류의 선착장에서 군선을 타고 바다로 나갔다. 고구려군 원정군은 서해 해상에서 관미성 수군 1만과 조우하여, 그들의 길 안내를 받아 긴 항해 끝에 마침내 백제의 백강 하구에 이르렀다.

6

백제의 다라 지역은 '대야(大耶)'라고도 불리는데, 그래서 취적산의 쌍봉을 빙 둘러 석축으로 쌓은 산성을 '대야산성'이라고 하였다. 이 성은 동·서·남 3면을 황강의 물길이 감싸고 돌아 자연적인 해자를 이룬 천연의 요새였다. 특히 남서쪽은 급경사의 단애 지역으로 자연 성벽이 형성되어 나머지 동북쪽 산자락만 석축을 쌓아 올려도 되므로 축성 작업이 한결 쉬웠다.

이처럼 백제의 대야산성은 황강을 경계로 한 신라의 접경지대에 위치해 있었다. 목만치가 이곳에 성을 개축한 것은 적의 침입에 대비하면서 장차 군사력을 강화하여 신라의 허리를 공격하는 전략기지로 활용키 위해서였다. 기존에 다라국이 성을 쌓았던 것을 방치하여 곳곳에 무너진 곳이 많았는데, 석축을 보강하여 성벽을 완성하는 데는 그리 오랜 시간이 걸리지 않았다.

거의 성벽 공사가 마무리 될 즈음, 동쪽 황산하를 통하여 그 지류인 황강으로 고구려 군선들이 진입했다. 국원성의 원삼이 수군 1만을 이끌고 들이닥친 것이었다.

"신라군인가 고구려군인가?"

목만치는 황강 동남쪽 부두에서 긴급히 달려온 전령에게 물었다.

"군선에 나부끼는 깃발로 보아서 고구려군이 확실합니다."

"군사의 수는?"

"군선의 수가 헤아릴 수 없을 정도로 많아 보이는데, 1만 가량은 될 것 같습니다."

"우리 군사의 수가 1만이니, 성을 방어하는 병력으로는 충분하다."

목만치는 자신감을 갖고 있었다. 대야산성은 천연의 요새이니만큼, 급경사의 단애 지역인 남서쪽은 놔두고 북동쪽 산자락 중턱에 쌓은 석성만 방어하면 충분한 승산이 있다고 생각했다. 그래서 그는 남서쪽에는 감시 병력만 놔두고 군사들을 대거 동북쪽으로 이동시켰다.

한편 목만치는 한성으로 파발을 보내 대왕 전지에게 원군을 요청했다. 현재 대야산성 주둔 병력으로 북동쪽 방어는 충분하지만, 만약에 남서쪽에서도 고구려군이 공격을 가해온다면 속수무책이었다. 당연히 한성 방어 병력을 충분히 놔두고, 일부 병력만이라도 보내달라는 친서를 보낸 것이었다.

그리하여 전지는 긴급 군사 회의를 열었다.

"고구려군이 대야산성을 공격한다는 보고를 받았소. 원군을 파견해야 하는데 제장들은 어찌하면 좋다고 생각하시오?"

아직 젊은 군주인데다 전쟁 경험이 없는 전지로선 더럭 겁부터 났다. 그의 떨리는 목소리가 그런 심리를 대변하고 있었다.

"고구려군이 아국의 도성이 아닌 중부 내륙의 대야산성을 공격한 것은 허를 찌르는 전술이라고 봅니다. 적의 비어 있는 곳을 치는 것이 전술의 기본이지만, 대야산성 기습은 전혀 예상치 못한 일입니다. 이는 목만치 장군이 대야산성에서 새롭게 군사를 기른다는 것이 고구려에 알려졌다는 증거 아니겠습니까? 일단 칼을 빼 허리를 찔러놓고, 어찌 나오는지 그 반응을 보자는 것이 고구려의 속셈 같습니다. 이곳의 군사를 빼내 대야산성으로 보내면, 도성이 위험해집니다. 지방으로 파발을 띄워 일단 대야산성에서 가까운 중부 내륙의 여러 성에서 군사를 차출해 원군을 보내도록 하심이 옳은 줄로 아옵니다."

도성 방위를 책임지고 있는 위사좌평 사두의 말이었다.

"장군께선 지금 대야산성의 목만치 장군이 초미의 위기에 처해 있음을 알면서 그런 말씀을 하시오? 아직 북쪽 변경에선 고구려군의 움직임이 보이지 않고 있소이다."

전지는 위사좌평 사두가 몸을 사려 도성의 군사들을 원군에 가담시키지 않으려 한다고 생각했다. 물론 그의 말이 그른 것은 아니지만, 미운털이 박힌 자는 아무리 곱게 보아도 미울 뿐이었다.

"북쪽 변경에서 고구려군의 움직임이 전혀 보이지 않는 것을 보면, 지금 대야산성을 공격하는 적들은 신라 땅에 있는 고구려 군사기지인 국원성 군사들일 것이 틀림없습니다. 국원성에서는 이곳 아국의 도성이 대야산성보다 더 가깝습니다. 그런데 저들은 황강의 남쪽으로 군선을 띄워 대야산성을 공격하고 있질 않습니까? 왜국 연합군이 신라의 금성을 공격할 때 고구려에서 5만의 원군을 보냈지만, 정작 담덕왕은 국내성에 앉아서 작전 지휘를 했습니다. 마치 손금을 들여다보듯 전쟁 상황을 파악하면서 신출귀몰한 작전을 펼쳤던 것입니다. 그때도 고구려 왕당군 3만이 압록강변에서 열심히 군사 훈련을 한다는 세작들의 보고를 받고, 소장은 결국 한성의 군사를 동원하지 못했습니다. 만약 한성의 군사를 빼서 신라로 원정을 갈 경우, 도성이 위험에 빠질 우려가 컸기 때문입니다."

"지금 장군은 담덕왕이 국내성에 앉아서 신출귀몰한 작전을 펼쳤다고 했소? 만약 그때 한성의 군사들을 신라 땅으로 보냈다면 전쟁 상황이 많이 달라졌을 수도 있소. 당시 왜국 대왕께서는 아국이 적극적으로 전쟁에 가담하지 않은 점에 대하여 크게 실망하는 눈치였소. 그 당시 사두 장군은 한성에 앉아 신라 땅에서 벌어지는 전쟁의 양상을 지켜보고만 있었지 않소?"

이 같은 대왕 전지의 말에 사두는 더 이상 할 말을 잃었다.

"폐하! 소장이 한성의 군사 일부를 이끌고 대야산성으로 가겠나이다. 군사 5천만 주시면 남쪽으로 진군하면서 각 지방의 산성에서 군사들을 차출하여, 당장 급한 대로 1만은 만들 수 있을 것이옵니다."

병관좌평 해구가 나섰다.

해구는 명색이 전군의 지휘권을 갖고 있는 병관좌평이지만, 아직까지 한성 군사들은 위사좌평 사두의 지휘 아래 있었으므로 마음대로 전권을 휘두르지 못했다.

"한성 군사 5천으로 되겠소? 적어도 1만은 원정군으로 편성해 대야산성으로 가야 하지 않겠소? 위사좌평께선 어떻게 생각하시오?"

전지는 그러면서 사두 쪽으로 눈길을 돌렸다.

"폐하! 고구려가 국원성에서 군사 1만으로 대야산성을 공격한 것은, 일단 아국이 어떻게 나오지는 두고 보겠다는 꿍꿍잇속이 분명합니다. 한성의 군사를 대야산성으로 내려보내게 되면 국내성의 왕당군이 예전처럼 한수를 통해 이곳으로 들이닥칠 공산이 큽니다. 1만은 어렵고, 일단 5천의 한성 군사를 보내도록 하시지요."

사두의 말은 도성 방위의 책임을 지고 있는 위사좌평으로서 어쩌면 당연한 주장일 수 있었다. 그러나 전지로서는 감히 대왕을 무시하는 듯한 태도로 보여 괘씸하다는 생각을 지울 길이 없었다.

"사두 장군의 말에 일리가 있습니다. 폐하, 일단 급하니 내일이라도 당장 5천의 군사를 이끌고 대야산성으로 내려가겠나이다."

이 같은 해구의 말을 듣고 나서야 전지는 욱하고 치밀어오르려던 성질을 애써 죽이고 한성의 군사 5천을 내주었다.

해구가 군사 5천을 이끌고 대야산성으로 출병한 지 채 며칠이 지나지 않았을 때였다. 이번에는 웅진에서 보낸 파발이 한성에 도착했다. 고구려군이 서해에서 군선을 타고 기벌포로 들어와, 임피(臨陂, 군산)에서 백강의 물줄기를 타고 거슬러 올라오면서 주변 산성들을 공략했다는 것이다. 그 군세가 어찌나 강하고 빠른지 이미 웅진의 공산성까지 함락되었다고 했다.

"무엇이라? 임피를 거쳐 웅진까지? 얼마 전엔 대야산성을 치더니, 이젠 공산성까지 진출했다고? 대체 어찌하여 고구려군이 남쪽의 백강으로 침투를 했단 말인가?"

전지는 고구려군의 허를 찌르는 작전에 놀라움을 금치 못했다. 웅진의 공산성은 백제의 내륙 중심부에 있는 군사 요충지였다.

백강은 장수군 신무산에서 발원하여, 용트림하듯 산과 들을 두루 돌아 호서 지방을 거쳐 서해로 빠져나가는 강줄기였다. 강의 흐름이 호수처럼 잔잔하다고 해서 호강(湖江), 비단결 같다고 해서 금강(錦江)이라 불리기도 했다. 또한 지역마다 이름을 달리해서 금산에서는 적벽강, 부여에서는 백마강, 공주에서는 웅진강이라 칭하였다. 이미 웅진의 공산성이 함락되었다면, 그 하류의 인근 성들인 부여의 부소산성, 임피의 주류성 등은 고구려군에게 점령당했다고 보아야 했다. 왜냐하면 이 산성들은 백강 하류에서부터 웅진에 이르는 지역의 요새들이기 때문이었다.

"네, 폐하! 소문에 듣기로 고구려 왕자 거련이 군사 4만을 태운 군선으로 서해 원거리를 돌아 기벌포로 들어섰다 하옵니다. 적들은 백강의 물줄기를 거슬러 오르면서 그 좌우의 아국 산성들을 기습 공격한 것으로 알고 있사옵니다."

파발을 전하는 전령의 보고는 전지에게 실로 놀라운 일이 아닐 수 없었다. 대야산성 동쪽에서 먼저 공격을 감행한 고구려군 1만과 군선을 이끌고 백강으로 침투해 들어온 4만의 군사를 합치면 총 5만의 대군이었다. 이는 지난날 백제와 가야, 그리고 왜국의 연합군이 신라를 공략할 때 고구려가 원군으로 보낸 병력과 맞먹는 군세였다.

"허어, 대체 이를 어찌하면 좋단 말인가?"

왜국에 볼모가 된 바람에 전쟁 경험이 전혀 없는 전지로선 당황스러울 수밖에 없었다.

"폐하! 고구려 왕자 거련이 군사들을 이끌고 백강으로 침투했다면, 담덕왕은 국내성에 남아 있을 것입니다. 이번에는 소장이 한성의 군사 2만을 이끌고 남쪽으로 달려가겠습니다."

전지가 소리나는 쪽으로 고개를 돌리니, 다름 아닌 사두였다.

"사두 장군은 어찌 한 입으로 두 말을 하시오? 며칠 전 해구 장군을 대야산성으로 보낼 때는 도성 방위를 위해 군사를 내줄 수 없다고 하질 않았소?"

전지는 울화가 치밀어올라 벌컥 화부터 냈다.

"아마도 나이 어린 왕자 거련이 군사들을 이끌고 온 것을 보면, 고구려왕은 아직 동부여에서 입은 상처가 다 낫지 않은 것으로 판단됩니다. 거련의 군사가 4만이라면 국내성에 남은 왕당군은 불과 1만밖에 안 되니, 아국의 도성을 칠 만한 여력이 못 될 것이옵니다."

사두도 담덕왕이 아직 열다섯 살밖에 안 된 거련을 전쟁터에 내보냈다는 사실이 조금 의아스럽게 여겨지긴 했다. 그러나 백강으로 고구려군 4만을 출동시켰다면, 국내성에는 한성을 칠 수 있는 군사 여력이 없다고 볼 수 있었다. 그만큼 안심해도 좋다는 판단이 섰으므로, 한성을 지키는 군사들을 동원해서라도 당장 원군을 남쪽으로 진군시켜야 한다고 생각했던 것이다.

그런데 전지는 사두의 말을 무시해버렸다.

"사두 장군의 말에 일리가 있지만, 고구려왕 담덕이 또 어떤 계략을 꾸미고 있는지 모르지 않소? 그러니 사두 장군은 도성을 지키도록 하시오. 누구 한성의 군사 2만을 이끌고 나갈 장군은 없소?"

전지는 사두를 도외시한 채 다른 장수들을 둘러보았다. 그때 젊은 장수 하나가 앞으로 나섰는데, 그는 바로 대왕의 이복동생 신이었다.

"폐하! 소장에게 한성 군사 2만을 주시면 남쪽으로 달려가 백강에 나타난 고구려군을 단숨에 무찌르겠사옵니다."

"아니, 아우가 군사들을 이끌고 가겠다고?"

전지는 놀란 눈을 끔쩍거렸다.

"네, 폐하! 남쪽으로 진군하면서 각 성에서 군사들을 차출하고, 고구려군에게 점령당할 때 흩어진 백강 주변 성들에서 군사들을 모으면 적어도 2만에서 3만 병력은 확보할 수 있을 것이옵니다. 그리하면 한성 군사들과 합류하여 4만 내지는 5만 군사의 확보가 가능하니, 고구려의 애송이 거련의 군사들을 일망타진할 자신이 있사옵니다."

왕제 신은 고구려 왕자 거련보다 세 살 더 많았다.

"왕제와 왕자의 대결이라? 그것 참, 호적수가 될 만한 일이 아닌가? 이보게, 아우! 자신이 있는가?"

전지는 매우 상기된 얼굴이었다. 뜻하지 않은 곳에서 원군을 얻은 기분이었다.

"폐하! 이 아우를 믿으십시오. 이제나저제나 하며 어떻게 큰 공을 세워 폐하를 기쁘게 해드릴까 고심하고 있었사옵니다. 부디 이 아우의 소청을 물리치지 말아 마시옵소서."

왕제 신은 드러내놓고 내색하지는 않았지만 매우 야망이 큰 편이었다. 외척인 해 씨들이 특급 대우를 받아 요직에 두루 등용되었지만, 자신에겐 그런 직책이 주어지지 않았다. 아직 나이가 어린 탓으로 대왕이 보직을 주지 않고 있다고 생각했지만, 내심 서운한 마음을 금할 길이 없었다.

사실상 전지도 자신이 왕위에 오르면서 논공행상할 때 이복동생 신에게 큰 직책을 맡기고 싶었다. 그러나 뚜렷한 명분이 없어 망설이던 중이었다.

"좋다. 한성의 군사 2만을 줄 터이니, 아우가 알아서 지방 군사들을 모아 백강으로 침투한 고구려군을 주멸토록 하라. 만약 고구려 왕자 거련을 사로잡는다면 크게 포상하고, 그에 걸맞는 관직을 제수하리라."

전지의 명이 떨어지자, 신은 말 그대로 신바람이 났다.

다음날, 신은 곧 한성의 군사 2만을 이끌고 남쪽으로 진군했다. 젊은 혈기에 채찍으로 말을 몰듯 군사들을 마구 닦달해 행군 속도를 최대한 높였다.

7

고구려 원정군은 선봉을 맡은 관미성 성주 우형의 지휘로 1백여 척의 군선을 타고 백강의 물줄기를 거슬러 올라가면서, 그 인근의 백제 산성들을 기습 공격하는 데 성공했다. 이는 물론 거련과 정호가 대장군과 군사 역을 각기 맡았지만, 그 좌우에서 왕당군 장수 어연극과 두치가 보좌하면서 군사들을 지휘한 덕분이라고 할 수 있었다.

그동안 어연극과 두치는 숱한 전투를 치르면서 치고 빠지는 귀신 같은 전술을 구사하는 능력을 충분히 갖추고 있었다. 고구려 원정군에게 내린 태왕 담덕의 특명은, 백제의 성들을 탈취하기보다 일격에 들이쳐서 적군에게 혼찌검을 주는 것이 목적이었다. 원정군은 백강의 물줄기를 타고 거슬러 올라가면서 대규모 선착장이 있는 곳에 일부 군선들을 정박시키고, 그것을 지키는 군사들을 나누어 배치하였다. 선착장이 있는 곳은 백제의 군사 요충지였다. 따라서 그 인근에는 산성이 있었는데, 고구려군은 그 성들을 기습해 점령함으로써 적들이 배후에서 공격하는 것을 미연에 방지하겠다는 전략으로 나갔다.

백강 하구 임피의 주류성 앞 선착장에 20여 척, 부여의 부소산성 앞에 20여 척, 그리고 웅진의 공산성 앞에 20여 척을 남겨두고 군선을 지키는 군사들도 각기 2천여 명을 남겨놓았다. 그리고 지류인 초강과 천내강이 백강과 만나는 삼합 지점에 도달한 원정군은, 일단 타고 온 군선들을 정박시킨 후 하선하여 육로를 통해 동남쪽을 향해 진군했다. 그곳에서 하루 한나절 행군을 하게 되면 마침내 대야산성에 다다를 수 있기 때문이었다.

그러나 대야산성에 가기 전에 고구려 원정군은 갈마산에서 백제군을 만났다. 위기에 처한 대야산성을 구하기 위해 바로 병관좌평 해구가 한성에서 이끌고 온 백제 원군과 마주친 것이었다. 백제 원군은 한성에서 출발할 때 5천의 병력이었던 것이 각 지방 산성들을 거치면서 군사들을 차출해 1만 5천의 군사로 불어나 있었다.

대야산성으로 가는 길목에서 갑자기 고구려 대군이 나타나자 해구는 일단 백제 원군을 이끌고 갈마산성으로 입성했다. 갈마산성은 대야산성의 서쪽에 있는 보조 산성이었다. 따라서 서쪽에서 대야산성으로 들어가려면 반드시 갈마산성을 거치지 않으면 안 되었다. 그냥 옆길로 지나쳐 갈 경우 갈마산성의 군사들이 뒤에서 공격하고, 이때를 기하여 대야산성 군사들이 협공을 하게 되면 졸지에 앞뒤로 적을 맞아 곤경에 처할 수가 있었다.

갈마산성의 백제군은 기존의 주둔군 5천과 병관좌평 해구가 이끌고 온 원군 1만 5천을 합해 총 2만 병력이었다. 고구려 원정군 4만이 공성 전투를 벌인다 하더라도 백제군 2만이면 충분히 방어할 수 있는 군사력이었다. 적들을 성 밖으로 유인해 들판에서 겨룬다면 대등한 군사력으로도 가능하겠지만, 성문을 굳게 닫은 채 방어만 한다면 장기전으로 가기 전에는 탈취하기 어려운 것이 산성 전투였다. 장기전으로 간다는 것은 대개 완전히 성을 포위한 채, 성안에서 방어하는 적들의 식량이 바닥나기를 기다리는 것을 의미했다.

고구려 원정군은 대야산성을 공격 목표로 삼고 있었으나, 갈마산성이 가로막고 있어 더 이상 진군을 하지 못했다. 며칠 동안 공성 전투를 벌였으나 갈마산성의 백제군은 철벽 방어로 일관할 뿐, 도무지 성문을 열고 나와 들판에서 결전하려고 들지 않았다. 아무리 약을 올려도 굳게 닫힌 성문이 열리지 않았다.

며칠 동안 공성 전투를 벌이던 끝에, 군사 정호는 제장들을 불러 긴급회의를 열었다. 제장들이 모두 모였고, 정호 옆에 앉은 왕자 거련은 사뭇 긴장된 얼굴로 좌중을 둘러보았다.

"적들은 갈마와 대야 두 성에 나누어져 있습니다. 아군 역시 군사를 두 부대로 나누어, 백제군과 전투를 벌이는 것이 좋겠습니다. 내일 아침 날이 밝는 대로 선봉대를 이끄는 우형 장군께서는 갈마산성을 우회하여 대야산성으로 진격하십시오. 왕자 전하와 본관은 후군으로 남아 갈대숲 속에 매복해 있다가, 갈마산성의 적들이 성문을 열고 나와 아군의 선봉대를 칠 때 뒤에서 공격할 것입니다. 그때 선봉대가 뒤로 돌아서서 갈마산성에서 나온 적들을 치면, 졸지에 백제군은 앞뒤로 공격당해 어지러워질 것입니다."

정호는 고구려 원정군 총 4만의 군사를 선봉대 2만, 후군 2만으로 나누었다. 선봉대에는 우형 장군이 이끄는 관미성 군대 1만과 두치 장군이 지휘하는 말갈군 1만으로, 후군은 어연극 장군의 흑부군 1만 5천으로 편성하였다. 엄밀히 따지면 백강 여러 선착장에 군선을 지키는 병력을 배치해 두었으므로 흑부군은 1만 5천이 채 안 됐다. 그러나 백제군은 2만이므로 선봉대와 후군이 앞뒤에서 공격하면 고구려군에게 충분히 승산 있는 싸움이 될 것이라고 생각했다.

"백제 원군이 위기에 처했다는 보고를 받고, 대야산성에서 성문을 열고 나와 아군의 선봉대를 뒤에서 공격하게 되면 어찌해야 합니까?"

우형이 군사 정호를 향해 물었다.

"대야산성 군사들은 이미 국원성에서 황강으로 군선을 몰고 온 원삼 장군이 여러 날째 동문 쪽에서 공성 전투를 벌이고 있으므로, 서쪽까지 신경을 쓸 겨를이 없을 것입니다. 만약 대야산성 군사들이 성문을 열고 나와 공격할 때, 선봉의 말갈군 1만이 다시 뒤로 돌아 열려 있는 성문을 향해 진격해 들어가면 오히려 싸움이 쉽게 종결될 수도 있지 않겠습니까? 새해가 되기 전에 백제군에게 혼찌검을 주고 회군하라는 것이 태왕 폐하의 명입니다. 언제나 그렇듯, 태왕 폐하께서는 전쟁에서 속전속결을 최고의 전략으로 생각하고 계십니다."

이번 전투에서 태왕의 생각이 그렇다는 것을 제장들에게 털어놓자, 더 이상 정호에게 이의를 제기하는 장수들은 없었다.

그날 밤, 정호는 왕자 거련과 함께 어연극이 이끄는 흑부군을 미리 보아둔 매복지로 이동시켰다. 황강이 흐르는 남쪽 둔덕과 산으로 이어지는 들판에는 갈대숲이 무성했다. 군사들에겐 하무를, 말들에게는 재갈을 물린 채 자정이 넘은 시각에 갈대숲으로 이동하여 매복에 들어갔다.

겨울 강바람이 갑옷 사이로 스며들었다. 왕자 거련은 자신도 모르는 사이에 목을 움츠리지 않을 수 없었다. 이미 절기는 동짓달도 막바지여서 이른 새벽 캄캄한 동쪽 하늘에 눈썹 같은 그믐달이 떠 있었다. 강물 어는 소리가 쩡쩡 울렸다. 밤에는 얼었다 낮에는 녹기를 거듭하는 겨울 날씨였다. 당연히 새벽이 되면 이가 덜덜 떨리도록 추울 수밖에 없었다.

왕자 거련이 몸을 잔뜩 웅크린 채 떠는 것을 본 정호가 귓속말로 속삭였다.

"왕자 전하! 조금만 참으십시오. 곧 아침 해가 밝아올 것입니다. 새벽이 오기 직전의 어둠이 깊은 것처럼, 겨울철에는 해가 뜨기 직전의 새벽 기운이 가장 찬 법입니다."

정호는 추위에 떨고 있는 왕자 거련을 위로해준다는 것이, 평소 그를 가르칠 때와 같은 말투가 되고 말았다.

"사부님, 알고 있습니다. 이것도 인내심을 기르는 훈련 아니겠습니까?"

거련은 어둠 속에서 흰 이를 드러내며 웃었다.

"그렇게 생각하신다니 다행입니다."

두 사람은 다시 침묵으로 돌아갔다. 매복하고 있는데 작은 소리라도 떠드는 것도 금물이었기 때문이다.

드디어 아침이 밝았다. 고구려 선봉대를 이끄는 우형과 두치 두 장수는 갈마산성을 멀리 우회하여 대야산성으로 진격해 들어갔다. 갈마산성의 백제군들도 고구려군의 동태를 예의 주시하고 있었으므로, 그와 같은 사실이 곧 병관좌평 해구에게 보고되었다.

"적들이 갈마산성의 견고함을 알고 우회하여 대야산성을 향해 진군하고 있다. 모두 성문을 열고 나가 적의 후미를 공격하라."

해구는 기존의 갈마산성 군사들을 놔두고 자신이 이끌고 온 원군 1만 5천으로 하여금 고구려군을 추격하도록 했다.

성문이 열리고 백제군이 한꺼번에 쏟아져 나와 들판을 가득 메우자, 이때를 놓치지 않고 정호는 매복해 있던 고구려 후군에게 공격 명령을 내렸다. 졸지에 갈마산성 앞 들판에서는 고구려 선봉군을 쫓는 백제군과, 다시 백제군의 뒤에서 고구려 후군이 그들을 쫓는 기이한 전투가 벌어졌다. 그러다가 고구려군의 선봉대가 뒤로 돌아서서 공격을 가하자 백제군은 순간 당황하지 않을 수 없었다.

졸지에 앞뒤로 적을 맞은 백제군의 장수 해구는 고구려군의 전략에 깜박 속았다는 것을 깨달았다. 다시 갈마산성으로 돌아가자니, 뒤에서 추격하는 고구려 후군의 기세가 워낙 강해 군사를 되돌릴 수가 없었다.

그런데 고구려 후군 뒤에서 이상한 소란이 일어났다. 갑자기 어디선가 일군의 군사들이 나타나 고구려 후군에게 공격을 가해왔기 때문이다. 그들은 바로 백제 왕제 신이 한성에서 이끌고 온 2만의 군사들이었다. 신의 군사들은 백강 인근의 각 성에서 고구려군에게 쫓겨 달아났던 패잔병들을 끌어모으려고 했으나 뿔뿔이 흩어진 뒤여서, 급히 서둘러 대야산성으로 진군하다 고구려군을 만나게 된 것이었다.

고구려 후군을 이끌던 정호는 졸지에 뒤에서 백제 왕제 신이 지휘하는 군사들의 추격을 받자 순간 당황하지 않을 수 없었다. 결국 갈마산성에서 나온 백제군을 추격하다 말고 뒤로 돌아서서 갑자기 나타난 적을 상대할 수밖에 없었다.

이렇게 되자 갈마산성과 황강 사이의 들판에선 두 군데서 고구려군과 백제군이 치열한 백병전을 벌이게 되었다. 고구려 선봉대 2만과 해구의 백제군 1만 5천은 머릿수로만 볼 때 고구려군 쪽이 유리했다. 하지만 고구려 후군 약 1만 5천과 백제 왕제 신이 이끄는 2만여 병력의 원군은 백제군 쪽이 더 군사의 수가 많았다.

군세로 볼 때 고구려 선봉대는 다소 안심이 되었지만, 후군은 백제군에게 밀릴 수밖에 없는 상황이었다. 그러나 벌판에서 서로 맞붙는 백병전에서는 머릿수보다 기세가 센 군대에 더 승산이 있었다.

"우리 왕당군은 고구려 최고의 무술을 자랑하는 군대다. 특히 흑부군은 고구려 5부에서 가려 뽑은 최정예 무사들이다. 적은 오합지졸들에 불과하니, 낫으로 풀을 베듯 쓸어넘겨버려라!"

어연극이 칼을 어깨 위로 치켜들고 외쳤다.

어느 결에 왕자 거련과 정호도 환두대도를 치켜들고 적을 향해 말을 몰았다. 정호가 볼 때 백제군은 송곳처럼 가운데를 뚫고 파고드는 이른바 '추행진(錐行陣)'의 흉내를 내고 있었다. 급히 적진을 뚫고 나가 전방에 떨어져 있는 자국 군사들과 합류하려고 할 때 쓰는 전법이었다. 백제 왕제 신이 백강에서 급히 대야산성을 향해 달려온 것은 해구가 이끄는 백제 원군과 합류하기 위해서였다. 그런데 뜻하지 않은 곳에서 고구려군을 만나 일순 당황했으나, 달려오던 기세를 몰아 적진을 뚫고 나가겠다는 심산이었다.

"적이 쐐기처럼 파고들기 때문에 우리는 구행진(鉤行陣)으로 맞서는 것이 유리합니다. 어연극 장군은 흑부군을 좌우 날개로 갈라서게 하여 대형을 바꾼 후 우회하여 적을 포위해 공격하도록 하십시오."

군사 정호의 말에 어연극은 적의 공격 형태를 보고 곧 수긍했다. 고구려군이 백제군보다 높은 언덕 자리를 잡아 한눈에 적의 움직임을 조망할 수 있었다. 아마도 적장은 마음이 다급한 모양이었다. 가운데서 송곳처럼 치고 들어오면서 그 양편으로 넓게 펼쳐진 군사들은 마치 가오리 형태를 만들고 있었다. 공격 속도가 송곳처럼 쐐기를 박아야 하는데, 그 기세가 조금 더디고 산만해 보였다. 일단 앞서 달려오는 적들에게 길을 열어주면서 양편으로 갈라졌다가 가운데로 몰아 옆구리와 후미를 집중적으로 공격하는 우회 방법이 유리해 보였다. 만약 새로 나타난 백제군이 가운데 있는 백제군과 합류하게 되면, 고구려 군은 적들을 앞뒤에서 공격하게 되어 독 안에 든 쥐 꼴로 만들어줄 수 있었다. 그렇게 되면 적들은 두 가지 방법밖에 없었다. 하나는 황강으로 뛰어들어 물에 빠진 생쥐가 되는 것이고, 다른 하나는 산비탈을 기어올라 다시 갈마산성으로 들어가야만 했다.

"양편으로 갈라졌다 우회하여 적을 포위해 집중적으로 공격하라!"

어연극이 다시 흑부군에게 작전 명령을 내렸다.

고구려 흑부군은 학이 날개를 펴듯 양편으로 갈라지면서 송곳처럼 파고드는 백제군의 선봉을 가운데로 지나가도록 만들면서, 뒤를 따르는 백제군의 양 날개를 공략했다. 백제군은 가오리처럼 펼쳐졌던 양쪽 날개가 꺾여 지느러미 없는 물고기처럼 형세가 위축되었다. 적의 양쪽 날개를 꺾은 흑부군 선봉은 어느 사이 백제군 후미로 돌아서면서 다시 치고 올라갔으며, 바로 그 뒤를 따르던 양편의 흑부군은 백제군의 허리를 조이고 들었다.

한편, 우형과 두치가 이끄는 고구려 선봉군은 해구의 백제군과 맞서 싸우면서 서릿발 같은 기세로 강력하게 밀어붙였다. 백제군은 점차 뒤로 밀리기 시작했는데, 어느 사이 송곳 전법으로 어렵게 고구려 흑부군의 가운데를 뚫으며 진격해온 왕제 신의 군대와 합류하였다. 고구려 후군의 포위 전략에 허리와 후미를 강타당해 많은 군사를 잃은 신의 백제군은 해구의 군대와 만나 겨우 한숨을 돌리는가 싶었다.

그러나 고구려 선봉군과 후군이 앞뒤에서 바짝바짝 조여오자 백제군은 더 이상 버티지 못하고 황강으로 뛰어드는 자, 산비탈을 타고 갈마산성으로 들어가는 자, 이도 저도 아닌 자는 고구려군의 창칼에 도륙되어 들판의 독수리 밥 신세가 되었다.

8

백제군을 다시 갈마산성으로 쫓아버린 고구려군은, 그날 밤 긴급히 군사 회의를 열었다.

"일단 백제군은 혼찌검 내준 꼴이니, 갈마산성을 뒤로 하고 대야산성을 들이치도록 합시다. 반드시 갈마산성에서 아군의 후미를 치겠지만, 그때는 어제 전투처럼 후군이 돌아서서 공격하면 될 것입니다. 제장들께서는 좋은 전략이 있으면 말씀해주시기 바랍니다."

군사 정호는 더 이상 지체를 할 수가 없었다. 점점 선달로 접어들면서 날씨가 추워지고 있으므로 원정군이 군막 속에서 버티기는 힘들 것이라 판단했다. 새해가 되기 전에는 국내성으로 철군하겠다고 태왕 담덕과 약속을 했기 때문이다.

"적장 목만치는 검술뿐만 아니라 전략 전술에도 능하다고 알려져 있습니다. 지난 신라 원정 때 종발성 전투에서 목만치가 자기 군사들의 퇴각 시간을 벌기 위해 신검무사들 1백여 명과 함께 남문을 가로막고 사생결단으로 싸우는 그 두둑한 배짱을 보고, 소장은 결코 만만하게 볼 인물이 아니라고 생각했습니다."

제장들 중 신라 원정 때 선봉장으로 참전한 바 있는 어연극이 먼저 입을 열었다.

"그때 소장도 어연극 장군과 함께 목만치와 신검무사들을 상대로 대결했습니다만, 그들은 검술 또한 뛰어난 것이 사실이었습니다. 목만치가 왜국에서 잘 조련된 신검무사들을 이끌고 왔다고 들었는데, 대야산성에서 인근 성의 청장년들 1만여 명을 뽑아 검술을 가르치고 있다고 합니다. 반드시 이번에 고구려 무명검의 위력을 보여줘 저들의 코를 납작하게 만들어놔야만 함부로 준동치 못할 것이옵니다. 소장을 선봉에 세워주신다면 적들을 일격에 박살내도록 하겠습니다."

두치는 개마고원 말갈 마을의 호랑이 사냥꾼 출신답게 부리부리한 눈을 치켜뜨며 제장들을 둘러보았다.

"대야산성은 주변에 높은 산들과 황강의 물줄기가 둘러싸고 있는 천연의 요새입니다. 특히 성의 북쪽을 제외한 3면은 황강이 자연 해자 노릇을 하고 있는데, 남서쪽의 경우 천연 단애의 절벽으로 이루어져 외부에서는 접근하기조차 어려운 지형입니다. 더구나 우리가 대야산성을 공격할 때 갈마산성에 있는 백제군이 뒤에서 공격을 가하면, 졸지에 앞뒤로 적을 맞아 싸워야 하는 형국에 놓여 있습니다. 천상 지금 우리가 있는 곳에서 대야산성을 공격하려면 황강 남면의 단애와 험산 사이의 좁은 길을 이용해야 합니다. 그 길은 외통수여서 적이 방어하기에는 유리하나 아군이 공격하기에는 어려움이 많습니다. 따라서 특공대를 조직해 북쪽의 험산을 넘어 대야산성에 침투, 적을 교란시키는 작전을 펴야 할 것입니다. 특공대는 몸이 날래고 무술이 뛰어난 군사들로 1백여 명을 가려 뽑아 보내는데, 비밀리에 성안으로 침투해 창고를 불태우도록 합니다. 이때 성안에서 불길이 솟는 것을 신호로 총공격을 감행하면 불길을 잡으랴 방어하랴 정신이 없을 것입니다. 지금 황강 동남쪽에서는 국원성에서 원삼 장군이 이끌고 온 1만여 군사들이 벌써 여러 날째 공성 전투를 벌이고 있습니다. 따라서 적들은 우리 군사들이 공격하는 서북쪽만 방어할 수 없고 동남쪽도 신경을 써야 하니, 허둥지둥할 수밖에 없을 것입니다."

군사 정호는 이미 국내성에서 출정하기에 앞서 미리 태왕 담덕과 군사 지도를 펴고 작전을 짜놓은 것이 있었는데, 지금 그가 내놓은 전략은 거기서 크게 벗어나지 않았다. 다만 현지 사정에 따라 다소 작전을 변경하지 않으면 안 되었다. 그것은 다름 아닌 갈마산성의 백제군이 돌출 변수였는데, 전날처럼 고구려군 선봉이 대야산성으로 총공격을 감행할 때 후군이 돌아서서 그들과 맞서 싸우기로 했다.

사실 이 작전은 담덕이 백제 친정에 나서기로 하고 며칠에 걸쳐 장고를 거듭한 끝에 짜놓은 것이었다. 그런데 왕자 거련이 부왕의 건강을 생각해 대신 원정군을 이끌고 가겠다고 하는 바람에 정호를 군사로 삼아 작전을 자세히 설명해주었던 것이다. 그러므로 사실상 태왕은 국내성에 앉아서 대야산성 전투에 참여하고 있는 것이나 다름없다고 할 수 있었다.

다음날, 날이 밝자마자 정호는 황강에서 동쪽으로 배를 띄워 전령을 국원성 원정군 장수 원삼에게 보냈다. 그리고 어연극과 두치는 군사들 가운데 무술이 뛰어난 자들로 1백여 명을 가려 뽑았다.

한편 갈마산성으로 들어간 백제군의 왕제 신과 병관좌평 해구도, 그날 밤 마주 앉아 긴밀한 회의를 가졌다. 하루 동안 전쟁을 치러본 결과 고구려군의 기세가 만만치 않음을 느끼고 두 사람은 자못 긴장감을 늦추지 못했다.

먼저 왕제 신이 한성의 군사 2만을 이끌고 서남쪽 백강 하구까지 내려갔다 강을 거슬러 오르면서 본 고구려군의 군선들에 대해 이야기했다. 그때서야 병관좌평 해구는 고구려군이 군선을 타고 서해를 통해 들어와 백강을 거슬러 올라왔고, 그 상류에서 육로를 통해 대야산성까지 접근한 사실을 명확하게 알게 되었다.

"흐음, 감히 아국의 허리를 조여 숨통을 틀어막겠다는 전략이 아니고 무엇이겠습니까?"

해구는 이를 갈아붙였다. 무릎 위에 올려놓은 그의 두 주먹이 부르르 진저리를 쳤다.

"적들이 우리 백제의 허리를 끊어놓겠다면, 장차 고구려가 한성을 칠 때 지방에서 원군을 보낼 수 없도록 만들자는 작전 아니겠습니까?"

왕제 신은 큰 눈을 뜨고 두려운 빛을 감추지 못했다.

"그런 것은 아닐 것입니다. 왕제 전하께서 백강을 거슬러 오르면서 요소요소의 부두에 적선들이 정박해 있는 걸 보셨다고 했지요?"

"그렇습니다만……!"

"이는 고구려군이 소기의 목적을 달성한 후 다시 돌아가겠다는 뜻입니다. 그 목적이란 대야산성 공략입니다. 아마도 적들은 대야산성에서 목만치 장군이 신검무사들과 함께 청장년들을 모아 무술을 가르치고 있다는 소문을 들은 모양입니다. 고구려왕으로선 우리 백제가 군사력을 강화하는 것이 은근히 두려웠겠지요. 초장에 그 기를 꺾어놓자는 심산이 아니고 무엇이겠습니까? 가만히 생각해보니, 우리가 잘만 하면 적들이 살아서 돌아가지 못하게 할 방도가 없는 것도 아닐 것 같습니다."

해구가 애써 분노를 삭인 채 침착을 되찾은 얼굴로 눈을 빛냈다.

"방도라 하시면?"

"내일이라도 당장 왕제 전하께선 군사들을 이끌고 다시 백강으로 돌아가 도처에 정박해 있는 적선들을 불태우십시오. 군선을 지키는 적들이 부두마다 2천을 넘지 않는다고 하니, 전하께서 이끌고 오신 군사들 중 1만은 본관에게 맡기고, 나머지 1만을 동원해 백강 물줄기를 따라 내려가면서 적선들을 물에 뜨지 못하는 무용지물로 만드십시오."

"흐음, 어찌하면 적선들을 불태울 수 있을까요?"

왕제 신은 아직 스무 살이 안 된 나이였으므로, 전략 전술에 있어서 병관좌평 해구의 의견을 듣는 것이 옳다고 생각했다.

"공성 전투에 흔히 쓰이는 발석거와 먼 거리까지 화살을 날려 보내는 쇠뇌를 이용하면 간단히 적선을 불태울 수 있을 것입니다. 흔히 화공전을 벌일 때 투석기에 기름먹인 천을 돌멩이와 함께 둘둘 말아 멀리 날려 보내는데, 본관이 생각하기에 그보다 기름 넣은 항아리가 더 좋을 듯싶습니다. 박만한 크기의 항아리에 기름을 가득 넣고 뚜껑을 닫아 천으로 단단히 묶어 발석거로 날리는 것입니다. 그러면 항아리가 적선 위에 떨어져 깨지면서 갑판이 온통 기름으로 뒤범벅되겠지요. 그때를 기다려 쇠뇌에 불화살을 장착해 날리게 되면 적선에선 삽시간에 화광이 치솟아 웬만해선 진화작업조차 할 수 없는 지경에 이를 것입니다. 발석거 서너 기와 쇠뇌 열 대만 있으면 충분히 적선을 태우는 작전에 성공할 수 있을 것입니다."

해구는 즉흥적으로 발상한 전략이지만, 그 자신도 그럴싸하다고 생각했다. 그 말을 듣는 신 역시 무릎을 치며 좋아했다.

"기막힌 전술입니다. 내일 아침 당장 백강으로 떠나겠습니다."

"왕제 전하! 적선을 지키는 고구려군이 있을 터이니 만만하게 보아선 아니 될 것이옵니다."

"백강 줄기의 각 부두에 적선이 적게는 이삼십 척에서 많아야 사오십 척, 그것을 지키는 고구려군이 2천여 명이라 들었습니다. 1만의 아군이 함께 간다면 적들을 주멸하는 데 큰 어려움이 없을 것입니다."

왕제 신은 다음날 아침 백제군 1만을 이끌고 백강 상류의 초강과 천내강이 만나는 지점으로 진군했다.

병관좌평 해구 또한 날이 밝는 대로 군대를 재정비하여, 이번에는 갈마산성의 군대까지 총동원시켜 3만의 병력으로 성문을 열고 산비탈을 달려 내려와 고구려군의 진영을 공격했다.

고구려군 진영에서는 후군을 맡은 어연극의 흑부군이 해구의 백제군을 맞아 격돌했다. 왕자 거련과 군사 정호도 고구려 후군 소속 군사들을 적극 독려하며 싸웠다. 처음부터 백제군이 물불 가리지 않고 백병전으로 나왔으므로, 고구려군도 장수나 병사 모두 한데 어우러져 싸울 수밖에 없었다. 황강과 산 사이의 들판에서 벌어진 싸움은 금세 피아 구분이 어려울 정도로 아수라장으로 변했다.

왕자 거련은 몇 년 전 후연의 연군에서 전투를 할 때 그저 성루에서 관전만 하는 입장이었지만, 이번 백제와의 전투에선 백병전에 가담하여 환두대도를 들고 적과 맞서 싸워야만 했다. 바로 옆에 무술 사부이기도 한 군사 정호가 호위하면서 바짝 따라붙었지만, 사방 어디에서 창을 찌르거나 칼을 휘두를지 모르는 적을 상대로 싸우는 백병전에서는 오직 뛰어난 무술 실력만이 자신을 보호해줄 수 있었다.

이제 겨우 나이 열다섯 살, 그런 만큼 왕자 거련은 오히려 겁이 없었다. 젊은 혈기에 그는 달려드는 적들을 베어내면서 앞으로 전진을 거듭했다. 뒤로 밀린다는 것은 자존심 상하는 일이라고 생각했다.

"왕자 전하! 너무 적진 깊숙이 들어가지는 마십시오."

호위하며 따라붙는 군사 정호가 소리쳤지만, 거련은 환두대도를 휘두르며 말을 타고 거침없이 적들의 숲을 헤쳐 나갔다.

거련의 칼날은 수수목 자르듯 적의 목을 베고, 나무의 가지를 치듯 상대의 팔을 잘랐다. 그러다 보니 자신도 모르는 사이에 적들의 한가운데로 들어섰다. 졸지에 거련의 뒤로 밀린 적들이 등을 돌려 그를 향해 창칼을 휘둘렀는데, 그때마다 바짝 따라붙은 정호가 칼로 제압해 위기를 모면하곤 했다.

그러한 고구려군의 기세를 몰아, 흑부군 장수 어연극도 휘하 군사들을 독려하였다.

"적들은 오합지졸이다! 사정 두지 말고 짓밟아라!"

노련한 어연극의 언월도는 한 번 휘둘러 두 목숨을 제거했다. 말을 타고 달리면서 손잡이 긴 언월도가 공기를 가르자 적들이 서너 명씩 땅바닥으로 나뒹굴었다. 칼날에 맞아서 목과 몸이 따로 뒹굴거나 깊은 상처를 입고 쓰러지는 자들부터, 심지어는 투구가 벗겨지면서 엉겁결에 무서워 주저앉는 자들도 있었다. 그렇게 쓰러진 적들을 고구려군의 기마대가 마구 짓밟고 지나갔다.

백병전은 기세의 싸움이었는데, 군사의 수에서 조금 밀리는 고구려군이지만 백제군을 크게 무찔렀다. 주로 도성을 지키던 한성의 백제군은 실전 경험이 크게 없는 데 반하여, 고구려의 왕당군은 혹독한 훈련을 받은 데다 실전경험이 풍부해 군사 한 명이 두세 몫씩 해냈다. 결국 백제의 병관좌평 해구는 군사들을 물려 다시 갈마산성으로 쫓겨 들어갔다.

한편 고구려 선봉군도 대야산성 공격에 나섰는데, 산과 강을 사이에 둔 외통수 길 양편에 백제군이 매복해 있어 쉽게 통과할 수가 없었다. 산비탈이 심하고 길을 사이에 둔 강 아래 단애를 이룬 곳에서는, 그 사잇길로 지날 때 산 위의 숲에 매복해 있던 백제군이 바윗덩어리를 굴려내렸다. 고구려군 선봉장 우형과 두치는 여러 차례 공격을 시도했으나 결국 날이 저물어 군사를 거두고 말았다. 오직 믿을 것은 험산을 넘어 야밤을 틈타 대야산성으로 잠입해 화공전을 벌일 특공대밖에 없었다.

그날 밤, 자정이 가까울 무렵 대야산성에서 화광이 일어났다. 그때를 기다려 고구려 대군은 일제히 외통수 길을 뚫고 대야산성을 공격해 들어갔다. 성안에서 불길이 일자 산속에서 매복해 있던 백제군도 갈팡질팡 어찌할 줄 모르는 사이, 고구려 대군이 들이닥치자 몇 개의 돌덩어리를 굴리다가 성안으로 줄행랑을 놓았다.

좁은 외통길을 벗어나자 확 트이는 벌판이 나타났고, 드디어 대야산성 성벽이 희미한 달빛 아래 드러났다. 성벽 위에서 백제군이 화살을 쏘고, 기름 끓인 물을 동이로 붓고, 돌을 굴려대는 등 죽기 살기로 방어에 힘썼지만 떼지어 몰려드는 고구려군을 당할 재간이 없었다. 백제군의 방어 병력은 적었고, 고구려군의 공격 병력은 그 수를 헤아리기 어려울 정도였다. 성벽 위에서 본 백제군의 눈에 그러했다. 백제군이 온갖 수단을 써서 기어오르는 적들을 성벽 아래로 떨어뜨려도, 고구려군은 파도가 밀려와 절벽을 때리듯 끊임없이 밀려들었다.

고구려군의 함성은 북서쪽에서만 들려오는 것이 아니었다.

황강을 자연 해자로 두르고 있는 동남쪽 성벽에서도 원삼 장군의 고구려군이 같은 시각에 일제히 공성 전투를 벌여 성벽을 뛰어넘었다.

미처 새벽이 되기도 전에 대야산성은 고구려군의 차지가 되어버렸다. 고구려군은 모두들 횃불을 밝혀 들고 성을 지키던 백제군을 추격하는 데 혈안이 되어 있었다. 목만치가 이끄는 신검무사들은 흔적도 찾아보기 힘들었다.

고구려 특공대가 성안으로 기어들어 마초 창고에 불을 지를 때, 목만치는 잠을 자다 말고 깨어나 휘하 군사들로 하여금 시급하게 진화작업에 나서게 하였다. 특히 갑옷과 무기들이 가득 쌓여 있는 창고부터 보호하라고 일렀다.

그러는 한편 목만치는 측근의 신검무사들을 지휘하여 비밀리에 침투해 화공 작전을 펼친 고구려군을 색출하기 위해 성안 곳곳을 샅샅이 뒤졌다. 그러나 고구려 특공대가 백제군 갑옷으로 변장한 데다 달빛이 희미한 어둠 속이라 피아를 구분하기가 매우 어려웠다. 결국 허둥지둥 성안을 헤매다 고구려군이 사방에서 성벽을 뛰어넘는 것을 보고 끝내 절망하지 않을 수 없었다.

'아아, 또 이렇게 고구려군에게 당하는구나.'

목만치는 자신의 가슴을 쳤다. 처음 동남쪽에서 고구려군이 대야산성을 공격해올 때까지만 해도 자신감을 갖고 있었다. 그런데 뜻하지 않은 곳에서 적이 또 나타났다.

결국 목만치는 고구려군에게 대야산성을 내주는 처지에 놓였다. 그는 신검무사들로 하여금 살아남은 백제군을 이끌고 서문을 열고 빠져나가 갈마산성으로 퇴각하라고 명했다. 갈마산성에 있는 한성의 백제 원군과 합세하여 적과 싸우는 길밖에 없다고 판단했던 것이다.

한편 고구려군은 대야산성 전투의 승리로 많은 전리품을 챙길 수 있었다. 성안에는 창고가 여러 채 있었는데, 고구려 특공대가 화공전을 펼칠 때 마초 창고는 불에 몽땅 탔지만, 갑옷과 무기가 들어 있는 창고는 대체로 온전하였다. 목만치가 휘하 군사들로 하여금 무기 창고 화재부터 진압하라는 명령을 내린 덕분에 불이 붙었던 곳도 지붕만 타다 말았다. 무기 창고에서는 1만 벌이나 되는 갑옷과 새로 벼린 각종 창칼이 나왔다.

대야산성 정비를 대충 수습하고 났을 즈음, 백강 상류에 정박해둔 군선을 지키던 고구려군으로부터 전령이 달려왔다. 백제군에 의해 많은 군선이 불에 탔다는 보고였다. 백강 하류로 내려가면서 나루마다 정박해 있던 고구려 군선도 마찬가지로 피해를 입었다고 했다. 적어도 서른 척 이상이 불에 타 강물 속으로 가라앉았다는 것이다.

"대체 이를 어찌하면 좋겠소?"

군사 정호는 고구려군의 회군 길이 막혀버렸다는 사실에 놀랐다. 우선 대야산성에서 백강으로 나가 군선을 타고 회군하려면 갈마산성을 지나쳐야 하는데, 그곳에는 백제군이 길목을 차단하고 있었다. 더구나 대야산성에서 퇴각한 목만치의 군대까지 병관좌평 해구의 군대와 합류하여 그 군세가 4만은 족히 될 것이었다. 따라서 1차 관문도 뚫기 쉽지 않은데, 백강의 군선까지 불에 타버렸다면 도무지 퇴로가 보이지 않았다.

"우선 이 대야산성을 누가 지킬 것인가부터 정해야 할 것 같습니다."

관미성 성주 우형의 말이었다.

"그 점에 대해서는 태왕 폐하께서 언질을 주셨습니다. 대야산성을 함락하게 되면, 원삼 장군께서 국원성 군사들과 함께 남아 지키라 하셨습니다. 이곳 대야산성은 신라와 백제의 허리에 해당하는 요새로, 양국 모두에게 교두보 같은 역할을 하는 곳이라 하셨습니다. 고구려와는 지리적으로 너무 떨어져 있으니 신라 군사들이 와서 지키는 것이 좋은데, 태왕 폐하께서는 이곳을 양국의 합동 군사 권역으로 삼고자 하십니다. 신라 군사 5천이 오면, 그때 원삼 장군께서는 고구려군 5천을 남겨두고 국원성으로 회군하면 됩니다."

"그런 깊은 뜻이 있었군요?"

원삼은 이번 전투에 국원성 군사들이 동원된 것에 대해 좀 이해가 되지 않는 부분이 있었는데, 그제야 수수께끼가 풀렸다.

"그러하면 일단 백강의 각 나루에 정박한 군선들과 그것을 지키던 군사들은 그대로 서해로 빠져나가 귀환토록 하고, 이곳에 있는 군사들은 국원성 군사들이 타고 온 군선들을 이용해 황강과 황산하를 통해 내륙으로 회군하는 것이 좋을 듯싶습니다. 어차피 국원성 군사들은 한동안 대야산성을 지켜야 하니까요. 대략 서너 차례 군선이 오가면 우리 군사들이 거의 국원성까지 이동할 수 있습니다. 거기서부터 육로를 통해 진군하면 국내성까지 그리 오래지 않아 도착할 수 있을 것입니다."

어연극이 기발한 출구전략을 제안했다.

"좋은 의견입니다. 대야산성을 공략하는 소기의 목적을 달성했으니, 애써 서문을 열고 나가 갈마산성의 백제군과 결전을 벌일 필요는 없겠지요. 백강에서 온 전령에게, 더 이상 백제군이 군선을 불태우지 못하도록 우리 군사들을 기다릴 필요 없이 서해로 빠져나가 회군하라고 하는 것이 좋겠습니다."

우형의 말에 제장들 모두 머리를 끄덕거렸다.

이렇게 하여 고구려 원정군은 황강 나루에 정박한 군선을 이용해 국원성까지 이동하게 되었다. 전리품으로 챙긴 갑옷만 1만 벌이었으므로, 국원성 군선들은 네 차례나 왕복을 거듭한 끝에 고구려 원정군과 각종 무기들을 실어나를 수 있었다.

군선에서 내린 고구려 원군은 황산하 나루에서부터 국내성을 향해 진군했다. 진군하는 과정에서 우회하지 않고 빠른 길로 가다 보니, 어쩔 수 없이 백제의 산성들을 몇 개 지나치게 되었다. 고구려군은 그 성들을 그냥 지나치지 않았다. 백강 선착장에 정박해 있던 아국 군선을 수십 척 잃은 데 대한 보복으로 사구성을 비롯하여 누성, 우전성 등 여섯 개의 성을 쳐부수고 무기 등 전리품을 더 챙겼다. 그러다 보니 국내성으로 회군했을 때는 이미 해가 바뀌어 408년 정월 보름도 훌쩍 넘긴 다음이었다.

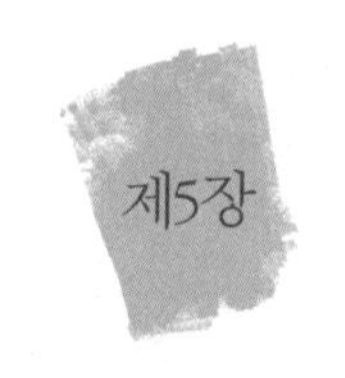

동부여 경략

1

409년(영락 19년) 4월, 태왕 담덕은 왕자 거련을 태자로 책봉했다. 이미 거련의 나이 열일곱 살이었다. 담덕이 태자 책봉을 받은 나이가 열두 살이었으므로, 좀 늦은 감이 없지 않아 있었다. 그러나 담덕은 이른 나이에 부왕(고국양왕)이 갑자기 훙거하는 바람에 왕위에 오른 후 적지 않은 상실감을 겪었으며, 내우외환의 고구려 정세를 헤쳐나가는데 뼈를 깎는 아픔을 겪은 것이 사실이었다.

담덕은 왕자 거련에게 한 나라를 경영하는 군주가 갖추어야 할 덕과 지혜를 겸비할 수 있도록, 어린 시절부터 사부 정호를 곁에 두어 철저하게 제왕학을 가르치게 하였다. 군주는 문무를 두루 통달하고 있어야 하며, 특히 백성이 하늘처럼 떠받들

수 있도록 덕을 쌓는 것이 중요하다고 생각했다. 고구려 주변국들의 요동치는 격동의 세월을 감내해내면서 그는 자국뿐만 아니라 이웃나라 백성들도 한 아름으로 끌어안을 수 있는 덕치의 필요성을 깊이 인식하게 되었다. 태자 거련에게는 고구려의 주변 환경을 바꾸어 자신이 겪은 것과 같은 정신적 고통만은 안겨주고 싶지 않았다.

대체로 고구려의 서북 변경이 어느 정도 안정되고, 남쪽의 백제는 대야산성 공략으로 단단히 징치하였으니 한동안 근심을 덜 수 있었다. 그동안 발톱 밑의 가시 같았던 후연이 무너지고 고운이 북연을 세우면서, 고구려와 피를 나눈 형제처럼 가까워졌다. 원래 고운의 조상은 전연의 모용황에게 끌려가기 전까지 고구려 왕족이었으므로, 어찌 되었든 담덕과는 혈족 관계라고 할 수 있었다.

태왕 담덕이 북연왕 고운에게 먼저 사신을 보낸 것도 혈족임을 강조하여 친선을 도모하고자 하는 외교 전략의 일환이라고 할 수 있었다. 그러자 고운 역시 곧바로 종족의 답례로 시어사(侍御史) 이발(李拔)을 고구려에 파견하였다. 이처럼 고구려와 북연이 친연관계를 유지하게 되면서 북위나 거란도 우호적으로 나올 수밖에 없었다. 다만 걱정이 되는 것은 동부여였다.

거련을 태자로 책봉하고 나서 태왕 담덕은 북부여에 전령을 급파하여 추수로 하여금 독산성(禿山城, 용담산성)을 축조하라고 명령하였다. 송화강 물줄기가 휘돌아나가는 곳에 천연 요새의 험산이 자리를 잡았고, 그 산 안에는 '용담(龍潭)'이라는 큰 호수가 있었다. 그리고 그 좌우로 동부여를 경계로 한 위성(衛城)들을 축조하도록 했는데, 독산성까지 합해 모두 6개의 성이었다. 동부여가 더 이상 서북쪽을 넘보지 못하게 길을 틀어막겠다는 전략이었다. 이렇게 성을 쌓는 것만으로는 부족하다고 생각해, 그해 7월에는 평양성에서 민호(民戶)를 조발해 그곳으로 보내 정착해 살도록 하는 사민정책(徙民政策)까지 썼다. 독산성, 흔히 용담이 있다고 해서 '용담산성'이라고도 하는 이 성을 중심으로, 위성들이 배치돼 있는 물줄기를 따라 형성된 그 주변의 너른 들판은 오랜 세월 침식작용을 거치면서 옥토로 변해 있었다. 평양에서 농토가 없어 가난을 면치 못하는 백성들을 송화강으로 이주시켜 농사를 짓게 함으로써 먹고사는 걱정을 없애고, 또한 거기에서 나오는 일부 세곡을 독산성과 그 위성들에 주둔한 군대가 사용하는 군량미로 거둘 수 있다는 일거양득의 효과를 담덕은 생각했던 것이다.

후연을 멸망시키고 고운이 북연왕이 되었을 때 담덕은 많은 것을 느낄 수 있었으며, 더불어서 새로운 깨달음도 얻었다. 고구려 유민 세력이 그 땅의 주인인 선비 세력을 밀어내고 새로운 나라를 세운 것이었다. '인생은 새옹지마'라는 말이 있듯이, 나라 운명도 그와 같아 흥망성세가 번복되는 과정을 거쳤다. 그런 의미에서 북부여에 평양성의 민호들을 보내는 것은, 오랜 세월이 흐르고 나면 자연적으로 그 땅이 고구려 영토로 귀속될 것이라 판단했기 때문이다.

그러고 나서 한 달 후인 8월에 태왕 담덕은 거련과 함께 평양성으로 행차하였다. 태자로서 장차 나라 경영을 어떻게 할 것인가, 그 실무적인 일들을 현장 지도하는 성격의 순례라고 할 수 있었다.

이미 추수가 거의 끝난 들판은 흑갈색으로 물들어 있었다. 벼를 베어낸 논은 축축한 물기를 머금은 검은빛 일색이었고, 수수목을 잘라낸 산비탈의 밭에는 껑충하게 키가 큰 수숫대들이 바람을 맞아 회갈색의 마른 이파리들을 흔들어대고 있었다. 국내성에서 압록강을 건넌 담덕과 거련 부자는 모처럼 말을 타고 들판을 달렸다. 길 안내를 맡은 호위무사들이 앞에서 달렸고, 그다음이 태왕과 태자, 그리고 뒤에서 경계하는 기병들이 따라붙었다. 규모를 최대한 줄인 순례 행차지만 50여 기의 말들이 줄을 이어 달렸다.

태왕 바로 뒤에는 말 네 마리가 끄는 빈 수레도 따라붙고 있었다. 원래 순례길에는 수레를 타고 이동해야 편한데, 담덕은 오랜만에 말타기를 즐기고 싶었다. 더욱이 태자 거련과 함께 말머리를 같이하며 달리는 것은 처음이라 그런지 기분이 한껏 상기되어 있었다. 붉게 물든 얼굴은 말을 달릴 때 맞바람을 맞아 그런 이유도 있지만, 건강을 이유로 용상에만 깊이 파묻혀 있다가 말을 타고 들판을 달리게 되자 모처럼 만에 한껏 기운이 솟아 몸속의 열기가 후끈 달아올랐다.

"우리 태자가 이젠 말타기에 아주 능숙하구나. 이 아비도 인생의 절반은 말 위에서 보낸 것 같은데, 모처럼 만에 애마 위에 올라보니 너처럼 젊은 나이로 돌아간 기분이 드는군."

담덕은 대견스러운 눈으로 거련의 옆얼굴을 바라보았다.

"지난 대야산성 전투에서 말을 타고 적진을 누비며 싸울 때 폐하의 생각을 많이 했사옵니다. 반평생을 말 위에서 보내셨다는 말씀에 공감합니다. 이젠 소자가 말을 타고 전쟁터를 누빌 터이니, 폐하께서는 편히 쉬십시오. 방금 반평생을 말 위에서 보내셨다는 말씀을 듣고, 가슴이 울컥했사옵니다."

"허허 헛! 아직은 괜찮다. 얼마든지 전쟁터에 나가 적들과 싸울 수 있다. 우리 거련이를 태자로 책봉하고 나니, 이젠 원정군을 이끌고 친정에 나서도 적이 안심이 될 것 같구나."

담덕은 거련의 가슴이 울컥했다는 말에, 그 역시 모처럼 어떤 감동으로 쿵쿵 심장이 뛰는 묘한 기분에 휩싸였다. 이제 아들도 성인이었다. 태자로 책봉된 만큼 오직 만백성을 사랑하는 진정한 군주로 우뚝 서기만을 바랄 뿐이었다.

마침내 태왕의 순행 대열은 평양성에 입성했다.

평양성은 고구려 남쪽에 있는 제2의 도성이라고 할 수 있었다. 고구려는 압록강을 경계로 하여 국도인 국내성을 북방 경영의 중심 도성으로, 평양성을 남방 경영을 위한 제2의 도성으로 삼고 있었다. 언젠가는 백제를 도모해야 하는데, 그러기 위해서는 두 번 다시 적들이 평양성을 넘보지 못할 정도로 방위벽을 튼튼히 쌓아 올려야겠다는 것이 오래전부터 담덕이 고심해온 생각이었다. 아직 고구려 북방의 동부여를 공략하지 못해 평양성 방어를 위한 위성을 쌓을 여력이 없었다. 지난 대방 전투에서 왜적들에게 운양금광을 통해 마련한 금괴들까지 약탈당하면서, 그만큼 국가 재정도 어려워져 당장 위성 축조를 시작하기는 어려운 지경이었다. 그래도 태자로 책봉된 거련에게 평양성의 중요성을 깊이 인식시키기 위해서는 현장 점검을 해보는 것이 좋다고 생각했다. 그리고 무엇보다도 평양성의 위성 적격지로 구룡산을 마음에 두고 산성의 위치와 건물지 등을 물색하다가, 급히 왜적을 무찌르기 위해 대방 지역으로 군사를 출동시키는 바람에 중도에 그친 것이 아쉬워 태자와 함께 평양성 순행에 오른 것이었다.

평양성은 남방 경영의 구심점이 되는 행재소 역할을 하기 때문에 신라나 백제와 왜국에 대한 정보를 가장 먼저 받아들였다. 그 정보들이 수시로 파발을 통해 국내성에 전해지긴 하지만, 크게 중요한 사안이 아니면 사사건건 보고하기도 힘들었다. 그러나 담덕은 소소한 정보라도 놓치지 않고 마음에 새겨두어 최대한 대외 정책에 반영하려고 노력했다. 그래서 특히 얼마 전 대야산성 전투 이후의 백제 움직임이 궁금하지 않을 수 없었다.

평양성의 젊은 성주 손창순은 태왕 일행에게 저녁 연찬을 베풀었다. 그 자리에서 담덕이 물었다.

"손 장군! 최근 새롭게 백제의 소식을 들은 것은 없소?"

담덕은 대방 전투에서 손창순이 장창으로 해평과 맞서 대등한 싸움을 벌이던 기억을 떠올렸다. 그 아비에 그 아들이라고, 전에 성주였던 손원휴가 죽고 나서 성주가 된 손창순은 20대 중반의 젊은 장수인데도 범 같은 위용을 보여주었다. 그가 비록 젊지만, 담덕은 평양성의 성주로 예우해서 함부로 '해라'를 하지 않았다.

"폐하! 백제의 내부 사정에 조금 변화가 있는 듯싶습니다."

"내부 사정이라면?"

담덕이 술잔을 기울이다 말고 손에 든 채 손창순을 바라보았다. 바로 그 옆에 앉은 태자 거련의 눈길도 그쪽으로 쏠렸다.

"백제 장군 사두가 위사좌평에서 물러나 어디론가 사라졌다 하옵니다. 소문에 의하면 전지왕과 사사건건 의견이 맞지 않아 미움을 산 모양입니다. 더구나 대야산성 전투 때 왕제 신이 아국의 군선들을 수십 척 불태운 전과를 높이 사서, 전지왕이 아직 스무 살도 채 안 된 그에게 최고 관직인 상좌평에 제수하고 군권까지 주었다고 합니다. 졸지에 위사좌평이나 병관좌평도 상좌평의 그늘에 묻히는 결과가 되고 말았던 것입니다. 아마도 거기에 반기를 들고 사두가 결국 위사좌평에서 물러나 '초부거사'라는 옛날 스승을 찾아간다면서 자취를 감추어버린 모양입니다."

손창순의 말에 담덕은 그만 벌린 입을 다물지 못했다.

"백제가 큰 인물을 잃었군!"

담덕은 백제 장수 사두에 대해 잘 알고 있었다. 지난날 한성 전투 때 무조건 항복을 하여 군주와 군사들을 살린 장본인이었다. 당시 사두가 항복하지 않고 결사 항전을 했다면, 한성뿐만 아니라 고구려 제장들의 주장에 따라 내친김에 지방의 성들까지 휩쓸어 백제를 멸망시킬 수도 있었다. 담덕은 당시 제장들의 말을 듣지 않은 것을 두고두고 후회하였다.

"또 한 가지 소식은 최근에 왜국왕 응신이 백제로 사신을 파견, 야명주(夜明珠)를 비롯하여 고급 비단과 각종 특산물 들을 백제왕 전지에게 선사했다 하옵니다."

손창순은 그러면서 왜국의 야명주에 대해 설명을 했다.

'야명주'는 말 그대로 밤에도 빛이 나는 구슬을 일컫는데, 푸른색을 띠고 있으며 크기가 계란만한 여의보주(如意寶珠)였다. 왜국에서는 금은보다 더 가치가 있는 삼종신기(三種神器) 중 하나로 여기고 있다는 것이었다.

"흐음, 그런 귀중한 보물을 왜국왕이 백제왕에게 보냈다? 왜국이 백제와 더 견고한 관계를 정립하자는 의도라고도 볼 수 있겠지요?"

"왜 그렇지 않겠습니까? 왜국왕 응신이 칠십 노령에 얻은 딸 팔수를 전지왕과 결혼시켜 백제 왕후로 만들었으니, 가깝지도 않은 바다 건너에 있어 은근히 걱정되는 것도 사실이겠지요. 그래서 딸의 확실한 보호막이 필요하다고 생각해 목만치와 신검 무사들까지 딸려 보낸 것 아니겠습니까?"

"그렇기도 하겠군! 헌데, 대야산성에서 아국 군사들에게 참패해 한성으로 돌아간 목만치는 어찌하고 있는지 혹시 들은 소문이라도 있으시오?"

담덕은 '목만치'라는 존재가 늘 목에 걸린 가시처럼 껄끄러웠다.

"소장의 생각에 사두 장군이 한성에서 도망치듯 떠난 것도 목만치와의 갈등이 한몫한 것 같습니다. 왕제 신이 상좌평인데다 그의 외척인 해 씨들이 요직을 점유하고 있으나, 사실상 백제의 실권은 목만치가 쥐고 있다는 소문이 자자합니다. 목만치는 왕후 팔수부인의 수족이나 다름없는 데다 바다 건너 왜국왕의 배경을 무시할 수 없으니, 백제왕도 함부로 어찌하기 힘들 것입니다. 백제왕이 벼슬을 내려도 목만치는 거절하면서 '무임소(無任所)'를 자청했는데, 그 소탈함의 휘장 뒤에서 무소불위의 권력을 휘두른다고 들었사옵니다."

손창순은 평양성의 성주로서 남방 경영 임무에 충실하고자 나름대로 정보 전략을 펼쳐 백제 곳곳에 첩자를 심어두고 있었다. 이는 태왕 담덕이 국내성에 앉아서 보고받는 정보 체계와는 다른 형식의 구조였다.

"흐음, 일리가 있는 얘기요. 아국에게 사두 장군이 사라진 것은 참으로 다행스러운 일이지만, 앞으로 목만치의 일거수일투족을 예의 주시하지 않으면 안 될 것 같군! 다시 왜국이 준동하려면 '목만치'라는 다리가 필요하고, 그를 통해야만 백제 왕실과 소통이 된다는 얘기 아니겠소?"

담덕의 정보 해석 능력은 빨랐다. 그의 머리는 비상하게 돌아가, 작고 하찮게 느껴지는 정보라도 일단 거미줄에 걸려들면 먹잇감의 포착 지점을 정확하게 짚어내는 능력을 갖고 있었다.

한편 거련은 담덕과 손창순의 오가는 얘기를 들으면서 가만히 고개를 끄덕거렸다. 굳이 손가락으로 짚어주면서 가르치기보다 스스로 깨닫게 해주는 것이 더 효과가 있다는 것을 담덕은 알고 있기에, 간접적으로 태자에게 그런 교육을 시키고 있는 것이었다.

다음날 담덕은 오래전부터 평양성의 위성 역할을 할 수 있는 지역으로 점찍어둔 구룡산으로 출행하여, 거련과 함께 그 주위를 둘러보면서도 이것저것 찍어서 설명하지는 않았다. 다만 평양성의 위성으로 적당한 위치가 아니냐는 것만 손창순과의 대화를 통해 넌지시 암시했을 뿐이었다.

그래도 담덕은 거련에게 한 마디 묻지 않을 수 없었다.

"거련아! 너는 위성이 왜 필요한지 알겠지?"

"네, 이번 백제와의 대야산성 전투 때 깨달은 바가 많습니다. 대야산성과 같은 황강 줄기에 갈마산성이 있습니다. 대야산성의 위성 역할을 하는 산성이라고 볼 수 있습니다. 대야산성을 공격하려고 하자 갈마산성에서 쏟아져 나온 백제군이 아군의 후미를 치는 바람에 졸지에 앞뒤로 적을 맞아 곤경에 처했던 적이 있습니다. 위성이란 바로 그런 역할을 하는 성이 아닌가요?"

거련은 검은 눈망울을 빛내며 또랑또랑한 목소리로 말했다.

"잘 알고 있구나. 국내성의 위성은 환도성이다. 국내성은 평지성인 데 반해 환도성은 산성이다. 적이 도성까지 쳐들어올 때 네 말처럼 양쪽 성에서 적을 앞뒤로 공격해 척살시키는 방법도 있겠지. 더 다급할 경우 평지성을 버리고 산성으로 들어가 장기전을 펼칠 수도 있다. 평양성은 평지성과 산성을 겸하고 있어 국내성보다 안정적이긴 하다. 하지만 고국원대왕 시절 백제군과 평양성 전투를 벌일 때 패할 수밖에 없었던 것은, 가까이에 이렇다 할 위성이 없어 견제하기 힘들었기 때문이다. 이곳 구룡산에 위성을 쌓으려는 것은 바로 그런 이유 때문이다."

담덕은 그러나 당장 위성을 축조하지는 않을 것이라고 말했다.

백제의 도발을 염려해서는 당장이라도 위성 구축에 착수하고 싶었지만, 태왕 담덕으로선 아직 국가 재정이나 백성들의 노역 동원이 어려운 실정이므로 뒷날을 기약하며 그렇게 처신할 수밖에 없었던 것이다. 나라에서 하는 일이란 무조건 밀어붙인다고 되는 것이 아니기 때문이었다. 다급하다는 이유를 들어 일을 밀어붙이면 그만큼 백성들의 고단함은 배가될 수밖에 없고, 그것이 역효과로 작용하여 내정의 분란만 초래할 위험성이 높다는 것을 담덕은 잘 알고 있었다. 담덕은 어떤 일이든 인내심을 가지고 장고를 거듭하는 것이 자신도 모르는 사이에 거의 습관화되어 있었다.

2

장수 풍발이 후연에 반역을 일으켜 모용희를 죽이고 나서 고운을 북연왕으로 추대했으나, 그는 처음부터 그 자리가 몹시 불편하여 바늘방석에 앉아 있는 기분이었다.

고운의 성격은 좋게 말하면 우유부단한 편이고, 악의적으로 말하면 편협하고 겁이 많으며 속이 좁았다. 전날 조부 고화가 모용보에게 손자를 부탁한다고 할 때 양자로 받아들이겠다고 하자, 선뜻 '고 씨'에서 '모용 씨'로 성씨를 바꾼 것부터가 그랬다. 그리고 풍발이 북연왕으로 추대하자 덥석 물듯 받아들인 후 다시 성씨를 '고 씨'로 고친 것도, 얼핏 보기에는 줏대 있는 일 같으나 양지만 찾아 좇는 보호본능이 작용한 까닭이었다. 만약에 그가 후연 멸망 후에도 '모용 씨'를 고집했다면 풍 씨 형제들의 칼에 목이 달아날 것은 불을 보듯 뻔한 노릇이었다.

그래서 북연왕 고운은 국초에 개국공신인 풍발을 무읍공(武邑公)에 봉하고 시중, 정북대장군, 개부의동삼사 등의 관직을 몰아주었다. 그리하여 풍발이 동생 풍소불과 함께 조정의 실권을 장악해 무소불위의 권력을 휘두르는 바람에, 정작 고운은 권좌에 앉아 있기는 했지만 허수아비 군주에 불과했다.

이때 고운은 풍 씨 세력을 견제하기 위한 우군이 필요하다고 생각했다. 그래서 오래도록 그를 따르던 수하 중에서 이반(離班)과 도인(挑仁) 두 사람에게 많은 상을 주고 요직에 앉혀, 한꺼번에 재물과 권력을 거머쥘 수 있도록 해주었다. 늘 그들을 가까이 두고 정사를 논하였으므로, 풍 씨 세력들 사이에서도 심심치 않게 불만이 터져나올 정도였다.

그런데 정작 이반과 도인은 만족할 줄 모르는 자들이었다. 고운의 덕에 출세한 것은 도외시한 채, 자신들이 풍 씨 일가들보다 직급이 낮다는 이유를 들어 높은 관직을 달라고 청하였다. 하지만 고운으로서는 그렇지 않아도 풍 씨 세력으로부터 곱지 않은 시선을 받고 있던 참이라, 그들의 청을 일언지하에 거절하였다.

이반과 도인은 독기를 품었다.

"저 멍청한 고운도 군주 노릇을 하는데, 우리라고 못할 것도 없지. 이대로 가다간 풍 씨 세력들에게 나라를 내주고 말 것이야."

"도대체 북연왕은 고 씨인가, 풍 씨인가?"

이반과 도인은 이를 갈아붙였다.

어느 날 고운이 궁궐 동당(東堂)에서 독서를 즐기고 있는데, 두 사람이 알현을 청했다.

"아뢰옵니다. 새로 구한 서책이 있어 전해드리려고 합니다."

손에 서책을 받쳐 든 이반이 고운을 향해 예를 올렸다.

"오오, 어떤 내용의 책이오?"

고운이 읽고 있던 역사서를 서안에 내려놓으며 이반을 바라보았다. 이때 이반은 책 밑에 숨겨 들여온 칼을 빼 고운을 찔렀다.

고운은 얼떨결에 팔꿈치를 받치고 있던 궤(几)를 들어 이반의 칼을 막았다. 그러자 이번에는 도인이 달려들어 고운의 가슴에 칼을 깊이 꽂았다. 북연왕 재위 3년 만인 409년 10월에, 고운은 그렇게 세상을 하직했다.

막상 일을 저지르고 나자 이반과 도인은 덜컥 겁부터 났다. 풍 씨 세력이 가만히 있지 않을 것 같았다. 일단 두 사람은 도망질부터 쳤다. 고운이 비명에 죽은 것을 안 풍발은 장하독으로 있던 장태와 이상에게 명을 내려 이반과 도인을 추적하게 했다. 장태는 서문에서 이반을, 이상은 궁중 뜰 안에서 도인을 잡아 단칼에 목을 쳤다. 이렇게 고운이 죽자, 풍 씨 세력은 풍발을 북연왕으로 추대하였다. 권좌에 오른 그는 아들 풍영을 태자로 책봉하고, 동생 풍소불을 거기대장군으로 삼았다. 그 밖에도 처가와 친가의 가까운 인맥들을 두루 중책하여 자신의 보호막을 두텁게 하였다. 그러나 종씨인 풍마니는 요서군으로, 풍유진은 창려군으로 변방 장수에 임명해 멀리 내보내 불만이 많았다.

바로 이러한 틈을 노린 것이 북위의 탁발규였다. 고운이 북연왕이 되었을 때만 해도 그는 고구려와의 관계를 생각해 군사를 일으키지 않았다. 그러나 풍발이 북연왕이 되었을 때는 달랐다. 풍발은 고구려와 직접적인 연관이 없으므로, 혼란한 틈을 타서 북연의 서북쪽 변방을 차지할 절호의 기회로 판단했던 것이다.

탁발규는 자신에게 온 기회를 절대 놓치는 법이 없었다. 북연왕이 고 씨에서 풍 씨로 바뀌는 변란 속에서 미처 챙기지 못한 서북 변방의 후연 세력을 간단하게 접수하여, 북위의 전략기지로 삼았다. 어부지리는 이를 두고 하는 말이라고 해도 좋았다. 이로써 북위는 요서 지역인 북연을 뺀 나머지 황하 이북 지역을 평정하였다. 화북 최강의 군주로 발돋움한 것이었다.

이렇게 되면서 탁발규는 그 오만이 극에 달했다. 그 무렵에 이르러 그는 이미 한식산을 오래 복용하여 부작용이 병으로 나타나기 시작했다. 며칠씩 잠을 못 이루어 술에만 의지했고, 음식도 제대로 먹지 못했다. 수시로 혼자 중얼거리며 무슨 소리인지 모를 말을 해대다가, 내관들이 그것을 알아듣지 못하면 칼로 목을 치는 것을 다반사로 하였다.

탁발규의 광란은 거기에서 그치지 않았다. 태자 탁발사의 모친인 황후 유 씨까지 죽였다. 자주 귀비 하란 씨의 처소를 찾자 독수공방하던 유 씨 황후가 질투심에 쓴소리 한마디했다가 졸지에 탁발규의 칼에 목이 달아난 것이었다. 한식산 중독으로 정신이 오락가락하였으므로, 나중에서야 자신이 무슨 일을 저질렀는지 깨닫고 화급히 태자 탁발사를 불렀다.

"태자는 어미가 세상을 떠난 것을 너무 슬퍼하지 말기 바란다. 옛날 한나라 무제는 장차 자신의 아들을 위해 그 어미를 죽였다. 자신이 죽고 나서 태자가 제위에 올랐을 때, 태후가 외척 세력들을 등에 업고 정치를 어지럽힐까 두려워서였다. 한무제처럼 장차 네 앞길을 열어주기 위해 그리한 것이니라."

탁발규는 자신의 잘못을 뉘우치기보다 오히려 한무제의 '자귀모사(子貴母死)'란 고사까지 들먹이며, 아예 내친김에 황후의 씨족들까지 죄를 뒤집어씌워 죽이거나 멀리 귀양보냈다. 그렇게 모친이 억울하게 죽었지만, 태자 탁발사는 대놓고 부친을 욕하지 못했다. 효성이 지극했던 탁발사는 사저로 돌아가 모친의 죽음을 한탄하며 매일 밤 통곡을 했다.

그 소문을 듣고 탁발규는 다시 아들을 불렀다.

"폐하, 불러계시옵니까?"

탁발사는 은근히 두려웠다.

"음, 그래! 태자는 들거라. 이제 아국은 화북을 평정했다. 그 기세를 올려 강남의 동진까지 아우르면 중원을 통일하게 된다. 장차 태자 너는 통일 군주가 되어야 한다. 그러기 위해서는 권력을 탐하는 외척 세력부터 제거하는 것이 마땅하지 않겠느냐? 네 어미의 죽음은 장차 너를 통일 군주로 만들기 위한 묘약이 될 것이니라. 효성이 지극한 네 마음을 다 안다만, 한 나라를 이끄는 군주는 자기 편애나 감정에 치우쳐 큰 뜻을 저버려서는 안 되느니라."

탁발규가 이렇게 대놓고 말하는데, 거기에 대고 탁발사도 뭐라고 항변하기가 어려웠다. 탁발사는 자신의 이복동생들까지도 변방으로 내친 탁발규의 조치가, 바로 태자 그 자신을 위한 일임을 너무나도 잘 알았다. 탁발규는 자기 씨가 아닐지도 모른다는 이유로, 항상 눈을 외로 꼬고 바라보던 하란 씨의 아들 탁발소도 변방으로 내치기로 마음먹었다.

하란 씨는 탁발규가 유독 탁발소를 미워하는 데 화가 치밀어올랐다. 심지어는 잠자리에서도 탁발소를 두고 누구 씨냐고 묻자, 하란 씨는 감히 탁발규를 밀치고 돌아눕기까지 했다.

어느 날, 한식산을 먹고 성욕에 불타올라 하란 씨와 동침하다 또 말다툼 끝에 처소를 뛰쳐나간 탁발규는, 화를 참지 못해 탁발소를 우물에 매달아 죽이려고까지 했다. 그걸 안 하란 씨가 달려와 애걸복걸하며 아들의 목숨을 살려달라고 비는 바람에 겨우 사태를 수습할 수 있었다. 그런 일이 있고부터 탁발규는 이제 더 이상 탁발소를 자기 아들로 인정하지 않고, 청하왕(淸河王)에 봉하여 멀리 변경으로 보내버렸다.

그러나 탁발규는 오직 태자 탁발사만큼은 끔찍하게 여겼다. 미운털이 박힌 자식들은 탁발소처럼 제후로 삼아 변방으로 내쳤지만, 태자는 늘 가까이 두고 제왕의 교육을 시켰다. 탁발규는 변방의 귀족들이나 장수들, 제후들을 견제하기 위해 그들의 여식을 볼모 삼아 자신의 후비로 삼곤 했다. 탁발사가 성인이 되고부터는, 태자에게도 정실 아닌 여러 명의 후실을 두게 하였다.

그런 이유로 하여 태자 탁발사는 나이 스물이 되기 이전인데도 부인을 여러 명 두고 있었으며, 각 부인에게서 연년생으로 자식들이 많이 태어났다. 다섯째 후비 윤 씨가 아들을 낳았을 때 태자가 탁발규를 찾아와 청하였다.

"폐하, 이번에 낳은 아들의 이름을 지어주십시오."

"오, 그러한가?"

탁발규는 태자가 아들을 낳을 때마다 그런 부탁을 해왔으므로 새삼스럽게 생각하지는 않았다. 그런데 문득 지난밤 꿈에 본 탁발건의 얼굴이 떠올랐다. 오래전 후연과의 전투에서 화살받이로 평성 앞에 포로들을 나무 기둥에 매달다 적의 특공대에게 목이 잘린 젊은 장수였다.

"급한 것은 아니오니 이름이 지어지는 대로 알려주셔도 됩니다."

탁발사가 은근히 탁발규의 눈치를 살피며 말했다.

"아니다. 방금 생각이 났다. 건(健)이라고 이름을 지으면 어떻겠느냐?"

탁발규는 꿈속에 자주 탁발건이 나타나는 이유를, 목 없는 시신만 땅에 묻어주어 그 원혼이 자신의 곁을 맴돌기 때문이라고 생각했다. 그래서 한때는 운강진의 바위 절벽에 탁발건을 닮은 얼굴의 부처를 새겨 그 원혼을 달래주려고까지 했으나, 최호를 비롯한 대신들의 반대가 심해 대불사 계획을 실행하지 못했던 적도 있었다.

"폐하! 건이라 하시면? 오래전 후연 포로들을 평성 앞에 화살받이로 세우다가 죽은 젊은 수장 이름과 같지 않사옵니까?"

"그래서 그 이름을 따서 건이라고 지으라는 것이다. 탁발건은 무술이 뛰어난 아주 용감한 장수였다. 장차 네 아들이 커서 그런 인물이 되라는 뜻이니, 그리 알거라."

탁발규가 이미 그렇게 정했다면 태자 탁발사로선 따르지 않을 수 없었다.

"네, 그리하겠나이다."

"그리고 생각난 김에 네게 부탁할 게 한 가지 있다. 언제가 될지 모르지만, 국내외적으로 나라가 안정되고 부강한 국가가 되면, 운강진 바위 절벽에 굴을 뚫고 부처들을 들어앉힐 계획이다. 장차 네가 제위를 이어받게 되면 그곳에 바위굴을 파고 이 아비를 닮은 가장 큰 부처를 들어앉히도록 해라. 알겠느냐?"

탁발규는 화북의 패자가 되겠다는 야망을 키우면서 숱한 전쟁터에서 많은 인명을 살상한 것이 불교적으로 큰 악업임을 잘 알았다. 죽어서 그 원혼이 극락정토로 가지 못하고 구천을 떠도는 것이 두려웠다. 탁발건이 자주 그의 꿈속에 나타나는 것도, 그 억울하게 죽은 영혼이 구천을 떠돌고 있기 때문이라고 굳게 믿고 있었으므로 태자에게 그런 부탁까지 하게 된 것이었다.

꿈자리가 뒤숭숭할 때마다 탁발건은 한식산으로 마음을 달랬다. 따끈따끈하게 데운 독주에 그것을 타서 마시면 약효가 빨라 기분이 금세 좋아졌다. 정신이 몽롱해지면서 만사를 잊고 황홀경의 순간을 끝까지 유지하고 싶었다. 그때마다 하란 씨의 처소로 달려갔다. 아들 탁발소를 변방으로 보내고 심란해진 다음부터 하란 씨는 탁발규를 냉랭하게 대했다. 그런 차가운 눈길을 무시하고 탁발규는 전보다 더 거칠게 달려들어 일방적으로 성욕을 채우는 데 급급하였다.

어느 날 술에 잔뜩 취한 탁발규가 침실로 뛰어들어 겁탈하듯 성욕을 채우려고 할 때, 하란 씨는 몸씨름을 하며 발버둥치다 그만 실수를 저지르고 말았다. 탁발규의 낭심을 세게 걷어차버린 것이었다.

"아니, 이년이 감히?"

탁발규는 자신의 가랑이 사이로 손을 넣어 낭심을 잡고 데굴데굴 구르다 침상에서 굴러떨어졌다.

"아, 폐하! 본의가 아니었사옵니다."

사색이 된 하란 씨가 변명해보았자, 이미 엎질러진 물이었다.

"여봐라! 칼을 가져오너라. 당장 목을 칠 것이니라. 아니, 아니다. 일단 저년을 당장 옥에 가두어라."

탁발규는 내관을 불러 추상같은 명을 내렸다. 한식산 기운 때문에 그의 말은 횡설수설이었고, 행동은 허둥지둥 어찌할 바를 몰랐다.

일단 내관은 하란 씨를 감옥에 가두었다. 울다가 지쳐 있을 때 감옥으로 시녀가 달려왔다.

"내 목숨이 경각에 달려 있다. 급히 내 아들 소에게 사람을 보내 이 사실을 알려라. 나를 이 지옥으로부터 구해달라고."

하란 씨의 이 같은 말은 곧 변방에 제후로 나가 있는 청하왕 탁발소에게 전해졌다.

탁발소는 무술에 뛰어난 졸개 기십 명을 이끌고 급히 평성으로 말을 달렸다. 마침내 밤이 되었는데, 성문으로 들어가면 신분이 드러날 것을 염려해 감시가 뜸한 곳으로 성벽을 타고 넘었다. 자정 가까운 시각에 탁발규의 처소로 뛰어든 탁발소는 한식산으로 몽롱한 기분에 취해 있는 탁발규의 가슴에 칼을 꽂았다. 탁발규는 숨 한 번 제대로 쉬어보지 못한 채 절명했는데, 이때 그의 나이 39세였다.

그날 새벽, 탁발소와 그를 따르는 졸개들의 감시망을 벗어난 내관 하나가 태자 탁발사에게 사태의 전모를 알렸다. 이때 탁발소는 하란 씨가 갇혀 있는 감옥으로 가서 모친을 구해 성을 벗어나려고 하던 참이었다. 그러나 탁발사가 군사들과 함께 달려와 탁발소 일행을 모조리 붙잡아 참수하였으며, 반역의 죄를 엄히 물어 평성의 성문 앞에 효수하였다.

3

한겨울에 서북풍이 찬 기운을 몰아왔다. 그런 서북풍과 함께 북위에서 고구려로 전해져온 것은 탁발규가 죽었다는 소식이었다. 파발을 통해 그 소식을 알게 된 태왕 담덕은, 그렇게 한 세상이 저물고 새로운 세상이 밝아온다는 느낌을 받았다. 북연의 고운이 죽었다는 소리를 듣고 얼마 안 되어 다시 화북의

맹주 탁발규의 사망 소식을 접하자, 문득 앞으로 변화할 시대의 격랑이 먼저 염려되었다.

세상살이란 것이 사람과 사람 사이에 소통이나 교류 없이 유아독존으로 생존할 수는 없는 법이었다. 하물며 나라와 나라 사이의 문제는 서로의 이해관계가 맞물려 있어 셈법이 더욱 복잡하였다.

'이젠 양수겸장의 전략도 끝이 났구나.'

담덕은 고구려와 북위가 양수겸장의 전략으로 후연을 겁박하던 시절을 떠올리지 않을 수 없었다. 탁발규가 죽었지만, 북위와의 관계가 계속 유지되어야만 고구려는 서북쪽의 안정을 꾀할 수 있었다. 이제 후연도 사라졌고, 그 자리에 북연이 들어섰다. 고구려와 북위 사이에 낀 북연은 아직 후연처럼 적대 관계에 있는 나라는 아니었다. 고운이 죽고 풍발이 북연왕이 되었지만, 그는 한족 출신이므로 선비족처럼 고구려와 숙적이 되어 치고받는 관계가 되지는 않을 것이었다.

북위의 탁발규가 죽고 나서 곧 해가 바뀌어 410년(영락 20년)이 되었다. 태왕 담덕은 고구려 서북 지역의 안정을 위해선 북위와 북연 두 나라와 새롭게 관계 정립을 할 필요가 있다는 생각에 골몰하였다. 그것이 확실하게 정리되어야만 혹시 모를 동부여의 준동에 대비할 수 있기 때문이었다.

마침내 담덕은 북위에 탁발규 조문 사절단을, 북연에는 풍발 즉위 축하 사절단을 파견하기로 했다. 북위에는 몇 번 사신단으로 간 적이 있는 추동자를, 북연에는 풍발과 인연이 있는 마동을 정사로 삼아 동시에 출발시켰다. 이들 두 사신단이 국내성을 떠난 것은 서북풍이 몰아치는 정월이었는데, 돌아온 것은 봄볕이 따스해진 춘삼월이었다.

한편, 동부여는 봄이 무르익어 삼월삼짇날 행사로 분주하면서도 은근히 고구려의 압박에 두려움을 느끼고 있었다. 고구려가 초원로를 개척해 곳곳에 역마를 두고 둔전군까지 배치하자, 동부여로선 북방으로 진출하는 길이 어렵게 되었다. 그런데다 송화강 서북쪽으로 또한 고구려가 독산성을 비롯한 위성들을 축성해, 사방을 꽉 틀어막는 바람에 도무지 옴치고 뛸 수 없는 지경에 이르렀다. 기마 전술에 강한 고구려에 대항하려면 많은 말들이 필요한데, 전에 숙신과 말 교류를 하던 것까지 완전히 차단당했다. 고구려가 초원로 개척과 함께 숙신을 거수국으로 삼으면서, 그나마 가끔씩 이루어지던 말 교역까지 끊기고 만 것이었다.

동부여는 사방에 마가·우가·저가·구가 이른바 '사출도'를, 그 가운데 지역에 왕이 있는 도성을 둔 5부족 연맹 체제였다. 사출도 제도가 생기기 전인 초기 금와왕과 대소왕 부자가 동부여를 다스릴 때만 해도 왕권이 강력했었다. 그러나 대소왕이 고구려의 대무신왕에게 대패하여 참수당하고 나서, 동부여의 귀족 세력 간에 내분이 일어났다. 결국 귀족들은 각 추장을 내세워 동부여를 지방 분권 정치체제로 바꾸었다. 즉 중앙의 왕은 사출도 각 부족장들에 의해 추대되므로 그만큼 왕권이 약화될 수밖에 없었다. 왕이 주재하는 도성을 가운데 두고 동쪽에 우가, 서쪽에 저가, 남쪽에 구가, 북쪽에 마가의 사출도가 지방정권을 형성해 나라를 좌지우지하였다. 왕이 나온 부족의 경우 그 추장의 권한이 막강하였다.

동부여의 사출도 중에서 가장 강한 세력은 북쪽의 마가부로, 그 추장 역할을 맡은 부족장이 바로 견성이었다. 후연이 멸망하고 북연이 건국되었을 즈음이었다. 당시 후연에는 부여 왕실의 피를 이어받은 여울(餘蔚)이 선비 세력의 그늘에서 겨우 명맥을 유지하고 있었다. 오래전인 346년, 전연의 모용황이 부여 땅을 공격해 포로 5만 명을 압송할 때 부여왕 여현(餘玄)도 볼모로 잡혀갔다. 이때 모용황은 부여 포로들을 위무하기 위해 여현을 진동장군(鎭東將軍)으로 삼았다. 부여가 후연의 동쪽에 있었으므로, 그 지역을 대표하는 권한을 부여한 것이지만 실권은 별로 없는 허울에 불과했다. 여울은 바로 그 여현의 아들로, 모용수가 후연을 건국할 때 공을 세워 '부여왕'으로 책봉되었다. 그러나 후연이 멸망하면서 여울은 졸지에 오갈 데 없는 신세가 되고 말았다. 이때 마침 그 소식을 접한 동부여 마가부의 수장 견성이 졸개들을 보내 여울을 안전하게 귀국시켜 왕으로 추대한 것이었다.

사출도 중 마가부의 관할 지역이 가장 큰 편이어서 동부여의 실권을 쥐고 있었다. 그런데다 여울왕까지 추대하면서 동부여의 사실상 권력 중심은 마가부라고 해도 과언이 아니었다.

아직도 견성은 고구려의 담덕이 감히 동부여에 와서 스승의 위령제를 지낸다고 했을 때, 목숨을 거두는 데 실패한 것에 대해 못내 아쉬움이 컸다. 그것이 불과 5년 전의 일이었다. 그때 담덕을 제거했으면 동부여의 위상이 크게 달라졌을 것인데, 이젠 사방이 꽉 막혀 외세와 완전히 단절된 꼴이니 견성으로선 미치고 환장할 노릇이었다.

바로 그럴 즈음, 북방 초원로에 파견한 세작으로부터 견성의 귀를 탁 트이게 하는 첩보가 날아들었다. 서역으로부터 말 기백 두를 몰고 오는 대상들이 있는데, 그들의 최종 목적지가 고구려일 것 같다는 것이었다.

"암, 그렇고말고. 초원로를 통해 서역의 말을 들여올 수 있는 나라는 고구려밖에 없지. 그 말을 탈취해야겠다. 우리는 고구려에 의해 사방이 가로막혀 말 교역을 한 지가 언제인지 모를 정도다. 지금으로선 저들의 말을 빼앗는 것이 우리가 말을 확보하는 유일한 수단 아니겠는가?"

견성은 급히 무술에 능한 날랜 군사 기백을 뽑아 마적 떼로 위장시킨 후 초원로를 향해 말을 달렸다. 세작의 말에 의하면 대상들이 금산을 넘어 백해를 지난 지가 며칠 안 됐으므로, 고구려가 설치한 역참과 역참 사이의 중간 어느 지점에 매복해 있다가 일시에 덮치면, 큰 힘 안 들이고 말을 탈취할 수 있을 것으로 판단했다.

흑룡강으로 달려간 견성은, 일단 그곳에서 군선과 어선들을 가능한 한 많이 끌어모아 갈대밭에 숨겨두었다. 강 북안에서 말을 탈취한 후 도강하면 아무리 날고 기는 대상들이라 하더라도 감히 동부여 국경을 넘지는 못할 것이라고 생각했다.

따라서 견성은 흑룡강을 건넌 후 산과 강이 만나 협곡을 이루고 있는 지형을 택하여, 군사들을 산속의 밀림지대와 강가의 갈대숲에 매복시켜 놓았다. 군사들에게는 명적을 쏘아올리는 것을 신호로 대상들을 급습해 척살한 후, 곧바로 말을 끌고 배에 올라 강을 건너야 한다고 단단히 일러두었다. 밀림지대에 매복한 군사들은 대상 청장년들을 상대로 싸우고, 갈대숲에 매복한 군사들은 그들의 말을 생포해 강가에 대기한 군선과 어선에 싣는 역할을 담당토록 했다.

견성은 강가의 갈대숲에 숨어 있다가 대상들이 협곡을 지나갈 때 명적을 쏘아 신호를 보낸 후, 졸개들이 생포해온 말들을 배에 싣는 일을 진두지휘하기로 마음먹었다. 그렇게 하루 한나절을 매복해 있었는데, 정말 서쪽으로부터 초원로를 따라 일군의 말을 끌고 오는 상단이 나타났다. 견성이 보기에 말은 수백을 헤아리는 데 반하여 상단의 청장년들은 기십 명에 불과한 것 같았다. 그것도 각자 말을 십여 마리씩 맡아 끌고 오고 있었으므로, 개인과 개인의 사이가 꽤 멀어 보였다. 맨 뒤에는 수레가 두 대 따르고 있었다.

한편 푸른 초원을 달려 말을 이끌고 온 상단은 다름 아닌 장안의 옥 거래 대상이었다. 대인 조환이 뒤에서, 앞에서는 행수이자 기예단장 역할을 맡은 양수가 상단을 지휘하고 있었다. 이미 조환은 이순을 넘긴 나이였지만, 고구려 태왕 담덕이 초원로를 개척할 때 한 약속을 지키겠다며 굳이 따라나섰던 것이다. 당시 양수는 담덕에게 조환 대인과 서역에서 금산을 넘어 초원로를 거쳐 고구려까지 상단을 이끌고 가겠다고 약속을 한 바 있었다. 그 말을 듣고 조환은 고구려의 초원로 개척이 서역의 말을 들여오기 위한 것이라 짐작하고, 기왕 가는 길에 말 5백 두를 끌고 가면 태왕에게 좋은 선물이 되리라 생각했다. 이때 양수가 말 5백 두는 많아 끌고 가기 힘드니 2백 두로 줄이자고 했지만, 조환은 자기 고집을 꺾지 않았다. 이번에 가서 태왕을 만나면 다시 보기 힘들 것이므로 마지막 선물이 되지 않겠느냐는 반문에 양수도 그만 입을 다물고 말았다.

그런데 백해를 지나 흑룡강 북안을 따라 초원로를 달리는데, 갑자기 어디선가 공기를 가르는 기이한 소리가 귀를 찢었다. 그 소리와 함께 산비탈의 밀림지대와 강안의 갈대숲에서 정체불명의 무리가 떼를 지어 나타났다.

와아, 와! 와! 와!

우우, 우! 우! 우!

머리에는 짐승의 털모자를, 몸에는 털가죽으로 된 옷을 걸친 자들이 몰려나오며 외치는 소리 또한 기이했다. 각기 말을 타고 대상들을 향해 달려드는데, 손에 도끼와 초승달처럼 휜 월도 등의 무기를 든 도적들 같았다.

“마적 떼다! 모두 전투 태세를 갖춰라!”

맨 앞에서 상단을 이끌던 양수가 소리쳤다. 이때 그는 말타기에 능숙한 장정을 뽑아 동쪽으로 달려가 고구려 역참에 지원군을 요청하라고 명했다. 한편 뒤에서 상단을 이끌던 조환은 두 대의 수레를 다시 서쪽의 고구려 역참으로 돌려보내며 역시 지원군을 요청하도록 지시했다. 두 대의 수레에는 옥과 금은보화가 가득 실려 있어 마적 떼에게 빼앗기지 않기 위해 그런 조치를 내린 것이었다.

산비탈과 강가의 갈대숲에서 한꺼번에 쏟아져 나온 마적 떼들은 그 수를 헤아리기 어려울 정도로 많았다. 상단 청장년들만으로는 대항하기 어려우므로 역참의 고구려 군사들이 달려올 때까지 싸우면서 끝까지 버텨내야만 하였다.

“힘을 아껴 써라. 오래도록 버텨야 살아남을 수 있다.”

한쪽 팔밖에 없는 조환도 오른손으로 환두대도를 치켜들고 상단 청장년들을 향해 외쳤다.

"놈들이 말을 탈취해 배에 싣고 있습니다!"

양수가 소리쳤다.

"양 단장은 갈대숲에서 나온 자들을 상대하라. 말을 놈들에게 빼앗기면 안 된다."

조환은 뒤도 돌아볼 틈이 없을 정도로 앞에서 들이닥치는 마적들을 상대하며 소리쳤다. 그들은 산속 밀림지대에 숨었다가 튀어나와 상단 청장년들에게 달려들어 닥치는 대로 찌르고 베었다.

양수는 급히 자신을 따르는 청장년 몇 명을 데리고 강가로 달려가 말을 탈취해 배에 싣고 있는 자들을 가로막았다. 강가에는 수십 척도 넘는 군선과 어선들이 미리 대기하고 있었다.

"이놈들! 네놈들이 말을 도둑질할 작정으로 이곳에 매복해 있었구나!"

양수는 마적의 무리 여러 명을 칼로 베어넘기며 소리쳤다.

"어라? 고구려 말을 쓰는 네놈은 누구냐?"

강가에서 졸개들이 말을 싣는 것을 독려하던 견성이 양수를 보고 외쳤다.

"네놈의 정체부터 밝혀라!"

양수가 맞서 싸우던 자들을 상단 청장년들에게 맡기고 잽싸게 말머리를 돌려 견성에게로 달려들었다. 그는 순간 상대가 마적 떼 우두머리라고 판단했다. 우두머리만 제압해 무릎을 꿇리면 사태가 쉽게 수습될 수 있을 것 같았다.

"하룻강아지 범 무서운 줄 모른다더니, 서역에서 온 대상이 초원의 무법자 '불곰'의 소문도 못 들었단 말이더냐?"

견성은 여유 있게 양수의 칼을 받아내며 느물거렸다. 그러고 보니 그는 머리에 불곰의 머리 가죽으로 만든 털모자를 쓰고 있었다.

"네 이놈! 불곰이든 승냥이든 내 손아귀에서 절대 벗어날 수 없다!"

양수는 현란한 칼솜씨로 견성을 어지럽게 만들었다. 기예로 다져진 칼춤을 추어 상대를 당황하게 만든 뒤 사로잡으려는 속셈이었다. 그러나 상대는 그런 술법에 넘어가지 않았다.

"재주는 곰이 부리고 돈은 되놈이 번다더니……. 네놈이 어찌 감히 불곰 앞에서 얍삽한 재주를 부리려고 드느냐?"

견성은 실실 웃으면서 상대를 놀려댔다. 시간 끌기 전략이었다. 그 사이에 졸개들이 말들을 탈취해 배에 모두 실으면, 자신은 강물로 뛰어들어 헤엄을 쳐서 도강하겠다는 계산을 하고 있었다.

다급해진 것은 양수 쪽이었다. 이미 마적들은 떼거리로 몰려들어 상단 청장년들을 물리치고, 수많은 말들을 탈취해 배에 태우고 있었다.

"너희들 정체를 밝혀라. 우리는 고구려로 가는 상단이다. 너희들이 탈취하려는 말들은 우리 상단에서 서역의 명마를 고구려 태왕에게 보내는 진상품이다. 너희들이 동부여 놈들이라는 걸 내가 모를 줄 아느냐?"

양수는 무리의 수가 너무 많아 무술이나 힘으로 맞설 수 없다고 판단했다. 어떻게 해서든 설득해서 말을 되찾을 방법을 생각하다 보니, 고구려 태왕을 거론하게 되었다. 그가 마적 떼로 위장한 무리들을 동부여 군사들이라 판단한 것은, 젊은 시절 장터 마당을 떠돌면서 그곳의 말투와 억양을 두루 익힌 바 있었기 때문이다.

"우, 하하핫! 고구려 태왕이라면 무서워할 줄 알았더냐? 우리 흑수말갈은 고구려를 원수로 알고 있다."

견성은 엉겁결에 자신들이 흑룡강 인근의 밀림지대에 터를 잡고 사는 '흑수말갈'이라고 둘러댔다. 상대에게 동부여 군사들이라는 정체가 탄로나서 좋을 리 없다고 판단했던 것이다.

양수는 허탈감에 빠졌다. 주위를 둘러보니 이미 상황은 상단 청장년들의 패배로 일단락된 듯싶었다. 아무리 무술이 뛰어난 청장년들이라 하지만 끊임없이 달려드는 마적들과 맞서기란 힘든 일이었다. 거의 다 마적들의 도끼나 칼에 목이 달아나거나 혹은 부상을 당해 땅바닥에 쓰러져 기절해버렸다. 그 와중에 상단의 말들도 뿔뿔이 흩어져 너른 초원의 들판으로 달아났거나, 마적 떼에게 탈취당해 배에 실려 강을 건너가버렸다.

한편 밀림지대에서 뛰쳐나온 마적 떼를 상대하던 조환은 끝까지 싸우다가 지쳐 풀밭에 쓰러졌다. 대상 청장년들 모두 죽거나 상처를 입어 땅바닥에 나뒹굴고 있었다. 그는 안간힘을 쓰며 일어나려고 무진 애를 썼으나, 팔이 하나라 마음대로 되지 않았다. 겨우 일어나 앉았을 때 마적 하나가 그에게 등을 보인 상태로 강가를 향해 막 활시위를 당기려는 것을 목격했다. 강변에선 두 사내가 대결하고 있었는데, 그 뒷모습을 보니 바로 양수였다. 마적이 막 활을 쏘려고 할 때 조환은 땅에 떨어져 있던 자신의 칼을 들어 공중으로 날렸다. 그 칼이 마적의 등에 꽂히는 것과 동시에 화살도 양수를 향해 날아갔다. 그러고 나서 조환은 다시 땅바닥으로 엎어지며 정신을 잃어버렸다.

양수도 등에 화살을 맞아 땅바닥에 엎어졌다. 그때 맞서 싸우던 견성은 칼을 거두고 재빨리 마지막 어선에 올라타 강을 건너갔다. 땅에 엎어져 정신을 잃었다가 깨어났을 때, 양수는 자신이 대결하다 상대의 칼이 아닌 누군가 뒤에서 쏜 화살에 맞아 엎어졌던 것을 기억해냈다. 사방을 둘러보니 마적 떼는 온데간데없고 들판에선 바람결에 피비린내만 묻어오고 있었다. 뒤로 돌아 강을 바라보니 말을 태운 어선들도 이미 보이지 않았다.

양수는 강변을 벗어나 들판으로 나왔다. 여기저기서 상단 청장년들이 널브러져 있었고, 간혹 몸을 뒤틀며 앓는 소리를 내는 자들도 있었다.

"이봐! 정신 차려라!"

양수가 고함을 지르자 그때서야 쓰러져 정신을 잃었던 청장년들이 여기저기서 꿈틀대며 몸을 가누고 일어났다. 곧 살아남은 자들이 그의 곁으로 모여들었다. 어찌나 격렬하게 싸웠는지 모두 상처투성이였다. 얼굴도 피칠갑을 해서 지옥에서 살아나온 악귀들 같았다.

"앗, 행수님! 등에 화살이 꽂혀 있네요."

장정 하나가 소리쳤다.

"허헛! 내가 등에 화살을 맞고 까무러쳤던 모양이구나. 그런데 참, 대인 어른이 보이지 않는구나. 어서들 찾아봐라."

양수는 장정이 등 뒤로 돌아가 화살을 뽑는 동안 눈을 감은 채 이를 악물었다. 장정은 곧 옷을 찢어 등줄기에서 뿜어져 나오는 피를 틀어막고, 긴 천을 가지고 어깨에서 가슴까지 단단히 졸라매주었다. 그때서야 흐르던 피가 멎었다. 양수도 조환 대인을 찾아나섰다. 초원의 너른 들판에서 시체가 되어 널브러진 장정들을 일일이 살폈으나 보이지 않았다. 밀림지대 쪽을 다 뒤졌지만 자취도 찾을 길이 없었는데, 의외로 강가의 갈대숲 속에 엎어져 있는 대인을 발견했다.

"대인 어른을 찾았습니다!"

누군가가 외쳤다.

양수가 달려가 보니 의식을 잃은 상태였다.

"대인 어른! 대인 어른, 정신 차리십시오!"

양수가 마구 흔들어 깨우며 소리치자 그때서야 조환이 겨우 실눈을 떴다.

"여, 여기가 어딘가?"

조환은 마치 깊은 잠을 자다 깨어난 사람처럼 물었다.

"살아계셨군요? 참으로 다행입니다."

양수는 조환을 끌어안고 울었다.

바로 그때 서쪽으로부터 두 대의 마차와 함께 기마병들이 뿌옇게 먼지를 일으키며 달려왔다. 잠시 후에는 동쪽 고구려 역참에서도 기마병들이 질주해왔다.

이때쯤 조환도 완전히 정신이 돌아왔다.

"놈들이 탈취해 간 말 이외에 들판으로 흩어진 말들이 있을 것이다. 어서들 흩어져 사방을 수색해서 들판을 헤매는 말들을 찾아라."

조환이 살아남은 청장년들에게 명했다. 대원들 중 상당수가 죽었고, 그나마 부상당했으나 목숨을 건진 장정들이 스무 명 안팎은 되었다. 그들은 고구려 군사들과 함께 달아난 말들을 찾기 위해 너른 들판으로 흩어졌다.

4

조환 상단이 들판에 흩어졌던 말을 수습하여 숙신 지역을 거쳐 고구려 동부의 책성에 도착한 것은, 마적 떼에게 기습당한 지 보름 가까이 지나서였다. 5백여 말들 중 절반 이상을 마적들에게 탈취당하고, 들판에서 도망친 것을 빼고 다시 사로잡은 말들은 채 2백 두가 안 되었다. 그나마 수레 두 대와 일부 말이라도 안전하게 고구려까지 끌고 올 수 있었다는 것을 다행으로 생각하였다.

책성에서부터는 동부욕살 고연제가 조환 상단을 위해 군사를 내주어 길안내 삼아 국내성까지 올 수 있었다. 이미 국내성에서는 초원로 역참으로부터 일련의 사태에 대한 보고를 받고는, 태왕 담덕의 명에 따라 흑부상 단장 추동자가 성 밖까지 나가 그들을 맞이했다.

국내성으로 들어온 추동자는 곧바로 조환과 양수를 편전으로 안내하였다. 그들은 담덕과 마주 앉아 초원로 상에서 만난 마적 떼에 관한 이야기를 주고받고, 그 대책을 논의하였다.

"흐음, 놈들의 우두머리가 흑수말갈 어쩌고 했단 말이지요?"

담덕은 양수를 향해 다시금 확인이라도 하듯 물었다.

"네, 폐하! 분명히 그렇게 들었습니다."

"흑수말갈은 초원로 개척 때 아국과 우호 관계를 확실히 맺었으니 그럴 리가 없습니다. 이는 분명 동부여의 소행입니다. 조환 대인께서 구사일생으로 살아나신 것만도 천우신조라 아니할 수 없습니다. 아국의 군사를 일으켜 반드시 그 죄를 엄히 물을 것입니다."

담덕은 다시금 옛날의 기억을 떠올렸다.

조환 상단 일행이 국내성에 도착하기 이전에 추동자의 보고를 받고 초원로 사건을 안 담덕은, 직감적으로 마적 떼 위장을 하고 말을 탈취한 무리들이 동부여 마가부 일행일 것이라고 짐작했다. 특히 양수와 마지막까지 무술을 겨루던 자의 칼 솜씨라면 마가부 수장 견성일 가능성이 높았다. 벌써 햇수로 6년 전의 일이었지만, 그는 동부여에서의 위령제 사건을 결코 잊을 수가 없었다. 담덕은 마가부의 견성과 아주 오랜 숙적 관계였다. 왕후 아 씨를 처음 만날 때부터 두 사람은 연적 관계로 악연이 계속 겹쳤다.

애초 담덕이 고구려 주변 나라들을 복속시키려는 전략 속에는 동부여를 압박하여 스스로 굴복하고 들어오게 만들 계획이었다. 부여는 고조선에서 나왔고, 특히 동부여는 고구려를 건국한 추모왕이 태어난 곳이었다. 북부여와 동부여 두 나라가 다 같은 핏줄이므로 통칭 '부여'라고도 하는데, 담덕은 그들을 고구려에 복속시키기 위해 서로 피를 흘리고 싶지 않았다. 그래서 '일목장군' 추수로 하여금 송화강 줄기에 독산성 등 6개의 성을 쌓음으로써 확실하게 북부여를 고구려 속국으로 만들고, 동시에 동부여의 숨통을 틀어막아 스스로 항복해오기를 바랐던 것이다.

사실 담덕은 동부여가 스스로 그렇게 쉽게 굴복해오리라고 생각하지는 않았다. 어떻게 해서든 반항하지 않을까 걱정했는데, 마가부의 견성이 고구려로 오는 조환 상단의 말들을 탈취하는 사건이 벌어지고 말았다.

"책성에 와서야 태왕 폐하께서 등에 큰 상처를 입어 고생하셨다는 얘길 접했습니다. 정말 큰일날 뻔하셨사옵니다."

조환이 말했다.

"벌써 오래전의 일이 되었습니다. 이젠 괜찮습니다. 그보다도 조환 대인께서 마적 떼 같은 동부여군들에게 큰 낭패를 보셨는데, 그나마 다치지 않으신 게 천만다행입니다. 고생이 많으셨으니 몸조리를 할 겸 충분히 쉬시고, 또한 양수 단장은 어의에게 부탁해놓을 터이니 어깨의 상처를 잘 치료하시기 바랍니다."

담덕은 조환과 양수 두 사람을 번갈아 바라보며 말한 뒤, 추동자로 하여금 그들을 안내해 객관에서 푹 쉬게 하였다.

조환 상단의 일로, 담덕은 새로운 고민에 빠졌다.

'저 동부여의 마가부를 대체 어찌해야 좋단 말인가?'

담덕은 편전에 홀로 앉아 탁자 위에 동부여 지역의 군사 지도를 펴놓고 장고를 거듭했다.

"견성이 마적 떼로 위장을 했단 말이렷다?"

담덕은 혼잣소리로 중얼거렸다. 그러면서 한편으로 머리는 바삐 돌아갔다. 그는 원정을 떠나기 전 작전을 짤 때마다 짜릿한 기분에 휩싸이곤 했다.

동부여의 사출도 중 마가부가 가장 강성하다는 것을 담덕은 잘 알고 있었다. 후연이 멸망할 당시 '형양태수'로 관직을 차지하고 있던 여울을 동부여왕으로 추대한 것도 마가부의 수장 견성이라고 들었다. 여울은 이미 칠순을 바라보는 나이였으므로, 허울만 왕이지 실권은 없었다. 따라서 사출도 중 가장 강성한 마가부, 그것도 각 부족의 동의를 얻어 여울을 왕으로 추대한 견성이야말로 동부여 최고의 권력자였다.

'그렇다. 마가부의 견성만 제거하면, 사출도 중 나머지 3개 부족을 고구려 수족으로 삼기는 그리 어렵지 않을 것이다. 이 기회에 견성의 무리들을 북쪽으로 밀어붙여 흑룡강 너머로 달아나게 하여, 정말 마적 떼로 만들어야겠다. 조환 상단의 말을 훔칠 때 마적 떼로 위장했으니, 이번 기회에 아예 초원으로 내쫓아 벌판에서 한뎃잠을 자도록 해주어야겠다.'

담덕은 이러한 결론에 도달하자 자신의 무릎을 소리가 나게 쳤다. 말을 타고 동부여로 원정을 떠날 생각을 하니, 벌써부터 흥분이 되었다. 지난날 위령제를 지내러 갔다가 견성의 무리들에게 창을 맞아 크게 다친 이후 처음으로 출전하려고 마음을 먹으니 실로 그럴 만도 하였다.

일단 마음의 결단이 서면 담덕은 곧바로 행동에 옮겼다. 다음날, 태왕 담덕은 긴급 군사 회의를 소집했다. 새로 왕당군 대장군이 된 우형, 그리고 왕당군의 흑부군 장수 어연극과 말갈군 장수 두치, 거기에 국상 정호도 회의 자리에 동석했다. 그들이 둘러앉은 탁자 위에는 고구려 북방을 포함한 동부여 지역이 그려진 상세 지도가 놓여 있었다.

"여러분들도 잘 아시다시피, 이번에 초원로에서 조환 대상 일행이 마적 떼에게 말을 탈취당한 사건은 좌시하고 넘어갈 일이 아닙니다. 저들은 마적 떼로 위장을 했을 뿐, 동부여 사출도 중 북부에 있는 마가부 소행이 틀림없습니다. 이제 북위와 북연의 돌아가는 사정으로 볼 때 서북쪽은 안심해도 좋고, 남쪽의 백제는 얼마 전 아국에게 대야산성 전투에서 대패했으므로 한동안은 준동치 못할 것입니다. 따라서 동부여만 굴복시키면 더 이상 감히 고구려를 넘보려는 외적들은 없다고 봐야 합니다. 다만 바다 건너 왜구들이 해안을 급습할 우려가 있으나, 해안 경계를 튼튼히 하면 저들은 조족지혈에 불과한 무리이므로 크게 염려하지 않아도 됩니다. 문제는 동부여인데, 때마침 이번에 저 마가부에서 먼저 아국에게 공략할 빌미를 제공했습니다. 오래전 숙신이 고구려로 들여오는 말을 탈취해 그들을 공략하면서 초원로 개척까지 하였는데, 이번에는 동부여의 마가부가 조환 상단의 말을 탈취했으므로 이 기회에 동부여 전체를 공격해 무릎을 꿇려 부용국으로 만들 필요가 있습니다."

담덕의 말에선 결연한 의지가 나타나 있었다. 제장들 모두 그 말에 수긍하였으므로, 다른 이의를 달지 않았다.

"이번에 조환 상단의 말들이 초원로를 거쳐오는 것은 저들에게 좋은 먹잇감이 될 수밖에 없었습니다. 목마른 자가 샘을 판다고, 초원로를 통해 수백의 말들이 온다는 소식을 들으니 마적 떼로 위장해서라도 그것을 탈취한 것이겠지요."

제장들이 다른 의견을 내지 않자, 왕당군 대장군 우형이 먼저 입을 열었다.

"북부여를 거수국으로 만든 것처럼, 이번에 아예 동부여도 고구려 영토로 만드는 것이 어떠하올는지요? 부용국으로 만든다는 것은 왕조를 그대로 인정해 공물을 바치는 외교 관계를 유지토록 하자는 것인데, 차후 오만한 군주가 왕권을 잡으면 긁어 부스럼이 될까 염려스럽습니다. 따라서 동부여를 아우르게 되면 아예 고구려 영토로 편입시키고, 폐하께서 직접 다스려야 후환이 없을 것이옵니다. 그리고 나중에는 신라와 백제까지 병합하여 대고구려 제국를 만들어야 하지 않겠습니까?"

국상 정호의 발언에 제장들 모두가 고개를 끄덕거렸다.

정호는 담덕의 명으로 고구려 역사를 새롭게 쓴 바 있고, 대신이나 장수 들은 그 책을 의무감을 갖고 읽었다. 그래서 더욱 그의 말에 긍정하는 바가 컸다.

그러나 담덕은 고개를 좌우로 흔들었다.

"저 중원의 역사를 살펴보십시오. 진나라가 중원을 통일했지만, 불과 2대를 가지 못해 멸망했습니다. 그 후 한나라가 들어섰으나 제후들의 반란이 시시때때로 일어났고, 결국은 십상시들의 농간으로 황제의 권위가 바닥으로 떨어져 위·촉·오의 세 나라로 갈라졌습니다. 삼국시대 때는 각기 세 나라가 이해득실을 따지며 주도권 싸움을 하여 전쟁이 끊이질 않았습니다. 전쟁의 도가니 속에서 백성들은 불행한 삶을 살지 않으면 안 되었습니다. 이는 제왕 한 사람이 다스리기엔 너무 땅덩어리가 커서 야기된 일입니다. 부국강병의 나라를 만들면 주변 나라들도 감히 준동을 못하고 스스로 무릎을 꿇고 들어올 것입니다. 이번에 동부여만 부용국으로 만들면, 그다음 차례는 백제입니다. 그러나 백제의 경우 만만하게 볼 상대가 아닙니다. 바다 건너 왜국과 마치 피를 나눈 형제 나라처럼 지내기 때문에 더욱 그렇습니다."

담덕은 매사에 신중의 신중을 거듭하는 성격이었다. 화가 난다고 충동적으로 결행하는 것을 그는 특히 경계하였다. 동부여의 경우도 그랬다. 조환 상단의 말을 탈취했다고 해서 화가 치솟아 동부여를 공격하는 것은 아니었다. 이미 그는 오래전부터 동부여를 공략하기 위한 전략을 머릿속에서 구상해오고 있었다. 거기에 마가부의 말 탈취 사건은 동부여 공격의 빌미를 제공한 것에 지나지 않았다.

태왕의 말을 통해 이미 동부여 공략이 확실해진 것을 안 왕당군 대장군 우형이 탁자 위에 펼쳐져 있는 지도를 바라보며 말했다.

"폐하께선 동부여 공략 작전을 미리 짜놓으셨군요?"

"그렇습니다. 우리 고구려에선 세 갈래로 군사를 나누어 동부여를 북쪽으로 밀어붙일 것입니다."

담덕은 그러면서 지도 위의 동부여 서쪽을 지휘봉으로 가리키며 설명을 이어나갔다.

동부여의 서쪽은 돼지를 숭배하는 저가부 세력이 자리하고 있었다. 이 지역은 이미 서북쪽에 고구려 군사기지를 건설한 장군 추수의 1만 병력과 북부여 수사 모두루가 이끄는 병력 5천이 합세하여, 1만 5천의 군사가 동쪽을 향해 진군하기로 했다. 다음은 동쪽에 있는 소를 숭상하는 우가부인데, 이 지역은 고구려 책성에서 동부욕살 고연제로 하여금 1만 5천의 군사로 북서쪽을 향해 공격한다는 전략이었다. 그리고 국내성에서는 왕당군 2만을 북쪽으로 진군시켜, 동부여 남쪽에 있는 개를 숭상하는 구가부를 들이치기로 했다. 이때 왕당군에서는 우형을 대장군으로 해서, 흑부군 1만을 장수 어연극이, 말갈군 1만을 장수 두치가 맡아 지휘하라고 명했다. 이렇게 세 군데서 동부여를 공략해 왕이 있는 도성을 점령한 후, 고구려 군사들을 하나로 모아 북쪽의 말을 숭상하는 마가부를 집중적으로 공격하기로 했다.

작전 설명을 끝내면서 이번 동부여 공략은 태왕이 친정할 것이라고 하자, 장수들이 한 입처럼 말했다.

"친정이라니요? 태왕 폐하께선 국내성에 계셔야 하옵니다."

"지난날 동부여에 가셨다가 큰 부상을 당하지 않으셨습니까?"

"시의도 크게 무리하는 것은 좋지 않다고 했사옵니다."

제장들 모두가 다른 말 같지만, 결국은 태왕의 건강을 염려하는 같은 소리였다.

"아니오. 너무 오래도록 궁궐에만 있었더니, 다리에 살이 붙어 더 앉아만 있으면 앞으로 말타기도 어려울 것이오. 이번 기회에 북방의 삽상한 공기도 맛볼 겸 친정에 나서는 것이니, 그리들 아시기 바랍니다."

담덕은 더 이상 말리는 장수가 없도록 확실하게 단안을 내려버렸다. 그러자 아무도 입을 여는 사람이 없었다.

5

태왕 담덕은 먼저 북부여의 동쪽 경계인 송화강 유역에 나가 있는 추수와 책성의 동부욕살 고연제에게 파발을 보내 전략대로 동부여 공격을 지시했다. 그런 연후 국내성에서 왕당군 2만을 원정군으로 편성해 북쪽으로 진군할 채비를 갖추었다.

“국상께서는 태자와 함께 국내성을 지키되, 만약 남쪽의 백제가 도발할 시에는 왕당군 3만의 대장군이 되어 진두지휘하시기 바랍니다. 지난 대야산성 전투에서 태자와 호흡을 맞춘 바 있으니, 무리수만 두지 않는다면 어떤 외적이 쳐들어온다고 하더라도 물리칠 수 있을 것입니다. 태자 책봉을 하고 나니, 원정을 나서는데도 큰 부담이 되지 않아 좋습니다. 진즉에 거련을 태자로 세워 제왕의 도를 가르칠 걸 그랬다는 생각까지 듭니다. 허허, 허.”

담덕의 솔직한 심정이 그러했다. 예전에 거련이 어린 왕자 시절 원정을 나설 때보다 태자가 된 지금, 그만큼 심리적 부담이 덜했다. 마음이 든든하기까지 했다. 그런 생각이 든 것은 6년 전 동부여에서 등에 상처를 입고 구사일생으로 살아난 뒤부터라고 할 수 있었다. 상처가 도질 것을 염려하여 태왕이 직접 원정 나서는 것을 반대한 대신들의 말을 들어줄 수 밖에 없었던 것은, 만약 전쟁터에서 유고(有故) 사태가 발생할 경우의 대비가 은근히 걱정되었기 때문이다. 그러나 이젠 어엿한 성년의 나이가 된 태자가 있으니, 그런 걱정을 깨끗이 떨쳐버리고 원정을 떠날 수 있었다.

"태자는 듣거라. 너도 앞으로 많은 군사들을 이끌고 원정을 떠날 일이 많이 있을 것이다. 그러나 도성을 굳건하게 지키는 일이 무엇보다 중요하다는 것을 이번 기회에 확실히 깨닫길 바란다. 제왕이 원정에 나서는 대장군에게 부월을 주는 것은, 전쟁터에서 제왕을 대신하여 그 역할을 수행하라는 명령이다. 역으로는 제왕이 원정을 나설 경우, 도성에서 태자가 마땅히 그 역할을 해야 한다는 것을 명심하기 바란다. 이것도 장차 나라를 이끌어갈 태자가 제왕의 수업을 쌓는 좋은 기회란다. 알겠느냐?"

담덕은 국상 정호 옆에 서 있는 태자 거련에게도 그렇게 당부의 말을 하였다.

"네, 폐하! 명심, 또 명심토록 하겠나이다. 부디 전장에서 대승을 거두시고 옥체 건강하게 회군하시길 빌겠사옵니다."

태자가 태왕을 향해 깊이 허리를 꺾었다.

마침내 태왕 담덕은 백마 위에 훌쩍 올라탔다. 손을 높이 들어 진군하라는 명령을 내렸다. 대장군 우형이 그 명을 받아 큰 소리로 외쳤다.

"지금부터 북쪽의 동부여를 향해 출격한다. 일단 태백산 쪽으로 진군하여, 북쪽으로 방향을 잡아 송화강 중류로 도강할 것이다. 거기서 처음으로 맞닥뜨리는 적이 구가부 세력이다. 자, 기치를 높이 들고 출정하라!"

언제나 그렇듯, 왕당군의 선봉은 개마고원 사냥꾼 출신 장수 두치가 이끄는 말갈군이었다. 후군은 장수 어연극이 이끄는 흑부군이었고, 선봉과 후군 사이에 태왕 담덕과 호위무사들이 자리를 잡았다. 담덕 바로 좌우에는 마동과 수빈이 보좌하여 말머리 하나 차이로 바짝 뒤를 따라붙었다.

태백산 인근에서 북쪽으로 진군 방향이 바뀌면서 담덕은 감회가 새로웠다. 6년 전, 소금 상단으로 위장해 무명선사 위령제를 지내러 가던 바로 그 길이었기 때문이다. 어찌 되었든 이번 동부여를 공략하는 전쟁은 보복의 의미가 많이 내포되어 있었다. 그런 보복 심리는 담덕의 좌우에서 말을 달리는 호위무사 마동과 수빈의 마음속에서 더 강한 불길로 일어서고 있었다. 마동의 경우, 그 사건이 일어날 때 국내성 감옥에 있어서 호위무사로서 태왕 곁을 지키지 못했다는 자책으로 심리적 괴로움이 컸다. 반면에 수빈은 제사음식을 차릴 때 자신에게 날아오는 창을 태왕이 막다가 등에 큰 상처를 입었으므로, 그 포한의 깊이와 폭이 더욱 남다를 수밖에 없었다. 묘하게도 그 사건들이 다 마가부 수장 견성과 관련되어 있다는 것이 태왕과 두 호위무사의 공통된 생각이었다. 그러한 것에 대해 서로 의견을 나눈 적은 없지만, 세 사람이 암묵적으로 생각하고 있는 적은 바로 견성이었던 것이다.

고구려 원정군은 동부여의 성들을 그냥 지나치지 않았다. 반드시 공성 전투로 성을 차례차례 점령해가면서 북진을 계속했다. 선발대인 말갈군은 공성 전투에 강했다. 후발대가 이르기도 전에 동부여의 성들은 두 손을 들고 항복했다. 산성마다 고작 2천여 군사들이 방어하고 있었으므로, 갑자기 2만의 고구려 군사가 들이닥치자 기가 죽어, 싸움 한 번 제대로 할 엄두조차 내지 못했다.

송화강 북쪽의 성들도 마찬가지였다. 남쪽 성들을 고구려가 점령했으므로 그들이 타던 군선이며 어선을 내주어 큰 어려움 없이 도강할 수 있었고, 고구려군이 공격하기도 전에 북쪽 산성의 성주들이 부두까지 내려와 항복을 선언하였다.

이와 같은 동부여군의 항복은 서북쪽에서 저가부를 공격한 일목장군 추수의 군대나, 동쪽에서 우가부를 공격한 동부욕살 고연제의 군대도 마찬가지로 겪게 된 일이었다. 세 방향에서 송화강을 건너 공격한 고구려군은 마침내 동부여의 도성인 여성(餘城)에 이르러 합류하게 되었다.

여성을 눈앞에 두고 그 앞 들판을 차지한 고구려군 5만은, 그 군세가 마치 출렁이는 바다의 물결 같았다. 검고 희고 울긋

붉긋한 깃발들이 바람에 펄럭이는 모습이 그러했다.

한편 동부여의 도성에서는 5만의 고구려군을 보고 자못 놀라움을 금치 못했다. 사출도 각 부의 수장들은 여성에 다 모여 있었다. 고구려가 동서남 세 방향에서 공격을 가해오면서 산성들이 각기 제대로 싸워보지도 못하고 항복하자, 각 부의 읍성을 지키던 수장들은 지레 겁을 먹고 수하의 군사들을 이끌고 동부여의 도성으로 들이닥쳤다. 북쪽의 마가부 수장 견성도 고구려군의 소식을 접하고, 급히 일부 군사를 이끌고 여성으로 입성했다.

동부여왕 여울은 사출도 수장들과 함께 고구려군의 침공에 대한 대책을 논의했다. 칠순이 넘은 나이에 눈썹을 치떠 이마에 진 주름을 더욱 굵게 잡으며 그는 입을 열었다.

"대체 이를 어찌하면 좋겠소? 이미 고구려군은 아국의 우가부·구가부·저가부 지역을 다 점령한 다음, 이제는 여기 이 도성을 공격하려고 성 밖에 진을 치고 있소이다."

"이는 필시 마가부에서 초원로를 통해 고구려가 들여오는 말들을 탈취한 데 대한 보복의 성격이 짙으니, 견성 장군이 먼저 그 대책을 내놓아보시오."

우가부 수장의 항변 섞인 질의였다.

"고구려군이 5만이라고 들었습니다. 지금 이 도성에는 기본 병력 1만 5천에 각 부에서 이끌고 온 1만 5천의 군사까지, 총

3만의 병력이 있습니다. 공성 전투에선 공격하는 병력과 방어하는 병력의 비례가 적어도 3대 1이면 대등하게 전투를 할 수 있습니다. 내가 이해할 수 없는 것은, 어째서 우가부·구가부·저가부 모두가 각기 산성을 많이 갖고 있는데 제대로 방어조차 하지 못하고 항복했느냐는 겁니다. 이는 싸울 의지가 전혀 없었다는 것 아니겠습니까? 참으로 답답한 노릇이외다. 이래 가지고서야 어찌 오랜 역사를 지닌 대부여로서의 자긍심을 가질 수 있겠습니까? 고구려는 우리 동부여의 금와왕이 의붓자식으로 키운 추모가 세운 나라입니다. 그런 내력을 안다면, 감히 고구려왕 담덕이 어찌 아국을 얕잡아볼 수 있겠습니까? 의붓아들 주제에 자기를 키워준 부친에게 칼을 겨눈다는 것은 도리에 어긋난 짓 아니겠습니까? 피가 섞이지 않았어도 아비는 아빕니다. 그런 아비의 나라에 창칼을 들이대다니? 이는 괘씸하기 짝이 없는 노릇이올시다. 일단 군사의 수에서 우리가 밀리니, 성을 방어하는 데 전력투구하여 고구려군을 무찌릅시다."

마가부 수장 견성의 말에 다른 부의 수장들은 할 말을 잃어버렸다. 그의 말이 모두 옳았고, 고구려군에 제대로 대항 한 번 하지 못하고 여성으로 쫓겨온 자신들이 비굴해 보였던 것이다.

"일단 고구려가 아국을 공격한 빌미를 제공한 것은 마가부이니, 견성 장군이 도성 방어 책임을 맡아주시오."

동부여왕 여울은 각 부의 수장들 눈치를 보아가며, 견성에게 힘을 실어주었다.

"우리는 견성 장군만 믿겠소."

다른 부의 수장들도 적극적으로 동부여군의 대장군으로 견성을 추대하였다. 견성의 지략을 믿어서가 아니라, 결자해지라는 무거운 책임을 전적으로 그에게 지운 것이었다.

다음날, 고구려군은 일부 군사들을 동원해 여성을 공격하였다. 바로 왕당군 소속의 선발대인 말갈군들이었다. 성을 공격하면서, 말갈군 장수 두치는 담덕의 명령대로 항복하라는 내용이 담긴 서찰을 활에 묶어 여성으로 날려 보냈다. 화살은 여성의 문루 기둥에 가서 박혔다.

첫날은 크게 기대를 건 싸움이 아니라 양군 모두 적의 기세와 역량을 시험해보기 위한 것이었으므로, 지지부진하게 진퇴를 거듭하다 저녁때가 되면서 끝이 났다. 동부여 측에서는 그날 저녁 담덕이 보낸 서찰을 여울왕이 읽고, 각 부의 수장들을 소집해 긴급회의를 열었다.

여울왕은 먼저 고구려 태왕 담덕의 서찰 내용부터 수장들에게 설명했다. 동부여가 무조건 항복을 한다면 앞으로 고구려와 친선외교를 하고, 국가 대 국가로 대우하되 매년 공물을 바치는 부용국으로 삼겠다는 것이었다. 더불어서 동부여의 왕권을 그대로 유지할 수 있도록 하는 한편, 초원로를 통한 교역도 고구려가 적극적으로 돕겠다는 요지였다.

"고구려의 요구가 이러한데 어찌들 생각하시오?"

여울왕이 각 부의 수장들을 두루 둘러보았다.

"대왕! 그 서찰을 보여주시오. 그렇게 간단한 내용이 아닐 듯 싶은데……."

마가부의 견성이 고개를 갸우뚱거리며 여울왕을 직시했다.

"그건 국가 기밀에 속하므로 아니 되오."

여울왕은 견성의 말에 속으로 움찔하지 않을 수 없었다.

"무조건 항복하라니, 그 말에 절대 속아서는 안 됩니다. 성을 내주고 나서 고구려가 약속을 지키지 않는다면 어찌할 것이오?"

견성은 개인적으로 고구려와 앙숙 관계이므로, 동부여가 무조건 항복한 이후에 자신에게 돌아올지 모를 화살을 생각하지 않을 수 없었다. 아무래도 담덕이 얕은꾀를 쓰고 있다고 생각한 것이었다.

"고구려왕 담덕은 피차 피를 흘리는 싸움은 양국에 도움 될 일이 아니므로 협상을 하자는 것입니다. 양국이 탁자를 마주하고 협상을 끝내면 조용히 군사를 물리겠다고 했습니다."

여울왕의 이 같은 말에, 견성을 제외한 다른 각 부의 수장들은 매우 긍정적인 반응을 보였다. 각자 말은 조금씩 차이가 있었지만, 내용은 고구려와 친선외교를 맺는 것으로 의견 통일을 보았다.

"무슨 그런 가당찮은 말씀들을 하십니까? 사출도는 각 부의 수장들이 만장일치로 모든 사안을 결정하기로 되어 있습니다. 후연이 멸망한 후 지금의 대왕을 요서에서 모셔온 것도 사출도 수장 모두가 찬성했기 때문이 아닙니까? 여러분들도 본분을 잊으시면 안 됩니다. 그런 의미에서 소장은 담덕왕의 협상안에 반대합니다. 내일 아침, 소장은 성안의 병사들을 이끌고 성벽 방어에 나서겠습니다."

견성은 벌떡 일어서더니 이내 회견장을 떠나 자신의 숙소로 돌아갔다. 그러자 나머지 각 부의 수장들은 당황한 얼굴로 서로를 쳐다보며 어찌할 줄을 몰랐다. 그때 여울왕이 조용히 속삭이듯 말했다.

"잘되었습니다. 실은 담덕왕의 친서에 견성을 묶어 보내면 아국과 친선외교를 하겠다고 했습니다."

이 말에 각 부의 수장들은 서로가 빠르게 눈빛을 주고받았다.

"지금 고구려는 강합니다. 군사적으로 대항해서 아국이 이득 볼 게 단 한 가지도 없습니다. 마가부에서 초원로 사건만 벌이지 않았어도, 고구려는 아국을 공격하지 않았을 것입니다."

"원흉은 바로 마가부 수장 견성입니다. 오늘밤 안에 견성을 사로잡아 고구려 진영으로 보냅시다."

"그렇습니다. 우리가 살길은 오직 그 방법밖에 없을 것 같습니다."

이렇게 각 부 수장들은 담합을 하였다.

"좋습니다. 그렇게들 하십시다."

여울왕도 각 부 수장들과 의견의 일치를 보았다. 그는 자신을 동부여왕으로 추대한 견성이, 그 공을 과시하며 사사건건 나라의 일에 간섭하려고 드는 것이 싫었다. 어떤 때는 왕권을 누르며 월권행위까지 하는 것도 한두 번 겪은 일이 아니었다.

그날 밤, 자정이 지나 여울왕은 견성의 숙소로 비밀리에 무술에 뛰어난 졸개들 몇 명을 자객으로 보냈다.

때마침 견성의 숙소를 지키는 군사들은 보이지 않았다. 졸개들은 숨소리조차 죽인 채 견성의 숙소로 숨어들었다. 그러나 견성은 그곳에 없었다. 그런 사태가 일어날 줄 알고, 견성은 다른 숙소를 잡아 잠자리에 드는 척하며 주변을 예의 주시해 살피고 있었던 것이다.

견성은 자신의 숙소로 들어온 자들을 붙잡아 도륙하고 싶었지만, 그런 소란을 일으켰다가는 더 큰 화를 당할지 몰라 그대로 도망치기로 하였다. 그는 휘하의 군사들을 깨워 그날 밤으로 북문을 열고 도주해 마가부로 되돌아갔다.

6

동녘에서 막 붉은 해가 솟아오르고 있었다. 동부여의 도성인 여성의 동쪽 산 능선은 야트막한 산들로 구불구불 이어지다 갑자기 높은 봉우리가 용처럼 우뚝 머리를 치켜올린 형국이었는데, 바로 그 언저리에서 해가 솟아 온누리를 밝게 비추었다.

고구려 태왕 담덕이 들판의 고구려 진영에서 여성을 바라보니, 남문의 성루에서 흰 깃발이 나부끼고 있었다. 동부여군이 항복하겠다는 신호를 보내온 것이었다. 그러나 성문은 굳게 닫혀 있었다. 초원의 풀잎에 맺힌 이슬이 마를 즈음, 남문이 열리더니 전령병 하나가 등에 흰 깃발을 꽂고 고구려 진영을 향해 말을 달려왔다.

담덕은 제장들과 함께 동부여 전령병이 가까이 오기를 기다리고 있었다. 말에서 뛰어내린 전령병이 담덕을 향해 군례를 올리고, 동부여왕 여울의 항복 문서를 전했다.

"마가부 수장 견성은 어찌 되었느냐?"

항복 문서를 잠깐 들여다본 후 담덕이 전령병을 향해 준엄하게 물었다.

"마가부는 지난밤에 몰래 북문으로 도망쳐버려, 그 수장 견성을 잡지 못하였사옵니다."

전령병은 자신이 죄를 지은 듯 급히 허리를 꺾었다.

"잡지 못했다고? 일부러 놓아준 것이 아니더냐? 무슨 야료가 있음이 분명하다. 동부여가 항복을 하겠다면, 성내 군사들을 모두 무장해제시킨 후 무기들을 한 곳에 쌓아놓고, 왕이 직접 성 밖까지 나와 우리 고구려군을 영접하라 이르라."

이 같은 담덕의 명을 받고 전령병은 여성으로 되돌아갔다.

해가 중천에 뜰 무렵, 동부여왕을 위시한 각 부 수장들과 대신들이 남문을 통해 성 밖으로 나왔다. 그들은 양편으로 갈라서서 고구려군을 영접하는 대열을 갖추었다.

마침내 담덕은 고구려군과 함께 여울왕의 안내를 받아 여성으로 입성했다. 무혈입성으로 고구려군은 여성을 점령한 후, 마가부를 어떻게 할 것인가에 대한 대책을 수립했다. 3만의 고려군을 성안에 남겨두고 2만으로 마가부를 공격하기로 했다.

"누가 나서서 견성을 잡아올 것이오?"

담덕은 자원하는 장수를 마가부 공략에 내보내기로 했다.

"소장이 마가부 무리들을 그 북쪽의 흑룡강으로 몰아 수장시키겠나이다!"

일목장군 추수가 한 눈을 부릅뜨며 외쳤다.

그러자 바로 뒤미처 담덕 곁에 있던 마동이 나섰다.

"폐하! 소장이 견성의 목을 베어오겠나이다."

"허어, 부자가 모두 나설 줄이야. 아무래도 추수 장군께서 아들에게 양보하셔야겠습니다."

담덕이 부자를 돌아보며 껄껄 웃었다.

"마동아! 너는 태왕 폐하 호위무사다. 본분을 잊었느냐?"

추수가 아들을 향해 꾸짖듯이 말했다.

"견성은 폐하의 원수입니다. 마땅히 호위무사에게 그 원수를 갚을 의무가 있다고 생각합니다."

마동도 지지 않았다.

"허허, 헛! 연로하신 추수 장군께서 아들에게 양보하시지요."

담덕의 말에 추수가 다시 나섰다.

"폐하! 소장이 늙었다고 그러시나이까? 아직도 견성쯤은 한 손아귀로 잡도리할 수 있습니다."

"아, 연로하다는 말은 빼겠습니다."

담덕은 아차, 싶었다.

"폐하! 마동 오라버니와 저도 함께 출전하겠습니다. 견성은 저에게도 원수입니다. 6년 전 무명선사 위령제 때 견성의 졸개들이 제게 날린 창을 폐하께서 막아 등에 큰 상처를 입지 않으셨습니까? 이번에 마땅히 제가 나서서 그 원수를 갚아야 할 차례입니다."

이번에는 여성 호위무사 수빈이 나섰다.

"허허! 이런, 이런! 좌우를 지키던 호위무사들이 다 떠나면 폐하는 어찌하려고!"

추수가 다시 나섰다.

“이곳에는 고구려 장수들이 폐하 곁을 지키고 있으니, 호위무사 두 사람이 잠시 빠진다고 해서 위험할 일은 없습니다. 폐하! 수빈이의 말을 들으니 그것도 옳게 여겨집니다. 소장과 수빈이 함께 다녀오겠습니다.”

마동이 수빈을 바라보며 눈을 찡긋했다.

결국 담덕도 마동과 수빈의 청을 들어주지 않을 수 없었다. 그들은 태왕의 호위무사라 휘하에 군사를 거느리고 있지 않았으므로, 왕당군 중 말갈군 1만과 함께 마가부 공략에 나서도록 했다. 말갈군을 내세운 이유는 흑룡강 인근의 밀림지대 곳곳에 근거지를 두고 있는 흑수말갈과 통할 수 있다고 판단했기 때문이다.

따라서 말갈군 장수 두치가 대장이 되었고, 마동과 수빈은 그 어깨를 받쳐주는 좌장군과 우장군이 되어 마가부를 향해 진군했다. 말갈군이 여성 북문을 통해 북쪽을 향해 돌진하는 것을 보고 나서, 담덕은 잠시 생각을 가다듬고 있다가 왕당군 대장군 우형을 불렀다.

“아무래도 왕당군이 다 출동해야 할 것 같습니다. 대장군께서 흑부군 장수 어연극과 함께 마가부 공략의 후군이 되어 출동하는 게 좋겠습니다. 흑부군 장수 두치나 마동의 성격으로 봐서, 마가부의 산성들을 지나쳐 곧바로 견성을 잡기 위해 돌진할 것입니다. 그렇게 되면 마가부의 각 산성에서 나온 군사들이 말갈군의 뒤를 칠 염려가 있습니다. 흑부군은 북진하면서 그 성들을 차례차례 공략하도록 하십시오."

담덕은 군사 작전에 있어서는 매사 용의주도한 면이 있었다.

"폐하! 이곳 여성의 동부여 군사들이 무장해제를 한 상태에 있지만, 도발할 가능성도 염두에 두어야 할 것입니다."

우형은 그것이 염려되었다.

"여기 추수 장군과 고연제 장군의 군사가 도합 3만입니다. 두 장수로 하여금 동부여왕 여울과 마가부를 뺀 사출도의 수장들을 볼모 삼아 한 곳에 묶어두도록 하겠으니, 그럴 염려는 안 하셔도 될 겁니다."

담덕의 말을 듣고 나서야, 우형은 어연극과 함께 흑부군 1만을 출동시켰다.

마가부의 행정 도성인 읍성은 북쪽의 흑룡강 가까운 지역에 자리잡고 있었다. 말갈군 장수 두치는 선봉으로 기마대를 출동시켜 마가부의 읍성을 들이쳤다. 담덕이 예상했던 대로 마가부의 주위 산성들을 놔두고 곧바로 읍성으로 달려가는 바람에, 그 남쪽의 여러 산성에서 동부여 군사들이 몰려나왔다. 그러나 뒤미처 달려온 흑부군의 공격에 겁을 잔뜩 집어먹은 동부여의 마가부 군사들은 다시 산성으로 되돌아가, 성문을 걸어 잠근 채 방어하기에 여념이 없었다.

언제나 전투에선 선봉에 서기를 주저하지 않았던 말갈군은 마가부의 읍성을 공략할 때도, 기마대가 먼저 질주해 말 등에 올라타 줄에 매단 갈고리를 던져 성벽을 넘었다. 고구려군이 급히 들이닥쳤으므로, 견성은 미처 방어할 태세를 갖출 사이가 없었다. 성벽을 뛰어넘은 고구려군은 성문을 지키던 마가부 군사들의 목을 가차없이 베어버렸다. 성문이 열리며 기마대와 보병군단이 한꺼번에 밀어닥치면서 성안은 피아 구분이 어려울 만큼 격전지로 변해버렸다.

말갈군이 들이닥친 뒤에는 곧이어서 흑부군까지 가세하며 고구려군이 끊이지 않고 밀려들자, 견성은 더럭 겁을 집어먹고 북문으로 달아나기 시작했다. 너무 급박한 상황이었으므로, 그를 따르는 졸개들은 수십 명에 불과하였다.

이때 성안을 샅샅이 뒤지며 견성을 찾던 마동과 수빈은 북문으로 도망치는 일군의 마가부 군사들을 발견하였다. 그 앞에서 말을 달리는 것이 견성임을 먼저 알아챈 것은 수빈이었다.

"견성이 달아난다!"

수빈이 소리치며 말에 채찍을 가했다.

"수빈아, 위험해! 같이 가자."

마동이 소리치며 수빈의 뒤를 따라 말을 달렸다.

맨 앞에 견성이 달리고 뒤미처 그의 졸개들이 따르는데, 수빈과 마동의 칼은 햇살을 받아 좌우로 번뜩였다. 그때마다 칼을 맞은 마가부 군사들은 말에서 떨어져 땅바닥을 나뒹굴었다.

수빈은 이제 견성의 졸개들을 제치고 앞으로 마구 달려나갔다. 뒤를 쫓던 마동은 견성을 뒤쫓느라 수빈이 젖혀둔 졸개들을 처치하는 데 정신이 없었다. 그 졸개들을 제거하지 않으면, 그들이 등 뒤에서 수빈의 목숨을 노릴 수도 있다고 판단했던 것이다.

"견성아! 게 섰지 못할까?"

견성이 막 흑룡강가 부두에 다다랐을 때, 뒤미처 달려오는 수빈의 목소리를 들었다. 여자의 목소리에 그는 뒤를 돌아보았다. 여자 무사가 단신으로 그를 쫓고 있었고, 저 멀리 자신의 뒤를 따르던 졸개들이 한데 어지럽게 얽혀 적장과 싸우는 것이 보였다.

막 배에 오르려던 견성이 다시 말을 타고 뒤로 돌아섰다.

"감히 계집 주제에 나를 따라오다니? 간덩이가 부은 것이냐, 배 밖으로 나온 것이냐?"

견성은 수빈과 곧바로 마주쳐 칼을 휘둘렀다. 한칼에 상대의 목숨을 거두려고 했는데, 그게 마음대로 되지 않았다.

"내가 오늘 네놈의 목을 잘라, 우적 사부의 원수를 갚아주고야 말겠다."

수빈은 견성의 칼을 막음과 동시에 공격을 가했다. 방어는 곧 공격을 가하기 위한 찰나의 숨쉬기와 같았다. 어려서부터 무명선사에게 배운 방어와 공격의 검술 기법이었다.

“어엇! 이것 봐라!”

견성은 상대가 여자라 얕잡아봤다가 무술이 뛰어난 것을 알고 순간 당황했다.

수빈은 견성의 빈틈을 노리며 쉬지 않고 칼을 뻗었다. 두 사람의 칼은 허공에서 부딪치며 강한 쇳소리를 냈다. 그와 함께 칼날에 햇빛이 반사되어 공중으로 튀는 듯 사라졌다. 말과 말은 머리 하나 사이로 용하게 비껴가고, 사람과 사람은 칼로 공격과 방어를 하면서 바람처럼 지나쳤다.

몇 번 칼을 부딪쳐본 견성은 마음이 다급했다. 졸개들이 생사를 걸고 적을 막고 있었지만, 언제 방어선이 뚫려 그에게 고구려군이 떼로 몰려들지 모르는 상황이었다. 그러기 전에 흑룡강을 건너 초원로 저쪽으로 도망쳐야만 살길이 열린다고 생각하자, 그는 좀 더 어지럽게 칼을 휘두르기 시작했다.

갑자기 칼로 베고 찌르는 상대의 동작이 빨라지자 수빈은 당황하지 않을 수 없었다. 강을 배후에 둔 자세로 자꾸만 뒤로 밀려나는 형국이었다. 상대의 공격이 너무 날카로워 말의 방향을 바꾸기도 힘들었다. 좀 더 밀리면 강물에 빠질지도 모른다는 불안감에 휩싸였을 때, 갑자기 상대가 말에서 떨어져 땅으로 거꾸러지며 칼을 놓쳤다.

수빈은 재빨리 말에서 뛰어내려, 모래밭에 코를 박고 엎어진 견성에게 달려들어 그의 등에 가차없이 칼을 꽂았다. 그때 마동이 말을 달려오며 소리쳤다.

"수빈아, 괜찮은 거냐?"

그때 수빈이 문득 살펴보니 견성의 목과 등 사이에 수리검이 깊이 박혀 있었다. 마동이 던진 솜씨였다.

견성은 수빈의 칼에 등을 깊이 찔려 몸도 제대로 움직이지 못한 채 끙끙거렸다.

"오라버니 솜씨는 여전하군! 이제 이자를 포승줄로 묶읍시다!"

수빈은 눈짓으로 발아래 엎어져 있는 견성을 가리켰다.

마동은 언제나 말에 올가미 줄을 가지고 다녔다. 그러나 그는 줄을 놔두고 칼만 손에 든 채 말에서 훌쩍 뛰어내렸다.

"이런 녀석은 묶을 필요도 없어!"

마동은 수빈을 밀쳐내고 견성에게 달려들어 단칼에 목을 베어버렸다.

"아앗, 포로 삼아 폐하께 데려가려고 했는데……."

수빈이 말릴 틈도 없었다.

"태왕 폐하께 데려가면 이자의 죄를 용서해줄지도 몰라. 이런 녀석은 은혜를 모르고, 언젠가는 다시 적이 되어 칼을 겨눌 거라고."

마동은 싱긋, 이를 드러내고 웃으며, 목에서 피가 뚝뚝 떨어지는 견성의 목을 번쩍 치켜들었다.

"아직도 정신을 못 차렸군! 포로로 잡은 걸 오라버니가 목을 쳤다고 하면 다시 용서해주실까?"

"네 칼에 맞아 죽은 걸로 하지. 죽은 시신의 목을 내가 쳐서 가져갔다고 하면 되지 않겠어?"

마동은 말 위로 훌쩍 올라탔다. 하얗게 눈을 흘기며 상대의 뒤통수를 노려보던 수빈도, 할 수 없다는 듯이 말에 올라 그 뒤를 따랐다. 두 사람이 견성을 추격해 목을 치는 사이, 흑부군 장수 두치는 마가부 읍성을 함락시켜 전날 초원로에서 조환 상단이 탈취당했던 말들을 되찾았다. 그 말이 읍성에서 기르던 것까지 더하여 3백 두 이상이나 되었다. 뒤미처 담덕이 보낸 흑부군 장수 어연극은 마가부 곳곳의 작은 성들을 공격해 각종 무기류 등을 빼앗았다.

이처럼 고구려군이 말과 무기류 등을 전리품으로 챙긴 것은, 마가부가 더 이상 초원로의 상단을 건드리지 못하게 하기 위한 일종의 경고 내지는 엄포였다.

마가부를 공략하고 여성으로 회군할 때 마동은 견성의 목을 나무 상자에 담아 가지고 와서, 그것을 태왕 담덕에게 바쳤다.

"폐하! 견성이옵니다. 수빈의 칼에 등을 맞아 죽었고, 소장이 그 목을 베었습니다."

"폐하! 마동 오라버니가 견성의 목에 수리검을 날려 말에서 떨어진 것을 제가 처치했을 뿐이옵니다."

수빈이 거들었다.

"그래, 수고들 많았다."

담덕은 상자를 열어볼 생각도 없이 도성 남문 앞에, 견성의 목을 효수하라고 명했다.

이렇게 하여 동부여를 부용국으로 삼은 다음, 담덕은 회군할 때 무명선사가 무술을 가르쳐주던 동굴을 다시 찾았다. 그 산은 마가부와 우가부 경계에 있었다. 동부여 도성인 여성에서는 동북 방향에 있는데, 정확하게는 마가부 영역에 속한 곳이었다.

"무명선사와 그 자손들의 위령제를 지내시려고 그러시옵니까?"

추수가 물었다.

"지난 6년 전에, 견성의 무리 때문에 위령제를 지내지 못했으니 이번에 제대로 지내보려고 합니다. 또한 그때 전사하신 우적 대장군의 위령제도 함께 봉헌해야 하지 않겠습니까?"

담덕은 마동이 견성의 목을 가져왔을 때 문득 대장군 우적의 얼굴을 떠올렸다. 그 죽음의 원흉을 제거했으니 저승을 떠도는 원혼도 극락왕생하였으면 하는 마음이었는데, 기왕이면 합동 위령제를 지내 한을 달래주고 싶었다.

호수에선 안개가 피어오르고 있었다. 그래서 침엽수가 하늘을 찌르는 숲길을 거슬러 올라갔을 때, 동굴 위에서는 운무 때문에 호수가 잘 보이지 않았다. 먼저 동굴 안의 바위벽에 구멍을 뚫어놓은 고콜에 관솔불을 밝혔다.

그러고 나서 6년 전처럼 수빈이 동굴 앞에 제사음식을 차렸다. 군사들이 동굴 주변을 경계하는 가운데 위령제가 치러졌다. 축문을 읽을 때, 무명선사부터 해평, 해광 3대의 이름을 부르는 초혼(招魂) 의식이 행해졌다. 나중에 따로 우적의 초혼의식도 마련하였다. 위령제에서 태왕 담덕을 위시하여 동부여 원정에 나선 장군들, 호위무사들이 차례로 절을 올렸다.

위령제의 제반 절차가 다 끝나고 음복을 하면서, 담덕이 먼저 입을 열었다.

"전에 이곳에서 무명선사에게 무술을 배울 때 언뜻 들은 이야기가 있습니다. 스승께서 무명검법의 비급을 주시면서 말씀하시기를, 아마도 이곳이 고구려를 건국한 추모대왕께서 초년 시절 무술을 익히던 장소일지도 모른다고 하셨습니다. 무명선사께서는 고구려 무술을 정립하기 위해 부여 땅을 두루 돌면서, 추모대왕의 발자취를 더듬어보셨던 모양입니다. 그렇게 찾아다니다 이곳에 이르렀는데, 저 아래 호수며 이곳의 동굴이 심신 단련 장소로 최적의 조건을 갖추고 있다고 하셨습니다. 동부여 도성인 여성에서 그리 멀지 않은 곳이고, 아마도 당시 금와왕이 왕자들과 함께 이 산을 누비며 사냥대회를 열었을 거라고 생각됩니다. 그때 당연히 의붓아들인 추모대왕도 사냥대회에 참석했겠지요. 추모대왕께선 어려서부터 명궁으로 이름을 날렸으니, 가장 많은 사냥감을 획득해 상을 받고 칭찬을 들었을 것입니다. 금와왕은 맏아들 대소를 위시하여 일곱 왕자를 두었다고 하는데, 이들은 이복형제인 추모대왕의 백발백중 활쏘기 솜씨에 놀라 시기와 질투가 심했을 것입니다. 어느 날 왕자들끼리 사냥을 나간 적이 있었는데, 그들은 질투심이 나서 추모대왕이 잡은 사슴들을 다 빼앗았답니다. 그러고 나서 추모대왕을 밧줄로 꽁꽁 묶어 나무에 붙들어 맨 후, 짐승의 밥이 되라는 저주를 퍼부으며 산을 내려갔다고 합니다. 그때 추모대왕은 나무를 뿌리째 뽑아 날카로운 바위에 비벼 밧줄을 푼 후 의연하게 궁궐로 돌아왔다는 것입니다. 아마도 이곳이 그런 사냥터가 아니었을까, 무명선사께서는 그렇게 말씀하셨습니다."

담덕은 어린 시절 사부 을두미에게서 추모왕에 대해 들은 고구려 건국신화와 무명선사가 전해준 이야기를 섞어, 장군들과 호위무사들에게 들려주었다. 그만큼 그는 남다른 감개를 가지고 위령제를 지냈던 것이다.

위령제를 마치고 나서 곧 고구려군은 국내성으로 회군하였다. 그때 고구려가 동부여를 공략해 함락시킨 성이 64개이고, 그 성들 주변의 마을이 무려 1,400곳이었다. 또한 회군할 당시 동부여의 대신들 중 미구루·비사마·단사루·숙사사 등의 압로들이 고구려까지 따라와 새로 관직을 받고 태왕을 받들었다.

제6장

태왕의 꿈

1

411년(영락 21년) 새해가 밝아왔다. 태왕 담덕으로선 제위에 오른 이후 가장 안락한, 모처럼 한가로운 마음으로 새해를 맞았다. 사실상 그동안 단 한 해도 근심과 걱정에서 놓여난 적이 없었다. 고구려 변방은 외적들의 침략으로 늘 불안했다. 남쪽을 치면 서북쪽에서 경계를 넘보고, 동남쪽 바다 건너에서도 기습 공격을 가해 노략질을 일삼았다. 그렇게 백제와 후연과 왜국의 준동을 잠재우고 나자, 북쪽에서 동부여가 어깨를 들썩거렸다.

그리하여 해가 바뀌기 전에 동부여 공략을 끝내고 국내성으로 돌아온 태왕은 비로소 한시름 놓을 수 있었다. 그는 이제 더 이상 외적들이 고구려 경계를 넘어 백성을 살상하거나 재산을 수탈하는 행위를 하지 못할 것이라고 생각했기 때문이다.

그래도 혹시 있을지 모를 외적의 도발을 염려하여, 담덕은 고구려와 그 변방 나라들이 그려진 지도를 펴놓고 곳곳을 손으로 짚어가며 수차례에 걸쳐 점검을 했다. 오른손 검지를 들어 고구려 영역을 서쪽에서 북쪽으로, 동쪽에서 남쪽을 돌아 다시 서쪽으로 한 바퀴 돌려보았다. 고구려가 실효적 지배를 하는 거수국과 매년 조공을 바치는 부용국을 포함해 그려본 영역 중, 서남쪽의 백제가 빠져 있었다.

'백제를 아우르지 못한 것이 못내 아쉽군! 저 남쪽 바다에서 시작한 대륙의 기둥이 무성한 가지를 뻗어 동에서 서로 퍼지고, 북으로 머리를 곧추세운 큰 나무가 되어야 비로소 신단수가 될 수 있을 터인데…….'

담덕은 가만히 고개를 주억거렸다.

언젠가는 백제를 공략해 고구려의 거수국이나 부용국으로 만들 수 있을 것이지만, 담덕의 생각에 아직은 때가 아니라고 판단했다. 백제 자체만으로도 만만히 볼 수 없는 군사력을 가지고 있지만, 바다 건너 왜국과 군사동맹을 맺고 있어 섣부르게 공격했다가는 낭패를 보기 십상이었다. 고구려군에게 대야산성 전투에서 패한 후, 목만치는 한성으로 돌아와 팔수 왕후를 보좌하면서 관직에 연연하지는 않으면서도, 사실상의 실권을 쥐고 백제의 군사력 강화에 몰두하고 있다는 소문이 들려왔다.

그런 목만치를 생각할 때마다 담덕은 다른 한편으로 죽은 해평을 떠올리지 않을 수 없었다. 담덕은 자기 무릎을 치며 안타까움을 금치 못했다. 해평과 해광을 살려 왜국으로 돌려보냈다면, 나중에는 '고마성'을 왜국 안에 둔 고구려 군사기지로 활용할 수도 있었을 것이라고 생각했기 때문이다. 해평이 고국인 고구려를 잊지 못해 '고마' 즉 '고려'라고 성 이름을 붙인 것은 의미심장한 데가 있었다. 도래인으로서 다시 고구려로 돌아가겠다는 의지의 표현이기도 했지만, 어쨌든 해평의 몸속에 고구려 왕족의 피가 흐르고 있다는 증좌가 아닐 수 없었다.

담덕이 이런 생각으로 고민 중일 때, 고구려 우방국을 포함한 거수국과 부용국에서는 새해 들어 사절단이 연이어 입국했다. 북연과 북위에서 답례 사절단이 왔으며, 신라와 동부여에서도 조공을 보내왔다. 거란의 비려부와 숙신에서도 그 지역에서 나는 특산물들을 수레에 바리바리 실어 헌상했다.

고구려 주변국 중에서 유독 백제만 사절단을 보내지 않았다. 오래전 한성 전투에서 아신왕이 항복해 영원한 노객(신하)이 되겠다고 맹세한 바 있으나, 첫해에만 고구려에 조공을 보냈을 뿐 왜국과 외교적으로 동맹을 맺으면서부터는 그 약속을 끝내 지키지 않았다.

각국 사절단들이 다 돌아가고 나서, 태왕 담덕은 나라가 안정적일 때야말로 군사력을 강화할 기회임을 깊이 인식했다. 강한 군대를 만들기 위해서는 군비 강화가 무엇보다 우선시 돼야만 했다. 그는 고구려를 대표하는 대상단을 이끄는 외삼촌 하명재와 머리를 맞대고 논의한 끝에, 운양의 금광을 적극 개발하여 군자금을 마련키로 했다. 하명재는 토질에 박식한 전문가들을 투입해 금맥을 살펴보았는데 금광개발을 할 가능성 있는 곳이 몇 군데 발견되었으나, 금맥을 따라 땅굴을 판다는 게 도무지 엄두가 나지 않아 착수하지 못하고 있었다. 금광개발에는 많은 인력이 필요할 뿐만 아니라, 굴을 파다 갱이 무너질 경우 사고의 위험성이 매우 높았기 때문이다.

"외숙께서 수고를 좀 해주셔야겠습니다."

담덕은 거의 강압적으로 하명재에게 금광개발 착수를 명했다.

"알겠습니다. 지난 대방 전투 때 왜놈들에게 금괴를 탈취당한 것은 실로 통탄할 일이옵니다. 그 모든 책임이 금괴 관리를 제대로 못한 우리 상단에 있으니, 이번에는 책임지고 금광개발에 나서도록 하겠습니다."

하명재는 대방 전투 당시 담덕의 내탕금으로 마련해둔 금괴까지 왜군에게 탈취당한 것에 대해 부채감을 갖고 있었다. 누구도 모르는 좀 더 내밀한 곳에 감춰두었다면 그런 낭패를 보지는 않았을 것이기 때문이었다.

"그것이 어찌 외숙의 상단 잘못이겠습니까? 이번에 이웃 나라에서 가져온 금은보배와 특산물을 처리하면, 금광개발에 필요한 인력을 쓰는 데는 큰 무리가 없을 것입니다. 내탕금으로 마련해두었으니 부담 갖지 말고 가져다 쓰십시오."

담덕의 말에 하명재는 금광개발에 상단의 자금을 운용해도 된다고 했으나, 끝내 태왕의 고집을 꺾지는 못했다.

그런 연후 곧 따스한 봄철이 다가오자, 담덕은 고구려 변경을 순행하기로 했다. 동서남북 사방의 고구려 경계를 돌면서 사냥대회를 열기로 하였다. 그는 오래도록 왕당군 5만 병력을 늘 유지하려고 노력했는데, 장차 그 두 배의 군사를 길러 10만 병력으로 늘리겠다는 장기 계획을 갖고 있었다.

"폐하! 연전에 동부여 원정을 다녀오셨는데, 또 순행에 나서신다니 소자로선 염려가 되옵니다. 이제 나라도 어느 정도 안정되었으니 좀 편히 쉬시는 것이 좋지 않겠사옵니까? 건강도 생각하셔야 하고요."

순행 계획 소식을 듣고 편전으로 달려온 태자 거련이 소청하였다.

"태자가 무슨 뜻으로 그런 얘길 하는지 잘 알겠다. 이 아비 걱정을 하는 걸 보니 믿음직스럽구나. 그래서 태자에게 정사를 맡기고 안심하며 순행 길에 오를 수 있다고 생각했다. 염려 말거라. 이 아비는 따듯하고 푸근한 침상보다는 말을 타고 바람처럼 구름처럼 달리는 것이 더 기질에 맞느니라. 아무 걱정하지 말고 국상과 함께 국내성을 지키도록 하거라. 그리고 신라에 사신을 파견해 볼모를 보내라고 하라. 실성왕은 오래도록 볼모로 와 있는 바람에 자식을 두지 못했으니, 선왕인 내물의 왕자들 중 하나를 반드시 보내야 한다고 단단히 이르거라."

담덕은 태자 거련을 바라보았다.

"네, 폐하! 분부대로 거행하겠나이다."

거련이 머리를 조아렸다.

담덕은 사랑과 신뢰가 담긴 눈빛으로 거련을 바라보았다. 적어도 1년 간은 순행을 다녀와도 안심될 것 같았다. 그가 계획한 순행은 짧으면 반년, 길면 한 해를 넘길 수도 있다고 생각했기 때문이다.

봄이 한창 무르익어 수숫대가 키를 넘고 보리가 막 이삭을 피워올릴 무렵이었다. 국내성을 벗어난 울긋불긋한 깃발이 압록강 북편 진초록의 들판 사이로 보였다. 구불구불 보리밭 사잇길을 따라 길게 이어지는 깃발들의 펄럭임은 마치 용이 꿈틀대면서 초록 물결을 가르는 것 같았다. 순행을 나선 태왕 담덕의 군사들이었다.

순행은 일단 국내성에서 태백산으로, 거기서 다시 동부의 책성을 거쳐 숙신 경계 지역으로 이동하는 경로를 잡았다. 고구려 동북편의 동쪽 바다 끝까지, 그리고 거기서 흑룡강의 물줄기를 타고 동부여 북쪽 경계를 따라 서진하여 거란 부족들이 사는 곳까지 갈 예정이었다. 또한 예전에 비려부를 점령했을 때처럼 대흥안령산맥을 따라 남쪽으로 내려와 요동성을 거쳐 요하에서 군선을 타고 발해만과 서해를 거쳐 관미성에 이르고, 바다와 강이 만나는 지점에서 한수 북편으로 상륙해 말을 타고 강줄기를 따라 국원성까지 달려가기로 했다. 국원성에서는 동쪽 바닷가 실직에 있는 고구려 해군 기지까지 산야를 누비며 달리고, 거기서 다시 해변을 따라 북진하여 백두대간 줄기의 황초령을 넘어 국내성으로 돌아오는 것으로 대장정의 마무리를 장식하기로 했다. 이는 고구려의 경계 지역을 한 바퀴 도는 일정으로, 중간중간 사냥대회도 열어 고구려 군사들의 상무정신도 일깨우는 한편, 그 지역 청장년들을 모집해 국내성으로 보내 왕당군의 군세를 강화하는 데 목적이 있었다.

순행 대열에 참가한 군사들은 왕당군 부대 중에서 말갈군·흑부군·태극군 각기 1천씩 3천을 가려 뽑았다. 대장군 우형은 왕당군 병영을 지키고, 말갈군 장수 두치와 흑부군 장수 어연극이 순행 군사들을 지휘하였다. 선발대는 말갈군, 후발대는 흑부군, 그리고 중군은 태극군이 맡았다. 태왕 담덕과 수십 기의 호위무사들은 중군의 대열에서 태극군을 이끌었다.

2

어린 시절 무술을 배우던 하가촌 무술도장 근처에 이르렀을 때, 태왕 담덕은 사부 을두미의 묘소를 찾아가 참배부터 하였다. 태자 시절 성묘를 한 후 다시 찾아온 적이 없었는데, 이번에 순행을 하기 위해 국내성을 떠날 때부터 마음속에 새겨두었던 일정이었다.

참배를 끝내고 곧 태백산을 향해 출발하려고 할 때, 뒤늦게 태왕의 순행 소식을 듣고 하가촌 종마장을 관리하는 호자무가 말을 타고 달려왔다.

"태왕 폐하! 종마장 관리총대 호자무 인사올립니다. 너무 오래전에 뵈어 기억하실지 모르겠사옵니다."

호자무가 말에서 급히 뛰어내려 담덕 앞에 무릎을 꿇었다. 그는 머리가 이미 허연 60대 노인이 되어 있었다.

"하명재 외숙을 통해 종마장을 책임지고 있다 들었습니다. 소도 제법 많이 키운다구요?"

담덕은 어린 시절 기억을 더듬으며 호자무의 얼굴을 유심히 바라보았다. 어렴풋이 오랜 옛날 외조부 하대용 옆에 서 있던 종마장 관리인의 모습이 떠올랐다. 당시에 그는 서역의 명마로 유명한 나라에서 왔다고 들은 바 있었다.

"네, 폐하! 기억하실지 모르지만, 폐하께서 당시 처음으로 종마장에 오셨을 때 말뿐만 아니라 소도 길러 백성들이 농사짓는 일에 도움이 되도록 해달라고 하셨습니다. 그때부터 소도 기르기 시작해 지금 1천 두 이상 됩니다."

"좋은 일을 하십니다. 오늘 보니 을두미 사부의 묘도 아주 잘 관리가 되고 있더군요. 물론 묘소 관리도 종마장에서 하는 것이겠지요?"

담덕은 기분이 좋았다.

"네, 폐하! 관리를 제대로 하지는 못하고, 시생이 생각날 때마다 한 번씩 와서 봉분의 풀을 깎아주는 정도입니다."

"종마장에 한번 들러보고 싶은 생각도 있었는데, 일정이 여의치 않아 바로 태백산으로 출발해야 합니다."

"폐하! 그래서 시생이 말 한 마리를 끌고 왔습니다. 붉은빛이 도는 말인데, 길만 잘 들이면 명마가 될 것이옵니다. 저 서역의 명마로 유명한 대원(大宛)의 한혈마(汗血馬)인데, 하루 천 리를 달린다는 말이옵니다."

호자무의 말에 대기하고 있던 종자가 담덕 앞으로 말 한 마리를 끌고 왔다. 말은 이마가 넓고 양편으로 툭 튀어나온 눈, 긴 세모꼴의 두상이 썩 마음에 들었다. 두상 가운데 별 같은 흰 점이 박힌 것도 범상치 않았다. 머리부터 목으로 늘어진 갈기는 부드러웠고, 늘씬한 등에서 꼬리로 이어지는 털빛이 검붉은 빛

깔로 번들거렸다.

"호오, 관운장의 적토마를 닮았군! 과연 한눈에도 명마가 틀림없는 것 같소이다. 우리 태자에게 잘 어울릴 것 같은데, 노인장께서 국내성으로 말을 보내주시기 바랍니다."

담덕은 자신이 오래도록 타던 백마를 바꾸고 싶지 않았다. 그가 태자 시절부터 20여 년 생사고락을 같이해 이젠 수명이 다해 노마(老馬)가 다 되었지만, 그는 '노마식도(老馬識道)'라는 말도 있듯이 애마에 대한 믿음이 그만큼 강했다. 그래서 호자무가 선물하는 붉은빛 도는 한혈마는 태자 거련에게 주기로 한 것이었다.

순행 대열은 압록강을 거슬러 올라가 마침내 태백산 기슭에 이르렀다. 국내성에서 파발을 받은 동부욕살 고연제가 책성의 군사들을 출동시켜, 태백산 입구에서 순행 군사 행렬이 오기만을 기다리고 있었다.

"이번 사냥대회는 군사들뿐만 아니라 인근 마을 백성의 자제들도 함께 참여토록 할 것입니다. 사냥감을 많이 잡는 용사들을 뽑아 장차 왕당군 군사들을 이끄는 장수로 키울 생각이오."

담덕의 말에 고연제는 책성의 군사들을 풀어 인근 마을 청장년들을 대거 사냥대회에 참여할 수 있도록 했다.

사냥은 군사 훈련이자 동시에 짐승을 잡는 놀이문화라고 할 수 있었다. 단순한 훈련은 힘들지만, 사냥은 놀이라서 군사들이고 청장년들이고 그저 신바람이 났다. 더구나 태왕 담덕이 있는 자리에서 무술을 뽐낼 수 있는 절호의 기회이므로 평소의 기량을 맘껏 발휘하려고 서로 경쟁적으로 다투었다.

그래서 사냥으로 잡은 들짐승, 날짐승은 그날 저녁 마음껏 회식을 즐기고도 남을 정도였다. 사냥대회에서는 사냥감을 많이 획득한 자가 상을 받게 되어 있었다. 담덕은 압록강 북편 야철장에서 특별히 제작한 태극 무늬의 단도를 많이 준비해 갔으므로, 사냥대회 우승자에게 그것을 선사하였다. 그 단도를 받은 왕당군 군사들은 장수의 길을 열어주고, 일반 청장년들에게는 국내성 밖 왕당군 부대로 가서 특수 훈련을 받은 후 장수가 될 수 있도록 해주었다. 사냥대회에 참가했던 일반 청장년 중에서도 왕당군이 될 수 있는 기회를 주어, 원하는 자는 왕당군 부대를 찾아가도록 했다.

태백산에서 사냥대회를 연 지 사흘째 되는 날, 말갈 출신의 한 사냥꾼이 멧돼지를 잡았다. 밧줄을 던져 산채로 엮은 멧돼지는 천제를 올릴 때 교시로 쓰이는 데 제격이었다.

마침내 담덕은 태백산 정상에 있는 천지에 가서 천제를 지내기로 하였다. 그는 사흘 동안 목욕재계한 후, 날씨가 청명한 날을 골라 제장들과 함께 천지에 올라가 제단을 마련했다. 교시로 예의 그 산 멧돼지가 올라갔고, 미리 정성껏 준비해 간 산해진미의 음식이 곧 제단에 가득 차려졌다.

제단을 차릴 때까지만 해도 청명한 날씨였는데 갑자기 천지 주변의 산을 감싸며 먹구름이 흐르는가 싶더니, 수면 위에서 오르는 안개와 함께 어우러져 천지가 어두컴컴해졌다. 천제를 다 지내고 났을 즈음에는 천둥과 벼락이 치면서 세찬 빗줄기가 쏟아지기 시작했다.

번쩍, 하며 번개가 치자 먹구름이 마치 바위처럼 갈라지는 듯하더니 곧이어 하늘이 무너지는 듯한 천둥소리가 들렸다.

쿠르르릉, 쿠르릉!

갑자기 비가 내리므로 피할 사이도 없었다. 더구나 제장들 모두 천제를 지내는 경건한 마음가짐이었으므로, 누구 하나 경거망동하는 움직임을 보이지 않았다. 다만 천제를 지낼 때 하늘이 노한 듯 갑자기 먹구름이 끼고 번개와 천둥이 치고 강한 빗줄기가 장대처럼 쏟아지자, 제장들은 은근히 겁먹은 얼굴이 되었다. 이것이 무슨 해괴한 징조인가 싶은 나머지 불길한 생각까지 드는 것이었다.

그러나 정작 제사장인 태왕 담덕은 그저 담담한 마음으로 천지의 안개와 하늘의 먹구름이 섞이면서 이루어내는 기이한 형상을 바라보고 있었다. 잠깐 사이 장대비도 그치고, 천지 가장자리로부터 안개가 비단 자락 말리듯 호수 중앙으로 휘휘 돌면서 하늘로 솟구쳐 올라가고 있었다. 마치 회오리바람처럼 하늘로 올라가면서 넓게 드리워진 먹구름과 하나가 되는데, 그것은 어머어마하게 큰 버섯구름의 형태를 띠었다. 사방의 하늘이 다시 푸른 빛으로 돌아오는 기상천외한 일기 변화가 일어나는 가운데, 유독 호수 가운데에서 일어선 안개 기둥과 하늘의 먹구름만 천지를 지붕처럼 덮어씌우고 있었다. 바로 그때 먹구름 속에서 마른번개가 번쩍 일어나더니 천둥소리가 하늘을 갈랐다. 번개의 불빛은 먹구름 곳곳에 별빛을 뿌리는 듯 번쩍거렸고, 그 불빛을 받은 안개 기둥은 황금빛으로 물들면서 호수에 반사되어 이중화면으로 비쳤다.

"모두들 보았지요? 저것이 바로 천신이 내려준 신단수가 아니고 무엇이겠소? 단군신화에 보면 천제(하느님)의 아들 환웅이 풍백(風伯)·우사(雨師)·운사(雲師)를 거느리고 신단수로 내려와 신시(神市)를 베풀었다고 했소. 방금 우리가 저 천지의 조화를 통해 본 번개와 천둥이 풍백의 현신이요, 장대비가 우사요 먹구름이 운사의 조화가 아니겠소?"

담덕이 깊이 감동한 나머지 혼잣소리처럼 외칠 때, 어느 사이 먹구름은 걷히고 맑고 푸른 하늘이 천지를 떠받치고 있었다. 그는 하늘을 올려보다 문득 사부 을두미의 얼굴을 떠올렸다. 어린 시절 마동과 함께 태백산 천지에 올랐을 때도 번개가 치고 천둥이 우는 가운데, 황금빛 큰 나무 형상의 안개와 구름이 천지조화를 이루면서 호수에서 하늘로 뻗쳐오르는 것을 목격한 적이 있었다. 하가촌 무술도장으로 돌아와 마치 꿈속에서 본 것 같은 이야기를 하자, 사부가 감동 어린 목소리로 그 나무가 바로 '신단수'라고 말했던 기억을 떠올렸다.

제장들은 제각기 머리를 끄덕이거나 고개를 갸우뚱거리기도 했는데, 담덕처럼 그렇게 감동한 표정들은 아니었다. 그저 천지의 날씨가 소문에 듣던 대로 변화무쌍하다는 것이 놀라울 뿐이었다. 담덕의 말처럼 안개와 구름의 모양이 버섯의 형태를 띠어서 '버섯구름'이란 말이 나온 모양이라고 생각하기는 하지만, 그것을 '신단수'라고 하는 것에는 동조하기가 그리 쉽지 않았던 것이다.

순행의 여정은 태백산에서 다시 동북쪽으로 거슬러 올라가 겹으로 얽힌 높은 산을 여러 번 돌아 숙신 지역에 이르렀다. 숙신의 추장들이 담덕 일행을 반겨 맞았다. 주로 사냥을 해서 먹고사는 그들은 역마를 통하여 서역과 문물을 교류하면서 전보다 삶이 풍요로워지자, 초원로 개척에 대한 고마움을 뼈에 사무칠 정도로 느끼고 있었다. 고구려군과 숙신 세력이 사냥대회를 열어 잡아 온 짐승의 가죽은 벗겨 말리고, 살은 구워서 포식을 하면서 매일 연회를 즐겼다.

오래전 태왕 담덕이 초원로를 개척할 때처럼 순행은 동쪽에서 서쪽으로 흑룡강 줄기를 따라 이어졌다. 절기는 초여름으로 바뀌어, 말을 타고 온갖 풀들이 진초록으로 자라난 들판을 달리는 기분은 마치 공중 위에 떠서 훨훨 날아가는 것 같았다. 초원로를 개척할 당시는 초겨울로 접어들어 풀이 시르죽고 나무들이 잎을 떨구어 싱그러운 맛이 덜했다. 더구나 본격적인 겨울로 접어들면서부터는 맞바람을 맞으며 말을 달려야 했으므로 아무리 입을 꾹 다물어도 저절로 벌어져 아래윗니가 부딪쳐 소리를 낼 정도였다. 그러나 지금은 여름 날씨인데도 불구하고 초원로의 공기가 싱그러워 말을 타고 달릴 때 신바람이 절로 났다. 이마에 흐르는 땀조차 맑은 공기를 가르는 바람결에 말끔히 씻겨나가는 듯싶었다.

마침내 순행의 대열은 곳곳에서 사냥놀이를 즐기면서 백해를 지나 유연 경계 지역인 금산 아래까지 이르렀다. 거기서 다시 남쪽으로 거란의 비려부를 향해 달렸다. 비려부가 있는 염수에서 휴식을 충분히 취하면서 비려의 거란 세력과 사냥대회를 연 후, 대흥안령 산줄기를 따라 요동 쪽으로 노정을 잡기로 했다. 염수에서는 소금대상 우신이 연로하나 태왕 일행을 극진히 대접하였고, 추수와 소진 부부가 자꾸만 붙들어 보름 이상 머물다 떠나게 되었다.

대흥안령 줄기를 타고 남쪽으로 내려가면서, 담덕은 오래전 거란의 비려부를 공략하고 나서 군사 훈련 겸 사냥을 하면서 능선을 넘던 기억을 떠올리며 깊은 감회에 젖었다. 가을이었다. 침엽수림지대로 들어서자 낙엽들이 켜켜로 쌓여 말발굽이 푹푹 빠질 정도였다. 바람이 세차게 몰아칠 때마다 낙엽이 회오리를 일으키며 계속 아래로 쓸려갔다.

낙엽이 쌓이면 땅속의 깊이를 알 수 없어 조심해야 하는데, 담덕은 옛날 기억을 되살리다 그만 말에서 떨어졌다. 애마가 낙엽을 밟은 곳이 깊은 웅덩이여서 앞발 한쪽이 그 속으로 푹 빠진 것이었다. 말타기에 집중했으면 가볍게 굴러 중심을 바로잡을 수 있었을 터인데, 딴생각을 하는 바람에 졸지에 담덕은 계곡 아래로 굴러떨어지고 말았다.

"앗! 태왕 폐하!"

바로 뒤에 따라오던 호위무사 마동이 소리쳤다. 그는 급히 말에서 내려 산비탈을 구르듯 달려 내려갔다. 뒤미처 여자 호위무사 수빈도 마동처럼 담덕이 떨어진 급경사의 계곡을 향해 몸을 날렸다. 매우 위급한 상황임을 감지했으므로 자기 안전을 생각할 여유가 없었다.

"흐음, 으으흠!"

담덕은 계곡 아래 돌밭에 떨어져 신음하고 있었다.

"폐하! 정신 차리세요!"

마동이 달려가 하늘을 향해 반듯이 누운 담덕을 일으켜 앉히려고 했다.

뒤미처 수빈도 달려와 마동을 도와 담덕을 부축하였다.

"아아, 폐하!"

수빈은 거의 울상이 되었다

"으음! 등을, 전에 상처가 난 그 자리를 좀 다친 것 같구나."

담덕이 눈을 뜨고 수빈을 향해 웃었다. 아픔을 참으려고 하다 보니, 그 웃음이 오히려 얼굴을 찌푸린 듯 보이게 만들었다.

"수빈아! 이러고 있을 때가 아니다. 내가 폐하를 업을 테니, 네가 좀 거들어야겠다."

마동이 급히 등을 돌려 대며 말했다. 수빈이 담덕의 양손을 잡아 일으켜 마동이 업을 수 있도록 도와주었다.

안전지대로 나오자 곧 순행에 따라온 시의가 담덕의 상처를 살펴보고, 일단 피를 멈추게 하기 위해한 응급처치를 했다. 비탈에서 미끄러져 돌밭으로 굴러떨어지면서, 하필이면 전에 동부여에서 창을 맞은 그 자리를 뾰족한 돌이 찌른 모양이었다. 상처가 심했다. 무엇보다도 안정을 찾기 위해서는 요동성으로 가려던 노정을 포기하고, 국내성으로 돌아가는 것이 좋겠다고 제장들은 입을 모았다.

대흥안령 동쪽 사면으로 내려와 담덕은 네 마리의 말이 끄는 수레에 태워졌고, 될 수 있으면 평탄한 길을 골라 가장 빠른 길로 국내성을 향해 달렸다. 날씨는 깊은 가을에서 초겨울로 접어들고 있었다. 스산한 서북풍이 순행 대열 군사들 등을 떠밀었다. 바람을 뒤로하고 진군한다고 해서 그 속도가 빠를 수는 없었다. 대열의 중간에 자리잡은 담덕의 수레는 속도가 느릴 수밖에 없었다. 그 양편에서 마동과 수빈이 호위했는데, 빨리 달리면 수레가 흔들려 충격을 줄까 봐 그들이 최대한 속도를 조절하고 있었던 것이다. 그렇게 느리게 진군하는 가운데 마른 나뭇잎만 바람결에 풀풀 날렸고, 땅에서는 모래 먼지가 뿌옇게 일어나고 있었다.

3

순행의 대열이 국내성에 도착한 것은 시월 상달도 지나 동지 가까울 즈음이었다. 겨울 추위가 본격적으로 시작될 때였는데, 그러기 전에 병환이 깊은 태왕 담덕이 한뎃잠을 자지 않고 궁궐의 침전에서 지낼 수 있게 된 것만도 천만다행이었다.

그러나 담덕은 침전에서도 마음 편안하게 누워서 지내지 못했다. 등에 상처를 입었으므로 엎드려서 병치레를 할 수밖에 없었기 때문이다. 고구려 왕실의 걱정은 이만저만이 아니었다. 태후 하 씨를 비롯하여 왕후 아 씨, 태자 거련과 왕자 연우가 돌아가며 병상을 지켰다.

시의가 말하기를, 담덕의 등창은 예전에 다친 상처가 다 아물긴 했지만 완벽하게 치유된 상태가 아니라서 재발할 가능성이 높았다는 것이다. 그래서 무리하면 안 되는데, 부여 공략과 연이은 순행의 강행, 그리고 대흥안령에서의 낙마 사고가 옛날 상처에 직접적인 충격을 주어 등창이 도졌다고 했다. 다시 난 상처 부위로 세균이 침입하여 악성 종창(腫脹)이 되어버렸기 때문에, 치료 기간이 오래 걸릴 수밖에 없다는 진단을 내렸다.

여러 가지 방법으로 상처를 치료했으나, 담덕은 좀처럼 차도를 보이지 않았다. 그는 처음에는 궁궐로 돌아와서 제대로 치료하면 곧 상처가 치유될 것이라고 가볍게 생각했다. 아직 혈기 왕성할 나이였다. 병상에만 있으니 팔다리의 근육이 욱신거릴 정도로 건강한 체질이어서, 새해에는 거뜬히 일어나 다시 말을 타고 못다한 순행의 여정을 요동에서부터 다시 이어가고 싶었다,

며칠 안 있으면 해가 바뀌어 413년(영락 23년)이 될 즈음이었다. 태자 거련이 병상으로 다가와 아뢰었다.

"방금 신라에서 내물왕의 둘째 아들 복호가 볼모로 왔습니다."

"어찌 큰아들 눌지가 아닌 복호를 보냈단 말이더냐?"

담덕은 엎드린 상태에서 목소리를 높였다. 그러다가 등의 상처에서 찌르르 하는 통증을 느끼고 숨을 골랐다. 순간적으로 자신이 환자라는 걸 잊고 결기를 세웠던 것이다.

"폐하! 진정하시옵소서."

"으으음, 실성왕이 말 그대로 실성을 한 모양이로구나."

"네에?"

"내물왕의 큰아들 눌지는 장차 실성왕의 정적이 될 것이다.

복호를 보내고 눌지를 가까이 둔다는 것은 품안에 호랑이 새끼를 기르는 것과 다를 바가 없지."

담덕은 전에 실성을 볼모로 삼아 군주의 도를 가르친 것처럼, 눌지를 곁에 두고 그와 같은 교육을 시킬 셈이었다. 그래서 실성왕과 눌지를 서로 견제하는 구도로 만들어 신라를 무릎 아래 두고 싶었던 것이다.

"폐하께서 환후가 깊어 볼모를 대면키 어려우실 것 같은데, 어찌하올지요?"

거련이 조심스럽게 물었다.

"이젠 네가 군주 역할을 해야 하지 않겠느냐? 앞으로 신라에서 온 볼모를 어떻게 다루어야 할 것인지 태자 역량껏 해보도록 하라. 고구려 태왕이 부용국인 신라의 볼모를 대면하는 것도 격에 어울리지 않는다. 태자가 잘 다루어보거라."

담덕은 자신이 병상에 있는 것이 오히려 태자에게 치국(治國)의 실제를 경험시키는 좋은 기회도 된다고 생각했다. 그렇게 일찍부터 군주의 도를 익혀 거련이 장차 평천하(平天下)를 이룩할 수 있게 되길 바라는 마음이 간절하였다.

새해가 되면서부터 태자 거련이 편전에 나가 조회를 주관하였다. 그때까지도 태왕 담덕은 상처가 깊어 유근피를 붙이거나 먹는 것으로 큰 효과를 보지 못하였다. 고름이 생겨 상처 부위가 퉁퉁 부었고, 피부가 당겨지자 고통이 심했다. 이때부터 시의는 본격적으로 침술과 뜸, 부항 요법 등 나쁜 피와 고름을 제거하기 위한 온갖 방법을 다 동원하였다. 부항에는 흔히 술잔으로 쓰는 각배와 같은 쇠뿔을 사용했는데, 그것을 위해 고구려에서는 구하기 힘든 무소뿔을 중원에서 들여오기도 했다. 무소뿔로 만든 부항 기기 안에 불을 피운 후 상처 부위에 붙여 공기 수축으로 생기는 압력에 의해 피고름과 근(根)이 빨려 나오도록 하는 것이 부항 요법이었다.

호위무사 마동은 담덕의 병상 곁을 지켰고, 수빈은 늘 하던 대로 문밖에서 번을 섰다. 두 사람이 번갈아 위치를 바꿀 때도 있지만, 수빈은 차마 담덕의 상처 치료 현장을 보기가 무서워 외부에서 병문안을 오는 왕실 가족이나 대신들의 출입을 통제하는 역할을 담당했다. 환자인 담덕의 정신적 안정을 위해서 여러 명이 문병하는 것을 최대한 제한하고 있었다. 그래서 태후와 왕후, 태자나 왕자를 제외하곤 긴급한 사안이 아닌 경우 독대하는 것을 원칙으로 정했다.

그렇게 수빈은 문밖에 서 있었지만 내실의 병상에서 담덕의 고통을 참는 신음이 들려올 때마다 마치 자신이 겪고 있는 것처럼 진저리를 쳤고, 아무도 모르게 울음을 삼켰다. 부항으로도 큰 효과를 거두지 못하는 어려운 지경에 이르자, 시의는 손으로 퉁퉁 부은 상처 부위를 눌러 피고름을 제거하는 인위적인 방법을 사용하였다. 부항을 뜰 때는 뜨거운 가운데 시원한 느낌도 들었으나, 시의가 있는 힘을 다해 피고름을 짜낼 때는 그 고통이 이만저만이 아니었다. 담덕은 그것을 참으려고 이를 악물었지만, 입술 사이로 삐져나오는 소리까지는 도무지 어찌할 방도가 없었다.

고통의 시간은 길지만, 계절의 변화는 빨랐다. 병실 밖은 연록의 봄이 가고 진초록의 여름이 한창이었다. 등창이라 어쩔 수 없이 엎드려 지내야 하는 담덕으로서는 찌는 듯한 더위가 가장 고역이었다. 침상과 닿은 가슴뿐만 아니라 등줄기도 온통 땀으로 젖었다. 더구나 화농이 심할 때면 창상 부위가 뜨겁게 달아올라 더욱 참기 힘들었다. 그런데다 피부 속에 고인 피고름 냄새까지 외부로 발산되면서, 환자뿐만 아니라 병실 안에 늘 대기하고 있는 내관과 호위무사 마동, 환부를 점검하기 위해 자주 나타나는 시의와 병문안차 들른 왕실 가족들도, 애써 표정으로 나타내지 않았지만 참아내기 어려운 고역인 것만은 사실이었다.

상처가 더욱 깊어지면서 담덕은 자주 꿈을 꾸었다. 아니 꿈인지 현실인지 구분이 잘 안 가는 비몽사몽의 상태가 길게 이어졌다. 그의 꿈속에는 천당과 지옥이 한 무더기로 어우러져 그야말로 혼돈의 세계를 연출하고 있었다. 온통 백발에 수염이 긴 신선 같은 모습의 누군가가 안개 속에 어렴풋이 보이기도 했고, 캄캄한 어둠 속에서 아우성치는 귀신처럼 영혼 없는 자들의 지옥도가 그려지기도 했다. 그런 모습 가운데는 소수림왕·고국양왕·무명선사·을두미 등도 심심치 않게 나타나 그에게 무슨 말인가를 전해주려고 하다 안개 속으로 멀어져가곤 했다. 때로는 해평·해광·견성 등도 어둠 속에서 바람에 나부끼듯 나타났다 멀어져가곤 했는데, 그들 역시 그에게 자꾸 헛된 손짓을 해가며 뭔가 안타까운 표정을 짓는 것이었다. 그런 가운데 간혹 태백산 천지에서 경험한 신단수의 모습이 나타나기도 했다.

"그래, 신목이야. 신목의 형상이야말로 다물도(多勿圖)가 아닌가?"

비몽사몽간에 꿈에서 깨어난 담덕은 벌떡 일어나려고 했다.

"폐하! 진정하시옵소서."

시의가 무소뿔로 부항을 뜨다 말고 깜짝 놀라 담덕을 바라보았다.

"폐하께서 꿈을 꾸신 모양입니다."

마동이 눈을 빛내며 말했다. 실로 오랜만에 담덕의 목소리를 들었는데, 그 '신목'이라는 말이 무슨 뜻인지 알기에 정신이 바로 돌아온 모양이라고 생각했던 것이다.

"그래, 꿈을 꾸었지. 그대는 편전에 가서 태자를 불러오도록 하게. 반드시 지도를 가지고 오도록."

정확한 발음으로 내관에게 전하는 담덕의 목소리는 모처럼 활기에 차 있었다. 근래에 보기 드문 일이었다. 시의도 놀라고, 마동도 눈이 번쩍 뜨였다.

"폐하! 급히 달려갔다 오겠나이다."

내관은 병실을 나와 편전으로 가서 곧 태자 거련을 불러왔다. 거련의 손에는 담덕이 평소에 즐겨 보던 고구려와 주변 나라들이 그려진 군사 지도가 들려 있었다.

"거련아. 엎드려 있으니 매우 답답하구나. 일으켜다오."

담덕이 엎드린 자세에서 양팔을 들어올렸다.

"네, 폐하!"

거련이 담덕의 가슴을, 마동은 급히 침상 뒤로 돌아가 하체를 들어 정자세로 앉을 수 있도록 도왔다.

담덕은 실로 오랜만에 침상에 바로 앉아보는 것이었다.

"마동, 그대는 이 지도를 펼쳐 들고 태자가 잘 볼 수 있도록 하시게."

마동은 태왕과 태자가 지도를 잘 바라다볼 수 있도록 맞은편에서 활짝 펼쳐 들었다.

담덕이 지도를 손가락으로 가리키며 선을 그어나갔다. 동해의 신라 끝자락에서부터 시작한 손은 해변을 끼고 거슬러 올라가 그가 얼마 전 순행하던 길을 따라 초원로, 대흥안령, 요동반도, 서해안으로 돌아 백제의 땅에 가서 문득 멈추었다.

"여기 백제가 있다. 아직 백제는 우리 고구려에 굴복하지 않왔다. 백제 땅까지 아우를 수 있어야 다물도가 완성되는데, 아직 그것이 요원한 상태다. 이것이 신목인데, 백제 때문에 나무 기둥 한쪽이 비어 있다. 장차 백제까지 고구려의 영토로 확보하면 제대로 된 신목이 되지 않겠느냐? 나무란 땅속에 깊이 박힌 뿌리가 튼튼해야 가지가 무성하게 자랄 수 있다. 뿌리는 땅속에 묻혀 보이지 않지만, 나무의 가지를 보면 가히 그 형상을 짐작할 수 있는 법이다. 천지의 하늘이 물속에 잠겨 대칭을 이루듯이, 나무 또한 그 뿌리와 몸통을 포함한 가지가 같은 모양을 이루는 법이다. 나무는 토양이 좋아야 뿌리가 잘 내리고, 몸통과 가지가 무성해져 큰 그늘을 드리우는 거목이 된다. 장차 고구려를 그런 거목으로 만들어 백성들이 그 큰 그늘 아래서 평화롭게 휴식을 취할 수 있도록 해줘야 하느니라. 그것이 바로 신목이다. 아직도 우리 고구려 백성들이 마음놓고 두 다리 뻗고 잠을 잘 수 없는 것은 나무의 몸통이라 할 수 있는 백제가 한쪽을 차지하고 있어 불안하기 때문이다. 알겠느냐?"

담덕은 언제 오래도록 병석에 앓아누워 있었냐는 듯, 활기찬 목소리로 한달음에 말을 이어나갔다.

"네, 폐하! 그러하온데, 어찌 소자에게 그런 말씀을 하시는 것이옵니까? 폐하께서 쾌차하셔서 이루실 업적이 아니온지요?"

거련은 말을 하면서 울음을 꾹꾹 참았다. 오래도록 병상에 있으면서 말조차 제대로 하지 못하다가 갑자기 정신을 차린 것부터 이상한 데다, 방금 한 그 말이 마치 그에게 전하는 간곡한 당부 같았기 때문이다.

"장차 우리가 같이 해나가야 할 일들이다. 백제를 아우르려면 반드시 평양으로 고구려 도성을 옮겨야 한다. 평양을 남방 공략의 교두보로 삼아 신목의 기둥을 완성해야 한다. 지난번 너와 함께 평양에 갔을 때 구룡산에 오른 적이 있었지? 국내성의 방어 수단이 환도성이듯이, 평양성의 방어 수단으로 구룡산에 산성을 쌓아야 한다."

담덕은 이것으로 태자에게 전할 말을 다한 듯, 다시 전처럼 병상에 엎드리는 자세로 돌아가려고 했다. 그러자 급히 지도를 치운 마동과 시의가 담덕을 거들었다.

태자 거련은 눈에서 뿌연 안개가 어리듯 눈물이 맺혀 도무지 앞을 바라볼 수가 없었다.

4

추수도 다 끝나가고 곧 10월이 코앞에 다가왔지만, 고구려에서는 매년 열던 제천행사인 동맹제를 지내지 않기로 했다. 태자 거련의 결단이었다. 태왕이 환후 중인데 아무리 나라의 큰 행사라 한들 축제를 열 기분이 아니었던 것이다.

가만히 있어도 등허리에 땀이 차는 여름을 지나 선선한 가을로 접어들면 담덕의 상처도 차도가 있으리라 기대했다. 그러나 날이 갈수록 악성 종양으로 변질되어 이제는 말조차 못하며 꾹 다문 입술 사이로 으으으, 하는 신음만 내뱉을 뿐이었다.

늘 곁에서 지켜보던 마동은 담덕의 신음이 전이되어 자신의 가슴에서 울리는 것 같은 착각을 일으킬 때가 있었다. 그는 전날 자신이 해광을 죽이지만 않았더라도 태왕이 위령제를 지내러 동부여에 갈 일이 없었을 것이라고 생각했다. 그래서 그는 태왕의 등에 상처를 입힌 것은 부여 마가부의 견성 세력이지만, 간접적으로는 자신도 원인 제공자라는 자책감 때문에 괴로웠다.

그와 비슷한 괴로움을 겪고 있는 또 한 사람은 바로 수빈이었다. 간혹 태자나 태후와 황후 등 왕실 가족이 병문안을 올 경우, 마동은 잠시 자리를 비우고 밖으로 나와 수빈을 대신해 문을 지켰다.

"잠시 가서 쉬거라."

마동은 잠시도 자리를 뜨지 않으려는 수빈의 등을 억지로 떠밀 때 문득 보았다. 수빈이 울고 있어 그에게서 애써 등을 돌리고 있었던 것이다.

"흑, 흐윽!"

수빈이 억지로 참으려던 울음이 밖으로 새어나왔다.

"너, 울고 있었구나?"

"나 때문에 폐하가……."

수빈의 입에서 튀어나온 말이었다.

"수빈아! 너 때문이 아니야. 결국 따지고 보면 태왕 폐하를 다치게 한 건 나야. 내가 해광을 살려 왜국으로 돌려보내기만 했어도 태왕 폐하께서 동부여로 위령제를 지내러 가진 않으셨을 것 아니냐?"

마동은 수빈을 볼 때마다 늘 비통한 표정인 것을 보고 가슴이 쓰렸다. 그래서 어떻게 해서든 그 마음을 달래주고 싶었다.

"그러니, 왜 망나니짓을 하느냔 말야?"

수빈이 돌아서더니 마동의 가슴팍을 쥐어박았다.

"망나니짓이라니?"

"태왕 폐하께서 용서해준 해광을 죽였으니 망나니 아니고 뭐야? 오라버니는 엄연히 태왕 폐하를 모시는 호위무사란 말야. 호위무사는 오직 폐하의 명에 따르는 것이 임무란 걸 몰라?"

수빈은 그러면서 마동의 가슴팍을 두 손으로 쥐고 흔들었다.

"그래, 그건 내 잘못이다. 인정하마. 폐하의 병상을 지키면서 내가 괴로워하는 것도 그 때문이란다. 그러니 너까지 나처럼 죄책감에 시달려 괴로워할 필요는 없다."

"오라버니는 폐하께서 내 목숨을 살리기 위해 등으로 날아오는 창을 맞은 것도 몰라? 나를 살리려다 상처를 입으신 거라구."

수빈은 마동의 가슴팍을 쥐고 있던 두 손을 풀면서 그 자리에 풀썩 주저앉고 말았다.

이렇게 두 사람이 병실 입구에서 옥신각신하고 있는 사이, 태후와 왕후가 병문안을 끝내고 막 문을 열고 나왔다.

"고생들 많으시네! 어서 들어가 보시게. 태자가 곁에 있긴 하네만……."

태후가 두 사람을 향해 말하는데, 그 눈에 그렁그렁 눈물이 맺혀 있었다. 바로 뒤에 선 왕후의 눈도 젖어 있었다.

마동은 다시 병실로 들어가 태왕 곁에 지켜 섰다. 시의가 환후를 살피고 있었다.

"차도가 안 보이니 이를 어찌하면 좋단 말이오?"

태자 거련이 시의에게 물었다. 사뭇 조심스러운 어투였지만, 목이 잠겨 외려 꺽진 목소리로 들렸다.

시의는 태자의 그런 목소리를 듣고 자신을 질책하는 줄로 안 모양이었다. 마동이 은근히 살펴보니 시의가 담덕의 환부에서 손길을 거두는데 소매 끝이 사뭇 떨리고 있었다.

"태자 전하! 소신이 최선을 다하고 있습니다만, 모자라는 것이 너무 많사옵니다. 상처 깊은 곳에서 피고름이 계속 생기는데, 이제 부항 요법으로는 한계가 있사옵니다. 다른 방법을 찾긴 찾아야 하는데……."

시의는 말끝을 흐렸다.

"찾긴 찾아야 하는데, 어찌 방법이 없단 말이오?"

거련의 꺾진 목소리에 시의는 더욱 몸을 떨었다.

"그것이, 그러니까……."

시의는 말을 더듬었다.

"태자 전하께서 묻고 있질 않소? 어서 망설임 없이 말해보시오."

마동이 나서면서 시의를 다그쳤다.

"네, 소신의 생각을 말씀드립지요. 소신이 읽은 의서에는 없사오나, 저 중원의 역사서에 쓰인 일화가 있긴 하옵니다."

"그것이 무엇이오?"

거련이 한 가닥 희망을 품고 물었다.

"태자 전하께옵서도 아시겠지만, 『오자병법』으로 잘 알려진 '오기(嗚起)'라는 자가 노나라 대장군으로 출정했을 때, 졸개의 등창을 입으로 빨아 고름을 빼주어 병사들의 신뢰를 얻었다는 고사가 있사옵니다. 거기에서 '연저지인(吮疽之仁)'이란 고사성어가 나오기까지 했습니다. 또한 한나라 문제 때 등통(鄧通)이란 자가 있었사옵니다. 당시 등통은 채 스무 살이 안 된 젊은 동자였는데, 문제의 고질병이었던 종기를 입으로 빨아 고쳐주었다고 하옵니다. 소신이 등통처럼 젊은 나이는 아니어서 다소 빠는 힘이 약할 수는 있사오나, 한번 그 방법을 써보도록 하겠나이다."

시의가 말한 '연저지인'은 '종기를 입으로 빨아주는 인자함'이란 뜻을 지니고 있었다. 태자 거련도 일찍이 오기의 『오자병법』을 익히면서 읽은 기억이 났다.

"허어, 입으로 종기를 빤다? 실로 어려운 일이 아니겠습니까?"

거련은 그렇다고 시의가 궁여지책으로 내놓은 그 방법을 저지하기도 어려웠다. 태왕을 살리기 위해 시도하는 마지막 의술일 수도 있기 때문이었다. 그래서 그는 그 마지막 가느다란 희망에 기대를 걸어보기로 했다.

다음날부터 시의는 태왕의 등에 난 종기에 입을 대고 고름을 빨아내는 치료를 시도했다. 그로서는 어떤 의술 책에서도 본 적이 없기 때문에 자신의 목숨을 걸고 하는 실험이었다. 원래 시의는 군주의 병을 고치다 실패하면 따라서 죽을 수밖에 없는 운명이었다. 아무리 완쾌되기 힘든 중병이라 하더라도, 군주의 병을 고치지 못했다는 이유 하나만으로도 시의는 책임을 면하기는 어려웠다. 병을 치료하는 도중 실수가 있었다고 하면 변명할 여지가 없는 일이었기 때문이다.

시의는 질그릇으로 된 타구를 옆에 놓고, 담덕의 등에 난 종기에 입을 대고 힘껏 빨았다. 숨을 길게 내쉬었다가 곧바로 입을 대고 빨아 고름을 빼내 타구에 뱉어내는 일을 반복해야만 하는 것이었다.

태자 거련과 마동은 그 일련의 행위를 지켜보았는데, 당사자인 시의보다 그 두 사람이 더 역겨움을 참기 어려웠다. 그러나 입안에서 욕지기가 나오려는 것을 억지로 참으려다 보니, 차마 그 장면을 볼 수가 없어 눈을 돌릴 때가 많았다.

그렇게 며칠이 지났지만, 그래도 담덕의 종창은 차도를 보이지 않았다. 그러던 어느 날, 시의가 입으로 빨아낸 고름이 담긴 타구를 들고 병실을 나오다 문 앞에서 꺼어억, 하고 구토를 하며 엎어졌다. 그 바람에 타구가 깨져 고름이 온통 바닥으로 흘러나왔다.

그때 문 앞을 지키던 수빈이 시의를 부축해 일으키며 물었다.

"괜찮으신 거예요?"

"아니, 아닙니다. 나는 괜찮습니다. 제발 비밀로 해주십시오. 내가 구역질을 하면서 쓰러지는 바람에 타구를 깼다는 얘기를, 절대로 태자 전하께 하시면 안 됩니다."

시의는 마치 수빈에게 잘못을 한 것처럼 두 손을 들어 싹싹 빌었다.

수빈은 대기하고 있는 시녀들에게 깨진 타구와 흘러나온 피고름을 얼른 치우게 하고, 시의를 조용한 곳으로 이끌었다.

"태왕 폐하의 환후가 조금도 나아지지 않으셨습니까?"

수빈의 말에 시의는 말없이 고개만 좌우로 흔들었다.

수빈도 며칠 전부터 시의가 태왕의 종창에 입을 대고 고름을 빨아내고 있다는 얘길 들었다. 직접 눈으로 보진 않았지만, 그 장면이 실로 어떠하리라는 것은 상상조차 하기 싫은 일이었다.

"아까 말한 비밀은 지켜주셔야 합니다. 아시겠지요?"

시의가 수빈에게 다시금 다짐을 받아두는 눈길을 던졌다.

"잠깐만요! 한문제의 등창을 입으로 빨았다는 젊은 동자 등통 얘기는 얼핏 들은 적이 있습니다. 종기를 빠는 데는 젊은 사람이 그 일을 하면 더 효과가 있지 않겠습니까?"

수빈의 물음에 시의는 잠시 눈을 꿈쩍거렸다. 상대가 무슨 의도로 그런 말을 하는지 짐작이 잘 안 되었기 때문이다.

"누가 그런 일을 나서서 하겠습니까? 나는 시의이니, 그 책임을 다하기 위해 하고 있습니다만……."

"내가 하겠어요. 내가 합니다. 그 일은 시의가 아니라도 가능하지 않겠습니까? 정 불안하다고 생각되시면 옆에서 지켜봐주시면 되지 않겠습니까?"

수빈의 결심은 그 깊고 그윽한 눈빛만으로도 충분히 짐작이 갔다.

"그것이 정말입니까?"

"태왕 폐하의 목숨은 바로 제 목숨과 같습니다. 제 목숨을 살리는 일이니, 하등 주저할 이유가 없습니다."

시의는 수빈의 눈빛을 보고 도무지 거부할 수 없음을 느꼈다.

"내일 함께 드십시다."

시의는 그 말을 남기고 굽은 등을 보인 채 멀어져갔다.

다음날, 수빈은 시의를 따라 병실로 들어섰다.

"오라버니가 나를 대신해서 문밖에 있어줘."

수빈이 마동에게 말했다.

"너는 안 돼. 안 보는 것이 좋아."

마동이 귓속말로 수빈에게 속삭였다.

"그냥 놔두시지요. 자원한 것이니까."

시의가 수빈을 엎드려 있는 담덕 곁으로 이끌며 말했다.

때마침 그곳에는 태자 거련이 없었다. 그날따라 조회 때문에 편전에 오래 머물고 있었던 것이다.

마동은 매우 걱정되는 눈빛으로 수빈을 바라보다 이내 밖으로 나갔다.

수빈은 시의가 시키는 대로 담덕의 등에 난 종창을 바라보았다. 그런 연후 눈을 딱 감고 호흡을 가다듬은 후 최대한 숨을 길게 내쉬었다. 그런 다음 상처 부위에 입술을 갖다 대고 깊이 빨아들이기 시작했다. 시의는 새로 가져온 타구를 옆에 놓아두고 있었고, 수빈은 입으로 빨아낸 고름을 그것에 뱉어냈다. 그렇게 여러 번 반복하는 사이 수빈의 얼굴은 땀과 눈물로 범벅이 되고 말았다.

시의가 물에 적신 베수건을 수빈에게 건네주었다. 얼굴을 닦고 나서 수빈은 다시 종기에 입을 대고 빨았다. 그렇게 수차례 빨아내자 더 이상 고름이 나오지 않았고, 빨 힘조차도 없어졌다.

그런데 기적에 가까운 일이 일어났다. 담덕이 정신을 차리고 말을 하는 것이었다.

"태, 태자와 국상을 불러오라."

오래도록 비몽사몽간을 헤매며 말 한 마디 못하던 담덕이 말을 하자 시의는 놀랐다.

"네, 폐하!"

수빈은 내관이 나가려는 것을 말리고, 급히 문밖에 서 있는 마동에게 달려가 그 사실을 알렸다. 한시가 급한 일이라고 생각해, 걸음 빠른 마동에게 한달음에 다녀오라고 한 것이었다.

마동은 곧바로 편전으로 가서 태자 거련과 국상 정호를 호위해 급히 달려왔다.

"폐하, 소자 거련이옵니다. 알아보시겠습니까?"

태자의 들뜬 목소리를 담덕도 알아들은 모양이었다.

"국상은, 국상도 같이 왔느냐?"

담덕은 엎드린 자세에서 고개도 들지 못하고 겨우 말만 그렇게 하고 있었다.

"네, 폐하! 소신도 여기 왔사옵니다."

정호가 태자 곁으로 바싹 다가서며 담덕을 향해 외쳤다. 혹시 듣지 못할까 봐 큰 소리가 나왔다.

"흐음, 태자는 드, 듣거라. 봄꽃이 아름다운 것은 한겨울의 강추위에 눈보라를 견뎌내고 피어났기 때문이란다. 우리 고구려도 봄꽃처럼 그렇게 화사하게 피어나야 하느니라. 그것이 오직 내 꿈인데, 강추위에 눈보라는 내가 맞고 가마. 꽃은 네가 피우거라. 그, 그리고 국상께서도 들으셨겠지…… 아, 으으음!"

담덕의 말은 거기서 끝났다.

말이 채 끝나기도 전에 담덕은 신음을 삼키며 고개를 떨구었다.

"폐하!"

"태왕 폐하!"

병상 앞에 있던 모든 사람들이 소리쳤다. 그러나 담덕은 끝내 깨어날 줄 몰랐다. 시의가 급히 진맥을 짚어보니 이미 이 세상 사람이 아니었다.

413년, 영락 22년 10월에 태왕 담덕은 그렇게 붕어하였다. 향년 39세의 실로 아까운 나이였다. 고구려 19대 왕으로 등극한 후 재위 22년 만의 일이었다.

5

왕좌는 단 한시도 비워둘 수 없는 법이었다. 태왕 담덕의 홍서가 알려지자 고구려의 모든 대신들이 입궐해 태자 거련의 즉위식을 서둘러 준비했다. 즉위식은 간단했지만 침통한 분위기 속에서도 위엄을 갖추었고, 새롭게 태왕이 된 거련은 물론 제신들도 모두 흰 두건과 상복을 입고 장례 절차를 밟았다.

오래도록 병상에 있었으므로 예상치 못한 일은 아니었지만, 그래도 39세라는 너무 젊은 나이에 생을 마친 태왕의 흉사라 궁궐 안을 온통 어수선하게 만들었다. 궐내 모든 이들의 관심은 장차 국장을 어찌 치를 것인가, 하는 문제에 쏠려 있었다. 왕실 가족, 대신들, 그리고 태왕을 모시던 내관과 시녀들 모두 둘이고 셋이고 모이면, 태왕의 죽음에 대한 안타까움과 더불어 장례 걱정으로 수군거렸다.

태왕이 세상을 떠났어도 호위무사는 마땅히 그 시신의 곁을 지켜야 했다. 많은 호위무사들이 있었으나, 그들 중 마동과 수빈은 특히 담덕의 병상을 잠시도 떠난 적이 없었다. 그런데 궁궐이 어수선한 가운데 언제부터인가 수빈의 모습이 보이지 않았다.

담덕의 시신이 안치된 빈전(殯殿) 앞을 지키던 마동은 대신들이 국장도감(國葬都監)·산릉도감(山陵都監)·빈전도감(殯殿都監) 등을 설치한다며 어수선하게 드나드는 것을 살피던 중, 문득 수빈이 자취도 없이 사라진 것을 알아차렸다.

"대체 자리도 지키지 않고 어디로 간 거야?"

이렇게 혼잣소리로 되뇌던 마동에게 이상한 생각이 들기 시작한 것은, 수빈이 태왕 서거 소식을 듣고 울다가 끝내 어깨를 들먹이며 전각 뒤로 돌아가던 뒷모습을 기억해낸 직후였다. 그는 갑자기 사색이 된 얼굴로 허둥거렸다.

침착함을 되찾은 마동은 휘하의 호위무사들에게 빈전 입구를 지키도록 명한 후 서둘러 수빈을 찾아 나섰다. 궁궐 곳곳으로 수빈이 갈 만한 곳을 다 찾았지만, 어디에서도 그 모습이 보이지 않았다.

그때 마동은 태왕이 20여 년간 타던 백마에 생각이 미쳤다. 그 말은 무명선사가 무술도장 아래 있는 호수 근처를 헤매던 망아지를 데려다 수빈에게 기르게 했던 바로 그 백마였다. 무명선사는 태자 시절의 담덕에게 그 말을 선사했다. 그때부터 타기 시작하여 담덕은 태왕이 된 이후에도 거의 말과 한 몸이 되다시피 애마를 사랑하였다. 이제 말이 늙어 대흥안령에서 낙엽이 쌓인 흙구덩이를 잘못 밟아 태왕이 낙마하도록 만들기도 했지만, 수빈은 그 말을 끝까지 이끌고 국내성으로 돌아왔다. 사실은 담덕이 수빈에게 특별히 말을 잘 보호하라는 명을 내렸기 때문이기도 했다.

그러한 생각을 하던 끝에 마동은 급히 백마를 매어둔 마구간으로 달려갔다. 그곳에도 수빈은 보이지 않았다.

이히히히 힝!

말 울음소리를 듣는 순간, 마동은 문득 말의 눈이 젖어 있는 것을 보고 놀랐다. 주인인 태왕이 세상을 떠났다는 사실을 알기라도 하는 것일까, 말 우는 소리까지 무척 서글프게 들렸다. 과연 명마는 영물이란 생각을 했다.

그때 어디선가 누군가 신음하는 소리가 들려온 것 같았다. 그 옆에 말먹이를 쌓아두는 마초 창고가 있었다. 마동이 달려가 보니 누군가 마초 더미 속에 묻혀 있었다. 바로 수빈이었다.

"수빈아, 대체 어찌 된 일이냐?"

마동이 달려들어 쓰러져 있는 수빈을 가슴에 안았다. 늘어진 왼쪽 팔목에서 피가 흐르고 있었다.

"으흐흐음, 흐음!"

수빈이 입술 밖으로 겨우 신음을 뱉어냈다. 잔뜩 이를 악물고 있었으므로 콧속에서 나는 비음처럼 들렸다.

"수빈아, 수빈아!"

마동은 피가 흐르는 수빈의 손목을 꽉 틀어쥐었다. 바로 옆에 단도가 떨어져 있는 것을 보고, 그는 수빈이 손목의 동맥을 끊은 것을 알아차렸다.

"너까지 왜 이래? 바보같이!"

마동은 자신의 옷자락을 찢어 수빈의 왼쪽 손목을 꽁꽁 묶었다.

"마, 마동, 오, 오라버니! 나 좀, 내, 그냥 내버려둬!"

수빈의 마른 눈에서 다시 눈물방울이 떨어졌다.

마동은 그 눈물을 보는 순간, 수빈을 살릴 수 있다는 희망에 부풀었다. 그는 즉시 수빈의 늘어진 몸을 안고 시의가 있는 곳으로 달려갔다.

"수빈아, 수빈아, 제발 너만이라도 살아야 한다."

마동은 마음이 급했다. 시의가 있는 곳으로 달려가면서 왜 그렇게 멀게 느껴지는지 몰랐다.

그러나 마침내 시의를 만나 진맥을 볼 때는, 이미 수빈의 몸이 축 늘어진 뒤였다.

"허어, 태왕 폐하의 종창을 빨겠다고 했을 때 말렸어야 했는데……."

시의는 진맥을 본 후 끌끌 혀를 찼다.

"여보시오, 시의 영감! 우리 수빈이를 살려주세요. 꼭 살려주셔야 합니다."

마동은 시의가 수빈의 손목을 놓는 순간 그의 소매를 붙들고 몸부림치며 소리쳤다. 그러자 시의는 수빈의 코끝에 손을 대보았다 떼어내며 고개를 좌우로 흔들었다. 이미 수빈의 몸은 싸늘한 시신으로 변해 있었던 것이다.

수빈의 죽음은 곧 궁궐 내에도 알려졌다. 수빈이 마지막으로 태왕의 종창을 입으로 빨아 고름을 빼내어 담덕이 잠시 정신이 돌아왔고, 덕분에 태자가 임종을 볼 수 있었다는 이야기도 알려지게 되었다. 대신들 사이에서는 그런 충신이 없다는 소문이 나돌았고, 궁궐의 시녀들 중에서 더러는 태왕과 같은 날 수빈이 자결한 것에 대하여 미묘한 눈짓을 주고받으며 수군대기도 했다.

새롭게 태왕이 된 거련에게도 수빈의 죽음 소식이 알려졌다. 그는 마동을 불렀다.

"참으로 애석한 일이오. 국상으로 궐내가 두루 경황이 없으니, 대신 사부께서 조용히 고인의 장례를 잘 치러주도록 하십시오."

거련은 태자 시절 기마술의 스승인 마동에 대하여 왕좌에 오르고 나서도 '사부'라 불렀다. 그는 마동이 수빈과 생사고락을 같이하며 태왕을 모셨으므로, 특별히 그 일을 부탁한 것이었다.

마동은 동료 호위무사들과 함께 수빈의 장례를 간소하게 치르기로 했다. 염수에 있는 수빈의 모친에게 소식을 전해야 해서 일단 가매장을 하기로 하고, 궁궐 밖의 그리 멀지 않은 야산에 임시 묘택을 마련했다.

한편 태왕 담덕의 국장은 국장도감이 된 국상 정호의 지휘 아래 일사분란하게 진행되었다. 국장은 적어도 5~6개월 동안 시신을 빈전에 안치해야만 했다. 먼저 명당을 잡는 일이 중요하였으며, 묘지를 조성하고 석물을 만들어 세우는 작업 등에 시간이 많이 걸렸기 때문이다. 이때 빈전도감은 시신을 썩지 않도록 하기 위해 석빙고에 저장해둔 얼음을 꺼내 빙상을 만들고, 그 위에 평상을 깔아 온도를 낮추어주어야만 했다. 또한 숯과 미역 등을 이용하여 최대한 습기를 제거해주어야만 장례를 치르는 오랜 기간 시신을 온전히 보존할 수 있으므로, 세심하게 신경을 쓰지 않으면 안 되었다.

빈전도감이 시신 안전 보존에 힘쓰고 있을 때, 산릉도감은 풍수가로 하여금 능을 조성할 명당을 잡는 일에 골몰하였다. 태왕 담덕은 고구려 역대 왕 중에서 영토를 가장 크게 넓힌 군주이므로 능 또한 명당 중의 명당을 잡아야 한다는 것이 왕위를 이은 거련의 생각이었다. 국상 정호 이하 모든 대신들의 의견도 그와 같았다.

한편 태왕 거련은 고인이 된 부왕을 역사에 길이 빛나게 할 그 무엇이 필요하다고 생각했다. 국장도감이 된 국상 정호와 머리를 맞대고 논의하던 끝에 비석 이야기가 나왔다.

"능묘를 조성하게 되면 비석은 당연히 세워야 하는 것 아니겠습니까? 거듭 강조하는 바이지만, 부왕께선 고구려 여느 왕보다도 혁혁한 공을 세우신 영웅이십니다. 그와 같은 업적을 기릴 만한 큰 비석을 세워야 하지 않겠습니까?"

거련은 임종할 때 국상 정호와 함께 들은 '태왕의 꿈'을 되새겼다. 붕어한 직후부터 밤이고 낮이고 그 꿈을 잊지 않고 기억하려고 노력했다. 아니, 잊지 않는 것만이 아니라 반드시 실현하겠다는 거듭된 마음 다짐이 그의 잠을 몰아냈다.

"소신이 영락태왕의 명으로 고구려 역사를 다시 쓰면서 느낀 바가 있습니다. 자국의 역사를 쓰려면 이웃 나라 역사 또한 공부하지 않으면 안 됩니다. 자연히 자국뿐만 아니라 이웃 나라 역대 군왕들까지 비교해보게 되지요. 영락태왕은 자고이래 불세출의 영웅이십니다. '전쟁의 신'이라는 호칭도 얻으셨지만, 이웃 나라 백성들의 안위까지 생각하는 마음이 저 광야처럼 넓으셨습니다. 마땅히 '평화의 신'으로 널리 추앙받을 만한 태왕이십니다. 허나, 폐하의 말씀대로 그 위대함을 후세에 전할 비석을 만들려면 어마어마하게 큰 석물이 필요합니다. 그것을 구하는 것이 문제겠지요. 비석에 새길 글은 소신이 고구려 역사를 썼으니만큼 거기에 맞춰 쓸 수 있습니다만……."

국상 정호가 막 말을 마치고 났을 때였다.

"아, 있어요. 그런 석물이 있습니다. 하늘이 내려준 다리……."

거련이 두 손으로 자신의 무릎을 탁, 치며 소리쳤다. 그는 생각난 김에 뿌리를 뽑아야 한다고, 내관을 시켜 곧 마동을 불러

오게 하였다.

빈전을 지키던 마동이 편전으로 달려왔다.

"불러계시옵니까?"

마동이 태왕 거련을 향해 예를 올렸다.

"사부께선 오륙 년 전 칠성산에서 본 '천사교(天賜橋)'를 기억하시지요? '하늘이 내려준 다리' 말입니다."

거련은 마음이 급했다. 그래서 거두절미하고 그렇게 마동에게서 확인을 받고 싶었다.

"네, 기억합니다. 폐하께서 왕자 시절 소신과 함께 기마 연습할 때 본, 바로 그 다리 말씀이로군요? 당시 엄청난 홍수가 져서 산사태가 일어나면서 떠내려온 다리……."

"맞습니다. 그 다리를 가져다 영락태왕을 기리는 초대형 비석을 만들어야겠습니다."

거련의 말에 마동은 잠시 할 말을 잃은 채 입만 벌리고 있었다.

"얼마나 큰 돌인지 모르지만, 칠성산에 있다면 그것을 평지로 옮겨오는 일이 문제겠군요."

국상 정호는 왜 마동이 벌어진 입을 채 다물지 못하고 있는지 알았다.

"그렇습니다. 그 무거운 것을 어떻게? 홍수와 같은 천재지변이 일어나 산비탈로 떠내려온 것인데, 사람의 힘으로 가능할지 모르겠습니다."

마동이 매우 난감한 표정을 지었다.

"하늘이 내려준 다리입니다. 우리 고구려는 천손의 나라입니다. 정성이 지극하면 하느님께서 도와주실 것입니다."

거련은 반드시 그 석물을 평지로 옮겨와 이 세상에서 가장 큰 비석을 세우고야 말겠다는 의지를 그렇게 표현했다.

"일단 한번 현장에 가서 살펴보도록 하지요."

국장도감을 맡은 정호로서는 거련의 말을 반대할 수 없는 입장이었다.

"네, 국상 어른! 내일 소장이 안내를 하지요."

마동도 이내 표정을 가다듬었다.

"사부님께선 영락태왕과 적어도 30년 이상 생사고락을 같이 하신 장하독이십니다. 이번에 비석 세우는 일을 맡아주십시오."

거련이 눈에 힘을 주어 마동을 바라보았다.

"네, 폐하! 성심을 다하겠사옵니다."

마동으로선 달리 할 말이 없었다. 마땅히 그가 해야 할 일이라고 생각했다.

6

다음날, 마동은 휘하의 호위무사들 10여 명과 함께 국상 정호를 대동하고 칠성산으로 말을 달렸다. 마침내 태왕 거련이 말한 '천사교' 앞에 이르러, 깎아지른 양편 절벽을 가로질러 구름다리처럼 놓인 석물을 보고 정호는 그만 입이 떡 벌어졌다. 말에서 내린 그는 절벽 사이의 공간으로 내려가 밑에서 그 석물을 올려다보았다. 두 절벽 위로 푸른 하늘이 보였고, 석물은 마치 창공을 받치고 있는 대들보 같은 느낌을 주었다. 또한 뻥 뚫린 대문 같은 공간으로 칠성산 능선과 그 위의 푸른 하늘이 반짝 드러났다. 그래서 마치 하늘로 통하는 문처럼 느껴지기도 했다.

"과연! 위에서 내려다보면 천사교이고, 밑에서 올려다보면 천통문(天通門)이로다."

정호는 혼잣소리로 중얼댔다. '천사교'가 '하늘이 내려준 다리'라면 '천통문'은 '하늘로 통하는 문'으로 해석될 수 있었다.

석물은 절묘하게도 양 절벽의 계단처럼 층을 이룬 자리에 얹혀 있었는데, 그것은 마치 목수가 집을 지을 때 치수를 맞춰 기둥과 기둥 사이에 대들보를 얹은 듯 아퀴가 딱 들어맞았다. 홍수로 인한 산사태로 석물이 떠내려오다 두 절벽 위에 걸쳐진 것인데, 실로 그 모양은 천신의 도움 아니고는 그렇게 정확하게 다리 형태를 갖출 수가 없을 것 같았다.

"자연의 힘이 이렇게 위대한 줄 몰랐소. 과연 '하늘이 내려준 다리'라 할 만하오."

다시 절벽 위로 올라온 정호가 다리를 바라보며 마동에게 말했다.

"문제는 이 석물을 평지까지 온전하게 옮겨야 할 터인데, 그 방법이 딱히 떠오르지 않습니다."

마동은 아까부터 고민하던 생각을 털어놓았다.

"연구해보십시다. 도르래와 지렛대를 이용하면 가능할 듯싶습니다. 발석거와 운제를 제작하는 목수들과 쇠를 다루는 야철장 김슬갑의 도움을 받으면 저 석물을 들어올리고 산비탈로 끌어내리는 방법을 도출해낼 수 있을 거요. 석물 운송에 기천 명을 동원하더라도 반드시 해내야 할 일 아니겠소? 아마도 이 석물은 태왕 폐하의 능비를 만들라고 하늘이 내려준 보물 같소이다. 사람의 손을 타지 않은 이와 같은 자연석은 찾기가 쉽지 않습니다. 이 석물은 옮기는 데도 4면이 모두 긁히거나 깨지지 않도록 유념해야 할 것이오. 글씨를 새기려면 자연 그대로의 석면이 보존돼야 하기 때문이오."

정호도 석물을 보는 순간부터 그것을 옮기는 방법에 대해 깊이 생각하고 있었기 때문에, 마동의 고민을 조금이나마 덜어주려는 것이었다.

칠성산을 다녀온 후부터 정호는 비문을 어떻게 써서 예의 그 석물에 새길 것인가에 대해 몰두했다. 그는 그날 석물의 크기와 비문을 새길 4면의 형태와 가로세로 길이를 끈으로 정확하게 측정해 왔다. 그래서 거기에 들어갈 글의 양과 글자의 크기 등을 생각하며 비문을 짓는 데 전력을 다하였다.

비문은 처음 고구려 시조 추모왕이 나라를 세울 때부터의 역사 기록을 필두로 하여, 건국이념인 '다물(多勿)' 즉 '옛 영토 회복'을 위하여 태왕 담덕이 재위 기간 22년 동안 광활한 땅을 정복한 업적을 써내려가기로 했다. 그런데 정호는 정작 비문을 쓰다 보니 태왕 담덕의 시호를 짓는 것이 우선되어야 함을 깨달았다.

시호는 왕의 사후 그 업적을 기리기 위해 짓는 것이었다. 따라서 국상 정호가 함부로 지어서는 안 되며 반드시 태왕 거련의 재가를 받아야만 했다. 국상 정호는 시호의 중요성을 깊이 인식하고, 역대 고구려 군주 중에서 태왕 담덕의 업적 중 가장 내세울 수 있는 것을 반드시 반영시켜야 한다고 생각했다. 그러다 보니 시호가 역대 고구려왕들에 비해 많이 길어졌다.

정호는 자신이 임시로 정한 시호를 가지고 태왕 거련을 알현하였다.

"비문을 쓰다 보니 영락태왕의 시호가 필요하여 가져왔습니다. 폐하께서 보시고 재가해주시면 그대로 비문에 반영토록 하겠나이다."

거련은 정호가 건네주는 종이를 받아들었다.

"국강상광개토경평안호태왕(國岡上廣開土境平安好太王)이

라? 뜻은 좋은데, 시호가 너무 길지 않습니까?"

한참 들여다보며 뜻을 해석해보던 거련이 정호를 바라보았다.

"그러하옵니다. 역대 군주들의 묘호는 그냥 능묘가 있는 지역 이름을 따서 지었습니다만, 선왕은 그 경우가 다르다고 생각하옵니다."

"경우가 다르다니요?"

"폐하께서 칠성산에 있던 석물을 애써 평지로 옮겨와 거대한 비석을 세우시겠다는 뜻과 부합되려면, 시호 또한 특별해야 한다고 생각하옵니다."

정호는 자신의 뜻을 반드시 관철시키겠다는 욕심에, 일부러 처음 부왕을 위하여 거석 기념물을 세우겠다는 거련의 제안을 다시금 거론하였다.

"흐음, 헌데 국강상은 무슨 뜻이오? 그 뒤는 '나라 경계를 크게 넓히고, 평화와 안락을 염원한 태왕'으로 이해가 되는데, 머리에 오는 글자 또한 중요함을 알겠으나 뜻이 모호하지 않습니까?"

"네, '국강상(國岡上)'이라 함은 그 뜻이 '나라 언덕 위'인데, 이 세상을 말하는 '온누리', 하늘과 땅을 아우르는 '우주'라는 의미가 함유되어 있사옵니다. 우리 고구려는 천손의 나라이므로, 그 군주는 마땅히 우주의 왕이라고 할 수 있습니다."

정호는 자신의 말 마디마디에 힘을 주어 그 뜻을 강조하였다.

"좋습니다. 국상 덕분에 부왕께서 우리 고구려 대왕 중 가장 긴 시호를 얻게 되셨군요."

거련의 허락이 떨어졌다. 이것으로 태왕 담덕의 시호는 결정되었다.

정호는 비문의 내용을 총 3부로 나누어 글을 썼다. 제1부는 고구려의 건국과 추모왕·유류왕(유리왕)·대주류왕에 이르는 3대의 왕위 계승을 다루었으며, 이어서 국강상광개토경평안호태왕의 행장(行狀)에 대해 간략하게 기술하였다. '나라는 부강하고 백성은 유족해졌으나, 하늘이 어여삐 여기지 않아 39세에 세상을 버리고 떠났다'는 대목도 있었다. 제2부는 광개토태왕의 정복 활동을 연대순으로 엮었는데, 비문 중 제일 내용이 긴 편이었다. 제3부는 묘를 지키고 관리하는 수묘인(守廟人)들에 관한 내용과 법령을 담았다.

이처럼 정호가 비문의 글을 쓰는 동안, 마동은 군사 기천명을 지휘하여 칠성산에 있는 '천사교' 혹은 '천통문'이라 일컫는 석물을 평지로 옮기는 작업에 매달렸다. 자연석이므로 비문을 새기려면 석물의 4면이 모두 온전해야 하므로 매우 조심하지 않으면 안 되었다.

거석을 옮기는 작업은 먼저 두 절벽에서 그것을 들어올리는 작업부터 난관이었다. 정호의 말처럼 발석거와 운제를 제작하는 목수들을 동원하여 아름드리 소나무로 네 개의 기둥을 세우고 가로대를 얹은 후, 야철장 김슬갑이 그 석물의 무게를 견딜 수 있을 만큼 단단한 쇠고리를 만들어 그 두 개의 가로대에 걸었다. 그런 연후 배에서 쓰는 삼줄을 겹겹으로 엮어 석물 양편에 단단히 묶은 후, 쇠고리에 연결한 줄을 잡아당겨 들어올리는 과정이 만만치 않았다.

양쪽 줄에 수백 명씩 군사들이 매달려 줄다리기하듯 줄을 끌어당겨 석물을 들어올린 후, 지렛대로 움직여 땅으로 옮겨놓는 것도 숱한 우여곡절을 겪은 끝에 성공했다. 일단 절벽에서 땅으로 옮긴 석물은 수많은 소나무의 둥근 기둥을 바퀴처럼 굴려 군사들이 양쪽에서 줄을 조금씩 풀어주며 산비탈로 굴리는 작업을 통해 평지까지 내려왔다. 평지에서도 산비탈에서의 작업과 같은 방법으로 국내성에서 동쪽으로 10여 리 상거한 고구려 왕들의 고분군이 위치한 곳까지 이동시켰다.

태왕 담덕의 능묘와는 조금 떨어져 있었지만, 역대 고구려 왕들의 고분군들이 몰려 있는 지역이었다. 그 인근 지역에는 왕릉뿐만 아니라 장군과 대신 등의 적석총도 자리해, 상징적으로 볼 때 고구려 역사의 중심이 되는 곳이라고 할 수 있었다.

정호는 그동안 써두었던 비명을 석물에 새기는 작업에 몰두했다. 그는 우선 석물의 4면을 물로 깨끗이 씻어낸 후, 마른 면에 붓으로 글씨를 썼다. 글씨를 쓸 때 행을 맞추기 위해 세로선을 그었는데, 이는 횡으로도 글자를 맞추기 쉽게 하려는 의도에서였다. 석면이 전체적으로 암회색을 띠고 있었으므로 먹으로는 글씨가 잘 드러나지 않아 은분을 사용하였다. 은가루에 접착이 잘 되는 아교를 첨가해 만든 은분 물감은 검은 바탕에 잘 드러나므로, 비석의 재료인 석물에 직접 글씨를 쓸 때 용이하였다. 석각을 할 때는 종이에 글씨를 써서 붙인 후 각자를 하는 경우도 있긴 했다. 그러나 석물이 대형일 때는 직접 석면에 은분 글씨를 쓴 후 각자를 하는 것이, 종이를 붙였다 떼었다 하는 번거로움을 줄여 일의 효율성을 높일 수 있었다.

그래서 정호는 수용성 은분을 붓에 묻혀 석면에 직접 비문을 썼는데, 이 글씨는 그가 개발한 고구려 특유의 서체였다. 글씨의 네 면을 꽉 채워 특히 안정감을 유지할 수 있도록 했는데, 예서체를 닮았으나 글씨의 획마다 역동성이 엿보이는 힘이 들어가 있었다. 그러한 힘이 느껴지는 획은 고구려의 상무정신과 일맥상통하는 기질을 나타내는 듯하며, 글씨 하나가 네모의 가장자리를 꽉 채우는 것은 '하늘은 둥글고 땅은 모나다'는 천원지방(天圓地方)의 사상과도 통하는 바가 많았다.

이렇게 정호가 한 면씩 글씨를 쓰면, 석각수(石刻手)가 은분의 획을 따라 정으로 돌을 쪼아 글자의 모양을 새겼다. 이러한 지난한 작업을 거쳐 마침내 비석이 완공되었다. 1면에 11행, 2면에 10행, 3면에 14행, 4면에 9행 등 석면 전체의 글자는 총 44행에 1,775자였다.

글자가 다 새겨진 능비는 마침내 바로 세워졌는데, 그 높이가 어른 키로 네 배 가까이 되는 크기였다. 밑에서 바라보려면 고개를 바짝 들어야 그 끝이 보일 정도였다.

이 거대한 비석은 태왕 담덕의 능묘가 완성되는 시기와 맞춰 세워졌다.

비석 제막식이 끝나고 나서 태왕 거련은 바로 옆에 서 있는 국상 정호에게 말했다.

"이 비석은 앞으로 수백 년, 아니 수천 년이 흘러도 여기 우뚝하게 서서, 우리 고구려의 기상과 웅비를 대변해주는 기념물이 되지 않겠습니까?"

"비문에 고구려의 찬란한 역사뿐만 아니라 담덕태왕의 비원을 새겨넣었습니다. 이는 장차 폐하께서 새로운 세상을 펼쳐나가는 탄탄한 반석이 될 것이옵니다. 치열한 집중력과 끊임없이 궁구하는 자세로 고구려의 미래를 엮어나가기 위해 거듭거듭 질문을 던지는, 이를테면 불교의 화두 같은 것이라고 생각하시면 틀림없겠지요."

정호는 푸른 하늘을 배경으로 우뚝 선 비석을 올려다보았다. 그 말에 가슴이 먹먹해진 거련도 저절로 눈길이 그곳에 가서 머물렀다.

때마침 비석 위의 하늘에 수천 개의 비늘이 겹으로 뭉쳐진,

시시때때로 변하는 기묘한 형상의 구름이 흘러가고 있었다. 그것은 고개를 빳빳하게 치켜든 용이 몸을 뒤트는 것 같기도 했고, 하루에 9만 리를 난다는 붕새가 날갯짓을 펄럭이는 것처럼 보이기도 했다.

〈끝〉

대하소설『광개토태왕 담덕』 집필을 마무리하며

처음 이 소설을 기획한 것이 2000년대 초반이니, 장장 20여 년이 걸려 완성을 한 셈이다. 그 세월이 '대하(大河)'처럼 굽이굽이 흘러 어느 사이 오늘에 이르렀다. 마지막 원고에 〈끝〉이라는 글자를 쓰는 순간, 실로 만감이 교차하는 느낌이었다. 누구나 광개토태왕을 우리 민족 불세출의 영웅이라 칭하지만, 그 명성에 비하면 역사적 자료는 의외로 많지 않았다.

기왕에 나온 광개토태왕 관련 소설이나 드라마가 거의 작가적 상상력에 의존한 팩션이나 판타지 형태를 취할 수밖에 없었던 이유가 바로 거기에 있다. 그런데 독자들은 그런 유형의 창작물을 접하면서 스토리 자체가 역사적 사실과 전혀 다름에도 불구하고, 그것을 고구려 역사로 인식하는 경우가 많다는 점을 나는 지적하지 않을 수 없다.

문학과 역사를 전공한 입장에서 그처럼 역사를 왜곡하고 인물을 희화적으로 꾸미는 것에 나는 평소 불만이 많았고, 그러한 오류를 바로잡기 위해서 정사를 다룬 광개토태왕 소설이 반드시 있어야 한다고 생각했다. 1600여 년 전의 역사이므로, 대하소설을 쓰는 과정에 당연히 어려움이 뒤따랐다. 광개토태왕 담덕의 일생을 다루는데, 기존 사료 속의 역사 기록은 십자말풀이 퍼즐처럼 중간중간 비어 있는 칸이 너무 많았다.

심지어 광개토태왕 능비에 새겨진 금석문도 곳곳에 자연적으로 마모되거나 일본인들에 의해 조작된 글자들이 있어 문장이 제대로 연결되지 않는 경우도 있었다. 그 공간을 메우려면 일차적으로 역사적 지식이 풍부해야 하고, 그것을 해석하는 능력이 뛰어나야 하며, 거기에 더하여 안개처럼 흐려져 가시거리가 명확치 않은 오래된 역사 저쪽의 실상을 직관적인 눈으로 볼 수 있어야 한다고 생각했다. 그래서 나는 사학과 대학원에 들어가 한국 고대사를 공부하면서 자료 찾는 방법의 디테일을 배우려고 노력했다.

역사소설을 쓸 때 중요한 것은 사료 분석 능력뿐만 아니라 문학적 상상력의 힘이 절대적으로 필요하다. 상상력이란 누적된 정신적 경험을 기반으로 하지 않고는 제대로 된 싹을 틔워 올리기 힘들다. 토양 속에 깊이 뿌리 내린 나무는 그 밑동에서부터 몸통을 불리며 하늘 높이 사방으로 무성한 가지를 뻗어 올린다. 이것을 작가적 입장에서 보면, 그 뿌리야말로 선험적으로 누적된 정신적 경험이고, 그 몸통과 가지가 창작의 원동력인 상상력이라고 할 수 있다.

나는 바로 그러한 누적된 정신적 경험이야말로 오늘날 화학적 언어로 표현된 'DNA'가 아닐까 생각해본다. 원래 몸은 둘이 아니고 하나인데, 그 '몸'을 발성대로 연이어 쓴 것(連綴)이 '마음'이다. 사람들의 이해를 돕기 위해 언제부터인가 우리 몸을 '육체'와 '정신' 둘로 나누어 보게 된 것이다. 유전자 분석을 통하여 육체의 누적된 정보를 캐낼 수 있듯이, 나는 정신의 누적된 정보를 추적해 역사적 상상력의 복원도 가능하다고 생각했다.

우리 민족의 특성 내지는 정체성은 바로 오래도록 누적된 문화적 역사성에서 나온다. 흔히 역사는 사료로 정리된 것을 팩트로 인정하는데, 그것은 우리 몸의 육체적 특성만을 고려해 사실로 인정하려는 관점에서 비롯되었다고 할 수 있다. 분명 우리 몸에는 육체와 정신을 포함한 역사적 유전자 요소가 염기서열의 이중 나선 구조처럼 얽혀 있다. 우리의 몸은 아주 오랫동안 역사의 시간을 겪어오면서 누적된 육체와 정신의 암호체계가 복합적으로 이루어져 있다.

미증유의 불확실성 시대에 던지는 질문
"담덕이라면 과연 어떻게 했을까?"

나는 이 소설을 쓰면서 최대한 역사적인 팩트를 강의 물줄기처럼 이어가면서 이야기를 엮어나가되, 그 줄기가 끊어져 잃어버린 역사에 대해서는 상상력으로 복원해야 한다고 생각했다. 그 역사적 상상력이란 바로 우리 몸속에 누적된 DNA의 암호를 읽어내는 작업에 다름 아니다.

내 몸속에는 조상의 조상을 거슬러 올라가면 어찌 되었든 광개토태왕 담덕의 피가 흐르고 있다고 생각한다. 아니, 그 시대의 정치·사회·문화가 한 덩어리로 집적된 암호 체계의 유전자로 전해져오고 있을 것이다. 역사의 바다에 상상력이란 낚싯줄을 드리워 펄떡펄떡 뛰는 싱싱한 물고기를 낚듯이, 몸속에 저장된 역사적인 암호를 작가적 상상력을 동원해 이야기로 풀어내는 작업이 바로 소설 쓰기라고 할 수 있다. 그것은 내가 DNA 유전자의 기억을 더듬어 1600여 년 전으로 돌아가 담덕이 되지 않으면 가능한 일이 아니다.

작금의 현실 속에서 사는 작가인 내가 그 먼 과거의 담덕으로 감정이입, 시공을 뛰어넘는 상상력을 동원해 생생한 이야기로 그려내는 작업은 지난한 과정을 거치지 않으면 안 된다. 만약에 내가 그 시대의 담덕이라면 어떻게 했을까? 그 화두 같은 물음을 끝까지 물고 늘어져 유전자 속의 숨은 암호를 밝혀내야 독자에게 감동을 주는 역사소설이 될 수 있기 때문이다.

실로 나는 20여 년에 걸친 광개토태왕에 대한 사료 찾기와 그 보조적인 자료의 수집, 현지 탐방 등에 많은 시간을 공들였다. 또한 그것을 섭렵하여 역사의 줄기를 이어가는, 말하자면 대하소설을 구성하는 과정에서 또한 많은 우여곡절을 겪었다. 썼다가 지우고 다시 고치면서 쓰레기통으로 버려진 원고가 적지 않다. 가장 힘들었던 것은 사건과 사건 사이의 비어 있는 공간을 어떻게 메울 것인가, 하는 문제였다. 번민을 거듭한 끝에 내가 담덕의 입장에서 당시의 고구려가 처한 현실적 상황을 파악하고자 했는데, 그 상상력의 복원을 통하여 담덕의 지혜가 뿜어져 나왔다. 소설의 지문에서 그의 정신이, 대화체에서 그의 말이 격랑의 역사를 헤쳐나가는 이야기로 발현되었던 것이다.

그러면 어떻게 1600여 년 전의 오랜 역사를 소설 속에서 현실로 끌어올 수 있는가? 나는 그것을 바로 우리가 살고 있는 이 시대의 현실을 읽고 분석하는 과정을 통해 힌트를 얻을 수 있었다. 역사는 반복된다. 영국의 역사학자 E. H. 카는 "역사는 현재와 과거의 끊임 없는 대화"라고 정의한 바 있다. 현재를 통해 과거의 역사를 바라보면 새로운 해석이 가능해진다. 또한 '역사'라는 거울을 통해 현재를 진단하고 분석하다 보면, 아울러 그 시대를 해석하는 새로운 통찰력이 생긴다.

시인 김수영은 "시는 온몸으로 밀고 나가는 것이다."라고 정의했다. 이때 '시'는 '문학'을 통괄하는 말이며, 소설 또한 거기에 포함된다. 그리고 니체는 "피로 쓰라. 그러면 그대의 피가 곧 정신임을 알게 될 것이다."라는 명언을 남겼다. '피'는 우리 몸에 내재된 'DNA'이고, '정신'은 정체성에 다름 아니다. 두 대가의 금언은 내가 이 소설을 쓰는 데 있어서 강력한 힘을 얻게 해주었고, 아울러 정신적 승화작용을 일으키는 용기로도 작용했다. 짧은 중·단편이라면 모르지만 과연 대하소설은 김수영의 말처럼 오체투지하듯 온몸으로 밀고 나가지 않으면 결말에 도달하기 쉽지 않다. 그리고 200자 원고지로 1만 1,000매 안팎의 원고를 쓰는 피를 말리는 작업을 통해, 나는 실로 니체의 말처럼 '피는 곧 정신'임을 체험적으로 깨달을 수 있었다.

대한민국이 담덕의 리더십을 통해
약육강식의 시대에 당당한 강국으로 거듭나기를

나는 이 소설의 주인공인 광개토태왕 담덕이 살았던 1600여 년 전의 고구려가 처한 상황이, 현재 우리 대한민국이 당면한 현실과 크게 다르지 않다고 생각한다. 담덕이 태어나고 성장하여 왕좌에 오를 때까지, 고구려는 그야말로 호시탐탐 국경을 넘보는 외세의 탐욕 앞에서 풍전등화 같은 위기에 처해 있었다. 작금의 우리나라 현실은 그보다 더해, 일제강점기를 거쳐 해방 이후 한 세기를 넘기도록 남북 분단의 상처가 그대로 아물지 않는 채 이어져오고 있다. 거기에다 이해관계가 맞물린 주변의 강국들 사이에 끼어 자주권을 찾기도 힘든 지경에 놓여 있다.

어쩌면 대한민국은 담덕이 처했던 고구려 상황보다 더 꼬일 대로 꼬여 풀기 어려운 매듭이 되어버렸다고 판단된다. 알렉산드로스 앞에 놓인 '고르디우스의 매듭'을 생각나게 하는 것이 작금의 우리나라 현실이다. 한반도는 그 허리가 반으로 잘려 남북이 분단된 상황에서, 그 주변에 러시아·중국·일본, 그리고 우리나라에 군사를 주둔시키고 있는 미국이 약육강식의 다툼을 벌이고 있다. 겉으로는 '동맹'이니 뭐니 해서 자유 진영이나 공산 진영이 친연관계를 맺고 있는 것 같지만, 그 속내를 들여다보면 자국의 이익만을 생각하는 이기적 유전자의 욕망 신드롬에 지나지 않는다. 국가와 민족의 속성상 그것은 어쩔 수 없는 일이다. 겉으로는 '평화'를 외치면서 속으로는 '전쟁'의 도발을 꿈꾸는 이율배반의 심리가 강대국들 사이에 팽배해 있다. 그들 사이에 낀 한반도는 한 치 앞을 내다보기 어려운 지경에 놓여 있다.

중국은 동북공정으로 고구려를 자기네 지방정권으로 간주

하려고 든다. 35년 간의 일제강점기를 거쳤지만, 아직도 일본은 독도를 자기네 땅이라고 우기면서 역사를 왜곡하고 있다. 만약 다시 한반도에서 전쟁이 일어난다면 미국과 중국의 주도권 싸움이 될 것이다. 거기에 일본은 수저 하나를 더 얹어 어떤 형식으로든 한반도에 발을 들여놓고 싶어하는 것이 독도 문제 억지 주장에서 드러나고 있다. 실제로 남북 간에 전쟁이 벌어진다고 하면, 종국에는 미국과 중국이 한반도를 반으로 갈라 차지하려는 속셈이 여러 군데서 엿보이고 있다. 대한민국의 군사 작전권을 미국이 갖고 있고, 중국은 고구려를 지방정권으로 만드는 동북공정을 밀어붙이고 있기 때문이다.

나는 이 소설을 쓰면서 이러한 강대국 사이에 갇혀 있는 대한민국의 현실 상황을 통해, 1600여 년 전 담덕이 고민하고 갈등을 거듭하던 고구려의 내우외환을 어떻게 극복해갔는지 그 지혜를 얻어보려고 노력했다. 당시 담덕이 주변의 후연·북위·백제·신라·왜국·부여(북부여, 동부여)·거란·숙신 등의 나라와 부족들을 어떻게 제압하고, 화합하고, 끌어안으면서 정의로운 리더십을 발휘해 진정한 고구려의 평화를 구축하려고 했는지를 제대로 보여주고자 했다.

역사소설은 단지 과거 역사를 이야기로 다루는 것에 그치지 않는다. 과거 역사를 통해 오늘날의 현실을 냉정하게 진단하고, 다시 그 저력으로 미래를 설계해나가는 희망을 심어주는

데 진정한 역사소설의 가치를 두어야 한다고 생각한다. 담덕의 리더십을 통해 장차 남북이 통일되고, 더 나아가 우리나라가 주변 강국들과 대등한 외교를 펼치면서 당당하게 글로벌 강국의 면모를 보여주었으면 하는 것이 나의 바람이다.

2025년 1월

엄광용

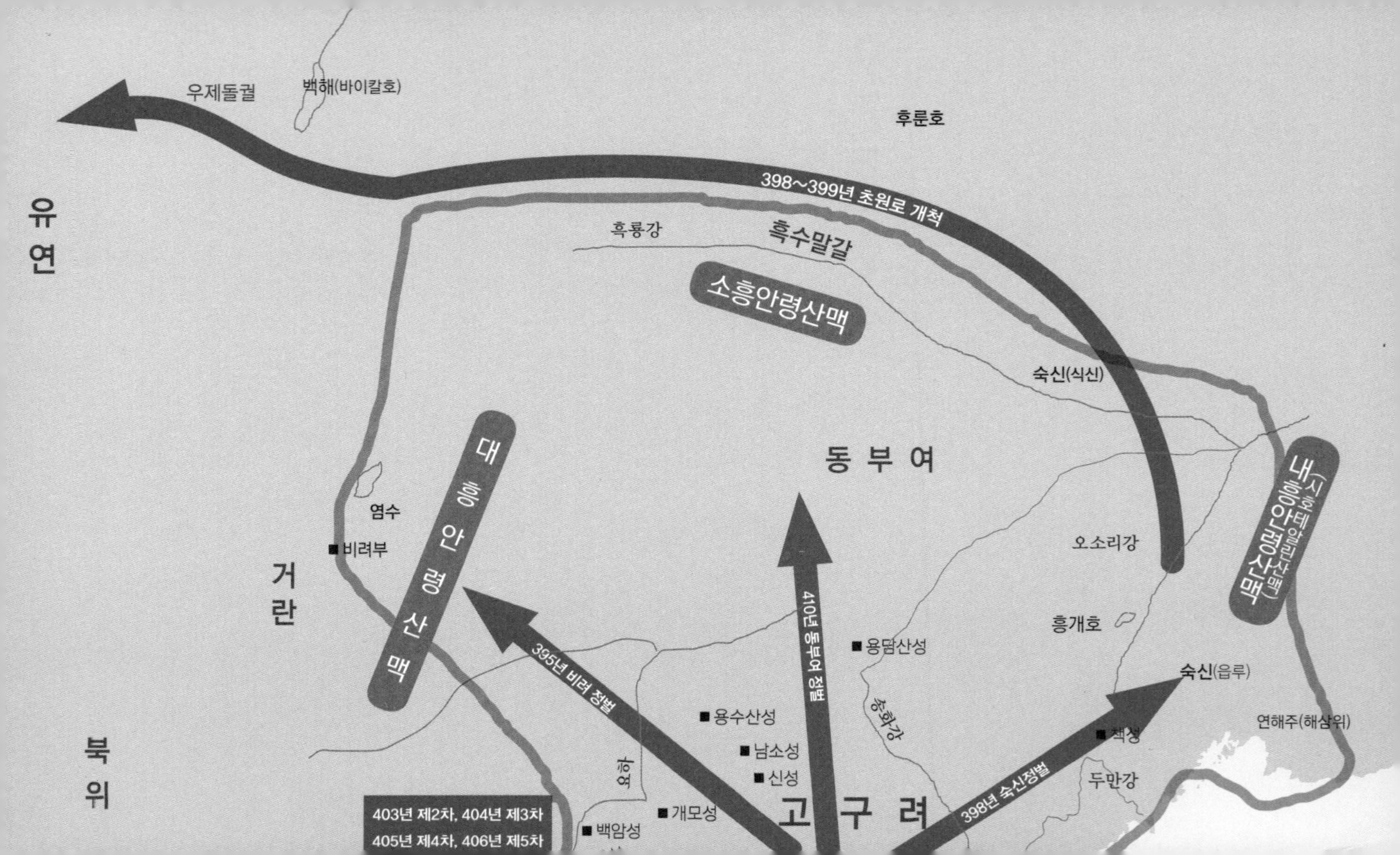

우제돌궐
백해(바이칼호)
후룬호
유 연
398~399년 초원로 개척
흑룡강
흑수말갈
소흥안령산맥
숙신(식신)
동 부 여
대흥안령산맥
내흥안령산맥(시호테알린산맥)
염수
비려부
거란
오소리강
흥개호
410년 동부여 정벌
용담산성
숙신(읍루)
395년 비려 정벌
송화강
용수산성
남소성
신성
요하
책성
연해주(해삼위)
두만강
398년 숙신정벌
북위
403년 제2차, 404년 제3차
405년 제4차, 406년 제5차
개모성
백암성
고 구 려